CAVALE

DU MÊME AUTEUR
CHEZ D'AUTRES ÉDITEURS :

Carambolage, théatre, Éditions La Fontaine, 2013.
Vestine, une légende noire, récit, Actes Sud Junior, 2009.
L'amour est un carburant propre, nouvelles, Éditions Les 400 coups, 2008.
Les hommes sont des petits poucets, nouvelles, Éditions du Rocher 2000, 2004.
La Chair du péché, roman, Éditions du Rocher, 2001.

Virginie Jouannet

CAVALE

Roman

XO
EDITIONS

ISBN : 978-2-84563-864-8

À mes filles, mes amours.

À Thierry, qui m'accompagne.

À Lola, petite étincelle de joie.

PREMIÈRE PARTIE

1

Jeanne

Recroquevillée dans le canapé, Jeanne s'efforce de maintenir un point d'équilibre précaire qui lui donne la nausée. Pour résister à l'aspiration, elle fixe le visage de l'homme assis en face d'elle. Les sourcils sont si noirs qu'on les croirait vernis au pinceau. Deux ailes de corbeau. La peau est pâle, légèrement olivâtre. Teint bistre. Le mot lui chatouille la gorge, puis elle oublie, ragaillardie à la pensée qu'il n'a pas remarqué son malaise. Cette minuscule victoire la réconforte. D'un mouvement machinal, ses doigts jouent avec les manches trop longues du gilet. Elle n'a aucun souvenir de l'avoir enfilé. Elle a pourtant dû se changer à un moment de la nuit, juste avant l'arrivée de la police. La laine exsude un parfum de musc répugnant, mais elle n'a plus la force de l'ôter. Sa veste doit traîner quelque part, dans l'entrée ou près du corps, personne n'a pensé à la lui rapporter, ils ont d'autres chats à fouetter que d'être aux petits soins. *Les chats ont neuf vies ou sept ?* Impossible de répondre et l'idée s'évapore, poussée par une autre.

Les flics gravitent comme des toupies autour de l'îlot formé par le canapé et le pouf où Beau-Brun a pris place il y a au moins une éternité. Des hommes efficaces, tranchants, pas vraiment concernés par le mort qui gît à quelques mètres, au bout du couloir. Leurs mains gantées de plastique ouvrent des tiroirs, glissent sous les meubles, sondent les murs, fouillent chaque tablette, chaque recoin. Cette agitation fait remonter les paroles d'une chanson – *Capitaine Flamme-au-fond-de-l'univers* – et Jeanne se demande si le choc n'est pas en train de la rendre folle. Quelque chose a dû se dérégler au cours des dernières heures et elle n'arrive pas à remettre de l'ordre.

Une fille approche, les yeux brillants d'une lueur féroce. Malgré la confusion, Jeanne la reconnaît ; c'est elle qui a prélevé ses empreintes un peu plus tôt dans la soirée, un doigt après l'autre, même les pouces, ensuite elle lui a tendu une lingette en grognant un merci à peine aimable. On dirait une réplique de Lara Croft, bottes à boucles, treillis, sweater moulant une grosse poitrine, cheveux de jais disciplinés en tresses épaisses. Sa mine revêche ne parvient pas à altérer la perfection de ses traits. Elle tient le calendrier de la cuisine, celui que Jeanne a acheté parce que lui, le mort, avait manqué un rendez-vous. *Le mort.* Elle ne sait pas le nommer autrement, pas pour l'instant… De lui, elle ne connaît que le vif, sa peau chaude et son rire.

Lara désigne les colonnes de dates. Deux jours ont été entourés d'un coup de feutre. 15 et 23 janvier. Au-dessus du 15, des initiales sont griffonnées, « SL » ou « SI », preuve que son cadeau « débile » lui a quand même servi. Ça lui serre le cœur, parce que janvier est fini et qu'il ne verra pas le printemps. Quel jour est-on ? Quel mois ? *Février, rappelle-toi, on est en février, le 20, un vendredi !* Sur un coin de la feuille cartonnée on devine une traînée rouge, pareille à une projection de peinture noircie par la poudre d'empreintes. Du sang ? Pourquoi y aurait-il du sang dans la cuisine ? Jeanne pourrait jurer qu'elle n'y est pas entrée.

Puisqu'on ne lui prête aucune attention, elle plonge le nez entre ses genoux dans l'espoir de juguler l'odeur du musc. L'effervescence l'enferme dans un espace sans début ni fin, comme un insecte pétrifié dans l'ambre. Minuit doit être passé depuis longtemps. Les voisins ont dû se réveiller, il faudrait être sourd pour ignorer le va-et-vient dans les escaliers, les éclats des gyrophares qui clignotent inlassablement. Un mauvais rêve. Elle a beau lutter, le sentiment d'irréalité la paralyse. *Respire. Ça va revenir. Respire…*

Des brancardiers ont surgi du couloir, chargés d'une civière couverte d'un sac à fermeture Éclair, un gros chauve et un adolescent rachitique aussi livide que sa blouse. En réalisant leur méprise ils se figent un instant dans le passage. Le plus vieux la dévore du regard avec une curiosité malsaine puis lance une blague à propos du temps qui se dérègle. « Détraqué », dit-il, et elle comprend que le message subliminal lui est destiné. L'autre heurte le buffet et lâche un « putain merde » sonore. Il n'a pas l'air de réaliser la gravité du moment, à moins que ce ne soit sa manière d'exorciser l'atmosphère glauque. Ces types sont convoyeurs de cadavres, ils convoient… Ils doivent retourner dans le couloir, continuer après le coude, juste avant la cuisine. Le corps est là, du sang partout. Est-ce qu'il existe un terme pour désigner les cadavres dans leur jargon ? Client ? Dépouille ? L'ascenseur ne sera jamais assez large, ils seront obligés de prendre l'escalier en relevant la civière à chaque virage. Ils ont procédé comme ça en montant le canapé… On dirait qu'ils l'ont entendue penser parce qu'ils se décident à reculer. Au moment de disparaître à la suite de son coéquipier, Gros-Chauve lui adresse une grimace chargée de reproches ou de mépris, difficile à évaluer, peu importe d'ailleurs, ils attendent tous la même chose, un récit clair et circonstancié des événements. Jeanne s'apprête à protester, mais le brancardier a déjà disparu.

Amnésie. Le mot flotte en l'air, pareil à une fumée. Faute de mieux, elle peut toujours tenter d'expliquer cette sensation d'avoir le cerveau en coton... En relevant la tête, elle perçoit soudain une tension entre Lara et le flic au teint bistre. Leur proximité pulvérise le périmètre d'intimité. Un des rares principes qu'elle a retenus de son stage de vente est le bon écart à respecter entre les gens. Il existe trois distances admises, la distance sociale, la personnelle et l'intime. Ces deux-là couchent sûrement ensemble ou ne tarderont pas. Le désir les tient déjà soudés, isolés du monde.

Une bulle de souvenir remonte à la surface. « Personne ne me vole mon homme, tu entends, personne ! » En repensant à la colère de Lila, Jeanne doit se mordre la langue pour ne pas gémir. Elle voudrait l'appeler au secours, Lila-à-la-vie-à-la-mort, son amie-pour-Toujours, mais sa mémoire a beau lui jouer des tours, elle sait que c'est impossible, Lila ne reviendra pas la sauver ni la consoler.

L'atmosphère semble se dilater comme après une déflagration. Les sons lui parviennent assourdis et lui donnent l'impression de se tenir derrière une vitre parfaitement nettoyée. Les images, en revanche, ont atteint une acuité insoutenable. On dirait une cérémonie bien rodée où chacun joue un rôle déterminé à l'avance. La lueur hachée des gyrophares, le mouvement des hommes, la blancheur acide des mains gantées de plastique, la lumière crue du plafonnier qui repousse les ombres jusque dans sa tête... Le flic est revenu s'asseoir et l'observe d'un air mi-indulgent, mi-excédé. Machinalement, il imprime au pouf un mouvement pendulaire, exactement comme faisait le mort. Jeanne réalise qu'elle ne sera plus obligée de supporter cette mocheté, sans compter un certain nombre de choses qui avaient le don de l'horripiler. Sa manie de lui broyer les poignets. La lumière du plafonnier. Les kebabs écœurants. Les matchs de foot et la règle du hors-jeu qu'elle ne retient jamais. L'attente…

L'entretien a dû reprendre parce que l'autre recommence à l'interroger, mais elle n'entend qu'une bouillie de sons et elle ne sait plus quoi répondre. Il aurait fallu parler tout de suite, pleurer, gémir ou faire une crise de nerfs, une explosion logique, imparable. Mais là… trop de temps a passé. Combien, exactement ? La nausée l'empêche de se concentrer. Peut-on mettre des gens en garde à vue s'ils refusent de s'expliquer ? Doit-elle réclamer un avocat ? Il ne s'agit pas d'un téléfilm, mais de sa vie en miettes. Brusquement, comme si on venait de tourner un bouton de radio, la question l'atteint.

« Quelle heure ? Essayez de vous souvenir ! »

La sévérité du ton l'emplit d'un sentiment d'injustice. Ce type est le genre à croire qu'une vérité immuable se dissimule dans la chronologie, semblable à une jolie perle d'huître. *Je ne suis pas ton putain de radio-réveil*, pense-t-elle. Elle veut sortir d'ici mais c'est impossible, pas sans un argument valable. Le flic a beau la ménager, il compte bien obtenir des réponses, d'abord l'heure, ensuite ce sera autre chose et elle finira par raconter n'importe quoi !

« Mademoiselle Saxe ? »

Il se penche vers elle, bien trop près pour réfléchir correctement ; en pulvérisant leur distance d'intimité, sans doute espère-t-il accentuer la pression, Jeanne n'est pas dupe. Ses traits se brouillent un peu, bouche et nez fondus ensemble, front bosselé où flottent ses sourcils vernis.

L'espace entre eux tend à prouver qu'il n'est pas possessif. Quels soupçons tournent derrière ? Elle essaie de regarder ailleurs, mais ses pensées s'enrayent comme une biffure sur un vieux vinyle, rejouant inlassablement la même rengaine. *Qu'est-ce que tu as foutu ? Tu crois que je ne sais pas ce qui te passe par la tête ?* La voix du mort crache les questions en rafale. Ses sourcils aussi sont nettement séparés, et pourtant il la veut soumise, réduite à son seul usage... *Voulait.* Le mort ne peut plus rien exiger d'elle, plus maintenant, et cette pensée l'allège soudain incroyablement.

« À quelle heure êtes-vous partie, la première fois ? »

Les mots glissent sans qu'elle songe à les retenir.

« C'était avant.

— Avant quoi ?

— Avant qu'il saigne. Il n'y avait pas de sang quand je suis sortie. Ça, j'en suis sûre. Je vous l'ai déjà dit, vous n'avez pas entendu ? »

Sa voix a dérapé dans les aigus et elle s'oblige à respirer pour ne pas perdre le contrôle. L'autre a dû sentir poindre la crise de nerfs parce qu'il s'écarte en soupirant « Reprenons », et Jeanne imagine un ours polaire en train de sourire. Absurde. L'éclat rouge du gyrophare lui donne envie de se laver à l'eau bouillante pour effacer les traces. Un bref instant, elle contemple ses mains aux ongles répugnants. En sortant, cette nuit, elle a laissé traîner ses doigts sur un mur, ce moment subsiste dans sa mémoire, la peau raclant le crépi, la douleur de l'écorchure. Le souvenir lui arrache une grimace et le capitaine doit s'inquiéter de la voir défaillir car il lui tapote le genou. *Personne ne touche !* Elle voudrait se mettre en colère, mais la chaleur l'apaise, on dirait qu'il cherche à lui faire comprendre quelque chose... Bouraoui ! Son nom lui revient d'un seul coup. Il s'est présenté tout à l'heure, dans le couloir « Je suis le capitaine Bouraoui.

Nous allons vous poser quelques questions, mademoiselle. Molinier, tu nous prépares un café ? On peut s'asseoir dans un coin tranquille ? »

Qui est Molinier ? Un des hommes de l'équipe ou Lara Croft ?

Le café a refroidi. Elle n'y a pas touché. Bouraoui n'a pas l'air de réaliser qu'il pourrait aussi bien interroger une machine à délivrer des prédictions astrologiques. Plus il insiste, plus ses souvenirs deviennent fragmentés, détachés des faits réels. Elle ne parvient même plus à se rappeler ses explications quand ils ont débarqué. Elle pense *Il s'agit d'un accident, un accident criminel !* mais les mots sonnent incroyablement faux, mieux vaut les ravaler puisqu'elle n'en possède pas de meilleurs. À la rigueur, elle pourrait lui fournir les raisons de sa confusion – la nausée, l'odeur de musc, les flashs du gyrophare, ses ongles dégueulasses et son trou de mémoire – mais ça ne suffira jamais. Comme il s'acharne à répéter les mêmes questions, elle se frotte les paupières, étonnée de les sentir brûlantes, puis regrette d'avoir bougé car il vient de s'interrompre, persuadé qu'elle va répondre. Chaque geste l'oblige à calculer le suivant. Elle songe aux animaux pris dans les phares d'une voiture, figés dans l'attente de la mort, à Lila qui adore discourir sur la théorie du battement d'ailes des papillons et ses effets désastreux. Jeanne n'a rien à offrir, aucune explication. Le silence se prolongeant, elle se demande si sa sauvagerie d'enfant ne l'a pas prédisposée à vivre ce moment, comme si c'était déjà marqué à l'avance, le sang, la mort et cette nausée.

« Mademoiselle Saxe… »

Cette fois, il lui empoigne les mains (les siennes sont calleuses et semblent très propres) et l'invite gentiment à tout reprendre depuis le début. Tout quoi ? Bouraoui est le genre d'homme qui doit vous rendre douce. Jeanne aime bien sa voix d'ours polaire. Ils pourraient se faire face la vie entière en se murmurant des secrets inavouables. Elle tente de lui sourire pour gagner quelques secondes, mais ça ne sert à rien, chaque fois qu'elle essaie de réfléchir le trombinoscope d'images brisées revient, bouts de corps, œil fixe, reproches qui claquent sur sa peau. Elle sent un goût de bile l'envahir, pense *débile indélébile*, le fou rire monte puis disparaît. Sa voix crépite sèchement :

« Nous savons quel genre d'homme c'était. Il trafiquait, vous le saviez ?

— Non. »

Elle secoue la tête, sincère. Elle ne sait pas. Le capitaine doit avoir pitié parce qu'il ajoute d'un ton radouci qu'elle ne craint rien, il suffit de raconter la soirée depuis le début. Elle parle au hasard, pour lui faire plaisir, et réalise que les mots coulent facilement, presque trop.

« On venait de se fiancer. Fiancés pour se marier, c'est bête, non ? Maintenant, ça paraît incroyable, mais pas ce matin. Ce matin j'étais fiancée et ce soir je suis comme une veuve…

— Continuez…

— Je suis arrivée chez lui pour dîner, mais je ne suis pas restée, à cause d'une embrouille idiote, même pas une vraie dispute. Il était 9 heures, je pense, 21 heures je veux dire, quand j'ai claqué la porte. Ensuite j'ai traîné au hasard et je me suis calmée, c'était tellement stupide ! À mon retour, la télévision marchait, je ne sais pas qui l'a allumée, lui sûrement. C'était éteint quand je suis sortie, j'en suis presque certaine et je n'aurais jamais allumé après, à moins d'être cinglée ! Vous feriez ça avec un mort ? Je vous ai dit qu'on était fiancés ?

— Oui.

— Je crois qu'il s'agissait d'un débat politique, mais je ne pourrais pas le jurer. Je sais juste que c'est arrivé en même temps, la télé qui fonctionnait et lui qui restait là sans bouger et moi qui me réveillais. Il avait l'air mort, complètement mort et je n'ai pas pu le toucher ! Je vous ai appelé. C'est tout. »

Elle ressent une pointe d'euphorie d'être allée jusqu'au bout sans caler, mais Bouraoui s'est assombri, il n'a plus rien d'un ours polaire, on dirait qu'il lui en veut.

« Et le sang ?

— Quoi le sang ?

— Vos vêtements, ça... »

Il désigne sa joue et ça la démange aussitôt. Elle se fige, étourdie par la trahison. C'était bien la peine de la baratiner si au premier détail qui coince il met sa parole en doute !

« J'ai dû me coucher contre lui... forcément !

— Vous l'avez touché, donc.

— Oui.

— C'était avant ou après l'appel au commissariat ?

— Avant, je crois, je ne sais plus exactement. Ça change quoi puisqu'il était mort ? Il n'a pas bougé, il n'a pas parlé, même quand j'ai secoué son bras... »

La scène surgit si nettement qu'il lui faudrait un pinceau pour la rendre réelle. Elle détache les mots avec précaution.

« On aurait dit une branche d'arbre. Je me rappelle le bruit qu'il a fait en tombant, comme une branche qui casse ou un oiseau contre une vitre. J'ai eu peur de lui avoir fait mal, j'attendais qu'il réagisse, même un battement de paupières, ça m'aurait rassurée, mais son visage est resté vide. C'est là que j'ai su que c'était grave. Je n'en ai jamais vu avant lui. Tout ce vide sur son visage... »

Elle soupire, persuadée d'avoir fini, mais évidemment Capitaine Flamme en veut davantage et Jeanne doit continuer parce qu'il n'existe aucune issue.

« Vous étiez au courant de ses activités ?

— Son boulot d'import ?

— Oui.

— Pas vraiment. Je crois qu'il vend de la maroquinerie, mais je n'y comprends rien, ça ne m'intéresse pas.

— Il ne vous a jamais parlé de ses associés, une affaire…

— Jamais. Il cloisonne. En plus, nous ne sortons pas beaucoup. Il n'a pas d'amis. Il disait ça, qu'il n'a pas d'amis, que j'suis la seule, son amie, sa sœur, sa femme et tout ce qui lui plaisait au monde…

— Il était violent ? »

La question claque, affolante. Elle ravale un haut-le-cœur en s'efforçant de paraître indifférente. L'épuisement lui donne envie de pleurer.

« Violent ? Pourquoi ? Persuasif. Il arrive que des choses l'énervent, ça oui. Il n'aime pas qu'on le contredise et… en plus ça n'a rien à voir avec ce soir !

— Quel genre de choses ?

— Qu'on ne le prenne pas au sérieux ou qu'on lui raconte des craques. Patienter aux caisses, les embouteillages, je ne sais pas, les trucs habituels ! »

Ses efforts n'ont servi à rien. À présent, Bouraoui veut savoir pour quelle raison elle a quitté l'appartement de son « fiancé » avant d'y revenir. Jeanne entend parfaitement les guillemets qu'il a mis autour du mot. Elle vient pourtant de lui expliquer.

« J'avais juste besoin de prendre l'air. On s'était pris la tête pour un truc idiot, je ne sais même plus quoi, ça prouve bien que c'était sans importance, non ?! Je crois que j'ai marché, réfléchi, c'est tout !

— Vous croyez ?

— Vous voulez quoi ? Je ne m'en souviens plus en détail !

— Combien de temps ? Une heure ? Davantage ?

— Je n'en sais rien, je vous l'ai dit ! »

Elle a crié. La rumeur de son propre corps l'empêche de se concentrer. Un truc à déglutir ou à cracher. Pourquoi tout paraît-il si confus ? Bouraoui semble fâché, il se racle la gorge et s'apprête à lui faire mal, elle le sent.

« Caron ne faisait pas dans la maroquinerie. Il était trafiquant de drogue. Cocaïne, meth, ecstasy, et depuis quelque temps il se spécialisait dans des drogues de synthèse particulièrement ravageuses. Alors je veux bien entendre que vous ne saviez rien, mademoiselle Saxe, mais il va falloir être un peu plus précise… »

Caron. Ça lui fait drôle d'entendre son nom. On dirait que le flic parle d'un autre homme… Lara Croft surgit une nouvelle fois en brandissant un sac transparent. Elle a dû guetter le bon moment pour rendre son intervention plus dramatique. Le capitaine s'empare de la poche, puis l'observe d'un air énigmatique.

« Vous le reconnaissez ? »

C'est le sweater à fermeture Éclair d'un bleu infiniment triste qu'elle portait ce soir. Jeanne se rappelle avoir hésité devant l'étagère. Un pressentiment ?

« J'ai failli ne pas venir. J'étais fatiguée. Je suis crevée depuis des semaines. »

Bouraoui se fiche de ses états d'âme parce qu'il répète avec insistance :

« C'est à vous ? Ce vêtement ? »

Elle rechigne à répondre parce qu'il faudrait expliquer tout le reste, la tristesse, ses incertitudes, sans cela il ne comprendra jamais pourquoi les souvenirs la fuient.

« On devait se marier… »

Devant son absence de réaction, elle cède d'un soupir.

« Oui, je le reconnais, sauf que je ne me souviens pas de l'avoir ôté. »

Il hoche la tête, satisfait. À travers le plastique, les taches ont viré au marronnasse. Le sang a dû la dégoûter, forcément, c'est pour cela qu'elle a enfilé le gilet puant le musc. Jeanne réprime un rire nerveux. L'innocente aux mains sales.

« Vous avez quelqu'un chez qui dormir, ce soir ? »

Le capitaine semble en avoir assez. Elle acquiesce avec trop de vigueur.

« Ma sœur. Je vais l'appeler en rentrant chez moi. Je n'habite pas ici, en fait. C'est chez lui… »

À voir son air entendu, Bouraoui est parfaitement au courant, sauf qu'il préfère écouter les confirmations couler de sa bouche comme des perles de vérité, et Jeanne peut difficilement lui en vouloir puisqu'elle vient d'énoncer son premier mensonge de la soirée. Il gribouille quelque chose dans son carnet, arrache la feuille et la fourre dans sa main.

« Tenez, je vous attends lundi, à 14 heures. Après-demain. Ça ira ?

— Oui. »

Histoire de prouver sa bonne volonté, elle enfouit le papier dans la poche arrière de son jean. En se levant, elle aperçoit son sac à l'entrée du salon, par terre, avec sa veste, et résiste à la tentation d'ôter le gilet puant. Ce n'est pas le moment de craquer. Une fois en sécurité, elle le balancera dans une poubelle. Elle doit dormir pour retrouver la mémoire. Demain, sûrement, les événements lui apparaîtront plus nettement. Elle n'a pas pu tuer le mort, non ?

« Le taxi est en bas, capitaine.

— On y va. »

Bouaoui hésite, puis hausse les épaules. Elle le suit en chancelant, persuadée qu'il va lui poser une dernière question quand l'idée la frappe brutalement : il est gêné à cause du cadavre qui gît à quelques mètres.

Parvenue dans le couloir, elle se raidit pour ne pas tourner la tête vers la cuisine. Il y a un bruissement de plastique – le sac mortuaire ? –, un ordre chuchoté, « Recule », puis le claquement métallique d'un appareil. Si les brancardiers ne l'ont pas encore déplacé, le corps doit être à moitié adossé contre le mur. Elle s'oblige à fixer le blouson du flic. Sous le cuir, il paraît musclé, légèrement trapu. Qu'a-t-il dit en en se présentant, qu'il appartient à la Crim ? la BAC ? De toute façon, elle est incapable de faire la différence. Le mort aurait su. Il connaissait une quantité de détails sur tout et n'importe quoi... La porte d'entrée est restée béante, quelqu'un s'efface pour les laisser passer. Par chance, Bouraoui emprunte l'escalier. Elle n'aurait pas tenu enfermée dans l'ascenseur avec lui.

L'air de la nuit lui semble aussi enveloppant qu'une étreinte, trop doux pour un mois de janvier. Une Mercedes est garée à l'arrêt de bus, fenêtre ouverte. Le chauffeur somnole, indifférent à l'agitation ambiante. C'est un Black, probablement un Antillais, cheveux ras et crépus qui dessinent la forme d'un crâne parfait. En grimpant à l'arrière, Jeanne chuchote son adresse si doucement qu'il lui demande de répéter. Le capitaine retient la portière sans faire mine de la refermer. « Appelez votre sœur maintenant, je serai plus tranquille. » Elle cherche dans son sac à tâtons et tombe aussitôt sur le portable. Dieu merci, personne n'a songé à le fouiller ! D'un doigt tremblant, elle compose un numéro, compte silencieusement jusqu'à sept avant de parler d'une voix aiguë.

« Je te réveille ? »

Elle ne sait pas comment survivre à ça. Quatre secondes, cinq. Bouraoui claque la portière. Le taxi démarre en cahotant. Dans son oreille, l'annonce enregistrée se déclenche :

« Bonjour ! Vous êtes chez Jeanne qui n'est pas là. Parlez après le bip, elle vous rappellera sans faute ! »

« J'arrive, attends-moi. Je te raconterai... »

L'Antillais la dévisage dans le rétroviseur. Elle lui sourit faiblement, murmure « à tout de suite ». Ferme les yeux.

2

Piégée

Le téléphone bourdonne treize fois avant de s'interrompre. Treize, pareil aux chats noirs, une échelle, un lapin sur un navire. Mauvais sort. Jeanne se demande si le type a prémédité son coup en comptant les sonneries. Comme chaque matin depuis la nuit du meurtre, elle vérifie l'heure et la date au réveil digital, puis les inscrit sur son carnet de chevet : 5h38, 2 mars, onzième jour. Bien sûr, elle pourrait débrancher le fixe et mettre son portable sur vibreur, mais imaginer un chapelet de sonneries muettes s'étirer dans le vide lui paraît bien plus effrayant que d'être réveillée pour de bon. Au moins, elle sait à quoi s'en tenir.

Logiquement, le pervers va attendre une heure ou deux avant de rappeler. Sauf si elle se rendort, dans ces cas-là on dirait qu'il le sent. Elle ne prendra pas le risque, surtout pas le jour de sa reprise au boulot. Généralement, les appels commencent à l'aube, ensuite cela varie de façon anarchique. Les soirées sont plutôt tranquilles et il ne téléphone jamais la nuit. Il doit être occupé. Marié avec une gentille fille qui le prend pour un représentant de commerce et qui lui chuchote au creux de l'oreille combien il est merveilleux. Ça ne change pas grand-chose puisque Jeanne est devenue insomniaque. Une insomniaque à moitié amnésique…

Elle note tout dans son agenda. En consignant chaque détail aussi précisément que possible, la mémoire finira bien par lui revenir sur la soirée du 21 et ce qu'elle a pu fabriquer exactement. Le pervers a commencé son travail de harcèlement le dimanche 22 février. Depuis, il y a eu une centaine d'appels – une dizaine par journée, donc –, sans compter les numéros masqués sur son portable, ceux-là, il suffit de les ignorer en mettant sur vibreur. Elle le soupçonne de préférer le fixe ; de cette façon, il peut l'imaginer terrée à la maison comme une souris dans son trou.

Encore groggy, Jeanne enfouit son visage dans l'oreiller. L'écho qui persiste dans sa tête lui évoque soudain le chuintement des cailloux ricochant à la surface du Lac. Elle pense à des baisers mouillés vaguement répugnants. *Puisshh. Le galet qui frappe l'eau. Puisshh. Son poing fermé. Puisshh. Le sang sur sa chemise. Puisshh. Je vais te tuer, percer ton petit cœur.* Pour stopper les images, elle émet un cri dans le coussin. La plume exhale un relent de pomme verte légèrement corrompu. Il faudra changer de shampoing, choisir un truc inodore, ou un parfum lilas. Elle a remarqué que le mauve ne suscitait quasiment pas d'angoisse, au contraire, l'effet est même calmant.

Elle aimerait se confier à quelqu'un qui ne soit pas de parti pris. Bouraoui la suspecte forcément un peu ; ses parents sont exclus, Anne aussi… Elle n'a personne à qui parler. Ses collègues aiment trop les ragots, et de toute façon elles n'ont rien en commun, sauf Pauline, Pauline est sympa, mais pas assez mûre pour tout ça. *Tout quoi ? La mort ?* Un rire lui monte aux lèvres, vite étouffé. Lila saurait comment réagir, sauf que Lila n'existe plus, ce sont ses derniers mots « Oublie-moi, je n'existe plus ». Personne, à part des fantômes et un pervers qui la torture au téléphone. Son amie ne lui a jamais autant manqué…

Cinq heures quarante-deux, le jour ne tardera plus. Jeanne se glisse à la fenêtre en veillant à rester invisible derrière les voilages. Elle scrute le trottoir à l'affût d'un mouvement, observe le square au coin du boulevard, l'immeuble en face. Il n'y a personne, aucun piéton, pas de petits curieux aux balcons, la plupart des volets sont fermés et l'unique lumière éclaire le cabinet du dentiste au premier étage. Une employée astique l'énorme bras en inox, au-dessus du fauteuil. Ce matin elle porte un nouveau tablier bleu à fleurs blanches. Elle travaille chaque jour de 5 à 6 heures, sauf le dimanche où le store reste clos.

Jeanne refait un tour d'horizon. La rue, les façades, le square où Charles de Gaulle semble désigner le ciel au pigeon perché sur son poing, le bras maculé de fientes. Un frisson la secoue. L'encre de l'aube ressemble à une eau froide, à peine éclaircie à l'est. Pour adoucir son angoisse, elle se représente le jour refoulant les ténèbres comme on tire un vieux rideau de théâtre, puis elle ferme les yeux, bouche collée à la vitre, et se laisse pénétrer par le ronflement d'un camion. En se concentrant assez fort, on peut percevoir le passage de voitures qui filent sur le boulevard. Une variation dans l'air la ramène brutalement à son guet. La vieille du 8 quitte le porche d'entrée, halée par un caniche aux allures de robot de cuisine. Arrivé à la hauteur du 10, le chien lève une patte à l'équerre et laisse filtrer un jet d'urine. Tous les matins il pisse là, aussi réglé qu'un métronome.

Mars, c'est le mois des guerriers ! Les paroles de sa grand-mère lui reviennent avec la soudaineté d'une gifle, sans rapport avec le caniche. Jeanne tente de repousser le souvenir, mais ça ne fait qu'empirer les choses, parce que derrière Grany l'ombre du Mioche rôde, son sourire ouvert comme un trou au milieu du visage. Elle ne pense jamais à lui d'habitude. La nostalgie la révulse, les photos sépia, le vintage, les dessins animés débiles, cela revient à déformer l'enfance en créant un trompe-l'œil, comme de la fausse patine sur un bois aggloméré.

Elle retourne au lit et s'enfouit sous la couette en frissonnant. Combien de temps peut-on tenir avec trois heures de sommeil par nuit ? Jamais elle n'aurait cru qu'il était si éprouvant de lutter contre un sommeil qui fuit. Les paradoxes sont épuisants. L'épuisement la sensibilise au point qu'elle perçoit le réseau des nerfs courir sous sa peau, une pulsation qui ne cesse plus. Elle s'imagine écorchée, le corps fendu en deux, pareil aux silhouettes en coupe des cartes de sciences naturelles avec leur floraison de nervures rouges remontant vers la masse gélatineuse du cerveau. Comment faire si ça la prend devant une cliente ? On l'attend à 10 heures à la boutique. Officiellement, elle a eu une bronchite. Léa exigera probablement un certificat médical. Jeanne n'a pas de médecin traitant, et elle va devoir en trouver un complaisant. Celui de sa sœur ? Pas vraiment l'idée du siècle… Elle peut aussi demander à Claire ; la pharmacienne est la mieux placée pour lui indiquer un praticien pas trop regardant et elles sont quasi copines. Au pire, elle plaidera un épisode dépressif.

Le silence fait resurgir la couleur opaque du Lac. Jeanne se rappelle exactement la sensation du froid qui grignotait ses jambes en y pénétrant, son souffle brusquement coupé. Elle a lu un jour que passé les spasmes d'étouffement, la mort par noyade est plutôt agréable, que l'action de l'eau dans les poumons provoquerait des mirages et qu'il suffirait d'abdiquer pour que la douleur cesse, une lente glissade jusqu'au grand néant. Évidemment, c'est un mensonge horrible, un cœur qui éclate n'a rien de planant, il suffit d'imaginer la lutte affreuse avant la déchirure quand il faut avaler l'eau amère et mourir… Elle se redresse, pantelante. Le réveil marque 6 h 06, autant prendre sa douche tout de suite.

Figée sur le seuil de la salle de bains, Jeanne évalue les lieux. Le danger agit comme une pierre à aiguiser sur ses perceptions, les signes qu'il faut comprendre et interpréter. Elle passe en revue le carrelage aux jointures noircies, l'étagère chargée de flacons, le rideau drapé autour de la baignoire sabot. L'ennui avec cette cuvette, c'est qu'on ne risque pas d'y noyer grand-chose, les souvenirs flottent comme de vieux canards en plastique. Des canards ou des ricochets... Tout paraît normal. Elle se débarrasse de son pyjama, dos tourné à son reflet. Le locataire précédent a eu la mauvaise idée de couvrir une partie du mur avec des carrés de miroir, si bien que le corps prend une importance démesurée dans la pièce exiguë. Elle ne supporte plus ce double impassible. Chaque fois qu'elle ose affronter son image, elle cherche l'ombre qui l'enveloppe d'incertitude.

Une fois certaine que tout est normal, elle va se réfugier derrière la toile en plastique, hors d'atteinte, et règle l'eau aussi chaud que possible, puis elle entreprend de se savonner avec un soin maniaque, rince, recommence. Ses doigts cherchent les nœuds de douleur nerveuse et les pétrissent jusqu'à les faire céder. Ensuite, elle recommence au gant de crin. Sa peau a pris l'aspect du caoutchouc d'un rose presque rouge, pellicule dénuée d'odeur et de tensions. Elle se rince en alternant l'eau brûlante avec un jet glacé, se relève pour vérifier l'état de ses hématomes. Le premier, sur son bras droit, a presque disparu ; le second, situé au-dessus du rein gauche, compose une trace mauve, quant au dernier, sur le mollet, il a viré au jaune sale ; celui-ci, elle ignore comment il est apparu mais parierait pour le vendredi 20 février. Il n'y a pas d'autres marques. Elle se demande si elle a pu exagérer la violence. À mesure que les jours passent, que les traces s'effacent, les choses paraissent moins radicales...

En tirant le rideau, elle intercepte son image dans le miroir embué.

« Trop tard. »

Les mots jaillissent dans une explosion de rouge qui la frappe au plexus et la fait chanceler si fort qu'elle doit se rasseoir au fond de la baignoire pour ne pas s'effondrer. Le front pressé contre les robinets, elle se met à compter à l'envers. Parfois, le seul fait de se concentrer sur des chiffres suffit à chasser les visions. Depuis l'accident (*Combien de jours déjà ? Neuf ?*), certains mots lui apparaissent en couleur. Meurtrière est bleue. Rien à voir avec la teinte azurée du ciel, c'est un bleu d'ecchymose, une nuance corrompue, déplaisante. Banane est violet, curieusement réconfortant. Traînée-de-pute est rouge. Trahison, vert sombre. Noces, bleu vif. Sommeil est blanc, mousseux et tiède. Coupable arrive souvent au moment du réveil, d'un jaune gluant, comme un œuf. Elle ignore s'il s'agit d'une association d'idées, jaune/œuf/petit déjeuner, en tout cas le mot s'échappe, hors de contrôle, avec l'agilité du mercure, de petites billes visqueuses de culpabilité, du mercure ou de l'huile de moteur. Coupâââble !

Les gens aussi transpirent un fond pigmenté, pas tous, seulement les plus intrusifs, et cela n'a rien de commun avec les auras, Jeanne en est persuadée. Ils laissent échapper des pensées corrodées par la méfiance ou la mauvaise humeur. Bouraoui est rose. La vieille dame du caniche paraît kaki dans la pénombre de l'aube et la femme de l'accueil, au commissariat, était d'un vert lumineux.

Ce trouble porte un nom, mais elle est incapable de se rappeler lequel. Elle ignore si le processus est réversible, elle sait simplement que quand la vague l'emporte mieux vaut cesser de lutter ; la peur l'enroule dans ses spirales puis l'abandonne à bout de forces.

Concentrée sur les nombres, elle presse durement son front contre les robinets. 98, 97, 96, 95… La meurtrissure lui cause une satisfaction vicieuse. 80, 79, 78… Lentement, la nausée semble refluer. À 65, Jeanne se sent capable de sortir de la baignoire. Sa peau l'irrite d'avoir été frottée, mais elle n'a pas le courage de s'enduire de crème. Elle attrape son peignoir à tâtons, s'enroule dedans et quitte la salle de bains. Ce soir, s'il lui reste un peu d'énergie, elle arrachera les carreaux de miroir.

Elle rejoint la cuisine pieds nus. Il est 6 h 18 à la pendule. La fraîcheur du carrelage lui fait penser au marbre d'une tombe. Elle ignore à quel moment aura lieu l'enterrement, elle n'a pas eu de contact avec la famille Caron et cela ne l'étonne qu'à moitié puisque ses parents n'ont jamais cherché à la connaître. Le mort n'y tenait pas non plus. *Laisse tomber, ma puce, mes vieux sont pas vraiment ton genre.* Aujourd'hui ça lui apparaît comme un immense gâchis, toutes ces choses avortées, les erreurs commises qui auraient pu être évitées.

La police conserve la dépouille à l'Institut médico-légal, Bouraoui l'a prévenue, c'est la procédure en cas de décès suspect. Ils ont dû le vider pour ne pas qu'il pourrisse. Jeanne imagine le corps allongé sur une clayette de chambre froide, étiqueté comme un objet perdu, une coque creuse à l'apparence d'homme. Elle n'est même pas retournée chez lui, l'appartement est sous scellés d'ailleurs. Quand les flics lui ont proposé de la faire accompagner pour récupérer des objets personnels, elle a refusé. Elle n'a aucune envie de fouiller sous l'œil d'un fonctionnaire.

Jeanne ne prononce jamais le nom du mort et le capitaine ne semble pas vraiment surpris par sa réticence, sauf qu'il se trompe, ce n'est pas la douleur qui la rend fuyante, plutôt son inaptitude au chagrin. Tant que son fiancé demeure à l'état de brume, elle ne peut pas le pleurer. Elle est vide d'émotions et d'une bonne partie de sa mémoire. Bouraoui l'appelle « Caron » ou « M. Caron » s'il veut la ménager, comme si elle était une potiche en deuil. Visiblement il a du mal à saisir pourquoi ils étaient ensemble et ce scepticisme la plonge dans une rage muette. Qu'est-ce que ce flic sait de l'amour avec ses raisonnements binaires ? Que connaît-il du désir, quand on veut quelqu'un au point de ne plus savoir respirer ?

Elle réalise à peine que tout est fini, que l'homme qu'elle aimait a disparu. *Lui.* Elle n'arrive plus à le nommer ni même à l'évoquer, sauf ce bras qui n'en finit pas de retomber. Il a perdu ses contours et flotte à l'état de brouillard dans son souvenir. Elle pourrait regarder les photos, bien sûr, mais le courage lui manque. Elle ne consulte plus les réseaux sociaux de toute façon, n'allume plus la télé. Elle se sent comme une nonne en retraite, une nonne sans Dieu ni direction.

Le frigo est vide à l'exception d'un pot de confiture tacheté de moisissures pelucheuses, une part de fromage luisant et un œuf. Les placards ne sont pas mieux pourvus : un bocal de câpres et une conserve d'abricots au sirop. Elle a fini le dernier sachet de pizzas apéritives la veille, au dîner. Plus de café. Il reste du thé dans une boîte ornée de roses, un cadeau de Lila pour sa fête de l'an passé. En l'ouvrant une odeur de fumée s'en échappe, mélange de bois brûlé et de tourbe qui lui fait monter les larmes. Elle s'en contentera, avec l'œuf dur. En allant à la boutique, elle passera à la boulangerie acheter un truc nourrissant.

Une fois la casserole remplie, Jeanne y plonge l'œuf et patiente le temps de voir les premières bulles se former. Une part de son esprit guette le téléphone, ce petit creux d'air juste avant que la sonnerie ne pulvérise le silence. D'habitude, le type a rappelé au moins une fois, il aime bien la harceler le matin. Sauf une fois. Le mardi 24 février, il l'a laissée tranquille une journée entière et elle s'est persuadée que tout irait bien désormais, ce n'était pas un maître chanteur, juste un taré en mal d'occupations. Au fur et à mesure que les heures passaient et que son soulagement grandissait, elle s'est convaincue que le chagrin finirait par l'atteindre et qu'elle ferait les choses en ordre, son deuil, la fin de l'amnésie… L'espoir s'est fracassé à l'heure du dîner, quand le fixe a sonné. Elle a décroché, écouté le silence, puis elle a couru aux toilettes pour ne pas rendre ses tripes sur le plancher. C'est pendant qu'elle se tenait pliée au-dessus de la cuvette que le premier mot en couleur a surgi, un « multirécidiviste » ocre traversé de filaments bleus flottant sur les grumeaux du vomi.

Peut-il savoir qu'elle reprend le travail ce matin ? Jeanne doit cesser de l'imaginer à l'affût, épiant ses moindres gestes. Ce type n'est pas doué d'omniscience, ce n'est qu'un pervers, un charognard qui profite de la mort d'un homme pour… pour quoi, au juste ? Au début, elle a envisagé un tas d'hypothèses, la vengeance d'un voisin, un ex en plein délire, et même Lila, son amie-pour-Toujours miraculeusement revenue sur sa promesse, prête à excuser sa trahison, et sur le point de prononcer le mot « pardon ». Malheureusement, les jours passant, elle a fini par se rendre à l'évidence, le maniaque du téléphone veut quelque chose, une chose qu'elle est seule à posséder, probablement en lien avec le mort et ses trafics ! Argent ? Drogue ? Tant qu'elle y réfléchit, Jeanne n'a plus à se soucier de son trou de mémoire ni du cadavre dans le couloir ou des questions de Bouraoui. Tout est balayé par une peur concrète qu'on peut clairement désigner « appels anonymes » ou « sadique manipulateur en train de prendre son pied ».

La coquille tressaute dans l'eau bouillante et ravive sa sensation de faim. Elle s'apprête à saisir la casserole quand le mot lui revient d'un coup : *Synesthésie.* C'est de ça qu'elle souffre ! La synesthésie associe les perceptions entre elles, les lettres aux couleurs, la musique aux formes et même les mots au goût. Le soulagement la submerge si brutalement qu'elle doit s'asseoir, le cœur battant. Elle n'est pas en train de devenir dingue, elle est simplement atteinte d'un trouble mineur, rien de mortel ou de définitif comme la paranoïa ! Durant un instant, tout lui paraît plus léger, presque simple. Elle inspire l'air, ferme les yeux, compte jusqu'à dix et l'oppression revient lui nouer la gorge, intacte. Elle gémit de sa bêtise. Identifier un symptôme ne règle rien ! Personne ne lui propose de choisir entre ses maux. La synesthésie est dans sa tête et le type rôde à l'extérieur. *Débrouille-toi avec ça !*

Au début, Jeanne a tenté de le faire réagir. Elle a crié, l'a insulté, a menacé de tout révéler à la police et lui a raccroché au nez. Cela n'a servi à rien, sauf à redoubler les appels. Elle sait maintenant que le silence a pour but de réduire sa résistance petit à petit, comme on attendrit une viande à grands coups de battoir. Le pervers a tout programmé, la fréquence des coups de fil, l'alternance d'espoir et d'inquiétude, et, quand il la jugera mûre pour entendre ses exigences, il n'aura plus qu'à demander.

Chaque fois, le processus se répète, immuable : il ne parle pas, mais respire assez fort pour éviter tout malentendu. *Je suis là*, affirme son souffle, *je ne te lâcherai pas avant d'avoir joué avec toi*. Elle hésite à lui proposer de l'argent. Combien pour un meurtre ? Est-ce à cause de cela ? L'initiative doit venir de lui. Cet homme aime qu'on l'implore, Jeanne le sent dans ses tripes, il veut l'entendre gémir de trouille et cela l'aide à résister. Les requins n'attaquent qu'au moment où ils flairent la peur et le sang. *Crève*, pense-t-elle, *je me couperais la langue plutôt que de te supplier !* Dans le fond, peu importe ce qu'il est capable de lui infliger en vrai, ce sera toujours moins terrible que le trou noir de l'amnésie, de ne pas savoir ce qui s'est passé la nuit du 20 février. Ce qu'elle a commis.

6 h 22. L'eau s'est évaporée en partie, mais ça devrait suffire à remplir la moitié d'une tasse. L'œuf plâtreux forme

sur sa langue de petits grumeaux étouffants qu'elle recrache dans la poubelle. Sa faim est passée. Le sachet de thé flotte un instant, puis sombre au fond du mug « Souris à la vie », un cadeau de sa mère quand elle est partie de la maison. Elle aurait dû le balancer. L'objet a résisté à tous ses déménagements en faisant office de rappel à l'ordre. *Rappelle-toi d'où tu viens, sale fuyarde !* Seules les moustaches peintes du rongeur se sont effacées à force de lavages. En soufflant sur le thé brûlant, elle s'approche machinalement de la fenêtre pour inspecter la rue. La semaine passée, un homme épiait, la tête levée vers sa fenêtre, et elle a passé la journée à échafauder des scénarios horribles. Le soir même, elle l'a revu au bras de la voisine, une fausse rousse coiffée d'une aigrette de cheveux gélifiés. La fille s'est présentée à sa porte le lendemain. De près, on aurait dit un hérisson écorché.

« Je suis Farida, du second, vous savez ? »

Non, Jeanne ne savait pas, sur la boîte aux lettres on peut juste lire une initiale : F. Melki. Elle a cru que c'était en rapport avec son petit ami, parce qu'ils l'avaient surprise à espionner, mais elle n'a pas eu le temps de s'excuser que Farida déblatérait à propos d'une enquête de voisinage.

« J'aime pas trop les ragotages, comptez sur moi là-dessus. Je leur ai dit aux flics, je débine personne et la voisine elle peut bien faire ce qui lui chante, pas vrai ?! » Les doigts repliés sur des crochets imaginaires, la fille a souri d'un air complice. « Si vous avez besoin de parler, j'ai l'habitude… Je coiffe chez Domino, je vous ferai un prix… »

La suite est restée suspendue dans l'air, une vapeur cyanosée qui flottait autour de l'aigrette gélifiée – *le bleu des meurtrières, bien sûr* –, alors Jeanne a enfin compris ce qui lui échappait : pendant qu'elle se terrait dans son appartement, quelque chose s'est corrompu et sa vie a changé. Il ne s'agit pas seulement du mort ni des soupçons de la police ou de son avenir. Quelles que soient les conclusions de l'enquête, rien ne sera plus jamais pareil.

Elle a refermé la porte au nez de Farida F. sans ajouter un seul mot, cela valait mieux que de perdre le contrôle. Depuis cet épisode, elles se sont croisées à deux reprises dans le hall et l'autre a fait mine de l'ignorer. Jeanne peut difficilement lui en vouloir et, à tout prendre, elle préfère encore passer pour une pétasse malpolie plutôt que d'expliquer qu'elle ne sait toujours pas de quoi elle est capable.

Le thé est froid quand elle se décide à l'avaler et la saveur écœurante du goût fumé lui paraît curieusement réconfortante.

« Tu n'es plus là. »

Elle articule les syllabes dans l'espoir d'éprouver une émotion, mais les mots évoquent seulement l'absence et un affreux sentiment d'imprécision. Elle tente de se représenter le mort allongé dans son tiroir de morgue, ses yeux clos, son corps inerte, méconnaissable. Toutes les choses qu'il ne fera plus. Lui lécher les dents, baver dans sa bouche ou saisir ses poignets en les serrant trop fort, *je pourrais les casser d'une torsion,* il riait en disant cela. Cela ne remue plus rien. Une seule question la taraude, à peine formulable. *L'a-t-elle tué ?*

Le téléphone se remet à sonner à 9 h 27 au moment où elle s'apprête à enfiler son imper. Un silence l'accueille, épais comme du sirop, et son « Allô » s'y enfonce lentement. Elle doit se retenir de demander au pervers pourquoi il a tellement tardé à rappeler. En écoutant le fil ténu de sa respiration, elle se représente sa bouche ouverte, les lèvres tordues – *fines ? charnues ?* – aspirant goulûment l'air. Parfois, elle a l'impression que si elle soufflait dans le combiné, il pourrait avaler son haleine. Le silence a fini par créer une forme d'intimité entre eux. Ça lui rappelle les défis qu'elles se lançaient avec sa sœur, quand, à bout d'arguments, elles hurlaient le mot sésame « Ta gueule ! » S'ensuivaient des bouderies interminables qui les tenaient muettes des après-midi entiers, campées sur leurs positions, enrageant de la résistance de l'autre.

Machinalement, Jeanne s'est mise en apnée pour suivre la course de l'aiguille des secondes à la pendule. Elle ne dira rien, sinon il serait fichu de deviner qu'elle est sur le point de sortir travailler. Ce type est capable de flairer ses états d'âme rien qu'au ton de sa voix. À l'autre bout de la ligne, le souffle s'emballe sur l'inhalation finale et cela produit un râle infime, dégoûtant. S'il se décidait à prononcer un seul mot, même « salope » ou « pétasse », ce serait moins terrifiant. La flèche trotte au ralenti un tour complet, égrenant un goutte-à-goutte poisseux. On dirait que le temps se mesure en mètres ou en densité. Une minute douze. Elle ne veut plus jouer avec lui. Elle veut vivre son deuil. Vivre ou mourir, elle ne sait pas encore quoi choisir. Une minute trente-deux. Elle raccroche doucement.

Dans la glace du hall d'entrée, une fille livide lui adresse une grimace étonnée. Jeanne la Vendeuse fixe Jeanne la Coupable-Idéale. L'avantage avec une tête pareille, c'est que personne n'osera lui réclamer un certificat médical. Elle songe à un titre de tableau : *Folle frappée par la foudre* ou encore *Femme de Loth en sel*, et l'espace d'un instant l'absurdité de sa vie lui apparaît dans son énormité. Le mariage raté, le meurtre ou l'accident, sa solitude, l'homme au téléphone et l'amnésie qui recouvre tout d'un voile.

« Tu vas y arriver, Jeanne ! » Elle resserre les pans de son imper et répète d'un ton de défi : « Tu vas y arriver. »

Dehors, l'air est acide, joyeux. Personne à l'horizon, aucun guetteur sadique, *Merci mon Dieu,* pense-t-elle. Le ciel se moque bien des petites tragédies, il est d'un bleu sans équivoque, un bleu de noces ou de mort douce. La tête lui tourne un peu et elle réalise que, hormis les deux convocations, elle n'est pas sortie de la semaine. Ses pensées vont et viennent comme un essaim d'abeilles. Il faudra faire les courses en rentrant. Acheter un sandwich à sa pause. Elle se repliera dans la réserve et prétextera de la fièvre si les autres l'invitent à déjeuner. Encore neuf heures à tirer. Neuf et demie en comptant le crochet au supermarché. Elle n'est pas sûre d'arriver au bout. Respirer. Se concentrer sur la seconde présente. Le vent est anormalement tiède. *Temps détraqué*, quelqu'un a dit ça il n'y a pas longtemps, elle ne sait plus qui. Ses muscles semblent avoir fondu, elle ne marche pas vraiment, elle flotte hors du monde. Qui travaille aujourd'hui ? Pauline ? Pourvu que ce soit Pauline. Surtout pas Léa. Léa est une salope constipée. Tenir une journée. Demain est un autre jour. Bla-bla-bla.

Quand la peur l'assaille trop fort, elle marmonne à mi-voix « Ça va aller. »

Sa patronne fait le guet devant la boutique. Cela lui cause un petit choc désagréable. Avant qu'elle ait pu se composer une attitude, Garmond la coupe dans son élan.

— Je dois vous parler, suivez-moi mon petit.

Derrière la vitrine, Aurélie et Pauline montrent des visages de mannequins rigides.

À leur entrée dans la brasserie, le chuintement rageur du percolateur déchire le brouillard ouaté. Garmond lève deux doigts en forme de V de la victoire et prononce « café ». Elle se conduit en habituée et choisit sans hésiter la banquette coincée entre le passage vers les toilettes et un muret de lambris, déboutonne sa veste fourrée, la dépose repliée, puis s'assoit avec un gros soupir. Une bouffée de parfum s'échappe, un fleuri jaunâtre qui n'augure rien de bon. Jeanne se laisse tomber à son tour en resserrant les pans de son imper dans un geste de défense. Sa naïveté la sidère.

Comment a-t-elle pu croire qu'on la laisserait tranquille, surtout après la visite de Farida ! Plutôt que de s'inquiéter du certificat médical, elle aurait dû préparer sa version des événements. Bouraoui lui a réclamé les coordonnées du magasin, mais jamais elle n'a envisagé qu'il enquête sur son lieu de travail, pas sans la prévenir. Cette trahison l'affecte curieusement. Et Pauline ? La gentille Pauline adepte des SMS ? Pourquoi ne pas l'avoir prévenue ?

Jeanne appuie ses paumes bien à plat sur la table, histoire de montrer qu'elle n'a rien à cacher. On dirait deux papillons épinglés sur le Formica.

« Vous voulez un remontant avec votre café ?

— Un remontant ?

— Cognac, c'est encore ce qu'il y a de mieux...

— Maintenant ? Non, ça ira. Merci. »

Garmond semble hésiter. C'est mauvais signe. D'habitude elle ne prend pas de gants, surtout pas avec sa quatrième vendeuse.

« Ma petite... »

L'embarras cède la place à une moue de compassion inquiétante.

« Je ne vais pas vous cuisiner. Je me doute que vous avez eu votre dose... »

Rien ne peut enrayer ce qui vient. Jeanne aimerait s'enfuir, mais ses jambes sont désormais trop molles pour la maintenir debout. Elle aurait dû exiger d'être informée. Combien de gens sont au courant ? Pas ses parents, forcément, ils auraient appelé... Les flics ont-ils le droit de fouiller sa vie privée et de saccager les maigres relations qui lui restent ?

Un café apparaît sur la table, puis le second, suivi du ticket que l'autre s'empresse de fourrer sous sa soucoupe. *C'est moi qui paie, ma PETITE.* Jeanne plonge le nez dans sa tasse. Ce simulacre de gentillesse lui donne envie de hurler. Le café est âcre, trop chaud. Sa patronne déblatère à propos de recul nécessaire, bonus et convalescence sabbatique. Les paroles sont fermes, d'un beau vert tranchant traversé par un filament mauve – *compassion feinte.* C'est tellement inhabituel que Jeanne doute de sa vision.

« Guérir… rupture conventionnelle… préserver l'essentiel. » De quoi parle Garmond ? Le fond de teint dessine une ligne brisée à la lisière des cheveux et Jeanne doit refréner l'envie de lui frotter le visage pour vérifier qu'il ne s'agit pas d'un masque.

« Je me mets à votre place, vous savez… »

Bien sûr. Ce n'était pas si compliqué à comprendre, finalement. On lui demande juste d'acquiescer pour recoller sa vie en miettes. Tout retrouvera sa place, sauf son fiancé allongé à la morgue. Pour lui, il est trop tard.

La musique couvre brièvement ses pensées, un morceau électro du CD qui passe en boucle à la boutique. Elle y voit un signe minuscule, comme un clin d'œil. Cette femme aux paroles vertes lui offre une issue. Ce serait tellement bon de s'appuyer contre sa poitrine le temps de reprendre son souffle, croire à l'illusion d'une mère. *La mort a le pouvoir de tout transformer*, pense-t-elle en réprimant un bâillement. Elle soupire, sourit.

« Si vous voulez… On fait comme ça.

— Oh !… formidable ! »

Garmond a hésité une fraction de seconde, suffisamment pour révéler l'embrouille, mais Jeanne s'en fiche, il y a trop de failles dans sa vie, des lézardes ou des cicatrices, quelle importance, elle n'a pas la force de les éviter. Et puis l'empressement de sa patronne lui fait bizarrement plaisir.

« Vous n'avez qu'à signer là et je renverrai les papiers à votre adresse. Vous les lirez tranquillement chez vous. »

Des feuilles apparaissent, suivies du stylo. Elle inscrit son nom, s'applique. Jeanne Saxe. Le stylo fuit et laisse une traînée noire.

« Ici… et là aussi. La date, « Lu et approuvé ». Voilà, parfait ! L'essentiel, maintenant, c'est de prendre soin de vous. Pourquoi ne pas faire un trekking dans le désert ? J'ai une adresse d'agence très bien… »

Devant son absence de réaction, la vieille bique ne peut retenir une dernière perfidie.

« C'était votre fiancé, je crois, non ? Le garçon qui vous attendait la dernière fois… ou bien il s'agit d'un autre ? »

Sur le chemin du retour, Jeanne fantasme des dunes à perte de vue, le silence posé dessus comme une nappe et Garmond plantée au milieu, mi-femme, mi-palmier. Ses pensées oscillent entre stupeur et délivrance. Elle n'a même pas eu besoin de repasser au magasin, on lui renverra ses affaires avec le solde de tout compte. Elle est libre. Le mot tourne dans sa tête, il est rose lilas, la nuance la plus apaisante du spectre. Évidemment, son avenir ne ressemble plus à grand-chose. Il lui reste quoi ? Des parents qu'elle voit le minimum, un appartement en location, de l'argent-bien-mal-acquis que le mort lui a laissé, un début d'amnésie et des troubles de la vision. Aucune amie. Elle n'en a jamais eu jusqu'à Lila, juste des copines, des relations de lycée. Et sa sœur… Avec Pauline, leur entente était purement circonstancielle. C'est de sa faute, après la défection de Lila, il a fallu remplir le vide…

Pas étonnant que Garmond se soit ruée sur l'occasion, à sa place elle aurait fait pareil ! La boutique reviendra à son état d'origine avec les cintres espacés de quatre centimètres, l'orchidée au centre du présentoir, le calibrage des gestes et des mimiques et les sourires étirés de la même façon pour accueillir la clientèle, une politesse de pure forme qui l'a toujours hérissée. Quatre CD par saison. Pas de questions ouvertes. « On ne ferme jamais les questions, mesdemoiselles ! Ça décourage la vente en appelant le oui ou le non, et on ne veut pas de non ici, n'est-ce pas ? » Ça la rend dingue. *Rendait.* Compatir sur les kilos en trop, battre des mains devant la nouvelle collection, dire « Bonjour, Madame » en appuyant sur la majuscule. La foi lui manque, tout simplement. *Manquait. Tu es libre maintenant !* En dépit du soulagement, Jeanne éprouve de l'amertume à l'idée d'avoir été balancée. Tant pis. Elle n'aura plus à supporter les talons à torture chinoise, les refrains à seriner sur le modèle in-dis-pen-sable, les robes jetées en vrac dans un coin de cabine qu'il faut défroisser et ranger. Un jour, sous une jupe froissée, elle a trouvé une serviette hygiénique usagée… Tout la ramène à ça. Le sang. Elle doit pourtant reconnaître que ce travail l'a rendue un peu moins sauvage, surtout les derniers mois.

Sauvage est bleu vif, couleur de la fatalité.

Perdue dans ses pensées, elle manque trébucher et relève la tête. L'air se pétrifie dans sa gorge en une longue coulée de glace. Son visage s'étale dans la vitrine du PMU, un cliché identique à celui qui orne sa carte de bibliothèque. Juste au-dessus, son fiancé la fixe durement. Elle doit déchiffrer syllabe après syllabe pour comprendre le titre en une :

« Un homme soupçonné d'appartenir au milieu abattu à son domicile »

Quelque chose cloche. Il s'agit d'une autre fille, d'un mort qui lui ressemble. Des sosies. La douleur pulse contre ses tempes en battements frénétiques. *Meurtrière. Coupable. Traînée-de-pute.* Son front fourmille de piqûres dévorantes, une suée d'orties, c'est la logique même pour les filles jaune-coupables. Elle a lu un jour que les tribunaux du Moyen Âge infligeaient le jugement de Dieu aux plus récalcitrants. L'épreuve, censée extirper la vérité de la gangue des mensonges, pouvait prendre la forme d'un duel ou d'un jeûne, et peu importe dans quel état les accusés en réchappaient, souvent plus morts que vifs.

Dans les cas limites, on jetait à l'eau les suspects ligotés, histoire de vérifier combien de temps ils surnageraient, et les noyés étaient déclarés innocents, car il est bien connu que le diable fait flotter les pécheurs comme les canards en plastique. En l'absence d'un fleuve à proximité, certains magistrats exigeaient du prévenu qu'il saisisse à pleine main une barre de fer rougie au feu. La peau des honnêtes gens ressortait indemne des flammes de l'enfer, ceux des damnés racornissait comme de l'étoupe et il ne restait plus qu'à les rôtir entièrement... Jeanne a de la chance, la seule brûlure qu'elle endure est sa honte. Pas de quoi en mourir.

Une rafale de vent la pousse sur les pavés inégaux. Si elle tombe maintenant, elle ne pourra jamais se relever, il faudra qu'on la ramasse. Une colère sourde l'envahit. Personne n'a le droit de raconter l'histoire à sa place, pas avant d'avoir remis de l'ordre dans ses souvenirs. Que vont dire ses parents ? Sa sœur ? N'importe qui pourra s'ériger en juge à présent. Elle veut bien payer ses fautes pourvu que la mémoire lui revienne, pas se soumettre à la rumeur publique sans savoir de quoi elle est coupable !

L'épuisement rend son corps lourd, maladroit. Le Mioche bougeait de la même façon, les membres raides, entravés par la pesanteur. Quelquefois, ça l'énervait tellement qu'elle finissait par le secouer avec violence en chuchotant pour éviter de se faire surprendre « Ça te fait quoi, là ? ». En guise de réponse, il lui offrait un sourire baveux d'allégresse. Depuis sa naissance, chaque attention le plongeait dans le même ravissement et Jeanne haïssait cette joie systématique qui l'empêchait de se défendre. Elle discernait le trouble des adultes en présence du gosse, ce mouvement de retrait mal camouflé. Une fois la surprise passée, le handicap identifié, ils se mettaient à discourir d'une voix faussement enjouée « Oh, mais c'est un... grand garçon ! Quel sacré bonhomme on a là ! » Faute de trouver un compliment, ils se cantonnaient à l'évidence en essayant de camoufler leur gêne. Les plus embarrassés faisaient mine de tapoter son crâne, en réalité ils l'effleuraient à peine et Jeanne les détestaient de toute son âme, elle détestait ces hommes et ces femmes compatissants, l'humanité aux narines pincées et par-dessus tout elle détestait le Mioche, parce c'était lui la cause de cette haine capitale, l'origine du gâchis !

Quelqu'un approche sur sa droite, une dame chaussée de mocassins. Jeanne feint de s'intéresser à la vitrine d'une agence de travail temporaire. Suspendues par des fils de pêche, les annonces composent un paravent mobile qui occupe une moitié de devanture ; on cherche un ouvrier zingueur, des maçons, un cuisinier de collectivité, trois secrétaires et un docker. En examinant l'affichette – *Recherche un ouvrier portuaire pour un CDI* –, la solution émerge soudain comme un haricot germé, si évidente qu'elle en a le souffle coupé. Pour devenir invisible et échapper au pervers, il lui suffit de se volatiliser. Effacer sa trace, la carte bleue et son portable, partir sans se retourner. Elle n'a pas besoin du chèque de Garmond, l'argent du mort devrait couvrir ses dépenses plusieurs mois, peut-être un an en se montrant économe.

La dame aux mocassins s'est décidée à traverser et Jeanne lui emboîte le pas sans prêter attention au scooter à pizza lancé à pleine vitesse. Le conducteur l'évite d'un écart, elle n'a même pas le temps d'avoir peur, mais l'incident la coupe dans son élan et lui donne envie de se coucher par terre pour se laisser mourir. Elle aurait pu en finir là, sur le macadam, se vider de la honte et des couleurs. Où qu'elle se tourne il n'y a personne, juste des ombres. Elle se demande quelles pensées ont traversé son fiancé à la fin. A-t-il eu un dernier désir ? Un effroi qui a broyé tout le beau du monde ? Lui qui ne supportait pas de perdre le contrôle…

En sortant de la supérette où elle a acheté de quoi tenir trois jours, Jeanne se rend compte qu'elle a zappé le rayon des viandes, or il lui faut des protéines pour reprendre des forces et la boucherie est à moins de cent mètres. Elle s'encourage à mi-voix, comme on flatte une bête récalcitrante « Tout va bien se passer ».

En pénétrant chez le boucher, le temps de réaliser sa bévue il est déjà trop tard. Un trio patiente. *Am-stram-gram*... La blonde à mèches est une habituée de la boutique, Jeanne l'a servie aux derniers soldes. La seconde – rousse, petite soixantaine – s'accroche au bras d'une vieille dame qui est son portrait craché, sa mère selon toute vraisemblance. Un sourire les illumine comme des lampions de foire dès qu'elles la reconnaissent. Mèches Blondes adopte un ton plein d'empathie, à croire qu'elles sont copines depuis l'apparition du christianisme.

« Vous êtes sûrement pressée, tenez, passez la première, on a toute notre matinée, nous. Pas vrai, Josy ? »

Josy approuve d'un vigoureux coup de menton.

« Évidemment qu'on la laisse passer ! Avec tout ce qui lui arrive... Ce n'est pas trop pénible ? »

Elle prononce pénib' et on dirait qu'elle s'adresse à un malade au stade terminal. Jeanne se force à lui sourire. Son visage semble anesthésié, caillé comme un masque en cire. Au lieu d'écouter la voix intérieure qui lui hurle de fuir, elle murmure « Un steak, s'il vous plaît », la mort dans l'âme... C'est exactement cela. Le mort lui pèse sur l'âme. Le boucher a disparu dans sa chambre froide. Lassées d'attendre une réaction, les autres ont embrayé sur les faits divers. « Vous avez entendu parler de cette agression dans le tramway ?... Le tram ? Vous êtes sûre ? C'était pas plutôt le métro ?... Si, mais ça change quoi, un viol, vous imaginez ? Alors, métro ou tram, la banquette est pas plus dure ! » Ça ricane, mais pas trop fort, pour ne pas choquer la petite qui feint d'être sourde-muette. Le commerçant réapparaît et jette un morceau de viande bien rouge sur sa planche à découper. Dans le silence revenu, on entend le bruit flasque d'une gifle. Il prélève un morceau, le pose sur la balance.

« Un bon deux cent vingt grammes, ça ira ? C'est pour vous ? »

Il attend son signal pour replier la feuille huilée d'un geste expert, l'enveloppe dans un papier marron, glisse le tout dans un sachet plastique. En attrapant le sac, Jeanne se sent presque tirée d'affaire.

« Ça nous fera quinze euros soixante tout rond ! »

Elle fouille son portefeuille à la recherche du billet soigneusement plié dans la poche intérieure et se maudit de ne pas l'avoir froissé, histoire de lui donner un peu de patine. Il paraît faux, mais ça ne veut rien dire puisqu'il n'a jamais servi. Jusqu'à aujourd'hui, elle n'avait guère prêté attention au jaune fluo immonde. Elle le tend, l'air de s'en foutre. Deux cents euros. Le boucher marque une brève hésitation, le papier craque imperceptiblement entre ses doigts, puis il plonge dans sa caisse à la recherche de monnaie. Comprenant qu'il n'y a plus de temps à perdre, Mèches Blondes interroge sans plus s'encombrer de précautions.

« Alors, la police ? Ils vous tiennent pas au courant ? Vous savez, entre nous, Jeanne, on peut vous appeler Jeanne, je suis persuadée que vous n'y êtes pour rien… »

À la boutique, la garce disait « mademoiselle ». Elle a dû lire son prénom dans le journal. Nom, prénom, état civil, activités criminelles. Peut-être que les journalistes lui ont inventé une bio extravagante. Le boucher garde sa monnaie dans son poing serré. Lui aussi crève de connaître la suite. C'est ce qui l'attend désormais, des fouineurs et des insinuants, ils ne la lâcheront jamais, pas avant d'avoir eu des explications, ils se foutent bien des zones d'ombre ou des circonstances atténuantes, ils veulent des sacrifices !

Jeanne bouscule Mèches Blondes et se met à courir. Ses pensées s'entrechoquent au rythme du galop. Elle veut qu'on lui foute la paix. Et retrouver la mémoire. Si les coupables sont jaunes, de quelle couleur est l'amnésie ? Les appels anonymes, les interrogatoires, cela, elle aurait pu le supporter, pas cette bande de commères. Elle va disparaître.

Le buraliste du coin de la rue a glissé la une de *La Voix du Nord* dans son panneau publicitaire, et le journal exhale une brume rouge qui rappelle l'éclat du gyrophare. Bientôt, la ville entière saura.

Jeanne-Traînée-de-pute !

Le jour du portrait, dans la cage du photomaton, Jeanne s'est assise sur le tabouret vissé ni trop haut ni trop bas et a lu la consigne : pas de lunettes, ni de chapeau ou de barrette, pas de sourire non plus, interdit à l'état civil. *Ce sera ton visage de femme mariée,* a-t-elle réalisé avec un brin de stupéfaction. Elle a tenté de prendre un air gai et pénétré, capable de l'éclairer de l'intérieur, mais quand le flash a explosé, elle pensait aux courses à faire. La série de clichés est tombée dans le compartiment ventilé, encore humide, et elle a attendu la minute réglementaire en fixant les portraits d'inconnus disposés en guise d'exemple. Soixante secondes à réfléchir à son mariage sans ressentir autre chose qu'un léger vertige. Elle a mis son manque d'enthousiasme sur le compte de la fatigue qui la minait depuis des semaines.

Le résultat s'est révélé décevant, ordinaire, mais la simple idée de se mettre à la recherche de monnaie avant de retourner derrière le rideau gris et recommencer tout le cirque lui a paru insurmontable. La Jeanne du photomaton arborait une moue triste alors qu'elle n'avait aucune raison de l'être, à part l'ennui des formalités à la mairie.

Tant pis ! Ce n'était qu'une carte d'identité, rien de plus... Trois mois plus tard, la photo est partout et la désigne aussi sûrement qu'un doigt vengeur !

Jeanne court et son cœur bat aussi sèchement qu'un galet, c'est normal, elle n'a plus de larme, pas une seule depuis qu'il est tombé par terre, ensanglanté, avec son bras d'oiseau mort. Rien.

Le steak arbore un beau rouge carmin tirant sur le marron. Le boucher a dû choisir un morceau filandreux juste pour l'emmerder, il sait très bien qu'elle préfère les tournedos en médaillon ou des morceaux tendres et pas trop goûteux. Tant pis. *Comme on fait son lit on se couche !* murmure Grany dans sa tête, à croire que l'amnésie est un marais qui laisse remonter les vieilles reliques à la surface, goutte à goutte. Sa grand-mère l'emmerde avec ses conseils.

Le fond de la poêle est rayé. Elle a oublié de racheter de l'huile. La réalité continue de lui échapper. On soigne les anémies en bouffant des lentilles. Ou des clous, en guise de punition ? Cela n'a guère d'importance, il reste deux jours et demi à tenir et suffisamment de provisions pour ne pas mourir de faim. Elle jettera la poêle en partant d'ici.

La bavette semble anormalement sombre. Son doigt s'enfonce dedans. C'est froid, flasque. *Rouge traînée de pute.* Lila prétend que le bétail poussé à l'abattoir s'empoisonne de sa propre panique, si bien que sa chair en reste imprégnée et c'est ainsi que les gens mangent une viande polluée d'effroi. Pour chasser sa nausée grandissante, Jeanne songe au velours cramoisi des fauteuils de la salle d'art et d'essai où elle aime traîner, mais cela ne sert à rien, la peur afflue vers elle et se déploie comme une ombre dans le silence. Si elle en réchappe, elle deviendra végétarienne. Tuer n'est jamais une solution. Elle s'empare du morceau de viande et cherche du pied la pédale de la poubelle. Elle laisse tomber le morceau de bavette dans d'espoir d'endiguer la vague de malaise, puis ferme les yeux et commence à compter.

La peur n'écarte pas le danger, tu t'es assez voilé la face, ma chérie !

La voix acidulée de sa grand-mère lui fait l'effet d'une caresse. Jeanne entrouvre les paupières, ravale un gémissement. La cuisine s'est remplie d'une lumière vibrante et les objets semblent palpiter, animés d'une vie propre. Le silence a cédé la place à un bourdonnement aigu qui lui vrille les tempes. Elle s'écarte de la poubelle pour rejoindre la fenêtre. Un tourbillon de nausée froide est en train de l'aspirer et elle n'a rien à quoi se raccrocher, pas de point d'appui, cela n'a plus d'importance, elle glisse dans le brouillard.

***

J'ai eu onze ans hier. Grany a prié Pilar de préparer un gâteau à la pâte d'amande (elle trouve ça plus chic), ensuite elle a invité Julien et Gert, son cousin étranger. Une fête plutôt nulle, comme tous les anniversaires du mois d'août. La Saucisse portait sa jupe neuve et des bottes vertes pour bien nous différencier, moi j'ai eu un manteau-de-septembre. « Il te servira à la rentrée, tu seras toute jolie ! », a dit Maman au téléphone en oubliant qu'elle m'a déjà fait le coup l'année dernière. J'ai rien répondu, même pour savoir s'ils viendraient avec papa, je connais déjà la réponse, en plus on est en milieu de semaine. Je m'en f… ! Grany interdit le mot « foutre », elle soutient que je suis trop jeune pour dire des gros mots, sauf que je ne vois pas trop l'intérêt d'attendre d'être vieille pour devenir malpolie.

Moi je mourrai avant quarante ans. Si on ne vit pas trop longtemps, on peut choisir de faire ce qui est vraiment important. C'est comme Achille et son f… talon. Ou comme un cahier neuf. Tu écris mieux quand tu sais que tu ne peux pas recommencer.

Les vieux ne donnent pas envie de grandir. L'autre jour avec la Saucisse, on a vu la patronne de l'hôtel du parc qui coursait le facteur, elle ressemblait à un oiseau mazouté avec ses bras écartés qui battaient et ses escarpins pointus. La Saucisse a parié qu'elle se ficherait par terre, alors j'ai été obligée de parier que non, heureusement le facteur s'est retourné à temps, et bien sûr La Saucisse a prétendu que ça ne comptait pas.

Papa aura cinquante ans dans trois mois et il est en train de devenir chauve, mais il fait semblant que non et le trou dans ses cheveux s'agrandit. Quand on lui fait remarquer, il grogne « N'importe quoi, c'est juste l'automne, ça va repousser », alors j'essaie de blaguer, je lui dis qu'il aurait pu choisir des cheveux persistants comme les sapins et il se force à sourire, sauf qu'il est vexé. Sur la tablette de la salle de bains (celle des parents, nous on a la vieille douche), il y a une lotion miracle Hair for men à côté des crèmes de beauté. Huit crèmes. Papa affirme que maman pourrait ouvrir un magasin spécialisé. Il dit ça pour rire, même si ça n'amuse pas du tout maman. En vrai, il pense « Tu dépenses trop d'argent. » C'est son reproche numéro 1. En numéro 2, il l'accuse de se plaindre d'être tout le temps fatiguée. Ça énerve maman qui crie qu'il n'a qu'à s'occuper du Mioche toute une journée et après il verra. Alors il s'excuse, elle pleure, et le lendemain elle traîne au lit ou bien elle va racheter une crème et des piles de magazines débiles – toujours de l'avis de papa –, et la nuit elle se couche avec sa provision de débilités pendant qu'il regarde la télé. Et moi je me demande s'ils s'aiment encore.

L'anniversaire était nul, mais j'ai fait semblant d'en profiter pour ne pas cha-gri-ner Grany (chagriner est un de ses mots favoris). Elle a un souffle au cœur, ça la rend susceptible. J'ai attendu d'être dans mon lit pour pleurer. C'est encore plus nul de se forcer à faire comme si on était heureux le jour de ses onze ans, surtout quand on se tape une fête de nase parce que sa grand-mère a cru que ce serait une chouette idée d'inviter le voisin et son cousin Gert pour faire du remplissage. J'aurais préféré creuser un tunnel ou sauter en parachute, un truc que personne ne voudrait partager avec moi. Tous mes anniversaires c'est pareil, je dois les passer avec la Saucisse sous prétexte qu'elle est née le même jour, alors on sourit à avoir mal aux joues, on remercie au lieu de gueuler fiche *et* foutre. *Onze ans, ça devrait donner le droit de dire la vérité.*

Grany me saoule avec ses politesses, surtout qu'elle ment autant que les autres et ensuite elle va à la messe en état de péché capital, sauf que pour elle ça passe, c'est ce que le père Morel nous explique au caté, les gros bobards de charité ne sont pas de vrais mensonges : je vous aime tous/je ne tue pas mon père/je ne tue pas ma mère/je ne convoite rien. Et puis mentir, c'est moins grave quand on est vieux, ça sert aux négociations en cas de guerre ou pour les syndicats. Je le sais parce que mon père a sa carte FO. (Mieux vaut zapper le sujet devant Grany, elle trouve les syndicats vulgaires, alors on évite d'en parler à cause du souffle au cœur.)

FO, c'est pour Force Ouvrière. Quand j'étais mioche, papa m'a expliqué que son syndicat sert à réunir les hommes qui travaillent à la sueur de leur front, les ouvriers, les mineurs, les paysans, les métallurgistes, il fallait quelqu'un pour les défendre des patrons. Cette année-là, au CP, je l'ai dessiné pour le cadeau de la fête des pères, il emmenait une troupe de bonshommes tout crasseux devant un géant en cravate. Le dessin est plutôt moche, mais il a voulu l'encadrer et maintenant il raconte que sa fille est une future syndicaliste et même si ce n'est pas vrai ça me fait plaisir. Je suis championne pour faire rigoler mon père, sauf quand je parle de sa tonsure, là, il vaudrait mieux que je la boucle, « boucle-la », grogne la Saucisse, « tu nous fatigues avec tes blagues pourries ».

Entre les bons et les mauvais mensonges, à la fin, ça devient compliqué de s'y retrouver. Papa ment parce qu'il veut arranger les choses, maman ment pour cacher qu'elle pleure et qu'elle aimerait bien s'effondrer, sauf quand elle craque et nous crie dessus :

« Si ça continue, je m'effondre et alors vous vous débrouillerez seuls ! » Elle agite sa menace comme un torchon, et il n'y a rien à répondre à cause du Mioche. Ce gosse bouffe les consolations aussi vite que la purée de carottes. Dans ces moments, papa se dépêche d'aller au bureau, « au moins là-bas je suis utile ! », il dit.

Je me suis levée tôt, la Saucisse dort encore. Je m'arrange pour ne pas faire craquer les marches d'escalier. Grany m'interdit de sortir seule, elle croit qu'il y a des rôdeurs partout, prêts à sauter sur les filles sans défense. Papa dit qu'elle souffre d'un début de sénilité, sauf que Grany n'est pas sa mère, juste celle de maman. En me glissant dehors par la porte de la cuisine, mon cœur bat si fort que j'en ai mal à la poitrine. Ça me fait penser que je n'ai pas encore de seins, je me demande si ça fait mal, surtout s'ils deviennent aussi gros que ceux de Laurie, pourvu que non !

Il n'y a personne sur le chemin du Lac. Mon anniversaire commence vraiment maintenant et j'en ai rien à foutre si on est le 20 août au lieu du 19. Mon cadeau c'est le Lac. Rien à foutre de dire foutre !

*Le ciel est bleu comme mon manteau, il recouvre les arbres sur les collines et dessine une ligne nette sur chaque chose qui existe. C'est mon anniversaire, je le dis tout bas, et la joie me monte dans les jambes exactement comme une colonie de fourmis. Je me demande ce que cela ferait d'être un animal, un aigle ou un papillon, même un moustique, et si les oiseaux meurent en plein vol. Sûrement que non, sans quoi on les verrait tomber. Moi, je suis née par accident d'*Homo sapiens, *je suis une fille* sapiens *douée de conscience. Le père Morel répète toujours ça avant de nous laisser sortir de son foutu caté : « Nous sommes doués de conscience, les enfants, la conscience pour nous distinguer de la bête ! » J'ai envie de l'interroger : « Et c'est tellement bien de savoir qu'on fait mal, mon père ? Les doués de la conscience qui font la guerre sont meilleurs que les sous-doués qui broutent bête-*

ment les verts pâturages ? » J'aime bien mes parents Homo sapiens, *c'est pas le problème, sauf qu'ils racontent des histoires, et ça ne sert à rien parce que je peux sentir les choses cachées, je sens la colère dans les soupirs de maman, derrière ses lèvres fermées comme des pinces à linge. Je vois les larmes dans les yeux de mon père. Je respire la jalousie de ma sœur, ça pue, elle m'en veut pour tout depuis le CM2. Il n'y a que le Mioche qui échappe à mon pouvoir d'intuition, lui, il vit dans une bulle increvable.*

Le Lac ressemble à un gros chat ce matin. L'eau a la couleur du froid, gris-vert. Pour remonter le chemin qui conduit à une petite plage de sable fin, je jette mes sandales sur le talus et j'avance pieds nus. Je guette un signe, mais rien ne se passe. Les miracles se fichent bien des anniversaires, ils doivent être rares et non reproductibles – sauf pour Jeanne d'Arc –, sans quoi ce serait trop simple. Dieu se mérite, répète le père Morel, et si on ne croit pas aux miracles on ne risque pas de les voir se produire. Pas facile, en gros, d'être un catho chrétien.

La semaine dernière, le Lac m'a parlé. J'étais venue me réfugier sur la plage et je pleurais quand la Voix a surgi, je ne sais pas la décrire autrement, une colonne d'énergie qui tournoyait en bruissant, comme un chant bizarre. Mon corps s'est mis à trembler et je me suis détachée de lui, un peu comme on s'extirpe d'une combinaison de plongée. Je suis restée à flotter par la pensée au-dessus de moi, et pendant ce temps la colonne continuait à chanter et à se tortiller au milieu du Lac, on aurait dit la queue d'un cyclone ou une danseuse de boîte à musique. Ensuite, mon esprit a été aspiré à toute vitesse et je me suis retrouvée dans le tourbillon, je pouvais voir à travers et je comprenais même sans paroles, ça faisait un truc comme :

QUELQUECHOSEARRIVERABIENTÔTPRÉPARE-LEMIOCHEJEANNE

Alors j'ai réalisé que dans le monde parallèle, un an ou une minute, c'est pareil, et je suis revenue dans mon corps.

Quelque chose arrivera.

Pour remercier le Lac, je lui offre des choses. J'ai noyé une partie de ma collection de billes, une poupée Barbie (à moitié de la triche, la tête partait au coiffage) et une orchidée un peu fanée. Grany a un amoureux qui lui offre des fleurs en pots le dimanche, elle pensera que Pilar s'en est débarrassée. Et puis il y a les galets. Le Lac aime ça, le temps que je mets à les choisir, ovales et assez aplatis pour planer longtemps. Je caresse leur ventre de pierre, on dirait de la peau d'animal qui brille une fois mouillée, un morse ou un serpent. Je prends mon élan, à la recherche du geste parfait, et le galet vole et claque en laissant sur la surface de l'eau un cercle gros comme une soupière et puis un cercle-tasse et un cercle-soucoupe et puis plus rien. Aujourd'hui, je prends mon temps. Le premier que je lance est gris avec des veines rouges. Il plane si longtemps que je rêve qu'il ne retombera jamais.

La Saucisse prétend que les ricochets est un jeu pour les débiles, mais elle foire tous ses tirs ! J'aimerais apprendre qu'ils se sont trompés à l'hôpital, qu'on est pas venues au monde ensemble. Mo-no-zy-gotes. Maman nous a raconté l'histoire si souvent qu'on peut la réciter par cœur, le jour de l'échographie où le docteur a vu deux bosses et nos queues de têtards, chacune dans sa poche (encore heureux, sinon elle m'aurait bouffé mes vitamines de croissance), les plans chamboulés, les achats à faire en double, la voiture à changer et les prénoms à chercher, ce sera quoi fille/garçon, fille/fille, garçon/garçon ? Le Grand Désordre avant le Cataclysme !

Les gens aiment bien les monozygotes, ils croient qu'il y a un mystère à percer, genre langage secret ou télépathie. Tu parles ! Entre la Saucisse et moi, on pourrait poser un désert entier tellement on est éloignées !

Le galet claque sept fois, record battu. Je fixe la nappe brillante jusqu'à ce que la tête me tourne. Le Lac reste silencieux et ça m'énerve parce que c'est quand même un jour spécial. Pour me venger, je pense qu'il est enfermé au creux de la terre alors que moi je suis libre de marcher où je veux (si j'oublie Grany et ses commandements), ça me console un peu. J'aimerais avoir un don, comme tordre des cuillères ou lire l'avenir. Un don que je pourrais utiliser chaque fois que j'en aurais besoin.

Je sens quelque chose plonger à l'intérieur de moi. C'est froid. Un coup de vent plisse l'eau verte et voilà que ça recommence, le Lac se met à chuchoter ! Il dit que les secrets se tiennent sous la surface, que je peux les aspirer et qu'un jour, plus tard, je les comprendrai, des mystères inusables comme les galets. Des secrets qui me serviront la vie entière.

Et moi j'entends : « Bon anniversaire, Jeanne. »

3

Anne

Carottes râpées, chèvre, tampons, chocolat aux noisettes. La liste de la supérette lui revient en émergeant du rêve et Jeanne s'y accroche comme un naufragé à sa planche de salut. Sa mémoire régurgite l'image des trois commères, d'une poubelle ouverte, une viande qui tombe, le visage du boucher... Le trou noir a dû s'agrandir pendant son malaise en aspirant les souvenirs logés à la périphérie.

Elle scrute le décor dans l'espoir de comprendre ce qui s'est passé. Elle est assise, à moitié coincée par la table, le bras ankylosé d'avoir pesé dessus. Elle a dû s'évanouir. Si les malaises s'amplifient, il faudra consulter, même si elle n'a pas envie qu'on l'assomme de médicaments. Tout semble normal. Les torchons tendus sur le dossier des chaises, le bol retourné sur l'égouttoir, la poêle sur la cuisinière, prête à l'emploi, les épices entassées sur le frigo et les trois pots d'aromatiques, ciboulette-basilic-menthe qui jaunissent tristement. *Penser à s'en débarrasser avant qu'ils ne pourrissent...*

Son plan de fuite lui revient subitement, et tout le reste à la volée : les femmes chez le boucher, sa photo à la une, sa fuite éperdue, la viande flasque et son malaise. Elle a dû perdre connaissance et la chaise a arrêté sa chute. On prétend que les somnambules qui vadrouillent sur les toits ne tombent jamais, à croire que les âmes veillent les corps désertés. Quelle âme peut bien garder le sien ?

L'horloge marque 12 h 53. L'évanouissement n'a pas duré dix minutes. Encore étourdie, elle attrape le paquet de biscottes avec la tablette de chocolat et va se réfugier au salon. Le manque de sommeil irrite ses paupières. Elle ne peut plus continuer à ressasser le vide ni à penser à l'homme mort. Elle a presque oublié son visage aux méplats trop aigus qu'elle trouvait si beau. Elle efface son cou noueux, ses mains comme des étoiles de mer, son corps baisé et caressé, son odeur enivrante. Tout s'est fondu dans l'absence. Il ne s'agit pourtant pas vraiment d'amnésie, pas tout à fait, parce qu'il suffirait d'un effort pour le faire revenir, simplement Jeanne s'y refuse.

Avant de se mettre au travail, elle suit son rituel des dimanches solitaires et va se changer pour enfiler un jupon, un vieux tee-shirt. Il y a quelque chose de rassurant dans le fait d'être en pyjama alors que les gens s'agitent dehors. Un peu réconfortée, elle s'installe à la table qui fait office de bureau, ouvre son carnet de listes. La faim lui donne la sensation d'être trouée. Elle aurait préféré manger chaud, mais elle redoute d'avoir un nouveau malaise et de toute façon le steak la dégoûte. Le répondeur clignote, le pervers a dû essayer de la joindre. Elle n'a pas l'intention de vérifier. *Pas maintenant, va te faire foutre !* Elle ne fait rien de mal. Rien qui puisse se deviner à travers les murs... À présent, elle doit se concentrer sur l'essentiel en établissant un ordre de priorité. D'un trait énergique, elle trace plusieurs colonnes et inscrit « argent » dans la première. Aussitôt, une onde d'effroi la transperce. Elle n'a pas vérifié la cache depuis la nuit du drame. N'importe qui d'un peu décidé a pu s'introduire ici pendant ses absences.

Elle court à la chambre en marmonnant une prière, s'agenouille devant le radiateur. *MonDieusilteplaît !* Sans liquidités, son plan est foutu. La cache – une cavité de la grosseur de son poing – se trouve au-dessus de la plinthe, dissimulée par les tuyaux en fonte. Jeanne l'a découverte en passant l'aspirateur. Elle tâtonne quelques secondes et réprime un cri de soulagement. La liasse est encore là, flambant neuve, hormis deux coupures maculées de sang séché. Elle ne sait pas comment le fric a atterri dans son sac, cela fait partie des détails manquants. À un moment ou à un autre, des doigts ensanglantés ont glissé les billets dans son sac. Les doigts du mort ? les siens ? Par chance, Bouraoui ne l'a pas fouillée, sans quoi elle croupirait en préventive.

L'argent n'a pas d'odeur, chuchote Grany. *Et l'argent sale ? Tu as un avis, vieux chameau ?* Jeanne aimerait rire aux larmes, mais son corps est bien trop sec pour produire autre chose que des images en couleurs.

De retour au salon, elle engloutit une barre de chocolat dans l'espoir que la nourriture dénouera la boule d'angoisse qui lui obstrue la gorge. Personne n'est venu et désormais elle a un plan ! Peut-être qu'elle exagère le danger des appels anonymes. À force de cogiter, son esprit engendre des raisonnements extrêmes, paranoïaques. Dangereux ou pas, le type du téléphone n'a peut-être aucune idée de son adresse et il se donne des sensations à peu de frais...

Jeanne dispose les billets en piles ; ce sont essentiellement des coupures jaunes de deux cents euros et huit violettes, d'une valeur de cinq cents euros. Les liasses n'ont rien de très spectaculaire, pourtant jamais elle n'a vu ni touché autant d'argent d'un coup ! En comptant et recomptant elle arrive à un total de douze mille cinquante. Les cinquante euros devaient traîner dans le fond de son sac.

Elle inscrit 12 050 sur sa feuille ; avec la monnaie qui reste de la supérette et le liquide prélevé au distributeur, son pécule avoisinera les douze mille cinq cents euros, de quoi durer quelques mois. Un an, si elle se montre ultra-économe. *Faudra arrêter de verser des pourboires de princesse royale aux bouchers, ma fille !*

Bien sûr, elle pourrait retourner chez le mort, il gardait beaucoup d'espèces et cela pourrait lui donner un avantage, mais le risque lui paraît trop important. Elle ignore comment les choses se passent exactement en cas de mise sous scellés, elle est quasi certaine qu'on la fouillera à la sortie. Au mieux, elle gagnerait quoi ? Une autre année de sursis ? deux ? Le mort n'a pas été très clair sur les sommes en question. C'est sa faute à elle d'ailleurs, quand il lui a avoué qu'il cachait « une trentaine de mille en cas d'urgence », ça l'a rendue dingue et ils se sont disputés. Jeanne n'admettait pas qu'on puisse dissimuler du fric sans avoir quoi que ce soit sur la conscience. Lui ne tolérait pas son manque de loyauté ni ses soupçons de petite-bourgeoise. Alors il l'a frappée. Pas fort. Deux fois. Et ensuite il l'a baisée et s'est excusé. Ou l'inverse. Elle est incapable de se rappeler son visage, mais elle éprouve le poids de son corps en elle, dedans.

13 h 22. Les heures filent. Dans la colonne « bagages », elle écrit « sac à dos », puis « panier osier ». Il faudra vérifier que celui du marché est assez grand pour dissimuler un bagage. Mieux vaut agir par excès de prudence, comme si elle était l'objet d'une surveillance. Le seul fait de planifier sa fuite lui redonne des forces. Elle se mordille les lèvres, soupire et décide d'ajouter « Anne » à la liste des priorités. Les idées affluent et ce mouvement lui paraît grisant. Elle a la sensation d'avancer ou que le temps coule plus vite, peu importe. Elle note « Agence de voyages » avec un point d'exclamation. « Commissariat » et « Bouraoui ». Sous la case « Dernier moment », elle marque : fermer le

gaz, débrancher le téléphone, vider les poubelles, laisser les volets ouverts.

Tout doit donner l'illusion d'une présence.

Son portable vibre. Numéro inconnu. C'est lui, forcément. Jeanne se sent déchirée entre l'envie de disparaître et le besoin de l'affronter. Sans la convocation du capitaine, elle aurait pu le planter là, partir maintenant, mais elle ne peut pas se mettre les flics à dos, pas tout de suite. Jeudi 3 mars, 11 heures. Citation à témoin. C'est écrit, consigné. Impossible à louper, même s'il s'agit de ressasser les mêmes questions-réponses. Les vibrations s'interrompent. Elle répondra au prochain coup de fil en prenant sa voix de gamine effarouchée, sans quoi le pervers finira par soupçonner que quelque chose est en train de dérailler.

Elle retourne à sa liste et se concentre sur les détails. Tout doit être prévu d'avance, le moindre geste. Il faut veiller aux petites choses, par exemple savoir où planquer le panier pendant sa déposition car il est hors de question de repasser par l'appartement, elle filera du commissariat à la gare... Dans la dernière colonne, celle du départ, Jeanne note JEUDI 3 MARS en lettres majuscules, puis « Trajet à prendre ». Elle pourrait prévoir deux itinéraires, selon le besoin. Elle ne reviendra pas. Jamais.

Irréparable. Le mot émerge dans sa tête, d'un bleu intense. Un corps irréparable qu'on ne peut plus suturer ni rebrancher parce que la pompe est morte, *kaputt* ! Un corps allongé sur une table d'autopsie, opaque comme l'eau des profondeurs. Insondable. Brusquement, elle n'en peut plus. Elle repousse la liste et rejoint le canapé, se replie dedans, les genoux serrés entre ses bras. Sa peau ressemble à du Celluloïd. Machinalement, elle appuie ses ongles pour creuser un sillon empourpré. Elle ne sent rien. « Tu marques vite. » Il a prétendu cela un jour et sa désinvolture l'a irritée. Trop vite. Trop de chair, trop de meurtrissures.

La seule peau qui ne marque pas, c'est le plastique Barbie, pense-t-elle. Les jambes impeccablement lisses d'Éva, sa poupée préférée, sous l'étoffe de sa robe commandée un Noël. Du tulle et du satin rose bordé de minuscules pampilles. La couturière qui s'était chargée du travail portait un nom comique. Jeanne revoit parfaitement la plaque dorée sur le mur en crépi. *Lucette Marberrin !* Son nom claque en l'air comme une bulle de chewing-gum. La bonne femme se vantait d'habiller une star de la chanson, mais refusait de révéler son identité à cause du secret professionnel, du coup, à chaque apparition de Vanessa ou de Mylène, ses chanteuses préférées, la fillette traquait les pompons, preuve irréfutable du talent de Lucette.

Le téléphone l'arrache à sa rêverie. Elle décroche sans réfléchir.

« Salut, tu as décidé pour Carnac ? »

Anne ne s'annonce jamais, elle doit s'estimer aussi incontournable que les statues de l'île de Pâques. Elle n'a pourtant pas grand-chose d'un totem primitif. C'est une femme ponctuelle qui croit sincèrement que tout peut se résoudre avec un minimum d'ordre et des heures fixes pour caler les coins de sa journée. Le soulagement arrache un gloussement à Jeanne.

« Tu te rappelles Lucette Marberrin ?

— Marberrin ? Non. C'est quoi ton quiz ? Une façon d'éviter le sujet ?

— Quel sujet ? Tu as lu ?

— Lu quoi ?

— Le journal ?

— Je te parle de Carnac. Et toi ? »

Quelle idiote ! Madame n'achète que la presse nationale.

« Laisse tomber. J'ai pensé à elle ce matin. La couturière de mes robes Barbie.

— Tu n'as rien de mieux pour t'occuper ? Tu ne travailles pas aujourd'hui ?

— Si je travaillais je ne serais pas là, non ?

— Au temps pour moi. Tu ne réponds jamais sur ton portable de toute façon. Écoute, on ne va pas polémiquer. Qu'est-ce que tu décides ? Tu viens à Carnac pour Pâques ?

— Non. C'est toi qui viens de m'appeler ? Sur mon portable ?

— Les parents comptent sur toi.

— Je ne peux pas.

— Comme d'habitude. Ils sont vieux et tu les traites pire que s'ils étaient des étrangers... C'est lui ?

— Lui ?

— Ne fais pas l'idiote. Il ne veut pas te laisser partir ?

— En quelque sorte.

— Tu sais ce que j'en pense. Réfléchis ! En plus, ce serait l'occasion de nous le présenter. Ce sont des choses qui se font même chez... même pour un déjeuner. Il n'aura qu'à nous rejoindre, non ?

— Impossible.

— Si tu n'y mets pas un peu du tien, forcément !

— Anne... je te dis que ça ne va pas.

— Jeanne, tu m'emmerdes ! »

Dans le silence qui suit elles reprennent leur souffle, estomaquées. Sa sœur se montre rarement grossière. Elle est nette comme de la toile cirée, raisonnable, posée, efficace. Ses certitudes sont de solides piquets plantés à intervalles réguliers autour d'un cadre immuable. Elle gouverne sa vie sans déraper. Parfois Jeanne se demande si les sourires qu'elle lui adresse aux dîners de famille n'abritent pas une haine sourde. Ça doit faire un siècle qu'Anne n'a pas sorti un juron. Mieux vaut lui avouer une demi-vérité pour endormir sa méfiance.

« Il y a eu un problème.

— Avec lui ? C'est grave ?
— Si on veut…
— Tu commences à me faire peur. Il est à l'hôpital ?
— Non.
— Tant mieux… Il s'agit de ses affaires ?
— Pourquoi tu dis ça ?
— Tu le sais très bien.
— Peut-être, mais tes allusions me rendent dingue.
— Parce que tu es un modèle de clarté sans doute ? Écoute-toi un peu ! Tu me parles d'un gros souci, du journal… Je te signale que ton fiancé n'a pas très bonne réputation.
— Tu en sais quoi de sa réputation ?
— Pas grand-chose. OK. Si ce ne sont pas ses affaires, alors c'est quoi ?
— Quoi ?
— Ses ennuis ? »

Elle n'arrive pas à le dire. Le bâillon qui remplit sa bouche écrase l'aveu. Elle tente de moduler un son, n'importe lequel, entend sa sœur qui répète « Jeanne ». Elle voudrait s'appeler Isabelle. Ninon. Même Albertine. Elle s'en fout. Le vide s'est ouvert sous elle comme au Lac, quand elle sautait du rocher perché. *Ses pieds courent, frappent le sol et elle ressent cet élan dans tout son corps, l'impression de voler alors qu'elle bondit en l'air, tendue vers le ciel. Tombe. La violence du choc, l'eau glacée, l'explosion des repères. Flotte, paupières serrées, souffle coupé. Elle émerge soudain à la lumière, avale le ciel et rit.*

C'est ce souvenir suspendu qui fait frontière entre l'enfance et le reste de sa vie, Jeanne le comprend à cet instant et voudrait l'expliquer à sa sœur avant que la sensation ne s'efface, mais à la place une autre confession lui coule des lèvres.

« Il est mort. Assassiné.

— Assassiné ?!
— Oui.
— Quand ? »
La voix s'est changée en lame verte.
« Il y a une semaine, à peu près. Une semaine. Assassiné. Voilà.
— Tu étais avec lui ?
— Je ne sais plus trop. La police non plus, en fait. C'est assez compliqué.
— D'accord, Jeanne, on se calme… Tu étais où quand c'est arrivé ?
— Dehors.
— Tu es soupçonnée ? »
Un fil rouge zèbre la voix verte de sa sœur. Peur rouge, donc, ni bleue ni noire…
« Je ne sais pas. Pas trop. Un peu, sûrement.
— Attends. Tu es soupçonnée ou NON ? La question est simple, il n'en existe pas de plus basique.
— Je ne sais pas.
— OK, alors allons-y progressivement. Tu as fait quelque chose ?
— Je ne crois pas.
— Pardon ?
— Je ne me rappelle plus.
— Ça s'est passé il y a une semaine ?
— Plutôt neuf jours. C'était vendredi, dans la nuit. Le 20.
— Neuf jours ! Et tu me dis ça maintenant ?!
— Oui.
— OK, peu importe. Tu ignores ce qui s'est passé et tu l'as trouvé, c'est ça ?
— Je sais qu'à un moment il était mort. J'étais sortie. À mon retour, je crois, je pense… il était… en fait, je ne sais pas. Je me rappelle seulement le moment où j'ai réalisé que c'était fini. Avant, c'est le *black-out* total.

— Vous vous êtes disputés ?
— Sûrement.
— Tu sais que tu as l'air d'une folle avec ce genre de discours ?
— Je sais.
— Bien fait pour toi ! »
L'exclamation fuse à la vitesse d'une balle. Jeanne pouffe nerveusement, puis réalise que sa sœur est vraiment en rogne. Ça lui cause un choc. Malgré le fossé qui les sépare, elle a toujours cru qu'il subsistait un reste de solidarité, un lien inutilisé qui n'avait pas besoin d'être nourri ou pris en compte. Le fameux petit truc en plus des jumeaux.
« Tu t'entends ?
— Et toi ? Tu comptais me mettre au courant ce mois-ci ? Tu attendais son enterrement ou sa canonisation ? En fait, tu t'es décidée à cause de cette histoire de journal ! La nouvelle est sortie dans la presse, c'est ça ?
— Oui.
— Donc, si je capte bien, c'est uniquement parce que tu es obligée que tu m'en parles ! C'est bien ça ? »
Mieux vaut ne pas répliquer quand Anne est dans cet état. Sa colère ne se manifeste jamais avec des cris ou de la vaisselle brisée. Au contraire, on dirait que sa sœur ralentit ses fonctions, ses gestes deviennent plus mesurés. Elle est en train de chercher par quel bout l'atteindre, comme à l'époque de leur pacte. Rien que d'y penser l'amertume l'étouffe.
« Ne me fais pas le coup du mutisme, Jeanne, pas cette fois. De quoi es-tu accusée au juste ?
— De rien. Je l'ai trouvé, simplement.
— Effectivement, plus simple tu meurs ! »
Elle glousse nerveusement, puis ajoute d'un ton radouci :
« Pardon, ça m'a échappé. On lui a tiré dessus ?
— Non. Poignardé.

— Alors tu es hors de cause ! Avec ta carrure, tu imagines ?

— Je sais. Enfin, justement... Je...

— Tu quoi ?

— Je ne sais pas ce qui s'est passé, mais j'étais pleine de sang. Forcément je l'ai touché. C'est avant que je ne me rappelle plus. Sauf...

— Sauf ?

— Rien. Je crois que je fais des hallucinations par moments. J'imagine des choses.

— Bien, dans ce cas, inutile d'en parler. C'est toi qui as appelé les flics ?

— Oui.

— Un bon point, surtout avec son profil. La police le connaissait ?

— Oui.

— Je le savais ! Il trafiquait, c'est ça ?

— Oui.

— Mon Dieu ! Et toi tu allais l'épouser !

— Et donc ?

— Bon, tu as raison, ce n'est pas le plus urgent... Veux-tu que je me charge des parents ?

— Oui. Mais attends quelques jours, je préfère. Ils n'ont pas besoin de savoir tout de suite. Et puis, si l'affaire traîne et que je n'ai rien à voir avec ça... On leur dira seulement si on est obligées !

— On le sera.

— Alors, le plus tard possible ! Je t'en prie...

— D'accord.

— Je peux te demander encore une chose ? J'aimerais passer chez toi. J'ai besoin de récupérer un truc.

— Un truc ? Quoi ?

— Dans les cartons, tu sais, ceux que je t'ai laissés ?

— Oui, et alors ?

— Alors rien, des papiers pour le commissariat. »

Il est surprenant de réaliser comme le mensonge se faufile aisément dans la conversation. Sa sœur est trop occupée à réfléchir pour détecter la nuance. Son indignation a cédé la place à autre chose, un frémissement de joie ou d'impatience, Jeanne n'est pas sûre.

« Il y a eu une autopsie ?

— Je ne sais pas. Sûrement. Pourquoi ?

— Mais pour toi ! Pour t'innocenter ! Ils vont bien s'apercevoir que tu ne peux pas l'avoir tué... »

La suite se dilue dans la vision de son corps ouvert, la ligne sombre de la plaie barrant son torse livide. Le mort a tellement perdu de sang qu'il ne devait plus lui rester grand-chose dans les veines. À moins qu'il ne s'agisse encore d'un fantasme de son cerveau malade, le tapis imbibé de sang et l'odeur...

« Jeanne ?! Tu m'écoutes ? Tu as appelé ses parents ?

— Je ne les connais pas...

— Vous alliez quand même vous marier ! L'enterrement est prévu quand ?

— Je n'en sais rien. Je n'irai pas.

— Et puis quoi encore ! Tu imagines ce que les gens vont penser si tu te défiles ? Il n'y pas d'autre moyen, tu es sa fiancée.

— J'étais.

— Tu étais, oui et alors ?! C'est quoi le problème ?

— S'ils me posent des questions... putain, Anne, je ne saurai pas quoi leur dire !

— Ne sois pas grossière, on ne parle pas d'un cocktail mondain. Personne ne te demande d'en faire trop. Le vide, c'est normal, c'est le choc, quand je pense que tu ne m'as même pas avertie... Peu importe ! Je t'aiderai, tu le sais ? On pourrait y aller ensemble si tu préfères. Excuse-moi pour tout à l'heure, je me suis un peu emballée. Comment tu te sens, en vrai ? »

L'envie de lui raccrocher au nez est si forte que Jeanne doit se mordre l'intérieur de la joue. Elle préfère encore de l'agressivité à cette gentillesse niaiseuse, mais ce n'est pas le moment de se la mettre à dos. Anne la Fouine…

« Je ne sais pas trop. Je suis incapable de pleurer et cette amnésie me plombe, mais j'ai l'impression que ça va un peu mieux quand même. Il me faut juste encore un peu de temps. Au fait, j'ai donné ma démission.

— Ah… Ce n'est peut-être pas plus mal. On doit traiter les choses par ordre de priorité.

— Je passe chez toi plus tard, ça va ?

— Je t'attends…

— Super. Merci.

— Oh, attends ! Je voulais te dire…

— Oui ?

— Les habits… J'ai toujours regretté de l'avoir fait. »

Le temps de comprendre qu'Anne vient de s'excuser d'avoir saccagé sa garde-robe Barbie, elle bredouille : « Ce n'est rien. Je ne t'en voulais pas pour ça. Pas pour ça », mais il est trop tard, sa sœur a déjà raccroché.

***

« Tiens, ma puce, choisis ton palace, Maurice ou Saint-Barth et je me charge des réservations. »

Il m'embrasse à pleine bouche, sa salive me remplit d'une eau amère, mais je m'oblige à ne pas reculer. En plus, je déteste qu'il m'appelle sa puce. Ça fait mille ans que je lui répète, sauf qu'il s'en contrefout, il continue de m'affubler de petits noms totalement nases, puce, bébé ou louloute, comme si j'étais un foutu animal de compagnie. Je déteste sa façon de ne jamais tenir compte de mon avis. Il fonce, persuadé que le monde le suivra parce que sa conviction dépasse toutes les autres. Il m'emmerde avec son désir tout-puissant. Au début, pourtant, ça m'a rendue folle, quitte à me renier. Que vaut un principe face à la Passion Sauvage ? La raison, le féminisme, toutes mes théories en carton… Il n'avait qu'à chuchoter : « Je te veux tout entière, à moi ! », et je mouillais déjà. Il me clouait au sol, contre un mur, sur une table, n'importe où, il bavait ses mots sur ma peau, dans ma bouche ou mon sexe. « Je te veux, bébé ! » et j'étais foutue !

En réalité, monsieur ne supporte pas qu'on lui oppose un refus et moi je ne sais plus comment insinuer qu'on va trop vite. Le « non » me monte aux lèvres, j'ignore d'où il vient, de mes viscères peut-être, et je dois le réprimer de plus en plus souvent. Il n'aimerait pas, mais alors pas du tout. Je m'imagine en train de lui cracher au visage : « Non, je ne veux pas de ton baiser, ni de ta bave et encore moins de tes palaces à louloutes ! »

Les catalogues sont clinquants, du genre qui m'insupporte. Vues de mer extrêmement bleue derrière des bungalows épinglés pareils à des scarabées morts sous un soleil de plomb. Une plage de sable en sucre candi. Un lit couvert de pétales. Une baignoire Jacuzzi et des tables à bougies scintillantes, une piscine turquoise, des fleurs, des cocktails fluo, un tas de coquillages.

Je plaque mon masque de fille ravie en les feuilletant. Ma lâcheté me consterne. Les hôtels s'appellent « Paradiso Azul », « Sunset Beach », « Océan Resort » et sous les prix (très chers), un encart précise en or « spécial Honeymoon ». À la page du « Baya del Sol », une bouteille de champagne est promise aux jeunes mariés. La bouteille est sèche. Le photographe a dû oublier de vaporiser une brume pour rappeler la fraîcheur de la glace. C'est idiot, mais cette minuscule anomalie m'exaspère, comme un tableau penché de travers. Et si c'était le signe que quelque chose ne fonctionne pas, qu'on doit tout arrêter ? Ces brochures rendent le mariage trop réel, on doit en discuter avant que les choses deviennent irréversibles, sauf que j'ignore par quel bout le prendre. Ça me fait glousser intérieurement.

Par quel bout. Le sexe n'est pas le bon vecteur de discussion, pas vraiment… Je cherche la phrase imparable, « Tu ne crois pas qu'on pourrait réfléchir avant de s'engager, attendre quelques mois ? » C'est le genre de bobard qui a le don de le mettre hors de lui. Il faudrait un truc plus radical : « Ma mère s'est chopé un cancer, on peut pas se marier pendant qu'elle agonise, chéri. » L'irritation m'empêche de réfléchir sérieusement. Il a dû percevoir ma résistance parce qu'il m'observe avec un intérêt inquiétant. Quand il s'agit de mes états d'âme, ce mec peut se changer en radar. Je dois y aller en douceur, sinon il risque de déraper et j'aurai encore un bleu. « Ça m'a échappé. » C'est comme ça qu'il en parle. Comme si ça ne venait pas de lui, pas tout à fait. Après il s'excuse toujours, « Je regrette ma puce », et je dois me mordre au sang pour ne pas hurler « Je ne suis pas une foutue puce ! Ni ta louloute ! Je suis Jeanne et Jeanne déteste les séjours en hôtel-club, lapin ! »

En l'entendant claquer la langue d'impatience, je réalise que cela doit bien faire cinq minutes que je fais semblant d'admirer les hôtels, mais aucun mot ne me vient à l'esprit, hormis « ignoble ». Il ne s'agit pas seulement du voyage de noces, je le sais bien, plutôt d'une chose profonde et grave, encore enfouie dans l'inconscient. C'est cette chose qui me fait reculer quand il m'embrasse, même si j'adore ça. La plupart du temps…

Je me décide à lui expliquer, mais il est trop tard, il m'étreint par-derrière et son parfum accroît ma paralysie, une odeur de musc, intime, sidérante. Il lèche ma nuque puis mord, exactement au point où les félins agrippent leurs petits. Chaque fois, ça produit un éboulis dans mon ventre, une coulée intérieure, alors je cède. Je parlerai plus tard… Demain.

Jeanne dispose les catalogues ouverts n'importe comment sur la table basse de façon à laisser croire qu'ils ont été consultés. Son cœur cogne douloureusement. Il a suffi de les extraire de la pile des magazines télé pour que le souvenir lui revienne, inentamé, à croire qu'il l'attendait depuis toujours. Elle reprend son souffle, puis s'éloigne afin d'estimer la scène d'un œil soupçonneux : dans le salon rangé, les brochures donnent l'impression d'une pagaille joyeuse. Ça ne va pas et les photos sont un peu trop kitsch pour une fille éplorée... Son regard accroche la photo d'un gamin souriant, cheveux mouillés, peau luisante de caramel, qui présente un poisson turquoise dans ses paumes ouvertes. Il a perdu deux dents ; elle se demande si c'est l'âge ou le manque de vitamines. En définitive, la vérité n'est qu'une question de point de vue et varie en fonction de l'observateur. L'insouciant verra un gosse qui s'amuse à pêcher, le pessimiste, au contraire, croira reconnaître un enfant des rues payé par un photographe de pub pour exhiber son sourire édenté. Cette idée est rassurante en un sens, parce que, si l'illusion est partout, il suffit d'un effort de volonté pour en sortir. Les reflets trompeurs du drame... Jeanne imagine un monde sous-marin rendu flou par la diffraction de l'eau et un plongeur remontant vers la lumière, délesté de toute peur.

Il lui faut une destination plausible, l'Islande ou l'île de Pâques, une terre aride de landes et de tumulus propice aux marches méditatives. Elle verrait bien un lieu austère où les veuves se laissent malmener par les vents, leurs regrets arrachés de force par la bourrasque. Un seul catalogue propose des voyages un peu mieux accordés aux circonstances. Elle le dispose à la page « Madère », puis remet les autres dans la pile des vieux journaux.

Le ciel s'est assombri. Elle empoche ses clefs, attrape ses lunettes noires, son sac, un manteau, coiffe un bob plastifié qui ressemble à une feuille de chou. Elle ne veut pas s'encombrer d'un parapluie. Le calme règne dans le couloir. En empruntant l'escalier de service, elle éprouve une sensation d'invisibilité. Ça sent le poisson frit à l'étage de Farida. Ses pieds glissent en silence sur les dalles carrelées. Si quelqu'un est caché il a dû patienter dans le noir. L'idée est tellement absurde qu'elle fait exprès de claquer ses talons sur les dernières marches.

La peur revient l'assaillir dans le hall. Elle aurait dû attendre que le pervers rappelle. Il ne l'a pas eue depuis ce matin. Et s'il était en train d'épier l'entrée de l'immeuble ? Elle ne peut plus remonter à l'appartement, pas maintenant, sinon elle ne pourra plus se remettre en mouvement, elle ira se nicher en boule dans son lit et oubliera de se désenrouler.

D'un geste nerveux, elle abaisse ses lunettes et le monde devient obscur en lui apportant un bref répit. Il n'y a plus rien à surprendre dans cette semi-nuit, aucun guetteur à l'affût. Finalement, tout est question de perspective, comme ce gamin en photo. L'homme qui la harcèle n'existe pas tant qu'il reste invisible. Elle doit se concentrer sur la suite. L'agence et puis Anne.

L'établissement végète au fond d'une impasse. Jeanne l'a choisi pour cette raison, et parce que c'est le plus proche de son quartier. Le voyagiste a une allure de banquier engoncé dans un costume. Il l'accueille avec un sourire qui n'atteint pas ses yeux. En dépit des trois bureaux encombrés de classeurs, il est seul. Elle choisit un siège en retrait, ôte le bob et le pose entre eux, puis se décide à relever ses lunettes. Son cœur bat à tout rompre, mais le type n'a pas l'air de faire le lien entre la fille du journal et cette cliente potentielle. Pour garder une contenance, elle s'empare d'un dépliant avec l'en-tête de l'agence, le glisse dans son sac.

« J'aimerais partir très rapidement et pas forcément au soleil. »

L'air affairé, il compulse un dossier de polycopiés verts, puis lui propose leurs promos *all inclusive*, essentiellement en Turquie et aux Baléares. On sent le discours rodé à l'usure. Elle explique qu'elle cherche quelque chose de moins organisé, une destination hors des circuits habituels. Elle hésite à ajouter « pour faire le point », mais l'autre l'ignore, lancé dans sa démonstration.

« Vous voyagez seule ?

— Oui. »

Il l'évalue d'un bref coup d'œil.

« La période de creux bénéficie à la clientèle hors période scolaire, cela explique nos tarifs exceptionnels entre février et les vacances de Pâques, entre 399 euros et 610 euros la semaine.

— Vous ne comprenez pas…

— Un palace quatre étoiles, tout compris. Vous ne trouverez pas mieux ! »

Le ton se charge de désapprobation. Son sourire forcé – *forcené ?* – découvre des dents légèrement bleutées. Il doit souffrir d'une maladie de l'émail car il ne s'agit pas de synesthésie, cette fois et son corps est trop dense, hermétique. Jeanne s'efforce de regarder ailleurs, mais ces dents la distraient. Trompé par son mutisme, l'homme entame un couplet sur les merveilles turques et elle doit l'interrompre sèchement.

« Vous n'avez rien d'autre ? Je préfère une destination plus au nord, l'Écosse ou l'île de Pâques. »

Il acquiesce avec vigueur, le doigt tambourinant la ligne « Promotion ». L'autre main est allée pêcher un catalogue marqué « Cuba » en lettres énormes.

« On a aussi une exclu magnifique, 950 euros à prix cassé. Un produit exceptionnel, le soleil et la culture, de quoi satisfaire les exigences d'une clientèle plus raffinée… »

Sa voix a perdu sa chaleur, il commence à douter. Jeanne veille à rester impassible. Elle a longtemps rêvé de Cuba à cause d'un film déjanté sur deux arnaqueurs philatélistes. Dans une autre vie elle aurait pu flâner dans les ruelles de La Havane, danser le mambo au bras de dragueurs gominés, se fabriquer un tas de nouveaux souvenirs, des odeurs de peau neuve, des étreintes pour rien.

« C'est la bonne période, contrairement aux pays nordiques… »

Elle se met debout alors qu'il entonne le refrain vol-aéroport et bus navette.

« Vous n'avez pas compris. Je ne vous ai pas demandé une formule tout compris. Vous perdez votre temps et le mien avec. J'irai directement à l'aéroport acheter un billet en vol sec, ça vaut mieux. »

Instantanément le regard de l'homme devient aqueux et curieusement fixe. Ses poings serrés laissent deviner le cordon tendu des nerfs. Jeanne étouffe un cri. Ça fait dix jours qu'elle lutte contre des ombres et quand le danger se présente, tangible et familier, son instinct est aux abonnés absents ! Pourtant, les indices auraient dû l'alerter, cet entêtement à vouloir la convaincre, sourd et aveugle au reste… Prudemment, elle esquisse un pas en arrière, puis un second, sans précipitation ni geste brusque. Le bob a glissé par terre, tant pis, elle ne va pas se mettre à ramper. La panique coule du plomb dans ses veines. Le voyagiste s'est redressé, les yeux papillonnants, comme s'il hésitait à bondir. Le bureau constitue un rempart fragile qui suffit pourtant à l'arrêter. Il n'osera pas, pas sans la connaître, surtout si elle se tait. Elle progresse lentement vers la sortie sans le quitter des yeux, sans sourire non plus. Un rien peut le faire exploser. Il garde la bouche entrouverte sur ses dents bleues, essoufflé par l'envie de la choper entre ses poings, de serrer, cogner, la faire crier. Tant qu'elle reste silencieuse il se laissera transpercer par la rage, il a l'habitude de se contenir dans les endroits publics, mais ils savent exactement ce qui se joue entre eux. Elle doit refréner l'élan qui la pousse à démarrer en trombe. Elle a réussi son pari. Presque… Si on l'interroge un jour, il se souviendra parfaitement de cette cliente odieuse qui voulait aller au nord. *Une petite salope !* Cela, il ne le dira pas, mais il le pensera si fort que les autres comprendront. La police ou le pervers du téléphone, lancé sur ses traces. Cette visite est le seul indice que Jeanne laissera derrière elle. Le détail capable d'égarer ses poursuivants, ceux qui seront suffisamment coriaces pour remonter sa piste.

Parvenue sur le seuil de l'agence, elle détale, libérée de toute peur. Anne l'attend. Il a commencé à pleuvoir et la pluie détrempe ses cheveux, elle s'en fiche, elle court de toutes ses forces, sans se retourner. Elle se répète comme une incantation : « Plus que trois jours et c'est fini. Fini ! »

4

La fuite

En ouvrant les yeux, sa première pensée va au caniche-tube de la voisine. Le réveil marque 7 h 37, trop tard pour le cérémonial du porche. Comment réagira sa maîtresse au moment de l'euthanasier ? Que font les endeuillés quand la mort creuse des failles autour d'eux ? Ceux qui refusent d'être aveuglés, consolés ? Jeanne ne reverra plus le chien ni la vieille dame, l'idée la frappe brutalement. Elle se sent comme une coureuse dans les starting-blocks, pliée en équilibre sur la pointe des pieds.

Elle n'a pas pu dormir avant 4 heures du matin. Depuis son escapade de lundi, le pervers la réveille chaque nuit, et ce changement de stratégie aurait plutôt tendance à la rassurer ; tant qu'il la punit, c'est qu'il la croit réduite à sa merci.

Elle se glisse à la fenêtre et soulève un coin de voilage. Une Twingo rouge file à vive allure jusqu'au stop du bas de la rue. Dans l'immeuble d'en face, une femme se penche au-dessus d'un évier comme une pénitente devant un bénitier. À l'étage du dentiste tout est désert, l'employée a dû finir son nettoyage. La retraitée du 12 arrange ses jardinières ; au dernier étage, un type allume une cigarette, accoudé au balcon. Il regarde en direction de l'est. Jeanne le voit souvent fumer sur sa terrasse.

Tout semble avoir été lavé de frais, l'air est transparent et chaque petite chose, les tuiles et les ardoises, le vol des pigeons, la fumée quasi géométrique d'une cheminée, la trace d'un avion, chaque détail, paraît avoir été découpé soigneusement par une main habile. Pressée contre le carreau, Jeanne marmonne « Je pars aujourd'hui ». Son haleine lui rend un baiser acide.

Dans moins de quatre heures elle aura quitté l'appartement. Elle doit encore préparer son sac et vérifier que tout est bien fermé, éteint, coupé. Ensuite, elle passera par la pharmacie de Claire. Elle n'a pas eu le courage d'y aller avant, ni de mettre un pied dehors. Tant pis. *Plaie d'improvisation n'est pas mortelle,* chantonne Grany dans son oreille, ce qui est parfaitement ridicule car la citation n'existe pas et de toute façon sa grand-mère n'aurait jamais sorti un truc aussi pourri.

Pendant que le café passe, elle ne peut pas s'empêcher de revenir au problème des papiers. Il y a peu de chances pour qu'Anne découvre leur disparation, pas avant un bon moment. Depuis qu'elle s'est fait dérober son sac, l'année dernière, elle a pris l'habitude de conserver les originaux avec ses documents administratifs et n'utilise que des photocopies plastifiées. Au cours de sa visite, Jeanne a subtilisé sa pièce d'identité, un bulletin de don du sang et une carte Fnac périmée. Elle n'a toujours pas décidé quoi faire avec ses propres papiers.

Le bruit du téléphone brise le fil de ses réflexions. Elle ne bouge pas. Les secondes qui s'égouttent lui mettent les nerfs à vif. Au bout de la quinzième sonnerie, ça raccroche. Elle secoue rageusement son sac sur la nappe et fait dégringoler son portefeuille, un tube de rouge, des clefs, deux stylos, un mouchoir froissé, le dépliant du fou aux dents bleues, un programme ciné, quelques centimes, un agenda, des tickets de métro et un horaire de bus, une lime, un porte-monnaie défraîchi et son Nokia. Il y a cinq appels en absence. Pauline, Garmond, ses parents, deux numéros masqués. L'onde de peur remue dans son estomac. Elle va se dépouiller de sa vieille peau comme font les serpents. Ce sera une mue douloureuse, inquiétante, car il n'est même pas certain que tout soit absolument mort, mais elle n'a plus le choix. Elle peut presque ressentir le froid sur sa peau toute neuve, et ça lui rappelle le tableau d'Ève dans son coquillage, la main pudiquement placée sur le sexe. Ève ou Vénus ? Il faut qu'elle arrête ces raccourcis faciles et les pensées embrouillées, incessantes.

Elle vide le portefeuille de ses cartes – identité, Visa, fidélité –, met celles de sa sœur à la place. Désormais, elle s'appelle Anne Martineau. Une joie mauvaise lui vient en songeant à son ex-beau-frère. Germain a toujours feint de l'apprécier, en vrai il ne la supporte pas. Ensuite, elle fourre ses papiers dans le tiroir de la cuisine en attendant de décider quoi en faire.

De retour dans la chambre, elle entreprend de trier ses habits. Tout doit rentrer dans le sac à dos de randonnée. Le reste des affaires finira probablement chez Anne ou dans un entrepôt Emmaüs. Sa sœur s'y rend généralement une fois par mois pour chiner les bonnes affaires. Jeanne ne parvient pas à imaginer sa réaction en apprenant sa disparition.

Pour le voyage, elle choisit un pantalon large, un long gilet laine-cachemire payé au quart du prix à la Boutique. Elle ajoute une écharpe et ses lunettes de soleil. Ensuite elle fait une pile de pulls, cinq tee-shirts, une robe en coton fin qu'on peut rouler en boule serrée, une autre en lin, deux jupes. Des sous-vêtements, quelques tuniques. Il faut garder de la place pour les chaussures et les affaires de toilette. *Une existence réduite à rien.* L'effroi la coupe dans son élan. Autant débrancher la prise du téléphone tout de suite, ça lui évitera d'oublier et l'appareil du salon est suffisamment bruyant.

Il lui reste un peu moins de trois heures.

Elle prend une douche, s'habille, puis se faufile hors de l'appartement. L'immeuble émet des bruits doux, le gargouillis d'une chasse d'eau, un grésillement imperceptible qui doit provenir du système électrique. Le cagibi du palier sert de placard pour les choses encombrantes. Dedans, ça sent la vieille poussière. Elle distingue la lanière du sac à dos écrasé sous une valise en cuir qui encombre presque tout l'espace. Elle se souvient qu'il a insisté pour la laisser ici à leur dernière escapade. La vulgarité du cuir blanc l'arrête un instant. Comment a-t-elle pu refuser de voir l'évidence ? Violent, vulgaire et dealer... Pendant la nuit du vendredi 20, la vérité lui est-elle apparue, la poussant à commettre le pire ?

Jeanne s'empare du sac, referme la porte. C'est fini. De l'histoire ancienne. Elle aurait aimé accomplir un rituel comme au temps du Lac, mais l'image du Mioche l'en dissuade aussitôt. Il a surgi, les mains tendues, réclamant qu'on le soulève.

Les appels recommencent alors qu'elle entasse les vêtements en tas compact. Elle les compte machinalement, ajoute un pantalon en velours et une jupe en vichy. Le sac est boursouflé comme une femme obèse à présent. Les sonneries émiettent le silence avec une régularité obtuse. *Continue, je m'en fous !* Sa bravade la libère d'un poids si écrasant qu'elle se demande comment elle a pu le tolérer aussi longtemps. Elle rit de l'imaginer à l'autre bout de la ligne, blême de rage. 25, 26, 27... si seulement il pouvait crever de frustration ! Elle retire la jupe et un pull, glisse sa veste fétiche et un imper à la place. En logeant la trousse de toilette dans la poche extérieure, cela devrait passer. Est-ce qu'il manque quelque chose ? Le sentiment d'urgence revient lui nouer la gorge. Les sonneries ont cessé à 38 et le calme recèle une menace insidieuse. Tout à coup, il lui paraît indispensable d'entendre son souffle avant de partir. Pourquoi avoir résisté ? Par défi ? Pour se prouver qu'elle est capable de rébellion ? Elle se donnerait des gifles d'être aussi conne ! Il connaît forcément son adresse. *Rappelle, s'il te plaît...*

Une minute passe et le silence l'engourdit. En bougeant, elle risque de briser l'équilibre précaire qui la protège du monde. Elle pourrait retarder son départ. Au pire, ce ne serait qu'un jour supplémentaire. Elle appellera Bouraoui en prétextant qu'elle est malade à crever, puis se remettra au lit. *Idiote et lâche...* Elle retourne à la fenêtre et colle son front dessus. Le froid lui grignote la peau. Pour ne pas être tentée d'épier la rue, elle dessine un point d'interrogation sur la buée. Cette vigilance constante l'a rendue à moitié paranoïaque, c'est aussi pour cela qu'elle doit fuir sans tarder. Elle observe son poignet, les veines bleues qui composent un delta. Les marques ont disparu, même en scrutant de près, ce bracelet d'empreintes parce qu'il serrait, serrait... Et sa voix découpant l'air en tronçons nets.

« Espèce de salope ! Tu l'as revu ?

— Non. C'est lui qui m'a contactée pour un travail.

— Parce que tu travailles avec ta chatte maintenant ?

— Tu es fou !

— Pourquoi tu ne m'en as pas parlé ?

— Je n'en sais rien ! J'ai oublié !

— Oublié ? Un ex te contacte et tu oublies ?

— C'est pour un boulot, rien d'autre !

— Tu as déjà un job. C'était quoi cette fois ? Secrétaire particulière ? Tu lui chantes "Guillaume" quand il te baise ? »

Machinalement, Jeanne cherche la cicatrice et son doigt effleure la minuscule bouffissure qui orne le lobe de son oreille. C'est là qu'il l'a mordue pour la punir d'avoir voulu changer de travail. Elle secoue la tête, consciente de l'absurdité de trier sa mémoire en bons et en mauvais souvenirs ; cela ne fera que l'embrouiller, en définitive. Personne ne la guette. Et quand bien même. Ils ne vont pas la suivre jusqu'à la fin du monde, si ?

De retour dans la cuisine, elle hésite à débrancher le frigo. Il aurait fallu anticiper, il est trop tard maintenant sans quoi la glace fondue risque d'inonder la cuisine. Sa sœur s'en occupera en vidant l'appartement. Pourvu que l'agence ne lui demande pas de se porter caution des impayés… Elle sort le sac plastique de la poubelle, attache les liens solidement et va le déposer devant la porte de manière à ne pas l'oublier. Combien de jours avant qu'on découvre sa fuite ? Elle voudrait déjà être au lendemain ou encore mieux, dans un an et un jour, le délai imparti pour les objets trouvés…

Le café est froid, elle le déverse dans l'évier et refait une cafetière, tant pis pour le gâchis, de toute façon il aura perdu son arôme lorsque sa sœur viendra fouiller ses placards. *Anne Martineau. Je suis Anne Martineau.* Elle va chercher son sac à dos et l'enfonce dans le panier d'osier. Un côté dépasse, mais en nouant un paréo autour des poignées cela fera illusion. De loin, on dirait un sac de plage. Un peu bizarre à cette époque de l'année… Sa décision est prise. Elle laissera sa carte d'identité ici, ça lui évitera de commettre une bourde. Elle a le sentiment qu'en utilisant les papiers d'Anne et pas les siens la préméditation est moins grave, on ne pourra lui reprocher qu'une moitié de faute.

Le temps s'écoule à une lenteur exaspérante. En attendant que le café s'égoutte, Jeanne s'efforce de faire le vide.

Elle imagine un ballon rose flotter au-dessus de l'immeuble puis s'éloigner, poussé par les vents.

Le café lui donne un coup de fouet bienvenu. Les mains serrées autour du mug, elle laisse la chaleur pénétrer ses os puis, ragaillardie, elle s'empare de la liste des choses à faire pour barrer ce qui a été réglé. Papiers. Agence de voyages. Bagages. Distributeur (elle a pris la précaution de choisir une agence bancaire très éloignée de son quartier). Les brochures sur la table basse ; elle y a ajouté le dépliant du voyagiste irascible, au cas où. La lucarne de la salle de bains est verrouillée, les robinets fermés, les appareils électriques sont débranchés, sauf le frigo. Elle s'occupera du téléphone au dernier moment. Le pervers va rappeler, obligé. Tout est OK, sauf le passage chez Claire, la répartition de l'argent et sa trousse de toilette, mais il lui reste une heure et demie avant le départ...

Le total de sa fortune s'élève à douze mille quatre cent quatre-vingts euros. Elle divise le tas de billets en trois liasses et glisse la première dans la pochette intérieure de son sac. Les autres iront dans ses bottines, en semelles d'appoint. Elle gardera deux cents euros dans une poche et les quatre-vingts restants dans son porte-monnaie. Le fait de ne plus avoir de carte bleue lui apparaît comme un jeu bizarre qui cessera dès l'instant où elle dira « pouce ! ». Comment fera-t-elle pour trouver un emploi ? Ouvrir un compte ?

Stop ! Une chose après l'autre...

En se brossant les dents, elle songe que c'est la dernière fois ici, dans cette pièce aux carreaux en miroir. Il lui paraît impossible d'ignorer où elle couchera le soir même. Dans la glace, ses yeux font deux trous noirs. Elle les cerne d'un trait gras qui finira inévitablement par baver, mais elle ne peut se résoudre à affronter son voyage démaquillée. L'esprit humain est capable de se fixer sur des bêtises pour évacuer le trop-plein de pression. Elle rafle sa brosse à dents, le dentifrice, ses crèmes jour/nuit, une boîte d'aspirine, des cotons-tiges, une paire de ciseaux, un coupe-ongles, des échantillons gratuits, une huile pour le corps, du fond de teint et ses crayons noirs. Entasse le tout dans la pochette en Lurex, ajoute du coton, un paquet de mouchoirs, le shampoing. Comme la trousse ne ferme pas, elle se contente de l'emmailloter dans un foulard. Lila aimait se moquer de ses manières foutraques. Son amie lui manque davantage que son fiancé mort. En fuyant, elle a le sentiment de rendre leur rupture irréversible et le chagrin la fait presque suffoquer. Elle visualise une hache tranchant le lien qui les relie encore, le choc qui se répercute dans leur ventre. *Pardonne-moi Lila, c'était tellement moche de te trahir et tellement moche de ta part de ne pas pardonner ! Nous sommes quittes maintenant...*

Une heure plus tard, elle observe les derniers confettis de sa liste disparaître dans le tourbillon de la chasse d'eau, ses mains sont moites, son cœur bat la chamade. Tout est prêt, archi-prêt. Elle a fait le tour de l'appartement, vérifié les robinets, les lumières, fermé les portes, retapé les coussins du canapé. Il ne reste plus qu'à débrancher la prise du téléphone. Il n'a pas rappelé. Qu'il aille se faire foutre ! Au moment de sortir, poussée par une impulsion, Jeanne s'empare de la petite clef que le mort a laissée dans le vide-poche. Sa dernière assurance, prétendait-il. Elle ignore si ce sera utile, elle suit simplement son instinct.

Le panier est plus lourd que prévu. En verrouillant la porte, elle bute sur le sac-poubelle et se maudit de ne pas l'avoir descendu à l'avance. Si elle l'abandonne sur le paillasson, les voisins finiront par donner l'alerte. Pas le choix, elle l'emporte et avance l'oreille tendue, à l'affût d'un halètement qui indiquerait une présence. En cas d'attaque, elle pourra toujours balancer les ordures. Il n'y a personne, bien sûr. Le local des containers déborde et elle doit forcer sur le couvercle pour refermer.

Arrivée dans le hall, sous prétexte de se recoiffer, elle vérifie que la voie est libre. C'est le moment le plus périlleux. Une mère passe en poussette et dans son sillage la vie semble engourdie, figée. Ça lui rappelle l'histoire du type qui vit dans un monde en carton-pâte, filmé à son insu. Une illusion en trompe-l'œil, voilà à quoi ressemble la rue. Le soleil qui éclabousse le macadam est un bain d'acide capable de la dépouiller de ses ombres. Sans réfléchir, elle plonge dans la nappe de lumière. Cinq cents mètres avant d'atteindre la pharmacie. Ce sera plus facile ensuite. Jeanne n'a aucun repère, elle ressent juste l'espace à traverser, guidée par l'instinct. Loin devant, la pulsation du boulevard lui parvient comme un courant gelé. Elle adopte un rythme rapide, le regard rivé sur les pavés de la chaussée. Le panier pèse comme une étrave au bout de son bras, et il lui faut toute sa conviction pour ne pas rebrousser chemin, à l'abri du hall.

Marche, ne réfléchis pas ! La voix dans sa tête n'appartient à personne. Elle comprend les bêtes prises dans le faisceau des phares qui se laissent écraser sans bouger. En fermant les yeux, le danger s'efface. Le Mioche aussi faisait ça. Il se cachait derrière ses poings ou sous son pull, ou n'importe quoi d'assez grand pour échapper à ce qui le contrariait. « Je suis disparu ! » hurlait-il, convaincu de pouvoir s'absenter à sa guise. Chaque fois, Jeanne réprimait l'envie de le frapper. Ses cris lui vrillaient l'estomac en faisant éclore une torche de fureur et d'épouvante. Un jour, elle est partie se cacher. Il ne s'est pas aperçu tout de suite de sa disparition mais, quand il a compris, il s'est mis à cogner le sol de ses poings gluants de morve, les yeux révulsés, faisant accourir Eugénie en trombe. Jeanne a été punie de telle sorte qu'elle n'a jamais recommencé.

La pharmacie n'est plus qu'à quelques pas. Elle se penche et, d'un geste vif, jette son trousseau de clefs dans la bouche d'égout. Ce geste puéril la délivre de la tentation de retour. Ensuite, elle saisit son portable, hésite une seconde, avant de le laisser glisser à son tour. Sa tête résonne de bouts de phrase brûlants. *Fil coupé. Paumée. Cours maintenant !* Elle se redresse et inspecte les alentours. À une centaine de mètres, un vieux se dandine avec sa canne, la tête penchée vers le sol. Elle s'est rendue invisible, comme le Mioche.

En poussant la porte de la pharmacie, le sentiment de sa délivrance l'étourdit si fort qu'elle doit se retenir à un coin d'étagère. Par bonheur le magasin est vide. Claire la regarde approcher derrière la caisse. Jeanne guette son sourire de connivence. Elles s'entendent plutôt bien, même si leur relation n'a guère dépassé le cadre du copinage. Il y a quelques mois, elles ont été boire un verre et discuter une soirée entière, c'était sympa de se retrouver entre filles, de partager des confidences à la fois profondes et légères, et surtout de savourer la liberté de ne pas penser à *Lui*, son fiancé. Elles se sont juré de recommencer sans jamais trouver le temps. Jeanne n'a pas voulu trop réfléchir à ce qu'elle dirait, des mots sans conséquence pour un service modeste : « Tu peux me garder mon panier, j'ai une course urgente et il m'encombre… Le journal ? Tu es au courant ? Oui, c'est lui, l'homme qui me rendait dingue… Je te raconterai, mais là je dois me dépêcher, ce soir ? Pourquoi pas… Je repasse avant 13 heures, 13 h 30 au plus tard, et on décide ça, super ! » Elle s'apprête à parler et bute sur la gravité de Claire. Dressée derrière son comptoir, nimbée d'une brume bleuâtre, on dirait une mauvaise réplique de la femme chaleureuse si familière. Sans réfléchir, Jeanne fait demi-tour en traînant son panier. Une voix proteste dans son dos : « Attends, reviens », mais elle est déjà dehors. Elle ne veut rien entendre, pas avec ce bleu qui salit tout ! Elle sera en avance au commissariat, peu importe, il faudra trouver une excuse pour son cabas, au pire on l'arrêtera et personne ne songera à la traquer au fond d'une cellule !

***

Bouraoui a des cheveux épais et une peau étonnamment soyeuse. Ses mains sont fortes, expressives, et il tape ses réponses à toute vitesse, les doigts courant sur le clavier. Il est plutôt sexy, Jeanne n'avait pas remarqué jusqu'à présent. Elle note le fait, sans plus. Elle note, consigne et réagit comme on l'attend d'un témoin à peu près cohérent, mais son manque d'implication énerve visiblement le capitaine. Il doit estimer qu'elle a passé son temps de récupération et ses questions sont devenues abruptes, d'un beau rouge coupant. Elle lutte contre l'envie de fermer les yeux pour retrouver sa chaleur d'ours polaire, qu'il cesse de débiter les mêmes questions stupides. « Drogue », dit-il. « Cocaïne. » Pourquoi s'acharne-t-il ?

Jamais de drogue ! Les dealers sont des ordures ! affirmait le mort, la bouche en cœur. Un mensonge de plus. Sa naïveté est tellement énorme que c'en est affolant. Elle n'a rien vu, rien voulu savoir, accrochée à son petit vertige de femme baisée. Elle se rappelle brusquement qu'il détestait les vieux et les handicapés. L'âge le terrifiait. Si elle avait pu prévoir l'avenir, elle l'aurait consolé en l'adjurant de ne pas s'inquiéter. Qu'elle le tuerait avant. *L'a-t-elle vraiment fait ? Son bras armé ? Le couteau qui frappe ?* La chaise du capitaine produit un bruit de craie strident au moment où il se lève. Il farfouille dans l'armoire, puis revient s'asseoir, encombré d'un classeur épais, sans chercher à masquer sa mauvaise humeur.

« Vous connaissez Marcel ? Marcel Camboni... »

Jeanne n'est pas dupe de sa colère et répond du tac au tac que non, elle ne connaît pas Marcel. Marcel est un prénom à chier, ce serait dommage d'en fréquenter un, cela, elle se contente de le penser. Sur ce plan, au moins, elle n'a pas besoin de se creuser la cervelle pour trouver quoi inventer. Marcel, elle ne l'a jamais rencontré. Ni lui ni personne. Le mort ne voulait pas et savait admirablement cloisonner. D'où sa naïveté affolante. Le boulot de 16 heures à 2 ou 3 heures du matin, l'amour en reste. Jeanne en reste.

« Vous êtes sûre ? Tenez, je vous montre quelques clichés, prenez votre temps. »

Bouraoui lui tend son album des familles et feuillette les pages pour elle, comme si elle souffrait de paralysie. Les visages défilent, la plupart exhibent des faciès durs aux yeux méchamment plissés. Le troisième ressemble à un des frères Dalton. Averell. À moins que ce ne soit le nom du chien, elle ne saurait dire. Sa mémoire en passoire ne retient que les gros caillots du souvenir, les détails glissent par les trous et vont se perdre ailleurs. Caillots d'enfance et illusions foireuses. Ces types n'ont rien de comparable avec son fiancé. Lui, enfoncé en elle, qui la faisait jouir, son beau visage tordu de détermination. Et pendant ce temps, combien de pauvres zonards qui crevaient les veines pleines de sa merde ?

Elle dénombre une dizaine de blonds et le triple de bruns. Certains la dévisagent pleine face, d'autres en profil perdu, photographiés au zoom. Cela accroît son sentiment d'irréalité, comme si elle était en train de jouer dans une mauvaise série télé. Faute de légende, elle est incapable de repérer Marcel. Ça servirait à quoi, d'ailleurs ? À donner un visage au maniaque qui la harcèle au téléphone pour le rendre moins fantomatique ?

Bouraoui referme le classeur et Jeanne lui sourit en pure perte, c'est tout juste s'il veut bien croiser son regard à présent. Il tape une longue phrase, soupire. Sa tension est palpable. Il meurt d'envie de la secouer pour faire jaillir un peu de vérité. Pauvre capitaine… Sa frustration réveille un élan de tendresse qui l'inonde. Elle ferme les yeux, sidérée d'éprouver un sentiment aussi doux. C'est la première fois depuis l'autre nuit, et même bien avant, la première fois qu'un homme l'émeut. En un sens, cela prouve qu'elle n'est pas complètement fichue. Bouraoui a dû lui dire son prénom. Ça commence par un B…

Bruno. Bruno Bouraoui. Il l'a précisé en lui serrant la main à leur seconde entrevue, le surlendemain du drame. On se serait cru à un entretien d'embauche avec ce quelque chose en plus, inexplicable. Quoi ? La chaleur polaire ? la pitié ? Elle le murmure en pensée, *brune-oooh*, et les syllabes produisent une rumeur feutrée, pareille à une caresse… *Bruno, je ferme les yeux pour ne plus voir tes murs couleur d'olive et ton air en colère, j'oublie Marcel, la drogue en barrettes, les kilos de poudre, toute cette merde, je m'absente, mais je voudrais savoir ce que ça ferait de te toucher en vrai…*

Le capitaine doit se demander ce qu'elle fiche, personne ne peut réellement mentir paupières closes, pourtant il n'ose pas insister et, en s'éternisant, le silence prend la consistance d'un sirop… Elle rouvre les yeux, surprend une rougeur fugitive. Afin de garder une contenance, il se lève en marmonnant « Allons ». Allons quoi donc ? Jeanne n'a pas envie de partir, pas tout de suite, elle aimerait pouvoir se confier, parler au moins des appels anonymes, mais elle redoute les conséquences, l'effet papillon si cher à Lila. *Trop tard. On ne harcèle pas les innocents ! Si tu lui racontes maintenant, tu es grillée, ma pauvre fille !* Il lui tend une feuille, l'invite à signer sa déposition. Elle griffonne un gribouillis au bas de la page sans relire, ce n'est même pas sa signature habituelle, mais il ne vérifie pas, trop pressé de la voir disparaître. Elle lui abandonne ses petits mensonges, *c'est la dernière fois*, pense-t-elle, et s'en va avec l'espoir minuscule que quelque chose a changé. Cet espoir, elle va l'examiner à l'air libre, en faisant claquer ses talons sur le bitume.

Le cabas l'attend aux toilettes du premier étage. En le déposant sous le lavabo, elle a pensé à la lettre de Poe. Qui voudrait piquer un sac dans les W-C d'un hôtel de police ?

Au bout du couloir, une fille lourdement maquillée se tient adossée au mur. Elle porte une minijupe, un collant filé et des talons compensés de dix centimètres. Leur regard se heurte, Jeanne tente esquisser un sourire, mais l'autre la foudroie, avec l'air de lui en vouloir. A-t-elle décelé sa culpabilité ? Une faute écarlate qui perlerait de sa peau ?

Elle n'a jamais fait cela pour de l'argent. Elle a toujours couché par amour ou ce qu'elle prenait comme tel. En définitive, cela ne change pas grand-chose.

À l'approche de la gare, ses nerfs fourmillent. Des regards l'effleurent, trop nombreux pour déceler le danger. Dans une vitrine, elle croit entrevoir la silhouette d'un chauve qui entame un brusque demi-tour. Cela n'a pas duré plus d'une seconde, mais son allure lui évoque un gros baraqué des fiches de Bouraoui. Un type qui pourrait très bien s'appeler Marcel. Elle n'aurait pas dû consulter le classeur, les clichés ont donné à son poursuivant une réalité tangible, effrayante. Elle accélère l'allure malgré le poids du panier. Sa nuque commence à lui démanger, et elle jurerait que quelqu'un l'épie à l'instant même. Comment font les gens en fuite ? *Stopper brusquement, changer de direction, sauter dans un métro.* À Lille, ça n'a aucun sens, il n'y a que deux lignes sur le réseau et les portes coulissantes des quais interdisent toute acrobatie. Elle aurait dû prévoir une perruque ou un chapeau réversible, à présent il est trop tard. Son plan lui apparaît soudain pitoyable, grossier et parfaitement inutile. Ce n'est pas un pauvre cabas de marché qui embrouillera un mafieux ! *Reste simple, Jeanne. Logique.* À la dernière seconde elle s'engouffre sous un porche qui mène à une cour décorée de guirlandes d'ampoules. La terrasse des Compagnons de la Grappe est vide, mais un petit groupe consulte la carte du restaurant. Elle se faufile derrière, rejoint le passage qui aboutit rue Basse et se met à courir avec l'énergie du désespoir.

La gare de Lille-Flandres est animée d'un bouillonnement continu de voyageurs et de badauds, des jeunes punks à chiens affalés sur le bord de la fontaine, quelques retardataires qui galopent en tirant des valises à roulettes, une famille encombrée d'une poussette, de sacs et d'une ribambelle de mômes, un couple enlacé… Elle dépasse la boutique SNCF, l'entrée du métro et du tram, arrive en vue des quais. La panique la rend presque asthmatique. En proie au vertige, elle se jette dans le premier Relay, et se blottit derrière le présentoir à journaux de façon à surveiller le trafic.

A priori tout semble normal, mais cela ne signifie rien, vu son état de stress. À l'intérieur de la librairie, ils sont trois ; un Asiatique qui détaille les cartes postales d'un tourniquet, le patron occupé à empiler des confiseries dans un support publicitaire en sifflotant et elle, tapie à l'affût.

Elle profite du répit pour vérifier les titres des quotidiens. Le journal local titre sur le procès d'un trafiquant et les travaux au centre-ville. Si l'affaire la concernait, Bouraoui l'aurait prévenue. Elle feint d'hésiter dans le choix du journal. Son poste d'observation lui permet d'apercevoir la plupart des quais et le panneau des départs. Un homme s'est planté à l'entrée de la voie 8. Il a des cheveux luisants, peignés sur l'arrière. Trop mafiosi pour l'être en vrai. À quelques pas, une Rom fait la manche avec une désinvolture qui confine au dédain. Un voyageur doté d'une mallette patiente sous le panneau des annonces, imper beige, l'air de M. Tout-le-monde. Il regarde dans sa direction puis lève les yeux, sans doute pour consulter l'horloge. Quatre ados arrivent en se bousculant et sifflent une fille bien trop jolie pour eux ; elle les ignore, mais se fait harponner par un démarcheur qui a surgi, carton à dessins ouvert. M. Tout-le-monde a disparu. Un type coiffé d'un chapeau à carreaux verts l'a remplacé. Il pourrait être chauve. Celui de la vitrine ?

Sans réfléchir, Jeanne se jette hors de son abri et refait le chemin inverse jusqu'à l'entrée principale. Le panier semble avoir doublé de poids. D'habitude, elle préfère payer aux distributeurs automatiques, sauf que sa carte a fini à la poubelle, déchiquetée. Elle a bien envisagé d'acheter un billet à l'avance, mais l'opération aurait laissé des traces sur son ordinateur. Ignorant les guichets extérieurs où les gens font la queue, elle pénètre dans l'espace SNCF, plus discret, lance un coup d'œil en arrière. Chapeau-vert ne l'a pas suivie, en revanche M. Tout-le-monde s'est assis à la terrasse de la brasserie, un journal déployé devant lui.

L'endroit a beau être quasiment désert, Jeanne prend son ticket au rouleau distributeur. Une dame patiente sur la banquette et deux jeunes types se tiennent accoudés aux guichets M et H. Elle choisit un siège en retrait. Le signal retentit, la dame se lève en boitillant et croise le client déjà servi – la vingtaine, ordinaire –, plongé dans la lecture de ses SMS. Elle s'efforce de rester immobile. Une minute coule, puis deux. Son cœur continue à battre frénétiquement et elle se demande si on peut mourir d'une crise de tachycardie. Le cling retentit et le H s'affiche. L'homme qui lui cède la place a le regard aussi vide qu'une coquille sans amande.

L'employée SNCF imprime son aller simple pour Paris, puis encaisse l'argent liquide. Elle annonce joyeusement : « Départ dans vingt minutes, bon voyage mademoiselle ! » Son amabilité fait naître en Jeanne une gratitude démesurée. Elle n'a toujours pas décidé ce qu'elle ferait une fois arrivée à la gare du Nord. Cela dépendra des hommes dans le train.

Après avoir composté le billet, elle se réfugie dans les toilettes situées à l'une des sorties latérales de la gare. L'endroit est humide, moyennement sale. L'odeur de désinfectant masque des relents plus piquants, un mélange d'urine et de déodorant bon marché. Elle se lave les mains face au grand miroir, tête baissée pour ne pas voir son reflet. Sa réticence lui apparaît brusquement dangereuse et elle s'oblige à lever le menton. *Jeanne-en-Fuite.* Ses traits sont creusés, son allure vaguement hagarde. Elle a dû perdre un ou deux kilos à se ronger les sangs. Ses lèvres sont gercées, ses yeux battus, légèrement cernés, brillent anormalement. Deux éclats de quartz, elle pense. Le mort aimait cette mine, « tu as ton air de sortir du lit, ça donne envie de te baiser... ». Elle dénoue le foulard des anses du cabas, enroule le voile de façon à couvrir ses cheveux qui auraient besoin d'un bon shampoing. C'est mieux. Elle se maquille la bouche, boutonne sa veste, remet ses lunettes noires. Dans le miroir une femme fatale la toise, mélodramatique. *Un cliché ambulant, ma pauvre fille !*

Elle va se poster contre la porte battante. En la maintenant entrouverte de quelques centimètres on distingue l'enfilade des voies ferrées. Tout paraît normal ; des voyageurs en attente, des flâneurs qui rêvent et les empressés qui trottent vers un train régional. Une femme en blouse traverse la gare en traînant une poubelle à roulettes. Chapeau-vert s'est approché du Relay, le portable collé à l'oreille. Marcel ? Elle cherche son Nokia mécaniquement et ses doigts effleurent la clef plate, dans sa poche. Impossible d'appeler au secours, à moins de trouver une cabine publique. Et à qui s'adresser ? La police ? Bouraoui serait capable de l'arrêter pour obstruction à la justice. La clef représente une sorte d'assurance, à moins que ce ne soit encore un de ses bobards. Peut-être qu'il n'y a rien dans la cave. Cela n'a plus grande importance, maintenant. L'essentiel est de disparaître le temps que les flics arrêtent tous les Marcel impliqués de son réseau. Il devait forcément y en avoir un...

Une dame se dirige vers les toilettes. Elle parle d'une voix aiguë et Jeanne remarque son oreillette. Il faut faire vite. Chapeau-vert a disparu, Jeanne le prend comme un signe favorable.

En quelques pas pressés, elle a rejoint le Relay et retrouve sa place derrière le présentoir à journaux. Il lui reste treize minutes à patienter. Le patron du kiosque semble interloqué de la revoir, elle n'ose pas le dévisager et observe distraitement les journaux pour se donner une contenance. *Le Monde*, *Libé*, *La Voix du Nord*. Des guerres en pagaille, la crise, un naufrage. Une actrice qui se livre à des confidences. Chapeau-vert surgit au milieu de l'affluence et s'absorbe dans les horaires des arrivées. Avec un peu de chance, il n'aura pas remarqué son mouvement. Une fille déboule en coup de vent et achète des bonbons, les mêmes que le patron rangeait il y a dix minutes.

Le clapet des annonces roule en cliquetant pour signaler un nouveau départ. Son cœur est douloureux de battre.

Quand le TGV pour Paris s'affiche enfin, quai 9, son sursaut attire l'attention du patron. Honteuse, elle s'empare d'un magazine au hasard avant de rejoindre la caisse. Il doit chercher où il l'a déjà vue. *Lundi dernier, en une, abruti*. Pour l'amadouer, elle ajoute une barre de céréales et une petite bouteille de Badoit. Elle a préparé un billet de dix euros, il lui rend des piécettes et la laisse partir.

Elle s'arrête voie 8. Sur le quai voisin, les gens forment de petits amalgames devant les wagons. La station s'est vidée de moitié. Sous le panneau central, il doit rester une vingtaine de personnes. Son train part dans six minutes. Elle se rapproche un peu, l'air de flâner, feint d'être absorbée par la pub d'un magazine people avec la photo de Beigbeder en couverture. Dans un encart plus petit, une blonde à bouche cerise, « Audrey prend des vacances ». *Moi aussi, Audrey...* Du coin de l'œil, elle surveille la progression de l'aiguille en fer sur la pendule monumentale. Trois minutes ont passé. Un agent se poste à l'entrée de la voie 9, en plein dans le passage. Jeanne remarque l'avis inscrit en rouge ; « Les voyageurs doivent se présenter deux minutes avant le départ. » Elle songe à son portable qui doit flotter dans les égouts, aux sonneries qui s'étirent dans le vide, à la colère de Marcel. Une fuyarde, voilà ce qu'elle est devenue. Une minute encore. Il faut y aller. L'ankylose a gagné son bras, ses muscles ont fondu. Elle titube légèrement. Le panier glisse avec le magazine, la bouteille d'eau, ça n'a aucune importance, elle tient fermement les courroies de son sac à dos en le traînant pratiquement sur le sol. Loin derrière, quelqu'un l'interpelle : « Mademoiselle, vous avez perdu... »

Elle commence à courir, évite l'agent qui esquisse un mouvement de protestation, note la présence d'un chauve en queue de wagon, le dépasse à toute allure pour se hisser en catastrophe dans la voiture suivante. Un sifflet explose quelque part. Les portes claquent dans son dos. Elle n'a même pas fait exprès d'attendre la dernière seconde, la peur l'a liquéfiée. Les gens la fixent tandis qu'elle avance. Elle cherche un chapeau vert, en vain. Le train s'ébranle dans un interminable tressaillement qui se propage le long de ses nerfs, exactement comme la peau ondulante du bœuf avant de mourir. Il lui faut traverser six voitures pour parvenir à sa place, mais maintenant que le train est parti personne ne lui accorde d'attention. Elle se répète une litanie rythmée au bruit scandé des roues sur les rails : *tu es sauvée, sauvée, en fuite, perdue, en fuite, perdue…* Sa panique reflue peu à peu et chaque muscle, chaque terminaison nerveuse se dénoue, flanche. Elle éprouve un effondrement à l'intérieur de son corps, comme les immeubles dynamités qui s'affaissent, enfin délivrés des tonnes de béton armé.

Son siège côté fenêtre est squatté par une grosse femme. Jeanne l'ignore et remonte jusqu'au wagon de tête où elle choisit un strapontin, avant le sas qui mène au dernier carré. Elle pourrait s'installer plus confortablement puisqu'il reste deux places libres, mais il faudrait s'asseoir face à des inconnus et elle ne peut plus se fier à personne à présent.

Pour la première fois depuis qu'elle a quitté le hall de son immeuble, son cœur s'apaise un peu.

***

À Paris, elle perd au moins quatre heures dans le métro en allers et retours avant d'opter pour la gare Montparnasse. Elle ne réfléchit pas vraiment et agit par impulsion, or l'instinct lui souffle d'ajouter des kilomètres aux kilomètres. Elle n'a pas revu le type au chapeau. En revanche, elle a cru reconnaître l'imper beige de M. Tout-le-monde, mais si c'est le cas, il est semé depuis longtemps. Au guichet de la gare, on lui propose un trajet de nuit vers le Sud-Ouest puisqu'elle a loupé le dernier TGV de la journée. Les deux heures qui restent à patienter, elle les emploie à tourner dans le quartier. La fourmilière humaine l'incite à marcher en évitant les cafés. À force de faire la toupie, elle espère lasser un éventuel poursuivant, s'il existe vraiment.

À dix minutes du départ, elle grimpe dans le wagon des premières et s'affale à sa place, à bout de forces. Elle a choisi un siège solo dans l'espoir de dormir. Quand le train finit par s'ébranler, son reflet lui apparaît trompeur dans la vitre obscure. Incapable de fermer les yeux malgré l'épuisement, Jeanne se concentre sur les secousses du convoi. Son esprit bruisse d'une rumeur jaune, en boucle. *Fuyarde. Coupable. Lâche.*

Autour d'elle, les gens s'endorment peu à peu, bouche entrouverte, corps tranquillement vautré. Elle envie leur innocence, puis les maudit à mesure que la nuit passe. L'insomnie a la couleur d'un citron.

À 7h49, à son arrivée à Biarritz, elle prend un taxi pour rejoindre le centre. Faute de savoir où aller, elle demande au chauffeur de faire un tour avant de la laisser près du casino. Elle n'a pas d'autre idée et « Casino » sonne bien. Heureusement, le type ne cherche pas à lier conversation, elle est tellement tendue qu'elle a du mal à comprendre ce qu'elle voit. Le front de mer est impressionnant, comme une image tronquée de ville proprette et de mer déchaînée. Au ralenti, la voiture dépasse la plage pour stopper sur le terre-plein pavé, non loin d'un bâtiment style Art déco. « Non, continuez encore un peu. » Le chauffeur obtempère d'un grognement et repart se perdre dans un dédale de rues. Les façades sont bourgeoises, pimpantes, et semblent avoir été éclaboussées de blanc. Jeanne attend que le compteur affiche vingt-cinq euros. « Ici, c'est bien. »

Ils sont au pied d'une rue en pente raide. Elle règle la course et entreprend son ascension sans vérifier ses arrières. L'épuisement la fait tituber. L'artère débouche sur une avenue commerçante. À bout de souffle, elle doit se mordre la langue pour ne pas tomber. Les images lui viennent, hachées par le manque de sommeil ; des maisons blanches, des balcons dentelés et des arbres bourgeonnants bien plus vigoureux qu'au nord. Il y a même des palmiers aux larges rameaux, plantés dans des bacs en bois. L'instinct la guide vers une ruelle en coude. Des façades coquettes, un trottoir étroit. Aucune place pour se garer. Parfait. Et puis le miracle, un hôtel modeste aux allures de pension de famille est niché au milieu. Son enseigne affiche un nom amusant. Hôtel du Singe.

Jeanne pousse la porte, pénètre dans un corridor sombre.

DEUXIÈME PARTIE

1

Emil

Emil s'apprête à franchir le seuil de l'hôtel quand l'évidence le frappe de plein fouet. Son temps est fini, ici. Il va secouer l'indolence qui le retient rivé à la ville balnéaire pour repartir sur les routes. Il proposera à Etxeberri de faire deux ou trois mois de préavis si cela l'arrange, son patron s'est montré réglo, pas question de le planter.

Dès qu'il s'attarde plus de six mois, le besoin de bouger finit par le rattraper, un fourmillement qui le pousse sans savoir où, droit devant. Cette fois, pourtant, il éprouve une réticence inhabituelle en songeant à ce qu'il va laisser derrière lui, Arno, le cabanon du vieux port, les randonnées en montagne, la chaleur de Maria et cette nature luxuriante si différente de la sauvagerie de son île. Peut-être qu'il s'encroûte… Emil sait mieux que personne qu'il n'y a pas de liberté possible sans regrets à brûler. L'idée que le départ et la perte sont indissociables lui semble aussi juste que les cycles naturels de la vie. Autrefois, par souci d'équilibre, ses ancêtres sacrifiaient aux dieux avant un grand voyage.

Sa décision est prise.

En pénétrant dans l'étroit corridor qui mène à la réception, il est pris à la gorge par les relents, un mélange de bois ciré, de viande cuite et de vieille Javel. Ce soir, l'odeur oppressante ne le dérange pas vraiment. Le souvenir du chat abandonné sur l'île lui revient brusquement, sa façon de flairer chaque nouvel objet avec des mines suspicieuses. Vent-d'Ouest lui manque, peut-être encore plus que le goût du vent.

Le patron est assis derrière le comptoir, l'air renfrogné.

« En forme ?

— Super. »

Son mutisme a le don d'agacer le vieil homme, Emil en a conscience et s'en amuse secrètement.

« Tu es presque en retard.

— Ça ne se reproduira pas.

— Je sais, je précise seulement. Parce que ça commence comme ça... »

La phrase meurt d'elle-même. Xabi Etxeberri connaît son veilleur de nuit, pas causant mais honnête et franc du collier. Emil n'a eu que deux écarts en sept mois de travail, or le second date de l'avant-veille et il n'est pas mécontent de le lui faire remarquer. En avisant le sac gonflé, néanmoins, il ne peut pas s'empêcher de persifler.

« T'as encore pris tes bouquins ?

— Oui.

— Tu finiras par t'user les yeux. Pourquoi tu ne piques pas un roupillon plutôt ? Le divan est fait pour ça et du moment que tu assures le boulot...

— Je sais. »

Rien à en tirer. Xabi bougonne à propos d'un nouveau pensionnaire prévu le lendemain, il dit ça pour la forme, le Norvégien vérifie toujours le registre. Ça l'ennuie d'avoir si peu de prise sur le garçon, mais il faut croire que ses origines expliquent le caractère, car c'est sauvage et compagnie. Son intuition lui souffle néanmoins qu'un détail est en train de lui échapper, sans qu'il puisse déterminer s'il s'agit d'un oubli ou d'un pressentiment. Depuis qu'il a passé ce foutu cap des soixante-seize ans, il lui arrive de perdre un peu le contrôle. Il rêvasse, somnole et peine de plus en plus à faire le point. Bientôt huit décennies. La vie a filé en un clin d'œil pour l'abandonner en rade. Les détails s'effacent, des visages, des rendez-vous... Encore quelques années et il sera d'accord avec sa fille aînée qui ne jure que par les sudokus.

Contrarié, il grommelle à propos de ses douleurs articulaires, le travail qui lui retombe dessus, les jeunes qui n'en foutent pas une et ces fichus abrutis du rugby qui sont en train de tuer le meilleur sport au monde avec leurs combines de gestion douteuse. L'autre l'écoute patiemment, un sourire vague aux lèvres. Debout dans le passage, plus massif que de coutume, il paraît s'ennuyer ferme. Xabi se résigne.

« Je m'en vais. On se voit demain. Tu diras à Maria qu'elle n'a pas besoin de venir plus tôt. Je commencerai le service.

— OK.

— Bonne nuit. »

En remarquant son dos voûté qui se dandine vers la sortie, Emil éprouve un bref remords. Il aurait pu évoquer son projet, mais ils n'en sont pas à quelques jours près, et une fois l'info lâchée, le Basque se montrera probablement infernal. Ce n'est pas un mauvais bougre, juste un vieux râleur persuadé de l'avoir sauvé des filières de sans-papiers en lui offrant du travail. Emil a renoncé depuis longtemps à lui expliquer l'espace économique européen. Il le préviendra demain ou après-demain, quand tout sera clair dans son esprit ; rien ne presse, d'autant que ce ne sont pas les candidats qui manquent en début de saison.

Appuyé sur le comptoir, les yeux mi-clos, il fait le vide en lui. À chaque début de service, il lui faut un moment pour s'accoutumer à l'exiguïté des lieux. Bengt prétendait qu'il avait quelque chose de son chat. Même sauvagerie, mêmes idées fixes et même regard. « Tu sais que tes yeux virent au jaune, Emil ? Sous la lumière du couchant on jurerait Vent-d'Ouest ! » Cette ressemblance lui plaît. Le vagabondage et l'attachement viscéral qui le tient à la mer sauvage, la pulsion de l'errance…

Il sort de sa besace les livres empruntés à la bibliothèque et les dispose sur le sous-main zébré d'écorchures qui sert de tapis à souris à un antique ordinateur ; il y a une biographie de Chagall, un ouvrage sur l'architecture des années 1930 et la *Brève histoire du temps* de Hawking, qu'il a lu durant son unique année de fac, dix ans plus tôt. En le découvrant dans les rayonnages « Classiques et best-sellers », il a eu envie de s'y replonger, conscient que ce retour dans le monde de la physique risquait d'être fastidieux. Même en sachant parler à peu près couramment la langue, lire en français requiert pas mal de concentration.

Son grand-père n'a jamais compris ce qui le poussait à lire. Du temps perdu, bougonnait-il. Le mineur éprouvait une fierté rageuse à se tenir loin des savoirs de bureau. Il affirmait qu'un homme se résume à ses actes et que la pensée ne sert à rien si elle n'a pas de jambes pour la mener. Néanmoins, il admirait la capacité du gamin à s'abstraire du monde. Dans cette volonté obstinée, il reconnaissait une trace familière qui le rassurait. Le savoir des livres se mêlait à ses propres leçons, et l'ancêtre espérait que cela aiderait son petit-fils à vivre. Il avait raison. Avec ses pudeurs farouches, sa prudence paysanne, Bengt a amadoué l'adolescent mutique en lui offrant assez de liberté pour ne pas exploser. Emil mesure combien il a dû être difficile au début, rebelle à toute contrainte. Il se rappelle sa fureur sans issue. Ce sont les livres et la marche qui l'ont sauvé.

Un bruit de cavalcade l'arrache à sa rêverie. Les occupants de la douze dévalent l'escalier. L'homme ceinture brièvement sa compagne, mais elle s'arrache à son étreinte avec un rire de gorge. En relevant la tête, elle l'aperçoit et lui adresse une grimace mi-contrite, mi-amusée, comme pour s'excuser. L'un et l'autre doivent frôler la cinquantaine. Ils sont arrivés il y a une semaine, toujours les premiers à rejoindre la salle à manger après avoir patrouillé dans les environs. Ils ont confié à Maria qu'ils cherchaient une maison à acheter. Le type lui décoche une œillade complice et disparaît dans le corridor sur les traces de son amoureuse. Emil les trouve beaux, insouciants. Probablement un couple recomposé.

Il étouffe un bâillement, consulte sa montre, 19 h 45, et se rappelle qu'il devrait brancher son portable. Puisqu'il reçoit peu d'appels, il a tendance à oublier.

Cinq minutes plus tard les Parisiennes apparaissent, les cheveux encore humides, embaumant le shampoing. Elles sont venues à Biarritz suivre un stage de yoga. La jolie blonde trop maquillée a les traits gonflés comme quelqu'un qui a pleuré. Elle gronde à voix basse « Tu ne comprends pas parce que tu n'écoutes rien... », l'autre, une brune à la coupe militaire, secoue furieusement sa tête d'oiseau. « N'importe quoi ! J'écoute ! C'est toi, tu te fabriques des certitudes et ensuite tu... » Le reste se fond dans un bourdonnement furibond. Elles passent sans paraître le remarquer, concentrées sur leur dispute.

Emil range les bouquins dans le tiroir – il s'est décidé pour le Chagall, finalement –, vérifie le carnet des réclamations. Rien à signaler. Le type de la cinq passe en coup de vent et jette un bonsoir inaudible. Il est talonné de près par Mme Danielle (elle tient à ce qu'on l'appelle ainsi), une habituée qui loue une chambre six mois de l'année. La vieille dame agite la main en direction du comptoir en faisant bruire ses bracelets à la manière d'une danseuse de flamenco. Ce soir, elle arbore une robe en velours bleu nuit et une veste mordorée. Des sequins, a-t-elle précisé à leur dernière conversation. Son élégance dénote dans le décor vaguement miteux du Singe, surtout en basse saison où les clients se résument à des voyageurs de commerce, des amants en congrès ou une poignée de retraités ; on l'imagine mieux à l'hôtel du Palais, paradant au milieu des queues-de-pie et des robes du soir. Emil aime bien Mme Danielle. Elle joue au casino quasiment chaque jour, se rend deux fois par semaine à la piscine pour faire ses longueurs (cinq allers en brasse, retour en dos crawlé), écume les chocolatiers du centre-ville parée comme un oiseau tropical. Quand l'arthrite la coince dans sa chambre, elle lui rend visite après le dîner, « Je viens papoter, jeune homme », et se fait servir de la liqueur de menthe. Sinon, elle se contente d'un moulinet majestueux et vogue vers le cinéma ou une promenade à la grande plage.

Le silence est retombé, rompu par le grincement des solives et une rumeur à peine discernable, en provenance du corridor. Emil s'étire en faisant craquer ses vertèbres. Il n'a guère profité de sa nuit de congé car il s'est levé à l'aube pour attraper le premier bus vers l'intérieur des terres et grimper l'Autza par le col d'Ispeguy. Les 850 mètres de dénivelée commencent à l'élancer. Il aurait dû acheter de l'aspirine. Repoussant le Chagall, il vérifie une dernière fois que tout est en ordre. Tant que les pensionnaires sont attablés, il préfère rester disponible. On lui demande souvent des adresses de bars à tapas ou des conseils d'excursions. Les plus esseulés l'interrogent sur ses origines ou discutent rugby avant de remonter dans leur chambre regarder la télé. Une nuit, un homme en plein divorce n'a pas voulu le lâcher avant de lui avoir raconté son mariage raté.

C'est encore un peu tôt pour préparer du café. Dans la réserve qui fait office de salle de repos, Etxeberri a mis une cafetière et un frigo à la disposition du personnel, lequel se résume à Sylvie, sa fille aînée, Maria, qui est chargée du service et des chambres, et le veilleur de nuit. Emil travaille au Singe six nuits sur sept et le vieux le remplace la nuit du mercredi à jeudi. Sylvie vient en journée donner un coup de main à Maria pour le ménage ou tenir la réception quand son père est occupé ailleurs.

Le frigo n'a pas dû être ouvert depuis sa dernière incursion. Sur les clayettes traînent des compotes pomme-abricot, deux canettes de Pepsi et une bouteille du jus de fruits entamée qu'il termine en quelques gorgées. Malgré la perspective du départ, Emil se sent soudain morose et un peu vide, sans doute à cause du manque de sommeil. La tentation de s'allonger sur le divan le taraude, mais il redoute de sombrer dans un sommeil de plomb et la réception ne peut pas rester déserte aussi tôt dans la soirée. Le Coca lui donnera un coup de fouet. Il hésite, agacé par l'indécision. Ces temps-ci il se trouve trop lourd. Pas vraiment gros, mais lesté d'un poids que la marche ne suffit pas à éliminer. Ce matin, à l'Autza, la dernière partie de l'ascension a été rude. Ce n'est pas seulement physique, plutôt une lassitude générale qui le lancine. Il aurait bien besoin d'un break avant de repartir sur les routes, gagner les montagnes de Navarre ou tenter le chemin de Compostelle, pourtant, la perspective de se retrouver au milieu des premiers randonneurs de saison le rebute. Fin mai, la fréquentation des GR monte en flèche. N'empêche, trek ou pas, il va devoir récupérer un peu d'énergie. Avec le décalage des nuits blanches, son rythme biologique n'a cessé de se dégrader.

Il saisit la canette, fait sauter la languette en fer-blanc. Tant pis pour sa ceinture abdominale, il ne tiendra jamais la nuit sans sucre. La première gorgée, délicieusement glacée, lui rappelle Hélène chuchotant l'expression « poignées d'amour » à son oreille. Le souvenir est si vif qu'il éprouve son poids contre lui, une main l'agrippant juste au-dessus de l'aîne, l'autre se faufilant entre son jean et le slip. « Tu sais comment on appelle tes petits bourrelets, là ? », concentré sur la caresse de plus en plus précise, il lui a fallu quelques secondes pour comprendre de quoi elle parlait. Son haleine brûlante l'avait excité presque autant que le lent frottement exercé sur son sexe. Ils se tenaient l'un contre l'autre, dans la cabine d'essayage d'un grand magasin où elle venait de l'entraîner sous prétexte de lui montrer une jupe. Il l'avait appuyée contre le mur du fond en évitant les cloisons en carton avant de la bâillonner de façon à étouffer ses miaulements de plaisir. Ce silence imposé les rendait dingues. Ils avaient joui presque aussitôt, violemment.

Une onde de chaleur se propage dans ses reins. Cela fait trop longtemps qu'il n'a pas touché une femme. Avec Hélène, les jeux amoureux étaient brefs et intenses, plus acrobatiques que voluptueux. Ils ont baisé n'importe où, dans des postures incommodes, excités à l'idée de se faire surprendre. Rien qu'en y pensant, Emil retrouve la sensation des écorces lui labourer le dos, l'odeur aigre des pissotières de la plage ou celle du tabac froid de la Twingo d'Hélène (à l'avant et à l'arrière, fauteuils rabattus, avec des sacs et des paréos pour colmater les vitres). Il y a eu aussi cette fois, dans une arrière-salle d'un musée bordelais, où elle s'est mise à genoux et l'a sucé si tendrement qu'il a dû se mordre la langue pour ne pas exploser aussitôt.

Il essaie de penser à autre chose, feuillette le registre des réservations d'un œil distrait, tente quelques mouvements d'étirement pour soulager ses muscles douloureux, puis finit par s'affaler dans le fauteuil de la réception. Le

Basque a eu la bonne idée de récupérer celui d'un docteur en retraite ; l'assise en cuir, creusée par l'usure, a pris la forme d'un baquet. Il songe à la courbe d'une hanche et soupire, irrité. Le besoin de toucher un autre corps est presque insupportable.

Un éclat de voix lui parvient du couloir. Les Parisiennes ont expédié leur dîner. Elles surgissent, serrées l'une contre l'autre. Le maquillage de la blonde a coulé. Sa compagne lui tient le bras, l'air furieux. On les sent prêtes à exploser. Pour sortir, elles sont obligées de longer le comptoir et bafouillent un bonsoir avant de s'esquiver dans le corridor à petits pas pressés. La porte claque à la volée, un souffle lui parvient, humide et moite. La météo a prévu de fortes précipitations pendant la nuit. Emil aimerait marcher sous l'averse pour laisser le froid lui rentrer dans la peau et insensibiliser ses nerfs en pelote. Il se laisse porter par des images d'orage jusqu'à ce que le désir se détache de lui, lentement, comme une vieille écorce.

La fatigue lui arrache un nouveau bâillement. Ça va lui faire drôle de retrouver un rythme normal. En dépit des inconvénients, le travail lui plaît. La nuit impose une cadence différente. En marge de l'agitation, tout devient simple, les choses finissent par perdre leur caractère de gravité et laissent place à une paix intérieure où chaque réflexion prend une forme sensée. Ces veilles ont un effet hypnotisant, comme quand il marche, l'esprit clair, dégagé de toute préoccupation. Libre. À l'instant de se laisser happer par le silence, Emil croit comprendre ce que ressentent les hommes-grenouilles en tombant dans une faille sous-marine, les gestes ralentis. Dans ces moments-là, il devient capable d'appréhender ce que signifie être vivant, et se contente de flotter jusqu'à ce qu'un bruit le ramène à l'autre réalité.

Un brouhaha annonce la fin du service. Les amoureux apparaissent, suivis par Mme Danielle. Le client de la cinq piétine à la traîne, le visage aussi fermé qu'un poing, sans doute pour éviter de se laisser embarquer dans la discussion. La vieille dame tente de convaincre le couple de l'accompagner au Casino tester une nouvelle machine à sous, mais ils refusent gentiment. Pendant qu'ils délibèrent, l'homme se retrouve coincé devant les dépliants touristiques et, comme il ne veut pas avoir l'air d'attendre, il consulte le plan épinglé entre les infos météo et le menu du jour. Ce n'est qu'une fois les autres partis – l'élégante s'est résolue à sortir seule et les amoureux sont remontés – qu'il se dépêche de s'éclipser. Emil n'a toujours pas entendu le son de sa voix, excepté des grognements. Poussé par la curiosité, il consulte le fichier. Michel Bordes, de Mont-de-Marsan. Drôle de type. Il se demande si le couple fera l'amour, et s'empare du livre sur Chagall pour refouler la vision de leurs corps emboîtés. Il feuillette les pages distraitement, puis s'apaise. Les tableaux du Russe sont pleins de paradoxes ; mélange d'enfance et de vieillards, jaunes douloureux, nuits sombres et lunes de craie. Et les bleus. Les bleus du peintre sont la raison de l'attachement d'Emil. C'est toute l'épaisseur de la mer et du ciel, un bleu d'exil…

Curieusement, il n'a jamais été un lecteur boulimique, d'abord parce qu'il déteste être pressé, ensuite parce qu'il ne tient pas à perdre le plaisir de la flânerie. L'érudition n'est pas le but, il lit par périodes et jamais en randonnée. Ce qu'il cherche nuit après nuit, derrière son comptoir, avec ses bouquins ouverts qui l'aident à passer les plages d'ennui, se trouve à la marge. C'est une vérité cachée qui surgit dans les moments inattendus, une vibration de vie qui se tient au-delà des mots, dans le silence. Voilà pourquoi il est resté si longtemps à l'hôtel du Singe, en oubliant la route.

« Tu vas bien ? »

L'apostrophe le fait sursauter. Le ton a la douceur d'un velours usé. Maria est devant lui, les cheveux en bataille ; la sueur dessine des boucles assombries sur ses tempes. Elle a dû se dépêcher de finir.

« Super. Toi, tu as l'air fatigué, non ?

— Un peu et il n'y avait que quatre tables ! La saison n'est même pas commencée… Je serai au lit tôt, ce soir.

— Le vieux a dit que tu n'as pas besoin de venir de bonne heure.

— Tant mieux ! »

Elle se faufile derrière lui et rejoint la réserve pour récupérer sa veste. Sa voix traverse le panneau de bois, tandis qu'elle recense le prochain menu. Emil ne peut pas s'empêcher de se la représenter, hissée sur la pointe des pieds, et interroge mécaniquement :

« Les Parisiennes se disputaient, non ?

— Tu les as entendues ?

— En sortant… Tu crois qu'elles sont en couple ?

— Aucune idée. C'est possible, oui… Tu lis quoi ce soir ? »

Elle apparaît sur le seuil, l'imper mal boutonné, et il la trouve incroyablement sexy avec sa mine défaite.

« Tiens. »

Il lui tend les bouquins qu'elle évalue d'un d'œil distrait. Sa bouche sourit, mais son regard semble dériver ailleurs.

« Comment tu fais pour veiller si tard ? Moi, je ne pourrais pas…

— C'est drôle de dire ça à un gardien de nuit. Le vieux aussi veut que je dorme. À sa place, je serais content d'avoir un gardien insomniaque. »

Le gloussement fait palpiter une veine saillante au cou de Maria. Emil veut la complimenter, lui dire qu'elle est jolie, mais la crainte de s'enferrer l'emporte et il esquive sur un sujet rebattu.

« Tu travailles beaucoup plus dur que moi. »

Elle soupire bruyamment.

« Pas tant que ça. Et puis j'ai mes après-midi.

— Ça fait combien de temps, ton job ici ?

— Vingt-trois ans.

— Et tu n'as jamais envie de changer ? D'aller ailleurs ? »

Elle hausse les épaules, feignant la désinvolture.

« Il faut que je parte. Je vais essayer de passer un moment avec Yann.

— Tu lui dis salut pour moi.

— Je lui dirai. À demain. »

Sa main caresse son poignet, si vite qu'il sent à peine l'effleurement. Une plume d'oiseau.

À demain.

Sans ce trouble encombrant, il aurait évoqué sa décision de partir. C'est sans doute mieux, finalement, la nouvelle n'a pas de quoi la réjouir et il ne tient pas à gâcher sa soirée. Pourvu que son môme soit dans de bonnes dispositions…

Il écoute ses pas décroître, le bruit de la porte qu'elle referme en douceur. Dès que le silence retombe, le regret le cueille avec la force d'un uppercut. Il pourrait jurer qu'en sentant son trouble, elle a éprouvé quelque chose. De la tentation ? Cette façon qu'elle a eue de le toucher… Ils sont adultes et Maria n'a personne dans sa vie. Le problème, c'est qu'il l'aime bien, il ne veut pas la blesser. Ce ne sont pas leurs vingt ans d'écart qui le dérangent, plutôt de lui donner un espoir inutile. Il a déjà pensé à elle comme ça, fugitivement, imaginé qu'il tenait son corps las appuyé contre lui, mais jamais avec cette poussée, ce désir cru. Il doit penser à autre chose. Trouver une copine pour les deux ou trois mois qui restent ? Le portable est rechargé. Avant de changer d'avis, il tape un message à Arno. *Mercredi prochain, une virée ça te dit ?* La réponse lui parvient en suivant. *Kes qui t'arrive, gros ? Tu sors de ta grotte ? Pas de souci mais ne compte pas dormir ! Programme chargé !*

Emil sourit, égayé par la perspective. Comme beaucoup de Basques, Arno est un noctambule pour qui la fête est une affaire sérieuse.

***

Etxeberri l'a appelé vers 6 h 30 pour le prévenir qu'il aura du retard et lui demander de s'occuper des petits déjeuners. Juste après 9 heures, alors qu'il s'apprête à ranger ses livres, une fille apparaît chargée d'un sac à dos. Son visage est barré par d'énormes lunettes noires qui exagèrent sa pâleur. Probablement débarquée du train.

« Bonjour mademoiselle. Vous souhaitez une chambre ? »

Elle abaisse ses lunettes en le fixant d'un air hagard. Ses traits sont tirés, ses yeux creusés d'ombres et il se sent idiot avec sa bonne humeur commerciale. Elle finit tout de même par acquiescer.

« Ce sera pour combien de jours ?

— Une semaine. Ou deux. Je ne sais pas trop. C'est embêtant ? »

La voix est rauque comme si elle avait crié longtemps. Quelque chose déstabilise Emil, il ne sait pas vraiment pourquoi. Il désigne le registre des réservations et s'efforce d'adopter un ton moins formel.

« Non, aucun souci. Je peux avoir vos adresses ? »

Il s'est trompé, mais n'a pas le temps de rectifier qu'elle a sorti une carte plastifiée de sa poche et la lui met sous le nez.

« Voilà. »

On ne la reconnaît pas vraiment sur la photo. Elle porte un joli prénom. Anne. Il pense Anneu. Elle aura trente ans en août.

« Ce n'est pas la peine. Il faut inscrire votre nom et votre adresse ici, ça suffit.

— D'accord. »

Sa main tremble en notant ses coordonnées. Anne Saxe. Rue de la Barre. Lille. Sur ses papiers, il est inscrit Saxe-Martineau. Saxe doit être le nom de son mari ou le contraire, son nom de naissance, Emil n'est pas très sûr. Il la regarde écrire pour masquer sa gêne. Pas vraiment une gêne, d'ailleurs, plutôt un truc électrique qui se dégage d'elle et vient le chatouiller. L'écriture a la même allure épuisée que la fille. Les lettres sont couchées sur le côté, le trait tremblé. Elle laisse tomber le stylo, s'appuie contre le comptoir, le visage tourné vers le sol. On dirait qu'elle rechigne à croiser son regard. Il ne peut pas s'empêcher d'aspirer son odeur, un mélange de sueur et de cuir sale qui flotte dans les salles d'attente, un relent de grosse fatigue. Ses cheveux sont ternes et mériteraient un bon shampoing. Elle lui inspire de la pitié ou de l'envie, il ne sait plus trop, parce qu'en dépit de la fatigue il la trouve incroyablement jolie. Cela l'agace, du coup il débite les renseignements avec une rapidité qui résonne sèchement.

« C'est cinquante-cinq euros avec le petit déjeuner, soixante-dix la demi-pension et quatre-vingts la pension complète. »

Elle relève la tête, les sourcils formant un arc circonflexe. Elle n'a pas dû comprendre. Ses pupilles sont énormes, deux prunes noires qui lui donnent l'air tragique et étonné, tout à la fois. Une fine résille de veinules éclatées macule le blanc de l'œil. Par réflexe, Emil réfléchit à sa formule, au cas où il aurait utilisé un néologisme, mais en réalité il ne s'agit pas de ça, la fille semble droguée ou à bout de forces. Nerveusement, elle mord sa bouche gercée. Il se retourne vers le tableau, saisit un trousseau.

« Je vous donne la huit.

— Huit ?

— La chambre. Je vous conduis.

— Oh ! D'accord. »

Elle paraît tellement crevée qu'il hésite à lui proposer son appui. Sexy ou pas, en dépit de sa faiblesse, la méfiance qui émane d'elle est palpable. Peut-être qu'elle s'est fait emmerder dans le train ou que les hommes trop insistants la saoulent. Il enfile discrètement ses mocassins, puis tend la main pour la décharger, conscient du fourmillement de sa peau. Elle ébauche un mouvement de refus avant d'abdiquer et ses épaules se voûtent en laissant tomber le sac. Il ne pèse pas très lourd, pourtant, sans ce poids pour la tenir debout, elle oscille, leurs bras se heurtent. L'envie de la toucher étreint Emil une nouvelle fois. Tandis qu'elle se détourne de lui, il aspire une bouffée de son odeur et l'excitation le laisse presque KO sur place. Heureusement la fille n'a rien perçu, enfermée dans sa bulle. Tout dans son apparence clame l'accablement. Spontanément, il voudrait la tutoyer, pour établir le contact, mais il n'est pas certain que ça lui plaise et d'ailleurs le vieux a été clair sur les règles. Le « tu » des Norvégiens, il ne veut pas en entendre parler dans son hôtel.

« Vous me suivez ? »

Il redoute de la voir changer d'avis, pourtant elle se contente d'acquiescer, le regard fuyant.

La huit est au second étage. C'est sa préférée parmi les douze que propose l'hôtel, une pièce d'une quinzaine de mètres carrés avec une large fenêtre qui donne à l'arrière, sur une rue tranquille flanquée de maisons à volets rouges typiques de la région. Il espère que ça lui conviendra. Inutile d'être versé en psychologie pour deviner qu'elle veut du calme. Il l'entend souffler derrière lui, mais s'oblige à continuer. Si elle a besoin d'aide, elle demandera. L'escalier lui paraît interminable à monter.

Il déverrouille la porte de la chambre et s'adosse contre le battant, bras tendu, puis lui fait signe de passer. C'est la première fois qu'il agit ainsi. Elle avance en somnambule, sa hanche l'effleure au passage et il hume sa peau, comme si elle était nue. Son cœur cogne si fort qu'il redoute qu'elle ne l'entende, mais elle le dépasse sans lui accorder d'importance et il doit contraindre son bras à rester tranquille alors qu'il rêve de la tirer en arrière, de la plaquer contre le mur afin de l'immobiliser. Le désir lui donne presque la nausée, il ne comprend pas comment c'est possible. Au boulot, il pense rarement à draguer et d'ordinaire, quand une fille lui plaît, il ne s'encombre pas de stratégie. Aujourd'hui, c'est différent, il y a autre chose, un truc qu'elle dégage et qui l'intimide. En général, il préfère les femmes à qui on peut déclarer droit dans les yeux « Tu me plais. J'ai envie de te baiser ! » Il ne se prend pas la tête, et son indépendance, qui pourrait être un frein, le rend irrésistible aux yeux de certaines. Ce n'est pas dans ses habitudes de se retrouver comme un ado prépubère face à une cliente épuisée, à batailler pour ne pas lui sauter dessus ! Il se demande si sa longue abstinence n'est pas en train de le rendre dingue. Après Hélène, il y a eu le cafouillage avec une touriste belge qui lui a laissé la sensation d'un gâchis intégral et cela fera bientôt cinq mois. Ou bien c'est son fantasme de la veille, avec Maria.

La plupart des clients vont directement à la fenêtre lorgner la vue. Pas la fille. Elle reste plantée au milieu de la pièce, les bras ballants, d'une pâleur à faire pitié. Comme il n'ose pas bouger, elle finit par cligner des yeux et le dévisage craintivement. Elle doit se demander ce qu'il attend. Emil s'oblige à parler.

« Vous avez besoin de... petit déjeuner ? »

Il a failli dire « moi ». Elle se renfrogne, hoche frénétiquement la tête en signe de dénégation. Il est convaincu que dès qu'il aura disparu elle se mettra à pleurer, mais faute de savoir quoi ajouter il se résout à la laisser tranquille. En refermant la porte, il aperçoit le soulagement lisser son visage.

Il est grand temps de chercher un peu de compagnie avant de virer obsédé.

2

Le pacte

« *Anne ! Jeanne ! Bon sang, les filles, faites attention !* »

Pour une Grande-Malade, Eugénie a la voix qui porte. Logiquement, je devrais me mettre à hurler que je n'y suis pour rien, sauf que ça ne servirait à rien. Les justifications gavent ma mère et elle se fout totalement de savoir qui fait quoi entre nous deux, blanc bonnet-bonnet blanc, c'est pareil !

La Saucisse contemple fixement les débris de l'assiette explosée et elle se met à pouffer nerveusement. Je ris à mon tour, sans pouvoir m'arrêter. Je ris, mais je pourrais autant chialer d'avoir une mère cinglée. Trop facile de gueuler au lit, bloquée par la migraine, pendant que les autres jouent les bonniches et que le Mioche se la coule douce devant Bernard et Bianca. *Une fois qu'on s'est calmées, je fais signe à la Saucisse de ramasser. Elle s'exécute et récupère les plus gros morceaux d'assiette, ensuite elle va s'asseoir le dos raide comme une reine d'Angleterre, genre Tu-finis-la-vaisselle-et-le-balayage, et pourquoi pas le ménage des voisins ? je pense. Je vais protester quand elle brandit sa main bandée en désignant la tache rouge qui a percé le pansement. « Tu vois que c'était pas du cinéma », proclame le sang. Pas de quoi mourir d'hémorragie, je pense, mais je retourne à mon bac d'eau sale parce que tout est ma faute. L'idée de signer le pacte avec notre sang, le couteau aiguisé, tout. En plus, vu que j'avais déjà barbouillé mon nom au bas de la lettre – ça faisait une tache en forme de poire – la Saucisse a pas eu trop le choix. Bien sûr, avant de se décider, mademoiselle a pleurniché, on aurait cru que je lui demandais de se percer le cœur avec un pieu, et puis elle a voulu vérifier ma coupure, mais j'avais pris mes précautions en scotchant un Kleenex autour de mon pouce.*

Je ne sais pas ce qui lui a pris, si c'est la panique ou le couteau qui a dérapé, en tout cas la lame s'est retrouvée plantée en plein dans sa paume, genre cadran solaire, un truc vraiment chelou ! Ma sœur est devenue très pâle, mais, au lieu de s'évanouir, elle a déplanté le couteau si lentement que j'ai eu le temps de penser que les serpents étaient des animaux à sang froid. Ensuite, ça a giclé partout, sur le pacte, son jean, même sur le plancher. On a dû faire un pansement, un sérieux, avec de la bande Velpeau. À côté, mon sparadrap avait l'air débile. On a décidé de laisser Eugénie en dehors du coup, elle était occupée avec le Mioche de toute façon. En contrepartie, la Saucisse a décrété qu'elle était exemptée de corvée de vaisselle. Après négociations, elle a tout de même accepté d'essuyer, mais je suis quasi sûre qu'elle a fait exprès de laisser tomber l'assiette. No problemo. *Si elle savait d'où vient ma poire de sang, ma sœur me tuerait. Ça vaut bien une vaisselle.*

Grany a été catégorique quand ça nous est tombé dessus (à trois mois d'écart) : on ne dit pas règles, ni lunes ni ragnagnas. On dit menstrues et seulement si on ne peut pas éviter d'en parler ou avec des mots synonymes du genre « fatigue » ou « serviettes périodiques ». « Je suis indisposée », ça passe aussi. À mon avis, Grany trouve ça encore plus dégueulasse depuis qu'elle n'est plus concernée. Au début, j'ai pensé qu'elle saignait comme nous. Pour Pâques, on venait juste d'arriver à la Contade, je lui ai réclamé un tampon parce que j'avais oublié les miens et elle m'a reluquée bizarrement. « Enfin ma chérie, je n'en ai pas en réserve. Votre mère ne vous a jamais parlé de la ménopause ? Et puis les tampons c'est très mauvais pour le corps, tu ferais mieux d'utiliser une protection externe ! »

Non, Grany, ta fille ne s'intéresse pas trop à ce qui nous arrive, et elle n'est pas prof de SVT. Eugénie s'occupe du Mioche, ça lui bouffe tout son temps.

Le pacte me fait penser au Lac, l'été où il m'a parlé. Ça remonte à deux ans. La prédiction a pris l'air usé d'une vieille photo moche. « Quelque chose arrivera », il disait. Est-ce que j'ai pu inventer ça ? Parfois, je me demande si je n'ai pas embelli les choses, parce que j'ai un peu de mal à faire la différence entre mes rêves et la vérité vraie. Dans le monde réel, rien n'a changé, le Mioche pousse dans sa bulle, Eugénie le couve, Christian prend son air de père-à-la-maison – un air mou – alors qu'il n'est presque jamais là, il revient de plus en plus tard du boulot, le samedi il s'enferme dans son bureau pour terminer des dossiers urgents du Syndicat, et sans les dimanches on pourrait le prendre pour un vampire.

Au moment où je rince la dernière fourchette, le Mioche appelle : « Nâââne. » Comme j'ai pas trop envie de batailler avec la Saucisse, je le rejoins au salon. Bernard et Bianca ont été sauvés pour la douze millième fois et il s'ennuie. Je lui explique que c'est l'heure de dormir et que maman est trop fatiguée pour le mettre au lit. Il boude en s'aplatissant par terre, comme une grande limace molle. Je le pousse du pied, il gémit atrocement, « Noooooooon ! » Je répète « Debout, caoutchouc, on va dormir ! » « Non », il proteste. Ça m'énerve, même si j'ai pitié. Le Mioche veut que les choses se déroulent toujours pareil et c'est Eugénie qui le couche, d'habitude. Je dois trouver un truc pour le distraire, sans quoi ça va mal finir. Je prends ma voix de vieille sorcière : « Si tu vas pas au lit, maman va tomber malade et mourir. » Il continue, « Noooon ! » (rien à foutre qu'Eugénie crève !) et je peux entendre les bombes en train de péter dans sa tête, pas encore la grosse explosion atomique, sauf que j'ai intérêt à le stopper vite fait !

Ça me gave. Je pourrais aussi bien appeler la Saucisse à l'aide que de résoudre une équation bien pourrie, ma sœur ne sait pas le prendre, sauf pour le traîner par les pieds. Quand il se débat, le Mioche pèse au moins une tonne. Mille kilos d'entêtement. Pas question qu'il pique sa crise, il est capable de se blesser, alors je tente la méthode douce : « Si tu es sage, je dirai à la lune que tu es un bon garçon et qu'elle peut te prendre pendant ton dodo. Ça te plairait d'aller sur la lune ? » Il se tait et ouvre la bouche en grand, un vrai robinet de bave, ce gosse. « Tu veux ? » Il hoche furieusement la tête en projetant des postillons partout « Ouiiiiiiiiiiii », et il se met debout en m'arrachant le bras pour aller plus vite. Il chantonne « Y yais à la lune dodo ! ». On passe devant la porte des parents et il n'y prête aucune attention tellement il lui tarde de monter au ciel.

Dans sa chambre, les murs sont couverts de décalcomanies et de dessins globules plutôt moches. Il y a plein de jouets gros et mous, impossibles à avaler, et une fenêtre grillagée au cas où il aurait l'idée de grimper. Nous, les filles, on doit se partager la petite chambre parce qu'elle a un balcon minable et que le Mioche pourrait très bien se tuer en sortant. C'est pénible, surtout le soir. Essayez de vous détendre avec madame-toujours-occupée-à-devenir-intelligente. On a dessiné une frontière au stylo-feutre, mais il faudrait un mur en béton ou le rideau de fer de Berlin. Sauf qu'il est tombé depuis quatre ans. Côté bureau, j'ai punaisé un drap rouge pour éviter de la voir. Le problème, c'est que ça n'arrête pas ses musiques débiles, ni ses remarques pourries.

J'ai proposé de se partager le Mioche une semaine sur deux, un coup moi, un coup la Saucisse, mais Eugénie ne veut pas en entendre parler et ma sœur est pas franchement pour. Moi, il ne me dérange pas quand on est tous les deux. Chaque mot que je prononce est la Vérité, comme si j'étais Dieu ou le Journal télévisé. Quand je veux avoir la paix, je lui commande d'aller sous le lit vérifier le nombre de fourmis. Par amour des insectes, ce gosse est capable de rester l'éternité à inspecter les rainures du parquet, et rien à foutre si rien ne bouge ! Mon frère aime chercher des fourmis qui n'existent pas. Du moment qu'il y a une possibilité, il est content.

L'autre jour, une montgolfière a traversé le ciel. Je l'ai mené à la fenêtre et je lui ai raconté que les Martiens débarquaient, comme dans E.T., *et il s'est mis à cavaler partout en hurlant « Marchiens, Marchiens ! » Papa, qui n'a pas encore tous les codes du vocabulaire, lui a demandé de se calmer. « Il est hors de question de prendre un animal ! » a-t-il expliqué, moi je pleurais de rire et Eugénie a claqué la porte parce qu'elle ne supporte plus nos cris.*

Ça, c'était le meilleur d'une semaine normale.

Quand j'essaie de faire comprendre que si on avait des chambres séparées ce serait mieux pour l'atmosphère de paix dans le monde, ma mère redevient folle-frappée. « Tu as pensé au risque de défenestration ? » et j'ai l'impression d'être une criminelle rien qu'en bougeant les lits. Puisqu'on ne peut pas se le partager, j'ai proposé de mettre le Mioche au placard, de déménager, mais elle jure qu'on se chicanerait même en enfer, que notre frère n'y changera rien, et le refrain recommence : elle ne supportera pas un cri de plus, déjà qu'il faut qu'elle gère tout à la maison, nos querelles de préados c'est trop, elle n'en peut plus, et Christian-votre-père qui n'est jamais là, et Bla-bla-bla. Ma mère ne veut pas entendre parler de partage, de déménagement, ni d'aucune solution. Je me demande à quel point ça l'arrange, finalement. Du coup, la Saucisse et moi, on se tape la petite chambre avec une démarcation au feutre et un rideau qui pendouille pour rien.

Pendant que je réfléchis au problème, le Mioche s'est assis par terre et m'observe, le cou tordu. Il attend que je lui explique comment monter sur la lune. Son espoir est tellement énorme que je ne sais plus trop si j'ai envie de pleurer ou de le serrer contre moi. Sauf qu'il pue. Il faudrait lui donner une douche et j'ai pas trop envie de faire ça maintenant, alors je vais chercher son pyjama-planètes. Il se laisse déshabiller, les membres lourds, parce qu'il attend toujours que je décide pour lui, et toute cette confiance me file encore plus le bourdon. Le problème, c'est pas le Mioche en personne, c'est l'énergie qu'il pompe. Depuis sa naissance, la Saucisse et moi on est devenues les sœurs « prends ton frère par la main et surveille-le ». Ce gosse est pire que l'axe de la Terre selon la loi de M. Borneau (axe de la terre = ligne oblique de 23 degrés = le monde tourne autour). Sauf qu'autour de l'axe-Mioche, c'est notre famille qui tourne, les vacances chez Grany, les portes bien fermées, le grillage aux fenêtres, l'humeur des parents, les Choses à Faire, les Offenses des méchants, tout ça forme une grande ronde avec lui au milieu.

Nous, les sœurs « Prends la main », on est chouchoutées quelques jours avant de partir en vacances. D'un coup, nous voilà responsables et gentilles, alors que le reste de l'année on est in-gé-ra-bles. Savoir qu'elle sera bientôt débarrassée de deux enfants sur trois civilise Eugénie. On a le droit de veiller plus tard et de dormir chez nos copines. Ce qui la dérange, en vrai, c'est pas qu'on se dispute pour décider qui sera de corvée « Mioche », c'est que son fils soit capable de l'oublier elle, Eugénie Saxe ! Réaliser une bonne fois pour toutes que ce gosse aime tout le monde pareil, ses sœurs, sa mère ou le mec qui répare sa bagnole dans l'allée du voisin. Parce que le Mioche est un genre de Jésus-Christ un peu limité du casque infichu de faire la différence entre les gentils et les mauvais, la famille et les étrangers, le sucré et l'amer, le chaud ou le froid. Il prend tout, il aime tout, il s'en fout, finalement. Ou alors il en donne l'impression et ça, pour le cœur d'une mère, c'est ultimement atroce.

Quand le pédiatre a détecté son handicap, le Mioche venait d'avoir deux ans. Pour soulager les parents, Grany a proposé de nous prendre l'été chez elle. L'habitude est restée, à chaque vacances. Bientôt six ans de juillet-août, printemps, Pâques, Toussaint et même une semaine à Noël, direction la Contade. Lui, il ne vient jamais, parce qu'il a besoin d'une surveillance spéciale, « Comme le lait sur le feu », dit Eugénie. Elle refuse de l'abandonner. Il a besoin d'elle. Bla-bla-bla. Et nous, on est quoi ? Du lait froid ou des chiens pouilleux de la SPA ?

Grany commence à fatiguer, mais Eugénie ne veut pas le savoir, elle a trop besoin de se débarrasser de nous. En vieillissant, notre grand-mère s'est mise à avoir peur de tout. Les délinquants qui brûlent les pieds des vieux pour leur faire avouer leur code bancaire, les chauffards qui écrasent les aveugles au passage clouté, les inondations qui noient les caves, les clodos qui mendient au lieu de bâtir des routes, les Turcs qui vous regardent de travers, l'augmentation du prix du carburant et l'islam qui couvre les femmes comme des cache-théières. Cet hiver, elle a viré son poste de télé (sympa pour nous) et maintenant elle hésite à se débarrasser de la radio, à cause de ces affreuses-nouvelles-du-monde. On dirait qu'elle parle d'un ami atteint d'une maladie trop mortelle. À mon avis, c'est la guerre en Bosnie qui a tout déclenché. En plus, Maurice-l'amoureux a eu un accident de voiture à Pâques. Il devenait aussi bigleux qu'une taupe, c'est comme ça qu'il s'est explosé dans le fossé. La Peugeot qui tenait avec des trombones est partie à la casse et maintenant, chaque fois qu'il veut aller voir sa belle, Maurice doit prendre un taxi, du coup il vient moins souvent et Grany se sent seule. Quand j'ai demandé pourquoi il ne s'instal-

lait pas à la Contade puisqu'ils s'aiment, elle a répondu que c'était impossible, ça ferait jaser toute la ville. Trois mille habitants, moi, j'appelle ça un trou, pas une ville, mais la décence fait partie des idées fixes de ma grand-mère et tant pis si ça lui pourrit la vie.

Grany ne fréquente plus grand monde, à part Maurice-l'amoureux, ses copines de bridge et Pilar qui fait « presque partie de la famille ». C'est de cette façon qu'elle présente la bonne aux rares visiteurs qui viennent en visite à la Contade. Pilar est une grosse femme poilue qui se moque complètement des grandes déclarations d'amour de sa patronne. On dirait que les choses lui importent plus que les gens, cirer un plancher, cuire un gâteau aux abricots, essuyer les vitres avec du papier journal – parce que ça laisse pas de traces ! Elle doit être la seule personne au monde qui préfère le ménage à une chaise longue et ça tombe bien, Grany ne risque pas de l'inviter à s'allonger, même si Pilar fait « presque partie de la famille maintenant ». La chaise longue est réservée aux vrais parents.

Je l'aime bien, Grany. Elle se teint en bleu, elle n'est pas vraiment détendue des nerfs, elle fait collection de phrases absolues qui sont pénibles à entendre cent fois par jour, mais il suffit de se boucher symboliquement les oreilles et de lui répondre « oui-oui » pour qu'elle vous trouve merveilleux. Avec elle, les règles ne sont pas compliquées : pas de grossièretés, pas de discussions sur la guerre et pas de socialistes sous son toit (sauf son gendre syndicaliste). En vrai, derrière ses airs de tout savoir, ma grand-mère est une grosse naïve pire que les babaches de quatrième A. Elle règne sur sa Contade adorée et raconte à tout le monde que sans elle son petit-fils aurait fini en institut (tout le monde = les commerçants, les copines de bridge, Pilar et Maurice).

Quand j'ai voulu expliquer qu'elle vieillissait, Eugénie a décrété que c'était notre tour d'être un peu attentives aux autres, on était assez grandes pour lui faciliter la vie.

J'aurais aimé répondre que c'était dégueulasse de nous refiler la patate chaude, mais je n'ai pas trouvé le courage. Et puis j'avais peur d'éclater en larmes. Elle aurait pris sa voix spéciale « oh, ma chérie », du genre « je te console » pour en remettre une couche sur l'obligation d'être bonne, surtout avec un petit-frère-handicapé, la responsabilité des bien-portants et bla-bla-bla. Christian n'a rien dit, comme d'habitude, à part « c'est chouette de grandir », ce qui prouve bien qu'il s'en fout doublement. Primo, Grany n'est toujours pas sa mère, deuzio, depuis qu'il a changé de poste il travaille encore plus dur (du coup il s'est mis à rentrer au milieu de la nuit).

En pyjama le Mioche pue un peu moins. À force, je me suis habituée à son odeur et de toute façon je ne dors pas avec. Pendant qu'il se fourre sous la couette j'allume sa veilleuse planètes-en-orbite et je commence à chanter *Au clair de la lune*. Il me regarde rempli d'espoir, comme si j'allais faire germer un escalier géant ou un vaisseau spatial. Je change les paroles, sauf qu'il comprend rien, alors je me penche en détachant soigneusement les mots pour que ça pénètre plus facilement dans sa caboche « prête-moi ta plume pour voler au ciel, aller à la lune qui t'attend d'pied ferme… ». Sous mes doigts, son cuir chevelu est humide, sa tignasse emmêlée, j'aurais dû les peigner, c'est trop tard maintenant. Son corps mollit d'un coup, comme un ressort qui claque, et je fredonne encore deux fois la chanson.

La Saucisse s'est persuadée que le pacte est son idée. Ma sœur croit aussi à son génie plus qu'à l'existence de Dieu lui-même, et pourtant ni l'un ni l'autre n'ont été prouvés. Hier, j'ai dit « Si on arrivait à convaincre Grany d'accueillir le Mioche en vacances, tu crois que les parents se décideraient à nous prendre au sérieux ? » Anne a pris sa tête frappée-par-la-foudre, « Pour quoi faire ? » « D'abord pour *montrer qu'on peut s'occuper du Mioche. » « Et ensuite ? » « Ensuite, on verra après ! » Elle commençait à m'énerver à rien comprendre, alors j'ai sorti l'argument ultime « Tu veux avoir ta chambre ? » « Oui. Mais pas avec le Mioche dans les pattes », elle a glapi. À quoi j'ai répliqué qu'une fois sur deux, c'est toujours mieux que de rester collées ensemble jusqu'à ce que la mort nous sépare (ou la majorité). Elle hésitait encore. En vrai, le Mioche la dégoûte, mais elle ne l'avouera jamais. Pendant qu'elle réfléchissait, je pouvais presque voir son cerveau souffler des images de chambres idéales, avec son bureau bien rangé, l'armoire garnie de piles parfaites de pulls et de chemisiers pliés. Elle a fini par se décider : « On va mettre ça par écrit, ce sera plus officiel mais à une condition... » « Laquelle ? » J'ai demandé, méfiante. « Ce sera trois semaines pour toi, contre deux pour moi et c'est non négociable. »*

C'est là que j'ai eu l'idée du sang des signatures, histoire de lui rendre la monnaie de sa pièce, comme dit Grany, et parce que j'allais céder, bien sûr. La Saucisse est une Melle J'ai-toujours-raison, c'est dans sa nature de saucisse.

Je m'arrête de chanter. Le Mioche s'est endormi, recroquevillé autour de son coussin. Il dort sur la lune, le visage tout détendu, comme si la maladie s'était effacée. Ça ne va pas durer, il a le sommeil agité. Quand il rêve, ses pupilles n'arrêtent pas de bouger sous ses paupières. Il tremble, sursaute, ronfle et bave. Je ne supporte pas qu'il grandisse. Ce n'est pas que je ne l'aime pas, ou que je le trouve dégoûtant, c'est juste que la vie est trop lourde pour des gens comme lui. Chaque fois qu'on marche dans la rue et que je sens les regards nous coller, je me demande s'il peut les percevoir, moi ça me rend enragée. Comment il fera plus tard ? Mon frère est peut-être lent, bizarre, sale et débile et même totalement inconscient, mais à un certain niveau il doit savoir qu'un truc cloche, et ça le fait souffrir. Derrière la couche d'amour pour tout le monde, son cœur de Mioche doit se sentir affreusement seul. Des fois, quand je le vois piquer une colère dans sa bulle, je sais qu'il rêve de passer la main dehors pour aller toucher l'autre côté. Dans ces moments, il rue comme un cheval fou, il crache et hurle, sauf que ça ne sert à rien, la bulle est increvable.

Je sors de la chambre, je referme la porte. Au lieu d'être soulagée, je reste plantée dans le couloir, à me souvenir de la promesse du Lac. Je ne sais pas trop pourquoi le pacte l'a fait remonter aussi nettement de ma mémoire. « Quelque chose arrivera. »

Des fois, j'imagine ce que ce serait d'être née ailleurs, dans une famille où tout est simple. J'aurais une sœur sympa, un père qui arrête de courir au bureau, une mère sans migraines, un frère accro à la physique-chimie. Ou carrément pas de frère du tout. Sans le Mioche, peut-être bien que les parents nous regarderaient autrement, pas des jumelles fourre-tout mais deux sœurs qui ne se mélangent jamais, comme l'huile dans l'eau.

Je passe devant leur porte. Pas un bruit. Eugénie doit se reposer, la tête sous un coussin. Christian est en séminaire, il ne rentrera pas de la semaine. Je n'ai pas envie de regarder la télé alors je vais m'avachir dans mon lit, écouter un peu de musique. La Saucisse me jette un sale coup d'œil avant de replonger dans son magazine débile. Je brûle de lui dire que j'ai un petit ami rien que pour la rendre jalouse avant de me rappeler que ce soir nous sommes redevenues amies. J'ai presque honte d'avoir triché avec le sang. Tricheuse et menteuse, voilà comment je me sens. Une vague de désespoir m'envahit. J'aimerais crier à quelqu'un que j'en ai trop sur le dos, sauf que ça ne sert à rien, personne ne peut m'aider et ma sœur s'en moque. C'est aussi impossible à partager que de crever la bulle du Mioche. J'essaie de faire apparaître le visage de Roman, mon amoureux, mais ça ne fait que m'énerver. Je sens la chaleur monter dans mon ventre. J'ai envie de l'embrasser.

Bientôt c'est Pâques. Je prendrai ma voix douce, les yeux bien écarquillés, je dirai : « Grany, pour nos treize ans, ce serait super d'avoir le petit frère avec nous », et je sourirai, jusqu'à ce qu'elle cède.

3

Invisible

« Jeaaaaanne. »

La vision s'évapore, coupée net à l'instant où ses yeux s'ouvrent. Elle tâtonne pour décrocher le téléphone, puis prend conscience que l'appel vient d'ailleurs, de son rêve. Frénétiquement, elle tente de rattraper des bribes encore vivaces – La Contade, le Mioche, Anne –, mais l'impatience la rend maladroite. Les images s'émiettent comme de la poudre effervescente, hors de portée. La brèche ouverte pendant le sommeil se referme, le message d'avertissement s'évapore, remplacé par un flux d'angoisse. Quelque part, tout proche, quelqu'un halète. Jeanne met quelques secondes à réaliser que c'est sa gorge qui produit ce gargouillis et qu'elle est en train de suffoquer, assise dans un lit.

Par la porte entrebâillée de la salle de bains, le néon trace un trait vif. Elle s'accroche à cette vision jusqu'à ce que l'air recommence à circuler. Ses pensées s'ordonnent en bons petits soldats. Sol en plancher. Carrelage tout propre. Chambre huit. Elle se trouve à l'hôtel, en sécurité. Derrière la porte, il y a douze mètres de couloir (elle a compté), puis l'escalier ciré, la rambarde qui colle légèrement quand on s'agrippe. Ici, le téléphone ne sonne jamais. C'est un vieil appareil en Bakélite avec un fil entortillé. Pour appeler l'extérieur, elle doit composer le zéro, attendre la tonalité et quelqu'un finit par décrocher, à la réception. La nuit, derrière le gros buffet orné d'une sonnette aux allures de mini-cloche, un colosse à moitié albinos veille sur la tranquillité des clients. Il ressemble à M. Propre, le genre à pulvériser un dealer nommé Marcel. Durant la journée, le vieux grincheux qui le remplace ferait fuir n'importe qui.

Elle est incognito ici, une souris planquée dans son trou. *Incognito.* Le mot est mauve foncé, aussi parfait que ces quetsches oblongues qui poussent sur les pruniers sauvages.

L'angoisse est en train de lâcher prise. Un à un, les tentacules se dénouent et l'abandonnent à une sensation de vide. À travers les persiennes, on devine la nuit opaque. L'aube ne doit pas être loin pourtant. L'aube de quel jour ? Jeudi ou vendredi ? Depuis que le portable a fini dans une bouche d'égout, Jeanne a le sentiment qu'un des cordons qui la reliaient au monde s'est rompu. Vision d'un cosmonaute en pleine dérive. Elle déplie les doigts et compte, s'emmêle, recommence. Cela fait une semaine. Hier, quand elle a payé l'albinos, il lui a précisé qu'on était jeudi. C'est donc le matin du vendredi. Une semaine et un jour que tout va bien. Qu'elle est vivante et anonyme, dans une ville où personne ne la connaît et où elle dort un peu mieux, malgré les réveils cauchemardesques.

Des premiers jours, Jeanne ne se souvient plus de grand-chose, juste qu'elle a sombré dans un gouffre d'hallucinations. Elle s'est levée pour faire pipi, boire, avaler le reste d'un paquet de biscuits, boire encore, faire pipi, regagner son lit en titubant, sombrer avant même que sa tête ne touche l'oreiller. Parfois – en rêve ou dans un état de semi-conscience – la réalité est revenue la hanter sous forme de flashs : Anne, des liasses de billets trop neufs, un bras livide heurtant le plancher, des secondes bleues et aussi froides que le cœur d'un glacier. Sommeil, rêve, vide, pipi, boire, lit, et cette sensation de tomber, de frontières qui s'effacent, un vertige qui la gobe, puis la recrache dans une chambre inconnue. Et le cycle qui recommence. Sommeil, rêve, boire, pipi… Même les sursauts de panique ne l'ont pas tirée du tourbillon.

Les striures des volets s'éclaircissent peu à peu, laissant émerger le papier peint comme au sortir d'un bain révélateur. Tout droit sorties des années 1970, les fleurs orange et marron ont un effet étrangement réconfortant. Qui irait la débusquer ici ? La médiocrité des lieux est une garantie supplémentaire de bonne planque.

Elle se lève pour ouvrir la fenêtre, repousse les persiennes. L'ondée matinale a laissé les trottoirs luisants. Sous le réverbère voisin, la lueur orangée forme une flaque de lumière sale. Un pavillon des années 1930 entouré d'une barrière écaillée lui fait face. Les volets sont baissés, mais sous la soupente une lucarne offre un poste de surveillance idéal qui donne sur sa chambre. Des tiges grimpantes ont envahi les barreaux du portail. Parmi les herbes hautes et les premières jonquilles du jardin à l'abandon, une allée mène au perron surmonté d'une marquise fissurée. Un buis ventripotent pousse le long du muret qui clôture l'ensemble, assez haut pour qu'un homme accroupi puisse se tenir invisible. *Et un éléphant avec un périscope ? Arrête tes fantasmes, ma fille !* La voix pointue de Lila lui fait venir les larmes aux yeux. Son amie lui manque chaque jour davantage. Jeanne aspire le froid de l'aube et pour la millième fois rumine l'évidence, *ce n'est plus ton amie, oublie !*

L'air est chargé d'un parfum tenace de mer en suspension qui ravive son sentiment d'irréalité. Jusqu'à maintenant, elle s'est obligée à sortir une fois dans la journée, généralement le matin, mais elle ne tient jamais très longtemps. Dehors, exposée aux regards, elle ne peut se défaire de la pensée qu'on la voit telle qu'elle est ; étrangère, déchue, avilie. Bien sûr, cela ne fait qu'une semaine, il faut de la patience. Elle doit s'installer dans sa nouvelle existence comme on essaie un manteau épais qui serre, mais protège des agressions extérieures.

Le nez contre la vitre, Jeanne se raisonne doucement, de la même façon qu'on rassure un enfant. La vie continue, pense-t-elle, tu dois aller de l'avant, bouger, sans quoi quelque chose finira par se fissurer. Évite de faire comme cette cruche en sel dont personne ne connaît le prénom, la-femme-de-ce-gros-malin-de-Loth. Regarder en arrière, c'est la folie assurée !

Une voiture pile brutalement en faisant crisser ses pneus. Le bruit provoque une nouvelle onde de choc qui remonte le long des nerfs jusqu'au bout de ses doigts. Ce n'est rien, rien du tout… L'ombre d'un matou se faufile sous une palissade d'un chantier désert. Derrière les planches en bois, l'immeuble paraît curieusement écourté. En guise de toit, une bâche grise pendouille, coincée par des tasseaux grossièrement cloués. Les travaux ont dû s'interrompre parce qu'il n'y a eu aucun signe d'activité. Il faudra inspecter les alentours, s'assurer que personne n'est installé, planqué.

Elle retourne s'enfouir sous la couverture. Il lui semble percevoir le bourdon d'un portable et il lui faut un temps avant de se rappeler qu'elle a jeté le sien. On dirait que ses oreilles ont conservé l'écho des appels lancinants. Dans son souvenir, les sonneries sont couleur sang, et pourtant le meurtre est bleu. Très vite, elle récite à voix basse : « Bleu : meurtrière, ecchymose, noces, parole. Jaune : matins, coupable, attente. Vert : trahison, autorité, vieille dame au caniche. Blanc : sommeil. Mort douce. Rouge : désir, traînée-de-pute. Orange : tranquille, banane, douceur. Mauve : refuge, sauvée. »

La litanie a un pouvoir anesthésiant qui l'apaise. Sous le drap, elle aspire l'odeur de sa peau. Sa sœur sent quasiment pareil. Est-ce un truc propre aux jumeaux ou le fruit du hasard ? Un regret l'empoigne, déconcertant. Elle n'aime pas vraiment sa sœur. Anne est verte, raisonnable, indigne de confiance. Ses décisions sont froides et calculées. En découvrant le vol de ses papiers, elle va probablement se précipiter au commissariat et porter plainte, alors pourquoi lui manquerait-elle ? Elles n'ont rien en commun, sauf l'enfance et l'odeur, et pourtant, en dépit de ses récriminations et de sa mauvaise humeur, elle rêve de l'entendre déblatérer. Ce doit être un réflexe dû à la perte de repères. Contrairement aux parents, Anne a toujours été là, fidèle dans ses rancunes, et Jeanne n'en peut plus d'être seule, livrée à elle-même.

Si tu repars en arrière, tout ça n'aura servi à rien, Jeannette ! Le timbre curieusement familier n'est pas celui de Lila. Peut-être une voix échappée de sa conscience... Il lui a fallu fuir pour comprendre à quel point la peur a miné son existence en profondeur. Il ne s'agit pas seulement des appels anonymes, c'est bien antérieur, cette habitude de serrer les dents et d'arrondir les angles, de courber le dos en attendant que le pire s'épuise et de permettre qu'on la frappe ou qu'on la réduise à une petite chose indigne. Durant des années, en se croyant inapte à étudier, en acceptant des boulots dont elle n'avait pas envie, des histoires d'amour minables où se perdre, Jeanne s'est fourvoyée. À présent, même s'il est difficile de distinguer le vrai de l'illusion, elle doit remonter aux événements qui ont conduit à l'accident – *au meurtre !* –, et peu importe le prix à payer.

Derrière ses paupières closes, elle voit une réplique d'elle-même s'insinuer dans les plis d'une grotte et tâtonner le long de la paroi vers un mystère informe. Il fait un noir d'encre, là-dedans, ce noir qui condense le prisme entier des couleurs, vert-traître et bleu des meurtres, jaune-coupable et rouge des putains. La faille est pareille à une poche, du placenta. Tout au fond gît le souvenir intact de ce qui s'est réellement produit cette nuit-là.

Le cri d'une mouette l'arrache à sa vision. On dirait la plainte d'une femme en colère. Jeanne aime bien l'idée d'habiter un endroit où les oiseaux marins font partie du décor. À Lille, en plein hiver, on en voit quelques-unes remontées depuis la côte d'Opale près du canal de la Deûle, incongrues au milieu des pigeons. Ici, quand le vent rabat les vagues sur la plage, ce sont les piétons emmitouflés qui semblent déplacés... La sensation de faim lui tord l'estomac. Combien de temps avant le petit déjeuner ? Elle n'a pas racheté de téléphone, à quoi cela servirait ? Un portable est utile avec une vie remplie de rendez-vous, un travail, des amis, un mur Facebook, Twitter et Instagram pour proclamer à la face du monde son bonheur d'exister ! Elle n'est plus certaine de vouloir ça. De toute façon, avec Marcel qui doit chercher sa trace, mieux vaut restreindre ses activités au strict minimum. Tant qu'elle reste tapie dans son coin, il aura du mal à la retrouver.

Elle attrape le carton de jus de pomme abandonné au pied du lit, avale une gorgée tiédie, puis s'enfouit entièrement sous le drap. Il lui faut une provision de gâteaux secs, un réveil, un transistor aussi, ou la télé... Elle s'amuse à respirer à travers le coton, en inhalant son haleine aigrelette. Eugénie lui a raconté qu'au cours des premiers mois de son existence elle lui étalait un foulard sur la tête au moment de dormir, comme une perruche. « J'avais lu dans un magazine qu'une légère asphyxie favorise l'assoupissement, c'est pour cette raison que les enfants se couvrent le nez en suçant leur pouce. Tu ne pouvais plus t'endormir autrement, ça nous faisait rire avec ton père ! » Jeanne se demande si son goût des recoins cachés trouve son origine dans cette curieuse routine. Sa mère n'a jamais évoqué la Saucisse, pourtant il s'agissait forcément de leurs deux têtes recouvertes d'un même voile, puisqu'elles dormaient ensemble, ça aussi Eugénie l'a raconté un bon million de fois, comment les jumelles s'imbriquaient l'une dans l'autre, tellement emmêlées qu'on ne pouvait pas distinguer qui était qui, juste un mélange de petits doigts, de genoux potelés et de plantes de pied soyeuses. Jeanne n'a gardé aucun souvenir de cette époque et ça lui paraît extraordinaire, ce mythe de la moitié perdue, un autre soi avec lequel on se fond sans limites ni frontières. L'amour épidermique de sa sœur…

Ses pensées évoluent au ralenti sous le drap, aussi engourdies que de gros asticots dans une masse gélatineuse. La nausée est revenue en traînant derrière elle une chose affreuse arrachée à la tourbe, un ver-prénom que Jeanne refuse d'entendre. Elle s'en détourne et presse son visage contre le matelas. En réalité, elle s'est toujours contentée de demi-vérités. Biaiser, maquiller, poncer les coins qui font saillie. Sourire comme une vendeuse. Mentir. Clore les paupières parce que les couleurs brûlent. Voler de l'amour et s'inventer des excuses. Et tout cela n'a servi à rien.

Da-vid.

Elle tente d'esquiver, ouvre la bouche pour respirer, mais le drap la retient prisonnière, entortillée avec ces maudites syllabes, impérieuses, amoureuses, implacables.

Da-vid.

Le prénom a des bras puissants et un visage penché dont le souffle ranime sa fièvre. Incapable d'y résister, elle le chuchote, « David », et les syllabes explosent dans sa gorge, deux courtes détonations qui réveillent la sensation d'une course folle, ses pieds nus sur la pierre, la poussée vers le haut et son ventre qui se creuse dans l'envol. Jeanne refuse l'attraction, elle gémit « Fous le camp, tu es mort, moi je vis ! », mais cela ne sert à rien, le souvenir obstrue sa gorge, salé de larmes. Elle le gobe et se laisse aspirer.

Sa langue est drue, un saumon remontant le fil d'une rivière, elle s'enroule à la mienne, chatouille mon palais et je me sens tomber, et je sais que c'est impossible, parce qu'il me tient pressée contre le mur, ça me râpe le dos. Il m'a coincée, suspendue entre terre et ciel pour que je lui fonde dans la bouche. La coulée brûle ma peau, là où il m'a mordue, c'est chaud et liquoreux et je pense au jeu de l'œuf qu'on fait semblant de casser sur la tête. Débile. Son sexe raidi frotte ma hanche à travers les couches de tissu. L'image du saumon revient et m'ôte la force de le repousser. Il grogne un peu en soulevant ma jupe, râle mon prénom. Je vais certainement tomber, mes genoux flanchent, je vais tomber et je resterai sur le sol, vidée de tout, par sa faute. Je dois l'arrêter, lui expliquer, mais je suis seulement capable de geindre « non, non… » et lui entend parfaitement « oui, oui », plus qu'un oui, même, mon corps entier, pieds, tête, genoux, une vraie débâcle ! Il faudrait résister. Il faut. Dire un « non » qui sonne non. Je n'y arrive pas. Je l'ai trop voulu en secret, jour après jour, chaque nuit, obsédée-raide-dingue. Cela fait combien de milliards de secondes ? À tant rêver qu'il me déshabille, à m'en vouloir à mort pour ça. J'aurais dû fermer mon esprit, tout claquemurer, parce que maintenant c'est trop fort, impossible à endiguer, autant arrêter la marée, un typhon, une toupie lancée à pleine vitesse. Je suis une toupie, je pense, et lui fouille entre mes cuisses, il pourrait me tordre à sa guise, redessiner au feutre gras mon visage, je suis à sa merci, une poupée de femme. S'il me lâche maintenant, je tombe, aussi vrai que ses baisers me tuent à petit feu. Arrête ! je pense. On dirait qu'il entend, puisqu'il s'éloigne de quelques centimètres, rigole. « Je vais te baiser » déclare-t-il, solennel, et je le déteste. Sale type. Connard de frimeur, je ne céderai pas ! Lila m'appelle, de loin. « Jeanne ! » Sa voix est chaleureuse, frémissante de joie, et j'essaie de prononcer son nom pour faire barrage, mais je peux juste postillonner un truc qui ne veut strictement rien dire.

Il m'embrasse à pleine bouche, si fort que nos dents s'entrechoquent. Sa langue m'explore en profondeur et je me raidis pour marquer mon refus, non, pas question, mais c'est de la triche, juste une façon de me tendre vers lui plus âprement. Ses mains m'agrippent, dix ou trente ou cent, cent mains pour me tenir et son baiser se prolonge et mue en quelque chose de plus fort que le sexe, un truc vital qui me fait perdre le souffle, alors j'aspire éperdument sa salive pour vivre encore un peu, acide son goût, je pense, et une pointe de haine me vient parce qu'il en profite pour écarter mes cuisses, je ne suis pas prête, impossible, je porte une vieille culotte en coton et c'est trop intime ici, c'est doux et chaud et mouillé, j'en meurs de honte, cette manière qu'il a de soulever le tissu humidifié comme s'il se glissait dans mes pensées et qu'il déchiffrait mon désir gravé en lettres de feu. Aiguillonnée par la pointe de haine, je me débats vraiment. Je vais dire non sans gémir. Expliquer les choses calmement, à distance. Préciser : Avant toi, j'étais vide de désir. Et puis tu es arrivé. La première fois, à la première seconde, parce que tu m'as souri et que j'ai vu ta langue quand tu l'as passée sur tes lèvres, j'ai eu envie de toi. Je suis tombée amoureuse d'une langue posée sur un sourire. Sauf que ça ne compte pas. Je ne t'aime pas.

Il s'éloigne subitement et j'ai un coup de panique à l'idée qu'il m'abandonne dans cette arrière-cour. Barre-toi d'ici, je pense. Baise-moi !

Le crépi râpe mon dos quand il revient et avale mon cri de douleur. Ravie, ma douleur… Ses doigts sont dans mon ventre comme des poissons dans l'eau. Frétillent. Je tangue, mes seins s'échappent et l'air froid caresse le bout durci des mamelons. Nus. Je peux m'apercevoir de très loin, à moitié à poil dans la courette en béton. Et si un locataire donne l'alerte ? J'évoque l'image de Lila, pas vraiment une pensée, juste un éclat vif, comme on attrape au vol une expression aimée. Lui dire… Continue. N'arrête pas, partout, lèche-moi où ça brûle, la bouche, le cou, chaque parcelle de moi jalouse, aspirée, sucée, jamais assez, il faudrait qu'il me parcoure entièrement pour éteindre le feu qui consume. Je tombe, en vrai, je m'affaisse sur mes jambes de chiffon et lui me suit, même dans la chute il me domine, un homme-aigle, un prédateur. On se retrouve sur le sol incendié ou bien ma peau, puisqu'il n'y a aucune raison physique pour que le ciment s'enflamme. C'est sale ici, je m'en moque, il me tient si fort qu'il me fait mal, réellement, dans mes os. Nos peaux se cherchent sous l'épaisseur des tissus, ce qui en reste du moins, ma jupe, son pantalon, tout a disparu, je ne sais pas quand. Il a un torse presque imberbe, pas complètement, un chemin de poils doux descend vers le ventre qu'il faudrait encoller, mais je n'ai plus de salive, toute l'humidité s'est concentrée à la pointe de mes cuisses. Je ferme les yeux, à quoi bon scruter le monde, il m'a rendue insensible à tout le reste. Il m'ouvre les jambes d'une poussée et j'imagine les voyeurs derrière les fenêtres de l'immeuble, je m'en fous, concentrée sur le plaisir qui monte par vagues successives. Je m'arc-boute, on y est presque, l'un à l'autre, l'un dans l'autre, pas encore imbriqués mais presque, et cette seconde, quand rien n'est accompli encore, cet instant impossible étiré jusqu'au point de rupture, cet instant-là restera le point culminant du plaisir, je le comprends brusquement alors qu'il me pénètre, cogne et gémit, il exige « regarde-moi », accélère la cadence, pénètre et se retire, et ça n'a pas de fin, comme une course immobile, une trajectoire en boucle qui revient sans cesse au point de départ. Dans le va-et-vient, il glisse ces mots : « Tu es ma femelle » et je le déteste, pourvu qu'il se taise et me baise en silence ! Il répète : « Regarde-moi » et je clos férocement les paupières, il restera l'homme sans visage, l'amant pour le plaisir, entre mes cils, pourtant, je distingue un grain de beauté qui dépare son menton, m'en tenir à ça, le grain qui va et vient et accompagne le flot du sang, quelle furie, une telle frénésie à bouger, cogner, creuser, s'enfouir, – s'enfuir ? –, je m'accroche à la périphérie du tourbillon et lui me serre si fort que j'en garderai sûrement une marque. Et puis tout est balayé, sauf un jaillissement de lumière, et il s'abat sur moi de tout son poids. Jamais je n'aurais cru cela, pas la première fois. Pas sans aimer l'homme que Lila adore.

Son doigt a composé le 9 machinalement. « Allô ? répond le combiné. Vous désirez quelque chose ? »

L'espace d'une seconde glaçante, Jeanne est persuadée de reconnaître la voix de Marcel avant de comprendre qu'il s'agit forcément du réceptionniste. Un type blond-blanc, robuste avec des pommettes taillées à la serpe, un front magnifiquement uni, de petits yeux enfoncés sous des arcades sourcilières très prononcées. L'ensemble n'est pas beau mais plutôt sympathique. Il parle avec un accent bizarre. Acidulé, chantant.

« Vous êtes là toute la nuit ? lâche-t-elle stupidement faute d'avoir préparé quoi dire.

— Oui, mademoiselle. »

Il ne semble pas surpris ni dérangé, à croire qu'un tas de clients l'appellent à l'aube.

« Vous pourriez me rendre un service ?

— Dans la mesure de mon possible. »

Elle poursuit au hasard :

« Vous auriez la télévision ?

— Je ne suis pas certain, le patron vous dira. Je sais qu'il a loué à des clients, mais je crois que les postes sont pris… Il sera là plus tard.

— Alors, il y a des livres ?

— Pas ici.

— Même des livres de vacances ?

— Nous avons des revues si vous souhaitez. Ou bien je peux vous donner un à moi, sinon…

— Merci, non, ça ira. Vous avez l'heure ?

— Six heures six.

— C'est trop tôt pour le petit déjeuner ?

— Il est servi à partir de 7 h 30. Sauf si vous prévenez la veille. Sinon je peux vous faire un café. J'ai la machine dans le réduit.

— Ça ira, je tiendrai bien une heure. Merci en tout cas. Bonne journée ou bonne nuit, si vous allez vous coucher.

— Merci. Je m'appelle Emil.

— Moi, c'est Jeanne.

— Jeanne ?

— On peut s'appeler par nos prénoms, je vais encore rester un moment, c'est plus simple comme ça, non ? »

Emil a l'air content, il dit « OK, Jeanneuu » et elle raccroche, euphorique d'avoir mené une conversation normale. Cela fait combien de temps que ça n'était pas arrivé ? Agir normalement, parler à un homme sans chercher à deviner s'il a l'intention de la frapper ou de la faire chanter…

L'intérieur de ses cuisses est humide. Même mort, David a gardé le pouvoir de la troubler. « David. » Elle est capable de le dire à voix haute. Est-ce important pour l'amnésie ? David Caron, mon fiancé, poignardé le 20 février… ou bien le 21 ? Quand est-il mort exactement ? Est-ce vraiment essentiel de s'en souvenir ?

Brusquement son sang se glace. Elle a donné le mauvais prénom à l'albinos ! Ici elle est Anne Saxe-Martineau ! Même s'il y a peu de chances qu'il ait noté la différence, ce faux pas sonne comme un avertissement. Elle doit rester vigilante. Elle chantonne : « Je m'appelle Anne, Emil, Anne, vous avez dû mal comprendre, tout le monde s'y trompe… » Deux petites lettres à ôter qui font « je ». Amusant. Je-Anne. Pour la première fois de leur vie, le choix absurde d'Eugénie va lui servir. Penser à sa mère remue une idée floue, l'ébauche d'un plan. À présent, elle sait quoi faire de sa journée. Le prochain pas.

4

Emil

La fille a raccroché avec le sourire, Emil le jurerait. Il éprouve un élan d'euphorie absurde. Cela fait une semaine qu'il guette son apparition, mais elle doit manger dans sa chambre car il ne lui a reparlé qu'une fois, la veille, pour sa pension. Elle a réglé deux semaines à l'avance, en espèces, et il a failli lui faire remarquer que ce n'était pas très prudent de se trimballer avec autant d'argent. Il n'a pas osé de peur qu'elle ne le prenne mal. À la place, il lui a signalé que M. Etxeberri s'occupait généralement des paiements, mais elle a tenu à le payer, elle voulait être sûre de garder la chambre encore une quinzaine, peut-être un mois, et surtout qu'on la prévienne s'il fallait donner des arrhes à l'avance… Il l'a trouvée sauvage, à la façon d'une bête, assez triste, mais moins nerveuse qu'à son arrivée. En s'inclinant pour recompter les billets, elle a dévoilé sa nuque entre les mèches d'un brun chaud. Ses cheveux lâchés étaient propres, aussi luisants qu'une coulée de soie, et il a combattu l'envie de les toucher. On dirait qu'elle ignore qu'elle est jolie ou qu'elle s'en fiche. Son regard est franc, mais elle le détourne trop souvent, ce qui lui donne un charme troublant.

Son appel l'a tiré du sommeil. Il s'étire en calculant qu'il a dormi trois heures, et pourtant il se sent en pleine forme. Son regard s'arrête au calendrier des menus. Maria ne va plus tarder. Cela lui fait penser qu'il doit prévenir le Basque de son départ. Il n'a encore rien dit, par paresse. En pénétrant dans la réserve, il se jure d'en parler le soir même, pour ne pas se laisser embarquer pour une nouvelle saison… L'Espagne ou la France ? Emil se plaît ici, et la Bretagne le tente pas mal. Avec l'argent mis de côté, il sera tranquille quelques mois et il sera toujours temps de trouver un job pour passer l'hiver. Rien ne le rebute : manutentionnaire, docker, ouvrier dans le bâtiment, cuistot d'entreprise… En partant à la fin du mois de mai et en suivant la côte, il devrait atteindre sa destination en juillet. L'idée de longer l'océan lui plaît, davantage que de s'enfoncer dans les terres. Pour traverser les grosses villes ou les zones industrielles, il fera du stop.

Il attrape le paquet de café, jette le vieux filtre gonflé de marc et en dispose un nouveau, puis se verse une bonne dose. S'il devait se fixer quelque part, un jour, il se verrait bien ouvrir une maison d'hôtes dans un endroit reculé de l'île. Un instant, il s'amuse avec l'image d'une maison à bardeaux arrimée aux rochers, sa galerie couverte avançant au-dessus des vagues. La Norvège commence à lui manquer. Il pourrait rentrer là-bas, aux Lofoten, retrouver le chat, pleurer son grand-père et réfléchir à sa vie, ce qu'il veut en faire. Bengt lui a laissé un héritage suffisant pour voir venir, largement de quoi construire un *rorbu* et proposer des chambres en location.

L'ancêtre triompherait de savoir combien ses racines sont devenues coriaces. Contrairement à ses voisins, tous pêcheurs à la morue, après s'être battu trois décennies avec le minerai, Bengt montrait un certain dédain vis-à-vis des marins qu'il qualifiait de vagabonds de marée. Lui qui avait été contraint de s'exiler dans un des coins les plus froids de la Norvège n'avait plus que son île en tête. Les dernières années, peut-être parce qu'il sentait sa fin arriver, il raillait la bougeotte d'Emil et sa fascination pour les voyages. *Tu n'as qu'une seule terre, petit, quoi que tu fasses, elle t'accompagne toute ta vie ! L'océan, ce n'est pas pareil, on y ancre les bateaux, pas les hommes…* La voix usée lui revient si distinctement qu'il ne peut s'empêcher de sourire, seul, devant la cafetière.

Il s'ébroue, se demande si le chat l'a oublié. Vent-d'Ouest le hante, ces derniers temps. Deux ans d'absence ont-ils pu effacer son souvenir ? Des voisins l'ont récupéré à la mort de Bengt et il coule sûrement des jours heureux. Emil réalise qu'au mois de mai, à la date de son départ probable, l'animal se mettra lui aussi en mouvement vers les falaises, près des terriers où les macareux dissimulent leur unique œuf ; en période de nidification, le chat a pris l'habitude de se poster à distance de la colonie afin de les accoutumer à sa présence ; il se rapproche un peu, de jour en jour, jusqu'à se fondre parmi eux. Jamais il ne fait mine de les attaquer. Quand la chasse aux rongeurs a été maigre et que la faim est trop forte, il lui arrive de croquer un oisillon. Il doit considérer que les petits bouts de chair déplumés et braillards n'ont guère de lien avec les adultes grassouillets. La première fois qu'Emil l'a surpris, il est resté saisi d'émerveillement devant l'impossible vision du félin sinuant au milieu des silhouettes trapues. Sa démarche gracieuse contrastait avec le déhanché bancal des macareux, à peine perturbés par son passage. Emil n'a pas cherché à éclaircir le mystère, mais le printemps suivant, en retournant aux falaises, il a pu admirer le même spectacle.

Il avale son café brûlant, puis retape le divan et va se rechausser. Les mocassins sont trop grands d'une pointure, du 46, exprès, au besoin il peut les enfiler en une seconde et être présentable. Il songe au prénom de la fille.

Jeanne… c'est quasiment pareil qu'Anne. A-t-il bien compris ? Pourquoi a-t-elle deux prénoms ? Au téléphone, elle s'est montrée familière, presque enjouée, beaucoup plus qu'en réglant la note. Il ôte son pull et tente de déplisser sa chemise froissée, même s'il est persuadé qu'elle ne remarquera pas ses efforts. Encore trois quarts d'heure avant l'ouverture du petit déjeuner. Chaque matin, il la regarde filer à toute allure vers la salle à manger en faisant mine de l'ignorer. Aujourd'hui, ce sera différent. Il tente d'imaginer son sourire, son visage joyeux, tourné vers lui.

Pour éviter de s'impatienter, il gagne la sortie et fait quelques pas devant l'hôtel. Sa fébrilité lui semble un peu ridicule, disproportionnée en tout cas. La température est douce, le ciel chargé, mais le vent aura bientôt chassé les nuages et la météo annonce une belle journée.

Il a promis à Arno de le rejoindre dans sa bicoque de location saisonnière pour bricoler en prévision de la saison à venir. Il a pris l'habitude d'y aller au moins trois fois par semaine. Le surfeur lui a montré comment poncer en observant les moindres défauts de la résine sous la lumière rasante, découper les rails endommagés à vif afin d'obtenir des angles assez pointus, lustrer au polish. Ils doivent fabriquer de nouveaux supports pour stocker ses planches et repeindre la devanture du *shop*. Généralement, ils travaillent une heure ou deux, puis avalent un solide déjeuner et, selon la météo et sa paresse, Emil part marcher jusqu'au phare et redescend vers les plages d'Anglet. Dans l'après-midi, il retourne au port faire une sieste. Un ami d'Etxeberri lui loue le cabanon pour une somme modique. L'endroit possède de quoi cuisiner, mais pas de sanitaires, et il se débrouille avec les douches publiques. Le Basque lui permet d'utiliser celles des chambres inoccupées, à condition qu'il n'abuse pas et nettoie derrière lui.

Maria a du retard. Il retourne à la réception, consulte la pendule. 7h05. Il s'apprête à l'appeler sur son portable quand il entend la porte s'ouvrir et le claquement pressé de ses talons. Elle déboule hors d'haleine, chargée de pain frais et d'un sac de viennoiseries.

« La voiture ne voulait pas démarrer, j'ai dû prendre le bus.

— Tu as encore le temps.

— Tout juste. Moi qui déteste me dépêcher le matin, c'est loupé. Bon, je file, passe une bonne journée !

— Toi aussi. »

L'espace d'une seconde, on dirait qu'elle veut ajouter quelque chose, mais elle s'éloigne en agitant la main et Emil n'a pas le cœur de l'arrêter.

« On se voit plus tard !

— OK. »

Il aurait voulu qu'elle lui donne son avis sur son aspect. Il se penche vers l'écran de l'ordinateur pour apercevoir son reflet, mais ne distingue qu'une masse de cheveux hirsutes. Il les aplatit tant bien que mal. Son cœur bat bien plus vite que d'ordinaire, et ce décalage avec la réalité serait amusant sans sa nervosité. Il tente de se raisonner, la fille lui a parlé au téléphone, rien de plus, mais son trouble grandit. Il faut croire que ce n'est pas seulement une histoire de sexe, puisqu'il a couché avec une Australienne, jeudi dernier.

« Merci, pour ce matin !

— De rien. Je n'ai rien fait, mais j'ai du café ici, si vous voulez boire une tasse… Même la nuit !

— C'est sympa. »

Elle baisse la tête, piétine un peu. Elle a mis une robe longue, ça la change de ses pulls trop larges. Le décolleté dévoile le creux de la clavicule. Emil aimerait y poser les doigts, juste comme ça. Ses cheveux sont retenus en chignon par une barrette en forme de pince. Il se sent bête, incapable de sortir une réplique qui ait un sens quelconque. Elle n'a pas vraiment l'air de vouloir faire la conversation, elle est simplement polie. Faute d'inspiration, il lance assez platement :

« Vous avez visité la région ?

— Pourquoi ? »

La question a claqué sèchement. Le menton relevé, elle le toise avec férocité.

« Parce que… Je sais pas, c'est beau ! »

Ils éclatent de rire en même temps, par réflexe. La fille est devenue rouge de confusion.

« Excusez-moi ! Je suis un peu réactive.

— C'est pas… c'est moi. Je suis trop curieux.

— Non, c'est moi. Enfin bref, non, je ne fais pas de tourisme.

— Oh ! Je comprends. Moi j'aime bien, mais je suis étranger, alors…

— Bon, si je ne veux pas louper l'ouverture, je dois y aller. »

On dirait qu'elle parle d'un concert à guichets fermés, mais au moins elle a ri et Emil est trop vidé pour chercher à la retenir.

« Bon appétit.

— Merci, à bientôt.

— Oui. À bientôt. »

Elle esquisse un sourire et s'éloigne en resserrant son gilet, comme si elle avait froid.

5

Premiers pas

Les diplômes du docteur Bernstein ressemblent à deux oreilles de Mickey. Quand il se tient exactement dessous, c'est-à-dire quasiment tout au long de leur entretien, les cadres semblent jaillir des lobes cérébraux, un à droite, un à gauche. La symétrie proclame que le psy est un type équilibré à qui l'on peut se fier. Jeanne se demande s'il l'a fait exprès. Les murs ont la couleur de poussin pâle, un choix optimiste qui repousse les images de culpabilité gluante. Son bureau est dépouillé, hormis un sous-main en cuir, un porte-stylo en acier, un distributeur de mouchoirs en imitation marbre – très moche – et l'inévitable cadre photo discrètement tourné côté thérapeute qui réveille l'envie de savoir ce qui se cache derrière. Pas d'arme tranchante ni de coupe-papier, à première vue. Excès de prudence ou simple hasard ?

La fenêtre est occultée par une mousseline pas très nette. C'est l'unique fausse note. Il doit manquer de rideaux de rechange et personne ne voudrait confier son désespoir épié par le voisinage. Il n'y a pas de secrétaire et le docteur répond en personne aux appels. Radinerie ou discrétion ? Bernstein lui plaît bien de prime abord. Il ressemble à son bureau, sobre mais pas impersonnel, chaleureux sans être intime. D'une neutralité bienfaisante. À part ses rideaux.

Jeanne a pris place dans une causeuse en velours alors qu'il trône dans un vrai fauteuil en cuir pivotant. L'absence de divan la déçoit un peu. Elle ne supporterait pas de s'allonger en se sentant épiée par-derrière (rien que l'idée la glace d'effroi), mais elle aurait voulu avoir le choix. *Chère mademoiselle, vous préférez le fauteuil ou bien vous étendre sur mon divan rouge ?*

Ils commencent par se toiser du regard. Bernstein ne paraît pas pressé ni tendu. Il esquisse un demi-sourire, puis se penche légèrement en avant. Sa première question est polie, le ton sobre et mécanique, comme s'il n'en avait rien à battre, mais qu'il sacrifiait à un rituel établi. À l'idée de nourrir cette machinerie bien huilée, Jeanne se redresse dans un mouvement inconscient de rébellion.

Docteur B : Pourquoi venez-vous ?

Jeanne : Parce que je vais mal, je ne dors plus. C'est suffisant pour consulter ?

Docteur B : Qu'en pensez-vous ?

Jeanne : Pas grand-chose, c'est la première fois que je viens à une consultation de ce genre, mais j'ai vu des films...

Docteur B : Je dois en savoir plus sur les symptômes de ce malai...

Jeanne, *coupant court* : J'oubliais... Je suis amnésique !

Docteur B : Qu'entendez-vous par là ?

Jeanne : Que j'ai perdu la mémoire, un vrai trou noir. Cela ne touche qu'une courte période, mais tout de même... En général, on parle de choc post-traumatique.

Docteur B, *saisissant enfin la perche* : Pourquoi ce besoin de vous référer à un scénario connu, cela vous rassure ?

Jeanne : Pas particulièrement. Je crois que j'essaie de vous simplifier le travail en fait en allant directement au cœur du problème. J'ai eu un choc. Je veux guérir. Mais inutile de perdre dix ans à chercher en arrière, vous voyez le genre. Le passé est le passé. Je veux bien retrouver la mémoire et comprendre pourquoi je l'ai perdue, quelque chose dans ce goût-là, mais ce que je veux vraiment, en fait, c'est vivre, retrouver l'envie de bouger, de faire des choses, de prévoir… Dormir sans me réveiller terrifiée. C'est tout. Vous pouvez faire quelque chose pour moi ?

Docteur B : Qu'en pensez-vous ?

Jeanne : Ce n'est pas à moi de le décider ! Logiquement, c'est vous qui m'indiquez où aller. C'est ainsi que les choses se passent…

Docteur B : Cette colère que vous exprimez, elle dure depuis longtemps ?

Jeanne : Vous ne répondez jamais aux questions ?

Docteur B : Quand c'est utile, bien sûr, mais êtes-vous sûre de vouloir entendre mes réponses ? Vous donnez l'impression de vous débrouiller très bien.

Jeanne : C'est encore pire que je ne pensais… J'imaginais… de la compassion.

Docteur B : C'est effectivement une qualité nécessaire pour mener une thérapie.

Jeanne : Mais ?

Docteur B : Ne soyez pas sur la défensive. Il n'y a pas forcément de mais.

Jeanne : Évidemment ! Psy est un métier, on a tendance à l'oublier. Je suppose qu'il existe une sorte de bureaucratie chez vous aussi. La durée des consultations, les congés alignés sur les périodes scolaires, le train-train des pleurnichards. Vous ne pointez pas, mais c'est tout comme. Il faut bien se protéger, non ? Sinon, vous deviendriez fous. Il y a beaucoup de suicides chez les psys ? Des divorces ? Des meurtres ?

Docteur B : Êtes-vous en colère ?

Jeanne : Non. En tout cas, je ne l'étais pas avant de vous rencontrer. OK. Je sais ce que vous allez dire. Que si je n'avais pas été vraiment en colère, je n'aurais jamais trouvé de raisons pour le devenir et qu'en fait cette grosse dose d'agressivité que je trimballe est antérieure à notre rencontre et que nous allons perdre dix ans avant d'en venir à ce qui m'intéresse vraiment et qui n'a rien à voir avec mon agressivité, sauf que je n'ai pratiquement pas dormi et que je suis dans une putain de ville inconnue où je suis censée prendre des vacances, mais qu'en fait j'ai foutu le camp de chez moi parce qu'il y a un malade qui s'amuse à me harceler en pleine nuit et… Merde, là, j'ai perdu le fil ! Je veux dire que tout ça ne m'intéresse pas ! Je sais pourquoi je suis en colère ! Ce que j'ignore c'est pourquoi je suis devenue un foutu zombie ! Alors, s'il vous plaît, inutile de me demander ce que j'en pense ! Parce que je vous réponds d'avance que je n'ai pas d'opinion là-dessus, sauf une opinion d'ordre esthétique.

Docteur B : À savoir ?

Jeanne : Merde… J'aurais dû m'en douter ! À savoir que ce n'est pas très joli ni très clair, mon discours !

Docteur B : L'essentiel est de se faire entendre.

Le docteur a la voix qui sourit. Soit il cherche à l'apaiser, soit il a plaisanté. Ou bien il est juste pressé de la foutre dehors pour recevoir le suivant sur la liste. En se penchant vers sa boîte de Kleenex hideuse, elle croit surprendre une interrogation dans son œil. Il doit penser qu'elle est sur le point de chialer. Elle tire un mouchoir et le tortille en boule pour faire durer le moment, le regard vague. Il reprend d'un ton plus guindé.

Docteur B : Mademoiselle Saxe, avant de décider quoi que ce soit, je dois éclaircir certains points. Vous êtes en vacances ? Il est inutile d'entamer un travail si nous devons l'interrompre dans un mois. Si nous commençons une thérapie ensemble, nous prenons un engagement.

Jeanne : Je viens d'emménager ici. C'est un départ… une nouvelle vie.

Docteur B : Dans ce cas, je vous propose de fixer un nouveau rendez-vous et nous envisagerons la suite à ce moment-là.

Jeanne : Ça signifie quoi ? Vous déciderez de me jeter ou de me garder ?

Docteur B : Cela signifie que je dois être sûr que notre collaboration sera productive et que je ne m'engage pas à la légère. Si j'estime pouvoir vous aider et si de votre côté vous estimez pouvoir travailler avec moi, nous entamerons la thérapie.

Jeanne : Tiens. Je pensais que vous étiez comme les taxis… Je ne savais pas qu'on pouvait refuser la course.

Bernstein a baissé la tête. Jeanne est convaincue qu'il se retient de rire et le plaisir que cela lui procure l'étonne. Cela ressemble à une joie de bonne élève que les encouragements du prof galvanisent. Tant mieux. La thérapie pourrait s'avérer plus drôle que prévu. Le bon docteur a du ressort, il ne se laissera pas malmener sans opposer de résistance. Elle a sans doute un peu forcé sa colère, par bravade et parce qu'il faut bien tester ses résistances, mais elle n'envisage pas de confier ses petits secrets à un psy mutique qui se contenterait de hocher la tête en les ponctuant de « mmmhh, continuez ».

La perspective de leurs futurs rendez-vous l'emplit soudain d'une joie disproportionnée. Il acceptera de la prendre, elle le devine. Elle devra se préparer pour lui, se faire jolie, aimable, réfléchir à leurs échanges. Elle pourrait s'inventer une vie, raconter des fables ou révéler des bouts de vérité, finalement tout cela ne dépend que de sa volonté. La sensation est grisante, d'autant qu'il y a fort peu de risques d'être confondue. Diplômes ou pas, Bernstein ne sera jamais assez malin pour une menteuse de sa sorte. *Patentée,* a dit un jour sa mère, *une menteuse sans cœur !* La grimace d'Eugénie remonte du passé comme un vieux remugle. Jeanne se racle la gorge pour s'en débarrasser. Désormais elle possède un but, il lui suffira d'ordonner sa semaine autour des séances. Il lui paraît soudain crucial de comprendre quand et pourquoi tout a dérapé et ce qui l'a conduite à tuer un homme qui était son fiancé. Si elle l'a vraiment tué… Le docteur sera comme un spéléologue de début de cordée, il la guidera dans les entrailles de son amnésie, vers le suintement noir.

« D'accord, prenons rendez-vous. »

Ils se décident pour la semaine suivante. Il lui tend un carton où sont notés l'heure et le jour. Ce sera le mercredi. Elle feint la désinvolture en lui proposant de payer en liquide quatre séances d'avance. Bien entendu, il fait mine de s'en moquer : « Comme vous préférez, cela ne change rien, tient-il à préciser, mais pas de paiement différé, cela fait partie du protocole, le travail thérapeutique… » *Bla-bla-bla.* Le billet de deux cents euros est prêt, plié dans la poche du sac. Elle le lui tend d'un geste gauche, et il doit avoir l'habitude puisqu'il l'escamote sans vérifier. Il faudra veiller à froisser les prochains pour ne pas éveiller sa suspicion. Il attend qu'elle empoche la carte et s'en aille. Elle ferme son imper, hésite. Elle n'a aucune envie de partir, pas si vite, alors qu'ils ont à peine discuté. Elle aimerait reprendre son souffle au creux du divan qui n'existe pas, et sa faiblesse l'irrite parce qu'il est hors de question de devenir dépendante du bon docteur. *Un cliché ambulant*, songe-t-elle.

« J'ai une dernière question, je peux ?

— Bien entendu.

— Ça concerne l'amnésie. Vous n'auriez pas un truc pour m'aider ?

— Un truc ?

— Je ne parle pas de médicaments, plutôt un genre d'exercice ou une technique mnémotechnique. Ce matin je me suis souvenue d'un détail, du coup je me demande si je pourrais m'entraîner, entraîner ma mémoire. Tant qu'à faire, j'aime comprendre les choses par moi-même.

— C'est la marque d'un esprit vif et en bonne santé, Anne. Votre amnésie couvre quelle période de temps ?

— Quelques heures. »

Le docteur réfléchit, visiblement partagé. Pourvu qu'il ne lui ressorte pas une question en forme de petite morale sur son besoin de maîtrise. Mais non, cette fois, il sourit largement, ce qui lui donne l'air beaucoup plus jeune, presque naïf.

« Vous pourriez écrire à propos de ce trou noir.

— Écrire ?

— Traitez-le comme le point de départ d'une page blanche ou le centre d'un tableau. Racontez ce qui vous vient à partir de là. Considérez votre amnésie autrement que comme un problème difficile à résoudre, plutôt comme une énigme à jouer. Ou à déjouer.

— Ah !

— L'idée résonne en vous ?

— Je l'ignore. Je n'y avais pas pensé. Ça a l'air bien, je crois…

— Tant mieux. Un travail a beaucoup plus de chances d'aboutir si on le fait avec plaisir. À mercredi, donc.

— Génial. Mercredi… »

Il attend qu'elle bouge sans marquer d'impatience. Il doit avoir entre quarante-cinq et cinquante ans. Brun-roux. Quatre-vingts kilos. Une tête à s'appeler Pierre. Une peau élastique. Un homme compact dont l'animal totem serait la vache. Vache ou taureau sacré. Est-il beau ? Sexy ? C'est impossible à dire, il est « Docteur » et ça prend toute la place. Pourtant, même s'il ne produit pas d'effet sexuel à proprement parler, Jeanne n'est pas à l'abri d'un transfert. Ce serait drôle. Pour l'instant, ça lui paraît assez improbable. Une onde de pur soulagement lui monte à la tête et elle doit résister au besoin de tendre la main vers lui pour le toucher – comment fait-on pour saluer un psy ? À la place, elle se contente de répéter sottement « À mercredi ».

La salle d'attente est vide. Il a dû caler les séances de façon à ménager l'incognito des patients, à moins qu'il existe une autre entrée avec un système de rendez-vous alternés, pairs et impairs.

Elle a réussi ! L'euphorie la gonfle, pareille à un ballon d'hélium sur le point d'éclater. Hélium ou azote, elle ne sait plus, juste que l'un d'eux est hilarant alors que l'autre provoque une voix de canard. Aucune importance. Sa mémoire est en reconstruction, maintenant qu'elle a sauté le pas, tout ira mieux ! Des pensées la traversent en grand désordre, elle les laisse filer sans s'y arrêter. Jamais elle n'aurait cru que ce serait si facile, tellement… évident ! En dévalant les marches de l'immeuble un vieux refrain lui monte aux lèvres : « Sur l'pont du Nord un bal y est donné, sur l'pont du Nord… » L'élan qui la porte en avant a pulvérisé ses peurs. Elle fredonne pour ne pas exploser, cogner les murs ou hurler. En bas, la lourde porte cochère résiste, ce poids lui plaît déjà, « à mercredi », chante-t-elle. Un instant désorientée, elle aperçoit le clocher d'une église qui lui désigne sa direction et se met en marche, à longues enjambées. Sa joie ballotte, nichée au creux de l'estomac, *comme un fœtus,* songe-t-elle. Bientôt ce qui la reliait à Miss Zombie tombera en poussière. C'est Anne qui l'avait surnommée ainsi, « Miss Zombie Amoureuse, raillait-elle, Tu ne vois pas que ce David te mène où il veut ! » Jeanne avait beau lui renvoyer que son ex-mari ne valait pas mieux, sa sœur ne cessait pas de l'asticoter et elles finissaient par s'envoyer leurs choix à la figure, l'éternelle histoire de la paille et de la poutre. *Anne, ma sœur Anne, est-ce que je vole ton prénom parce que nous sommes sœurs ou parce que nous avons fait les mêmes choix pourris ?* Jeanne ne veut plus réfléchir, ni à David ni à sa mort. Elle réserve cela pour ses rendez-vous. Bernstein est solide, il possède de quoi l'immuniser contre ses vieux démons, il saura l'amener en douceur là où tout a commencé et la délivrera. En dépit de ses murs couleur poussin, le docteur est d'un rose irisé qui tire sur le lilas avec une pointe de vert autoritaire. C'est à cause de cela qu'elle l'a choisi. C'est un homme cohérent et plein de bon sens. Un jour, s'ils deviennent assez intimes, elle lui avouera que son aura est plutôt agréable à regarder.

Un type s'est retourné sur son passage, elle ressent la vibration comme s'ils étaient reliés par un flux d'énergie brûlante, rouge, bien sûr, rouge traînée-de-pute, elle chante plus fort « Qu'as-tu ma sœur, qu'as-tu donc à pleurer ? » sans se soucier d'être épiée. Une part d'elle sait que l'euphorie va retomber, obligé, sauf qu'à cet instant la peur n'existe presque plus, Jeanne est l'insouciance personnifiée, joyeuse, une fille asexuée et divinement seule ! Elle parvient à la place cernée d'hôtels-restaurants où se dresse l'église entr'aperçue. Non loin du parvis, une gloriette à coupole affecte une coquetterie faussement rococo. En contrebas, l'océan compose une toile de fond mouvante au bleu intense. Des vagues dansent, écumantes, et cognent des îlots rocheux.

L'idée la frappe alors qu'elle bifurque pour remonter vers le centre-ville ; la mort est une force tranchante, une puissance impondérable face aux vies suspendues à un fil. On affecte d'ignorer que nos actions ont des conséquences, que tout peut s'arrêter demain, parfois on arrive même à se persuader qu'il suffit de dire « pouce » pour recommencer. On oublie que l'essentiel se trouve rarement planqué dans nos petites affaires, mais qu'il faut aller le chercher au-delà des apparences et qu'il existe des points de non-retour… En couchant avec David, Jeanne a perdu Lila et gagné Marcel. Marcel est un fait. Lui ou le danger qu'il matérialise est une réalité qu'il faudra bien affronter un jour.

Cela, elle le pressent envers et contre toutes les illusions. Il s'est probablement mis en chasse et il ne lâchera pas sans une bonne raison. Soit elle disparaît vraiment, soit elle doit envisager de croiser sa route.

« Prends ta robe blanche et ta ceinture dorée… » Elle stoppe pour compter les battements de son cœur. Il y en a beaucoup trop. « Anne Saxe » chuchote-t-elle à bout de souffle. Ça lui fait toujours aussi drôle. Jeanne a disparu. La fille qui habite une ville blanche et prend des séances chez le psy se nomme Anne. Anne Saxe, ex-épouse de M. Martineau.

Elle se remet en marche, *en apnée,* troque la vision d'une eau bleue par celle d'un filin tendu au-dessus du vide. Ce bout de corde est à l'image de sa vie, et elle n'a pas d'autre choix que de s'y engager au mépris du vertige. Dans les moments de panique, il lui suffira d'imaginer un filet en dessous, une immense toile aux rets élastiques. Sera-t-elle l'araignée ou la mouche ? Chez les peuples primitifs, l'araignée est un symbole féminin et maternel qui n'a rien en commun avec les imageries de traquenards. Jeanne ignore ce que cela fait d'avoir quelqu'un qui veille sur vous. Eugénie n'était pas le genre de mère aux mains douces qu'on peut repousser en criant « La barbe, laisse-moi vivre ! » Elles se sont débrouillées autrement avec sa sœur. Elle revoit soudain Anne, pas la femme d'aujourd'hui, mais Anne la Saucisse, ses jambes noueuses comme des arbrisseaux, ses cheveux brossés au carré, sa jupe aux plis impeccables. En été, ses joues se couvraient d'un lavis de taches orangées dont Jeanne se moquait, « ça fait sale, on dirait du moisi », mais au fond elle lui enviait terriblement ce poudroiement doré. Elle ignore pourquoi elles se sont détestées à ce point.

Parvenue à la place de la fontaine, elle reconnaît la rue en pente qui mène à l'hôtel. Ses muscles sont douloureux, le manque d'entraînement l'oppresse. La joie qui l'a soulevée jusqu'ici est en train de se dégonfler ; pour la retenir encore, elle ressasse les consignes de Bernstein : déjouer l'énigme en s'amusant. Elle achètera un cahier, quelque chose de joli qui donne envie d'écrire. « Faites les choses avec plaisir », ce sont les mots que le psy a employés. S'il était au courant du meurtre, sans doute aurait-il utilisé un terme plus approprié, « lucidité » ou « responsabilité ».

Ce soir, au lieu d'avaler un sandwich planquée dans sa chambre, elle dînera à l'hôtel, ce sera une façon de s'habituer à revenir dans le monde. Bernstein serait sûrement d'accord. Elle doit penser à avertir la réception, c'est marqué sur une feuille plastifiée, juste sous le tableau des clefs, « prévenir les cuisines avant 14 heures ». Emil ne sera pas là, dommage. Elle n'aime pas trop le vieux qui tient la réception en journée, bourru et à moitié sourdingue. Elle ne sait plus combien coûte la demi-pension, sûrement pas très cher. L'argent ne pose pas encore problème. Elle emportera un bouquin pour se donner une contenance. De quoi a-t-elle l'air, vue de l'extérieur ? Une pensionnaire banale, oisive, parfaitement assortie au cadre ? Il lui faut un alibi, une raison d'être solitaire. À quoi pourrait-elle occuper ses journées ? Un chagrin d'amour qui exige une cure d'oubli ? Mieux vaut préparer une histoire pas trop éloignée de la vérité, même si rien ne l'oblige à répondre aux questions indiscrètes. Elle décidera en fonction des rencontres… L'hôtel du Singe lui plaît décidément et elle apprécie la présence d'Emil. C'est un peu grâce à lui qu'elle a trouvé Bernstein. Il était là au bon moment pour lui donner une impulsion. Elle devrait le remercier, acheter un bouquin, il en avait l'autre jour, un livre en français. « *Ratus à la plage* » ? Elle pouffe. Le cadeau sera surtout symbolique, pour aller dans le sens de sa thérapie et s'ouvrir au monde, et puis cela fera une anecdote à raconter au docteur. *J'ai offert un livre à un réceptionniste serviable, c'est bien, non ?* Dans sa tête, une ancre descend en tournoyant vers un fond au blanc de craie, dénué de mystères.

Signe du destin ou simple hasard, ses pas l'ont menée devant une librairie. Sur l'enseigne, une plume piquée sur un parchemin finit d'écrire en lettres gothiques : « Il était une fois. » La vitrine est pavoisée de lampions et de planètes Terre suspendus par du fil de pêche. Dessous, dans un désordre apparent, on a empilé un éboulis de livres de voyage aux couvertures vernies. Montagnes, caravanes, aurores boréales et minarets enflammés. C'est joli, un peu bordélique. La porte tintinnabule en s'ouvrant. Trois personnes traînent près de la caisse. Intimidée, Jeanne se penche vers le premier présentoir. Sous l'effet de la tension, les mots dansent sous ses yeux. *Bonheur. Jones. Maison. Lande. Barker. Complices. Mankell.*

« Bonjour ! Bienvenue ! »

La libraire lui sourit largement derrière le comptoir. Elle ressemble à un lutin frisé. « Je regarde », murmure Jeanne. Elle réalise qu'elle fait face au rayon de littérature étrangère et se demande d'où vient Emil, sans doute d'Europe du Nord. Danois, Suédois, elle mélange. Qu'est-ce qu'on peut offrir à un veilleur de nuit ? Pas de littérature scandinave, ce serait ridicule, ou vexant. La libraire s'approche d'elle dans un nuage de parfum sucré.

« Je peux vous aider ? »

Jeanne doit lutter pour ne pas fuir à toutes jambes. L'odeur la suffoque. Elle s'écarte légèrement, secoue la tête, la mine soucieuse. Si elle s'échappe maintenant, tout sera à refaire, tout ! Prendre un autre train, trouver une nouvelle ville, oublier Bernstein…

« Un cahier. Et deux ivres. »

Elle a dit ivre au lieu de livre. Frisette ne semble pas en prendre ombrage, mais baisse le ton comme si elle avait compris.

« Je viens de rentrer quelque chose... Un petit bijou. Aimez-vous les histoires dépaysantes ? »

***

« Madame Martineau, demi-pension à partir du vendredi 13 mars... » Un pinçon de superstition noue l'estomac de Jeanne. Le vieux ronchonne que ce n'est pas une heure pour avertir les cuisines, bien que le délai soit dépassé d'à peine vingt minutes. Il inscrit néanmoins sa demande sur une feuille volante, si lentement qu'il le fait forcément exprès :

« En cas de désistement, faut prévenir la veille, sinon on compte le repas. »

Même naufragé sur une île déserte, ce type trouverait le moyen d'invectiver les mollusques. Comme elle n'a aucune envie de lui demander sa clef, elle décide brusquement de ressortir. Ce sera sa première journée en totale liberté. Un défi...

« Je peux y aller ? »

Il émet un vague grognement qui doit signifier « oui ».

Sur le trottoir Jeanne hésite, grisée par la provocation. Elle n'a pas encore été visiter la côte des Basques. Elle s'arrête à la pâtisserie du coin, achète une chocolatine – c'est ainsi qu'ils appellent le pain au chocolat par ici –, puis se perd dans le dédale des rues, réjouie d'être capable de s'égarer sans paniquer ni se soucier de Marcel. Le besoin d'uriner la pousse vers une brasserie. Dans les sanitaires impeccables, sous l'éclairage d'un néon, le miroir lui renvoie son visage amaigri, différent de celui qu'elle voit le matin, à l'hôtel, comme si le fait de surprendre son image dans un lieu public avait le pouvoir de lui révéler une part de vérité habituellement cachée. La conviction qui l'a saisie en sortant de chez le psy l'électrise : elle doit faire face.

En remontant, elle commande un Coca au bar et va se poster à une table exposée en terrasse. Le soleil est doux, incroyablement réconfortant sur sa peau. Elle abaisse ses lunettes, timidement. Les passants semblent flâner, même les hommes en costume ; il y a beaucoup de blondes qui ressemblent à la clientèle de la boutique en plus fortunés, quelques jeunes en bermuda, des gens bronzés, l'air assuré, presque conquérant. Elle tente de se mettre dans la peau d'une touriste ordinaire, mais l'effort lui paraît artificiel et amoindrit une part de son insouciance. Sera-t-elle toujours condamnée à feindre ?

Elle paie et se remet en route, au hasard. Son errance finit par la mener au Port-Vieux. Après un tunnel creusé dans la roche et un virage en tête d'épingle, la longue plage des Basques apparaît. C'est beau et venteux. Hypnotique. Il n'y a pas grand monde, quelques promeneurs éparpillés sur une centaine de mètres de sable scintillant que la marée basse a dénudé. Vus de loin, ils ont l'air inoffensif, de petits personnages semblables à des Playmobil animés.

Jeanne descend l'escalier bétonné et foule le sable durci par la dernière marée. Il lui semble étrange de se retrouver là hors saison, sans cadre ni limites. Elle déambule à la frange des rochers. La lassitude aidant, son assurance vacille et elle se sent dénuée de contours solides, friable, plus évasive qu'un fantôme. Fuir rend les gens moins définis, elle en est persuadée. La lumière déversée à flots l'aveugle, et son œil peine à saisir tant d'espace. L'océan est trop vaste, la côte trop découpée et les vents, en charriant des nuages qui roulent d'un bout à l'autre du ciel, paraissent mépriser ses entraves et son manque d'assurance. Elle doit lutter pour ne pas tourner les talons et rentrer en courant à sa chambre, mais elle sait que si elle ne passe pas cette épreuve, elle finira par devenir folle…

Au sud de la plage, les montagnes ont la forme d'un homme couché, une molaire géante, un mamelon charnu avant de se dissoudre dans l'ombre ténue de la côte espagnole. Savoir que la frontière est si proche la réconforte. Hendaye n'est qu'à une demi-heure de voiture, elle s'est renseignée. Pourtant, le doute l'empoigne ; où se perdra-t-elle après cette ultime dérobade ? Elle ne parle même pas la langue…

6

Retour au monde

La salle à manger donne sur la même rue que sa chambre, à l'arrière de l'établissement. Jeanne reconnaît la maison abandonnée et un morceau de l'immeuble en travaux, mais vus sous un angle différent. L'immense baie vitrée met la pièce à nu, comme une scène de théâtre trop éclairée. Les meubles sont en bois acajou de style campagnard. Chaque table est dotée d'une lampe avec un abat-jour rouge et une toile plastifiée à damier rouge et blanc. Sur les murs, les gravures sont alignées sans grande cohérence : un faisan, un buste de femme triste ou endormie émergeant d'un bouillonnement de draps, un train à l'assaut d'une montagne, une mer démontée. Sur le lambris du fond, trois huiles figurant des rochers battus par les vagues, une coupe de fruits et un poisson mort couché sur un plat d'argent. Une dizaine de photos en noir et blanc complètent la décoration ; toutes montrent la même façade de l'hôtel du Singe et la dernière, signalée par un « décembre 2002 », se démarque uniquement au grain du tirage.

Au fond, sur un buffet arrondi, on a disposé les boissons – eau et vin en carafe –, les corbeilles à pain et les porte-condiments. La desserte voisine accueille une enfilade de raviers à crudités et deux sortes de pâté en tranches, ainsi qu'un chauffe-plat surmonté d'une soupière.

Les dîneurs sont déjà attablés ; un couple de jeunes Allemands que Jeanne a croisés dans les couloirs et trois hommes solitaires. Des murmures répondent à son timide coup de tête. Vu le nombre de clefs sur le tableau de la réception, il ne manque que la petite vieille qui s'attife en arbre de Noël. Six. Autant que les panières servies au petit déjeuner dans une salle mitoyenne. Jeanne n'y a jamais rencontré personne, mais c'est à peine si elle y passe un quart d'heure à l'ouverture, le temps d'avaler un café et une tartine.

Les étudiants ne posent pas de problème, ce sont de vrais touristes. Pour les autres, il est plus difficile de se faire une opinion. Aucun ne ressemble à Marcel, ce qui ne signifie rien, évidemment. Deux d'entre eux ont l'allure de représentants de commerce : un brun plutôt beau garçon qui transpire l'affirmation de soi et un blondin grisonnant nettement moins bien conservé qui pourrait être son frère aîné. Le troisième, en revanche, possède quelque chose d'insaisissable. L'aura grise l'enveloppe si étroitement que Jeanne a du mal à se faire une opinion. L'idéal serait de fouiller le registre des réservations pour glaner des détails, noms, ville, et surtout la date de leur arrivée. Elle songe à Emil, au cadeau qui attend dans le fond de son sac. Il a dû prendre son poste, à présent. L'idée de l'interroger la chatouille, et elle se demande si son geste n'a pas été guidé par une arrière-pensée inconsciente : une offrande contre quelques renseignements. A-t-elle toujours été aussi manipulatrice ?

La brune qui s'occupe des petits déjeuners et fait le ménage des chambres émerge de la cuisine, encombrée d'un plateau chargé d'assiettes fumantes. En l'apercevant debout, elle tend le menton vers une table flanquée d'un palmier en plastique, au coin de la baie vitrée. « Vous êtes là, table huit, bienvenue... » Jeanne s'apprête à protester qu'elle voudrait un endroit plus intime, mais le courage lui manque et l'autre s'est déjà détournée pour saluer la vieille. Ce soir, la dame s'est harnachée d'un tailleur-pantalon en soie rouge et d'un châle en Nylon chatoyant. « Vous allez bien, ma chère ! Oh, moi, parfaitement ! Quelle journée magnifique ! Excusez, mon petit, vous me bouchez le passage. » Le sourire est pointu, l'œil inquisiteur et Jeanne n'a d'autre choix que de rejoindre sa chaise, à deux mètres seulement du trottoir, derrière la vitre. En se collant aussi près que possible de l'arbre plastifié, elle parvient à disparaître de moitié. Sur la serviette en papier, on a disposé une feuille où le menu est annoncé : entrées variées, lapin chasseur, fromage et dessert du jour.

« *Gut ! Danke schön !* »

Les Allemands manifestent leur plaisir bruyamment. Les assiettes leur étaient destinées. Ils ont le teint rose, des dents saines et une tenue de randonneurs teutons chaussés d'invraisemblables godillots de marche. On dirait de jolis cochons invincibles avides de grand air. Après les avoir servis, la serveuse rejoint la table de Jeanne et lui explique gentiment que les entrées sont à la disposition des clients, directement au buffet. Le plat et le dessert seront servis à table. Sa voix est rauque, ses yeux immenses, presque trop brillants dans le visage un peu fané. On l'imagine veuve mélancolique avec des amants occasionnels, transis d'amour. Son aura couleur de pêche reflète une vie intérieure incroyablement veloutée. Jamais Jeanne n'aurait soupçonné pareille douceur avant de développer ce don de synesthésie. Il lui aurait suffi d'insister pour changer de place, mais c'est trop tard à présent, les autres trouveraient son comportement bizarre, et l'effort lui paraît insurmontable maintenant qu'elle est installée.

Son estomac forme un nœud compact. La faim l'a quittée en pénétrant dans la salle à manger. Depuis combien de semaines ne s'est-elle pas frottée aux autres ? Il y a eu la police, Garmond, le fou furieux de l'agence, Anne et Bouraoui, mais ceux-là ne comptent pas, elle pense aux gens ordinaires, aux relations qui n'exigent pas d'attention particulière. Elle rejoint le buffet, hésite au moment de se servir. C'est probablement un effet de la fatigue, mais elle a la sensation d'être le point de mire de la petite assemblée. Les femmes normales préfèrent les crudités ou le potage. Absorbée par l'effort de paraître naturelle, elle soulève le couvercle de la soupière en veillant à ne pas choquer la faïence. La vision des vermicelles surnageant parmi les auréoles de graisse lui retourne l'estomac. Du bouillon de poule. Pilar le préparait en hiver. Après une résistance désespérée, les jumelles ingurgitaient l'infâme potion quasiment froide et le gras tapissait leur gorge pour plusieurs heures. Elle replace le couvercle doucement. Les carottes suffiront.

La vieille trépigne dans son dos, elle l'avait oubliée celle-là ! Pas question de lui adresser la parole. Jeanne se dépêche d'attraper la cuillère de service. Les Allemands discutent à mi-voix, elle saisit un prénom au vol, « Lotte ». *Lotte, tu feux encore un peu teu potacheu ?* Son accès d'ironie ne dure pas, balayé par un frisson de panique. Quelqu'un l'observe, elle le sent dans la nuque, une pointe de pure malveillance qui lui vrille les cervicales. Impossible de savoir qui la fixe, à moins de se retourner. Son assiette est pleine d'une couche épaisse de carottes orange vif. Elle lâche le couvert en priant pour devenir invisible. Qui faisait ça, déjà ?

De retour à sa place, à demi dissimulée par les feuilles artificielles du palmier, elle réalise qu'elle a oublié l'eau. Les carafes sont sur la desserte. Tant pis, elle commandera du vin à la place. Elle fouille son sac, en sort le roman déniché dans le carton des soldes et le dispose sur la nappe en se modelant une mine dégagée, l'air de celle pour qui lire en public ne pose aucun problème. Mieux vaut passer pour une sans-gêne que d'endurer une crise d'angoisse. *Pense aux garces de la boutique*, lui souffle Lila, *tu te rappelles l'arrogance de ces vieilles peaux ?* Le bouquin ne fait pas un paravent très efficace, mais au moins il lui offre un maintien. Elle avale une bouchée de carottes, se force à déglutir. Ça ressemble à du foin arrosé d'huile. Elle scrute la couverture d'une mine absorbée, une ligne de pins jaunes et verts sur un ciel blanc, semblable au négatif d'une photo que l'on aurait grossièrement colorié. Au verso, la frise se poursuit. Dessous, le résumé compose un fouillis de lignes entremêlées. En se concentrant, une phrase finit par émerger : « À défaut de passer de l'autre côté du miroir, Jacqueline creuse un trou dans le jardin et débouche derrière le mur où l'attend un étrange et inquiétant royaume. » Marrant.

Elle glisse un coup d'œil vers les hommes occupés à manger. Ils semblent parfaitement indifférents à sa présence et pourtant l'un d'eux l'a épiée il y a quelques secondes, Jeanne en est persuadée. Sa mémoire peut bien l'embrouiller, son corps ne ment pas, jamais ! C'est un corps aguerri à sentir venir les choses, la caresse ou les coups, il sait distinguer le désir de l'avidité, la cruauté de la colère, l'indolence de l'indifférence. Reste à déterminer s'il s'agit d'une pulsion passagère, un truc d'ordre sexuel, ou si quelqu'un la surveille. Elle porte une robe-sac sur laquelle elle a enfilé un gilet assez souple pour noyer ses formes, une tenue qui déclare : « Rien à signaler. » Depuis le meurtre, elle se moque d'être laide, au contraire, le manque d'apprêt lui semble plus juste, accordé à sa volonté de disparaître, mais certains mecs recherchent ça, les petites timides qui cachent leur jeu. Ils s'imaginent sans doute qu'elle sera plus facile à soumettre, une maso en quête de maître. Y aurait-il un truc en elle qui attire ce genre d'obsédés ? Combien de fois David lui a-t-il seriné ce refrain, quand il hésitait, au bord de la violence ? *C'est toi qui m'obliges...* comme si elle possédait un aiguillon capable de le pousser au point d'incandescence. Sa faute à elle, sa très grande faute de femelle... Et cette nuit-là ?

Jeanne gobe machinalement une bouchée de carottes et avale trop vite, au risque de s'étouffer. Tout va bien. Bernstein l'aidera à y voir clair. Elle consignera les détails, établira des profils de chaque pensionnaire, notera leurs déplacements, ce sera un moyen de ne pas se laisser déborder par son imagination tout en posant des actes rationnels. *Établis ta défense, Jeanne, tant qu'il est temps !* Grany a raison, elle qui possède l'âme d'une guerrière !

Ragaillardie, Jeanne entreprend d'examiner discrètement les pensionnaires. Les deux types qui ressemblent à des représentants ont l'aplomb des gens qui passent leur vie à tromper les autres. Ils friment par nécessité professionnelle. Ils sont probablement mariés à de gentilles femmes, et leur existence ressemble à un pavillon cerné d'une pelouse tondue à ras. Tout est soigneusement ordonné, chaque truc dans le casier approprié, et pourtant ils sont capables de violences occasionnelles si on outrepasse leurs droits, rien de très méchant. Ici, ils peuvent jouer les hommes libres, n'empêche c'est la pelouse tondue qu'ils transpirent. Difficile de voir en eux des tueurs à sang froid. On les imagine mieux dans le rôle des seconds couteaux chargés de la logistique. Le brun interpelle la serveuse et lui sourit en découvrant des dents parfaites, probablement blanchies chez le dentiste. Son aura est rouge, le genre de bellâtre des boîtes de nuit qui n'hésite pas à baiser ses conquêtes dans le couloir des chiottes ou à l'arrière de sa Mercedes de seconde main. À moins qu'il ait déjà changé pour une grosse BMW, peu importe, il restera un baiseur des coups vite fait. Jeanne imagine sa brutalité en pilonnant la chair d'une fille ivre. Serait-elle en train de dérailler ? Le type parle bas de façon à obliger la brune à s'incliner vers lui, elle surprend quelques mots : « Il est brûlant, votre lapin chasseur, mais il lui manque… » Le reste s'étouffe dans un murmure. Il a volontairement insisté sur « votre ». Son intention est tellement évidente que c'est à se demander comment la serveuse peut se laisser embobiner de bonne grâce, sauf si ses manières lui plaisent. D'ailleurs, elle se redresse en riant. « Je vous apporte ça tout de suite, monsieur Laporte ! »

Beau-Brun s'appelle donc Laporte. Ça lui va bien, une porte claquée à la volée. La familiarité de la serveuse suggère qu'ils se connaissent. Un habitué ?

Leur manège n'a pas échappé au blondin qui les observe avec envie. Nettement moins fringant que son alter ego, il doit osciller entre quarante-cinq et cinquante ans et escamote son début de panse sous une veste cintrée d'un jaune éclatant, assortie à son aura. Jeanne pourrait parier qu'il rêve de s'inscrire dans une salle de sport sans jamais se décider. Les lèvres sont charnues, le sourire mièvre. Il aime dominer, c'est ce qu'elle lit en lui.

Elle s'aperçoit que ses doigts ont déchiqueté sa serviette en lambeaux. Feignant la distraction, elle en fait une boule, puis s'absorbe dans la vision du tableau de poisson mort sous lequel l'homme en gris est assis. Après les représentants, son aura brumeuse est presque reposante. Il mastique sa viande le regard rivé à son assiette, calmement. Ni beau ni laid, le front dégarni encadré de mèches noires qui pourraient être teintes. Difficile de lui donner un profil ou un âge, sa silhouette malingre et sa peau cireuse font penser à une reproduction du musée Grévin. *Vampire autour de 45 ans,* décide Jeanne. Sa maîtrise n'a rien en commun avec la politesse enjouée des commerciaux ; chez eux le masque est imparfait, alors que cet homme semble jouir de ses secrets. Ses gestes sont précis, quasi chirurgicaux. On l'imagine aisément manier le scalpel. Dangereux ?

Le fourmillement d'alerte est revenu, moins intense, mais suffisamment diffus pour lui procurer une sensation d'asphyxie. Jeanne fixe le tableau au point d'avoir les yeux embués de larmes. Les hommes qu'elle vient d'épier ont dû percevoir quelque chose car leurs auras se mettent à pulser, pareilles à des ailes légères. Autour de l'homme gris, la brume se teinte d'une nuance saumâtre, menaçante. C'est la première fois que le phénomène se produit. Il doit s'agir de l'interaction des champs d'énergie, elle n'a aucune notion en physique-chimie, mais c'est la seule explication qui lui vient à l'esprit avec l'histoire du chat de Schrödinger qui ne meurt que si on l'observe. La logique du raisonnement l'aide à combattre l'étourdissement. Les Allemands se sont mis à chuchoter. Peut-être ont-ils perçu le malaise, eux aussi.

« Vous avez fini ? »

Par miracle, la serveuse a surgi à temps pour dissiper la tension ambiante. Elle saisit l'assiette à demi pleine de carottes, dépose à la place le plat du jour, d'un geste adroit.

« Bon appétit. »

Calé sous son coude, Jeanne aperçoit un pot de moutarde à l'ancienne. Elle devine que c'est cela que Beau-Brun lui a réclamé au creux de l'oreille. *Moutarde/bâtarde/cuissarde/veinarde...* Elle cherche une gentillesse à répondre, n'en trouve pas, sourit. À sa gauche, Veste-Jaune s'est redressé, goguenard, et la toise d'un air de dire : « C'est moi, tu vois ? Je te dévisage autant que je veux. » Sa bouche charnue est entrouverte et dans ses pupilles défilent un tas de pensées louches. Cela ne dure pas plus de deux ou trois secondes, pourtant Jeanne se retrouve aussi nue et impudique qu'un ver de terre. Le fou rire monte, salvateur, et elle doit se mordre la langue pour l'enrayer. C'est idiot. Les vers de terre n'ont rien d'érotique. Est-ce donc lui qui l'épiait ? Ce ne serait pas si grave, après tout... Le lapin dégage un fumet de beurre et de viande recuite vaguement caramélisé. Anne lui conseillerait de manger sans faire de manières pour ne pas virer frappadingue. Savoir que sa sœur existe quelque part, toute prête à entonner ses leçons de morale, achève de la remettre d'aplomb. Peu importe qu'elles se détestent, elles sont du même sang, coriaces et combatives. La chair se détache facilement, laissant l'os dépouillé, fragile. Les champignons de Paris ont l'aspect de cartilages maculés de sauce. C'est spongieux, filandreux et ça l'oblige à mâcher interminablement, mais il faut absolument reprendre des forces.

Une bouchée pour sa sœur acariâtre. Une bouchée pour Grany qui glapit. Une bouchée pour l'amnésie. Une pour la nuit à venir...

Elle réussit à sortir derrière l'homme en gris, alors que les autres entament leur dessert. Elle brûle d'impatience de voir le sourire étonné d'Emil quand il ouvrira le paquet. Il lui faut un instant pour réaliser que son plan tombe à l'eau. Le réceptionniste et le vieux sont plongés dans une discussion animée. À leur approche, ils se taisent, visiblement dérangés. La déception lui fait l'effet d'une gifle. C'était bien la peine de se donner tant de mal ! Elle songe au livre emballé dans son papier de soie et la honte l'empourpre. On n'offre pas un cadeau à un type qu'on connaît trois secondes, sous prétexte qu'il vous a donné l'heure. Il est payé pour ça... La joie pure qui l'a saisie en sortant de chez Bernstein s'est défaite tout au long de l'après-midi, fil après fil, mais c'est maintenant qu'elle s'éteint, devant le comptoir. Pourquoi faut-il toujours qu'elle s'enferre ?

Accablée, elle grimpe quelques marches. Est-ce à cause du dîner éprouvant ? Une suée glacée l'envahit à la pensée de ressasser ses obsessions. Et si Bernstein était une impasse ? Si elle se trompait encore, à croire que tout vient du passé ? Comme si cela pouvait la dédouaner du reste ! Plongée dans ses raisonnements, elle bute sur un obstacle qui ne veut pas céder. L'homme en gris bloque le passage et sa bouche articule sans bruit, pareille à un poisson-lune.

« Vous vous sentez mal ? »

Quand les mots l'atteignent, Jeanne doit faire un effort de compréhension. C'est à cause de son tournis. Il tend le bras et elle recule pour l'éviter. Son parfum est inclassable, légèrement rance, *comme son aura,* pense-t-elle. Il répète : « Vous n'avez pas l'air dans votre assiette », puis il attrape son coude sans se soucier de son soubresaut de recul. « Venez. » Jeanne se sent hissée, emportée. « Vous êtes à la chambre 8, je crois ? » Il la tire fermement et elle n'a pas d'autre choix que de se laisser entraîner. En réalité elle n'a jamais su résister aux hommes catégoriques. Elle se hait pour cela.

Arrivé au second, au lieu de la conduire à sa porte, il stoppe sur le palier. En se détachant, sa main abandonne une petite moiteur désagréable. « Nous y voilà. Ça ira ? » Il lui fait face et scrute l'espace au-dessus de sa tête. On dirait que lui aussi peut déchiffrer ses pensées dans le courant d'énergie qui l'auréole. Jeanne se retient pour ne pas frotter son coude, là où il l'a empoignée, et marmonne un « merci », puis écoute le battement de ses pas décroître, accélérer. C'est bizarre. Il dépasse le premier palier et retourne au rez-de-chaussée. Dans ce cas, pourquoi être monté ? L'attendait-il ?

Devant sa chambre, l'inquiétude revient lui tordre le ventre. Le verrou ne répond pas et la poignée cède aussitôt. Est-il possible qu'elle ait oublié de donner un tour de clef en allant chez le psy, ce matin ? Elle jurerait l'avoir fait, elle éprouve le poids de la clef dans sa main, la texture du bois et son chiffre gravé – huit est vert, symbole de l'infini –, elle se revoit déposer le trousseau sur le comptoir, mais il pourrait s'agir de la veille. Le vieux ronchon l'a accrochée au tableau avant de retourner à ses occupations. Elle était fébrile, excitée à la perspective de son rendez-vous. Elle est presque certaine d'avoir vu la clef osciller à son crochet. Ce soir, à son retour, pour ne pas arriver la dernière dans la salle à manger, il lui a paru inutile de remonter. Résultat, la chambre est restée vide une dizaine d'heures… N'importe qui aurait pu se glisser derrière la réception et emprunter sa clef.

Elle allume et contemple la pièce en quête de traces, un changement infime qui indiquerait qu'on est entré ici. Quelqu'un a fait le ménage, évidemment. La serveuse brune. L'oubli de son prénom l'agace subitement. Elle a dû le lui dire au cours des premiers jours, mais Jeanne est incapable de s'en souvenir. Après son passage, le lit est parfaitement tiré, les sols lavés, les serviettes changées. Et aujourd'hui ? C'est forcément cette femme qui a oublié de refermer, même si ce n'est jamais arrivé avant.

Écrasés sous la lumière du plafonnier, les meubles ont un aspect curieusement rébarbatif. Tout est en ordre : l'édredon lissé, les abat-jour marronnasses, la chaise rentrée sous la table faisant office de secrétaire. Les rideaux, de simples pans en toile à matelas galonnés, ne dissimulent rien. On dirait un décor arrangé exprès pour endormir sa vigilance. *Et la marmotte emballe du chocolat,* siffle Grany, ce qui est parfaitement absurde puisque jamais sa grand-mère n'aurait proféré ce genre de blague ! La distorsion entre fantasme et réalité vient sans doute d'un excès de concentration. À force de vouloir déchiffrer la réalité, Jeanne finit par produire des mirages…

On a fermé la fenêtre à l'espagnolette. Elle essaie de se rappeler si le mur en façade possède une corniche ou une gouttière solide, consciente d'être en train de perdre les pédales. Personne ne s'est hissé jusqu'ici. Néanmoins, elle s'accroupit lentement, prête à décamper au moindre bruit. L'armoire pourrait faire une cachette idéale, assez profonde pour dissimuler un colosse. Les muscles tendus à se rompre, elle s'incline de façon à distinguer le plancher. Sous le lit, le sol est immaculé, pas un seul mouton à poussière ne traîne. La porte qui donne sur la salle d'eau est entrebâillée. D'habitude, non. Elle se décide à bouger en crabe, les genoux toujours pliés, de façon à donner moins de prise au danger. Une latte craque quelque part et la fige sur place. *Un, deux, trois, quatre…* À sept, elle s'élancera. Le silence lui bourdonne dans les tempes. *Cinq, six, sept…* Elle inhale profondément dans l'espoir de capter une émanation inconnue. Ça ne sent rien de particulier, et pourtant l'air vibre de mystères. *La danse des particules,* songe-t-elle. Elle est incapable de bouger. À présent, elle voit distinctement Marcel collé contre le mur de la salle de bains. Dans son poing serré, il tient une lame destinée à lui apprendre le juste retour des choses. Cela sera terriblement douloureux, la pointe qui s'enfonce et déchire les chairs jusqu'au foie… Et David ? A-t-il souffert ? Est-il mort le cœur troué du premier coup ou d'hémorragie lente ? Il a tellement saigné ! Jeanne n'a pas osé demander les détails à Bouraoui, mais elle sait que les blessures au ventre sont atroces, comme des douleurs de règles en mille fois pire.

On ne dit pas règles, Jeannette, ce n'est pas joli ! Grany aime commenter ses crises de panique, Dieu sait pourquoi, mais Jeanne finit par s'habituer. Dans la vraie vie, sa grand-mère était surtout douée pour enfouir sa tête dans le sable afin de sauver les apparences… Elle se recroqueville en évaluant ses chances. Quitte à mourir, elle préfère crever d'une balle dans la peau. Facile d'être héroïque en face d'un bon gros revolver, tout va si vite qu'on a à peine le temps d'avoir peur. Marcel possède sans doute un silencieux capable de faire de jolis trous bien nets, avec un « pop » feutré de bouteille débouchée. Pop, rideau ! C'est radical, rapide, à peine salissant. Sauf que monsieur est fin connaisseur en matière de petites trouillardes, sinon il n'aurait pas montré autant de persévérance au téléphone. Alors il est peut-être le plus grand tireur au monde, une fois qu'il l'aura à sa merci, ligotée en lieu sûr, il choisira la méthode lente pour lire en elle comme dans un livre ouvert. Comme David... David qui la laisse se démerder toute seule. C'est sa faute. Pourquoi se soucierait-elle de ses consignes ? Pour protéger sa réputation ? Elle donnera tout, la planque, l'argent et cette foutue clef. *Tu me l'as laissée, tu te rappelles, David ? Tu te rappelles ce soir-là ?*

Il fait surgir la clef entre ses doigts. Elle est jaune et plate, semblable à celles qu'on utilise pour fermer les cadenas. J'ai beau détester cette façon de créer le suspense, je lui oppose un visage de marbre.

« C'est une assurance en cas de pépin, bébé.

— Tu veux dire quoi par là, exactement ? »

Au lieu de répondre, David laisse tomber la clef dans le vide-poche. Moi, du coup, j'hésite. Un prétexte, c'est tout ce qu'il me faut. Une diversion pour revenir sur notre parole, mais je dois y aller franchement, sans trembler. Comme chaque fois que j'avance en terrain miné, j'adopte un ton plat. Aucune agressivité, juste une pointe d'étonnement.

« Ça fait un peu mauvais film, ton truc, non ?

— C'est pour ça que je t'explique.

— Quoi ?

— C'est la clef de la cave.

— Quelle cave ? Ici ?

— Non. La cave de mon voisin. Il m'en laisse l'accès, je le paye pour ça. J'ai rangé des documents dans un vieux piano, un genre de clavecin. Tu ouvres le couvercle et tu verras une chemise dans les cordes.

— Tu es en train de m'expliquer que ce truc ouvre la cave de ton voisin où tu as entreposé un clavecin pour dissimuler des papiers ? C'est quoi ce délire ? Pourquoi pas à la banque ? Pourquoi tu mets cette clef dans MON vide-poche et pas dans ton appartement ? Pourquoi chez moi ? »

Au temps pour la platitude du ton. Je sens que je perds pied, que je ne devrais pas insister sur le « chez moi », mais je ne peux pas m'arrêter, il faut que ça sorte, et puis ses mystères m'insupportent, surtout à six mois du mariage. On s'est décidés trop vite et je ne parviens même pas à lui dire ! Je me demande parfois s'il n'en est pas conscient tout en faisant exprès de feindre le contraire. J'ai l'impression qu'il cherche à me coincer dans un espace déterminé, qu'il s'est mis à décider de tout. Fais ci, fais ça. Prends la clef, pose pas de questions. Nous/On. Et maintenant il me baratine avec un clavecin, alors qu'il est infoutu de faire la différence entre une flûte et un saxo ! Je dois avoir l'air furibard, parce qu'il se met à rigoler. J'ai de la chance, il aurait pu frapper. Là, il sait qu'il a dépassé les bornes.

« Qui penserait à chercher là-bas ? Toi, tu sais l'essentiel. En cas de pépin tu as les papiers. Point barre.

— Donc, il y a quelque chose à savoir.

— Justement non.

— Tu travailles dans quoi exactement, David ?

— Je t'ai déjà dit…

— Tu as dit que cela ne me concernait pas, nuance ! Déjà, il y a la planque où tu empiles des billets de banque. Maintenant la clef. Et demain ? Ce n'est pas l'idée que je me fais de la confiance, ni de l'import-export d'ailleurs ! Ne me prends pas pour une conne, qu'est-ce qui se passe exactement ?

— Rien. C'est une sécurité.

— Tu me fais peur…

— Tant mieux, ma puce, c'est pour ça que je cloisonne. Je traite avec des types pas faciles, mais c'est mon boulot, pas le tien. Je ne veux pas mélanger notre vie aux affaires. La planque d'argent, ça n'a rien à voir, une ristourne sur les impôts, pas de quoi s'exciter. Par contre, s'il m'arrive quelque chose et qu'on t'emmerde… Tu auras toujours une assurance.

— Tu deales ?

— Non.

— Alors quoi ?

— Si c'était grave, tu le saurais.

— Justement ! Pourquoi tu en fais un secret ?

— Tu n'as rien à voir là-dedans.

— Alors pourquoi on se marie ?

— Parce que tu es ma femme ! Ça ta va comme raison ?

— Ce n'est pas une réponse. Je ne connais personne qui se sent obligé de planquer des trucs dans une cave.

— Maintenant si. Tu m'aimes, ma puce ?

— C'est pas le problème.

— C'est la seule chose qui compte. Le reste, je m'en occupe. Je te mets à l'abri, tu peux comprendre ça ? »

Il se rapproche et ses yeux étincellent. Il ne sourit plus. Je suis partagée entre l'appréhension et l'envie de le pousser dans ses retranchements jusqu'à ce qu'il crache la vérité. On doit discuter sérieusement. Remettre les choses en perspective. Tout va trop vite. Le mariage, nous… David m'étreint et je me sens minuscule dans ses bras. Il ressemble à un ours certains jours, un ours-ogre. Je tente de me dégager, mais je réussis simplement à me râper le nez contre son bouton de chemise. Résister ne sert à rien. Je relâche mes muscles et la tension diminue. Il connaît le langage de nos corps. Sa main remonte sous le pull et va pincer cruellement mon mamelon. « Pas maintenant », je gémis. Cause toujours ! Déjà mon ventre tremble et coule.

Il le sait. Chaque fois c'est pareil, un désir sorti de nulle part qui jaillit en pluie. Il appuie sa caresse, me mord durement. Personne ne pourrait distinguer la part de jouissance de la souffrance, pas même moi.

Une porte claque, suivie d'une cavalcade de pas pressés. Jeanne remue pour évaluer la moiteur entre ses cuisses. Rien, elle a bien résisté. Elle se relève lentement, mais l'ankylose lui arrache un gémissement. Si Marcel veut les dossiers, elle ne fera pas de manières. La clef traîne dans sa trousse de toilette, au milieu de ses crayons et des petits ciseaux, ceux à bouts pointus faciles à dissimuler au creux de la paume... Pourvu que le voisin ait tout conservé. À sa place, en apprenant le meurtre, elle se serait empressée de tout balancer. Elle n'est même plus certaine de son nom. Un truc en « ard ». Machard, Barnard ou Bigeard comme le général ou le comique, elle les confond toujours. Pour l'argent de la planque, bien sûr, il faudra attendre que les scellés disparaissent. La police ne va pas bloquer l'appartement indéfiniment. L'argent a dû rester sous les lattes du plancher. Combien ? Dix mille euros ? Cinquante ? Ce n'est plus son problème. Marcel se débrouillera avec la logistique.

Un filet d'air frais la frôle. Ça vient de la salle de bains. Elle s'avance, repousse le battant. La lucarne habituellement fermée est restée ouverte, exposant un bout de ciel noir. La serveuse a oublié de refermer après avoir nettoyé le sol. À part ce détail – le troisième, avec la porte entrebâillée et la serrure déverrouillée –, tout paraît normal. Évier, glace sans reflets, meuble à tiroirs, porte-serviettes, tapis beige. Tabouret recouvert d'un coussin en skaï. Douche vide. Le bac est équipé d'un simple battant de Plexiglas, aucun rideau opaque dans le style « manoir Norman Bates », mais il faut être complètement barré pour tirer un rideau alors qu'on est hors de la baignoire !

Sans se donner le temps de réfléchir, Jeanne retourne dans la chambre et va ouvrir les battants de l'armoire d'un geste vif. Rien. Il n'y a personne, pas de Marcel au couteau brandi, juste ses habits qui balancent sur les cintres. Son sac est aplati dans la même position. Deux paires de chaussures et ses bottines où sont planqués les douze mille euros. Fébrile, elle évalue l'épaisseur des liasses, hésite à recompter avant d'y renoncer ; si on avait voulu la dévaliser, tout aurait disparu. Elle va devoir chercher une cachette moins prévisible, un endroit rapidement accessible. Le coup des bottines ne résistera pas trois secondes à une fouille. L'idéal serait de trouver dans l'hôtel. *Demander à Emil.* C'est impossible, idiot, dangereux. Reste la solution de la banque, mais ouvrir un compte sous une fausse identité lui paraît trop risqué et elle n'a aucune idée sur la manière d'obtenir des faux papiers. À la limite, on trouve plus facilement un kit de bricolage « Construis ta bombe atomique » sur le Net. Autant téléphoner directement à Bouraoui. *Allô, oui, inspecteur, c'est votre suspecte numéro un, j'ai besoin d'une carte bleue et qu'on me foute la paix, c'est dans vos cordes ?*

Quand elle s'est mise à débloquer ce matin, Bernstein l'a remise gentiment à sa place. Elle s'accroche à son souvenir. La serveuse a oublié de verrouiller une porte et le type dans l'escalier a fait preuve de compassion, voilà tout. Les choses ne sont jamais aussi terribles qu'on l'imagine, surtout si on se terre dans une chambre d'hôtel pour remâcher ses idées fixes. À trop vouloir décortiquer les choses, elle devient paranoïaque. Elle va remettre de l'ordre dans sa vie, établir un emploi du temps. Personne ne la surveille. Elle a fui juste à temps. *Paranoïa.* Voilà un mot qui plairait certainement au docteur Bernstein.

Après avoir verrouillé la porte en appuyant deux fois sur la clenche et coincé sa chaise sous le pêne – *pas de fantasmes, mais des mesures élémentaires de précaution* –, Jeanne déballe ses achats. Le cadeau destiné à Emil a été malmené, l'étiquette pendouille misérablement au bout du ruban entortillé. Faut-il y voir un signe ? Elle ne veut plus reculer, elle descendra lui offrir plus tard. Ou demain.

Elle dispose le cahier et le stylo à pointe fine sur le bureau et va chercher le tabouret de la salle de bains. Ensuite, elle s'assure que personne ne la guette de loin. La villa aux volets baissés est plongée dans le noir. Dans la maison mitoyenne, la lueur scintillante d'un poste de télé hache l'obscurité. Une dame y habite, Jeanne l'a vue sortir chargée d'un panier. Peu probable qu'elle escalade sa soupente pour espionner les pensionnaires de l'hôtel. En considérant son arrangement, elle songe qu'il lui faudrait une bougie et de la musique douce pour que tout soit parfait. Demain, elle ira s'acheter un poste. La dépense n'est pas déraisonnable. D'ici quelques jours ou quelques semaines, si tout se passe bien, elle pourrait même louer un mobile home. L'avantage du camping, c'est que la paperasserie est réduite au minimum…

Sa suée de panique l'a laissée sale, poisseuse. Elle se déshabille et fourre robe et gilet dans un sac en plastique. Demain, elle retournera à la laverie automatique. Elle prendra son bouquin, ça lui évitera de regarder tourner le linge en rêvant d'un hamster dans sa roue. Les choses s'enchaînent beaucoup plus vite depuis ce matin et ça lui donne le tournis.

Les sanitaires sont vieux, la pression capricieuse, mais au moins l'eau est brûlante. Sans la tuyauterie qui émet des râles d'agonie, Jeanne y resterait des heures, recroquevillée sous l'averse. Elle s'attarde aussi longtemps que possible avant de se rappeler les enfants africains et la radioactivité de Fukushima. Ce doit être un vieux complexe de culpabilité, songer sans cesse au grand gâchis de la Terre et se sentir responsable. Bien entendu, les hommes le sont tous malgré leurs efforts dérisoires, le tri sélectif, les achats éthiques, les économies d'ampoules, mais Jeanne éprouve une culpabilité systématique. Elle pourra demander à Bernstein ce qu'il pense de sa manie de se gâcher les plaisirs. Avec David, pourtant, c'était différent. Avec lui se mêlait autre chose, une brûlure qui rachetait ses fautes. Chaque faiblesse, chaque erreur, chaque infamie était lavée par la douleur.

Une fois séchée, elle enfile un bas de jogging et un tee-shirt velouté à force de lavages. La fatigue l'engourdit, mais elle sait trop bien à quoi la nuit ressemblera en cédant trop vite au sommeil. La pensée du cahier ouvert sur la table l'oppresse. Ce n'est qu'un jeu de mémoire, pas de quoi angoisser. Bernstein a dit « Amusez-vous ! »

Elle s'assoit, s'empare du stylo neuf, ouvre la page de garde. Un filet de bleu trace chaque ligne. C'est joli, propre et frais, intimidant aussi. Pour commencer, elle écrit « *Mémoire(s)* » d'une belle encre luisante, puis « Hôtel du Singe, au sud ». La formule a l'air grandiloquente une fois couchée sur le papier, mais il est trop tard pour revenir en arrière. La pointe du stylo glisse presque trop facilement, suffisamment pour l'emporter. Elle doit éviter les ratures, s'abstenir de faire comme dans sa vie où tout finit en dérapages incontrôlés. *Inconduite,* Grany employait souvent le mot. Comment s'y prendre ? Écrivez à partir du trou noir, en vrac, a conseillé Bernstein. Facile à dire quand on se tient hors jeu, au bord de l'arène ! Il est probablement installé dans son canapé à l'instant même, en train de siroter un cognac de cent douze ans d'âge en racontant à sa chère épouse combien ses patients sont pénibles. Et la petite nouvelle, oui, Anne Saxe, bizarre et paranoïaque, sûrement le genre à se supprimer... Tiens, je la verrais bien pendue à une poutre. Une poutre, pourquoi une poutre ? interroge Mme Bernstein (jolie blonde à mèches qui s'emmerde dans la journée et bée d'admiration devant son génial époux). À cause de la paille, ma chérie, la paille dans son œil.

Jeanne compte à l'envers de dix à zéro. Son cœur bat normalement, l'angoisse n'est plus qu'un point minuscule au fond de son ventre. C'est bien. Très bien. Elle est parfaitement calme. Elle scrute le cahier dans l'espoir d'y trouver une amorce de commencement. *Amuse-toi*, chuchote Bernstein. Il faut effectivement un sacré sens de l'humour pour apprécier la situation. Par quoi commencer ? Les erreurs commises depuis la préhistoire ? *Au jour d'aujourd'hui.* Elle entend Aurélie prononçant sa sentence, gonflée de conviction : « *Au jour d'aujourd'hui, j'estime mériter un meilleur salaire que toi ! J'ai dix ans d'expérience, on ne peut pas comparer avec une fille embauchée aux soldes !* »

Elle repousse le souvenir. Timidement, elle inscrit *Amnésie* puis s'arrête. La suite ne veut pas venir. Il lui faudrait des crayons de couleur, les mots afflueraient en pagaille et l'espace serait vite comblé, une mosaïque aux couleurs criardes. *Trahison ! Coupable ! Meurtre ! Traînée-de-pute !* Elle voit surgir un chapelet de lettres formant une spirale, puis une liste en escargot enroulée autour d'un trou d'épingle. Les listes sont la spécialité des femmes. Tant qu'elles griffonnent les choses-à-faire, la terre peut tourner tranquille. Jeanne a pris l'habitude d'en griffonner sans cesse, et invariablement, une fois arrivée dans les allées du supermarché, elle s'aperçoit que le brouillon est resté sur la table de la cuisine. Cela n'a pas grande importance, c'est noté, consigné, imprimé dans les circuits du cerveau. Il n'y a rien de plus rassurant qu'une liste avec des tirets.

Elle adore ça. Des listes pour se souvenir ou pour établir des plans sur la comète, des listes à inventaires, des récapitulations. *Combien de garçons j'ai embrassés ? Les péchés de ma sœur ? Les étrennes de Noël ? Les résolutions de nouvel an…* Bizarrement, les seules listes que Jeanne n'a jamais pu commencer sont celles de son mariage, ni les cadeaux ni le décompte des invités. Sans Lila, cela n'avait guère de sens. Elle se voyait mal convier ses collègues et quelques vieilles copines de lycée pour garnir les rangs ! Restaient les amis invisibles de monsieur, sa sœur fraîchement divorcée et leurs parents totalement largués ou inconnus. Pourquoi ce constat paraît-il si évident maintenant que David est raide mort, rangé dans un tiroir frigorifique ? Pourquoi pas avant ? En définitive, l'affreuse cérémonie n'aura pas lieu, le gong a sonné avant. *Pas le gong, le glas, ma chérie !*

Elle relit le mot qui gît au milieu de la page. *Amnésie.* C'est le point d'origine, de là que tout part, le trou noir. Tourner autour, replonger dans la nuit du 20 février sans réfléchir, comme on débite les histoires en bout de ficelle-selle de cheval-cheval de course-course à pied-pied-à-terre-terre-de-feu-feu-follet… Elle mordille le stylo, agacée de ne pouvoir saisir exactement ce sentiment qui lui échappe, le coucher noir sur blanc, puis l'examiner à sa guise. Son doigt appuie sur la mine, elle se met à écrire au hasard : *La nuit où il est mort. Horaires.* L'inquiétude monte comme un corps étranger infiltré sous sa peau, un parasite ignoble. Elle songe au ventre de Sigourney dans Alien et se précipite contre la porte, appuie son oreille dessus. Le silence est total. Elle décoince la chaise sous la poignée, ouvre le verrou et se faufile dehors. À l'entrée du palier, il y a une table basse chargée de vieilles revues, des guides de la région et un annuaire. C'est là que Jeanne a dégotté les coordonnées du psy. Elle a repéré un dictionnaire qui fera parfaitement l'affaire. Avant de retourner dans la chambre, elle se penche au-dessus de la rambarde pour écouter. Emil doit être seul car aucun bruit de conversation ne lui parvient. Elle serait presque tentée de le rejoindre, mais ce serait de la tricherie. Une fois à l'abri dans sa chambre elle récupère la chaise et se contente de donner deux tours de clef. Trop de précautions tuent le courage. Elle n'est pas lâche, plus jamais...

Elle se rassoit, écrit : *Amnésie : perte ou déficience de la mémoire. L'amnésie peut être causée par des problèmes organiques (lésion cérébrale ou athérosclérose) ou par des troubles nerveux, comme l'hystérie.* Soucieuse de former des lettres régulières, elle s'applique à recopier la définition exacte mais écourtée. Satisfaite, elle examine le résultat, puis, après réflexion, ajoute trois points d'exclamation à « hystérie ». Il lui reste trois lignes à remplir.

L'amnésie peut être totale, le sujet atteint perd alors toute capacité de mémoire. Elle peut être aussi partielle et ne concerner que les souvenirs liés à un événement particulièrement traumatisant dans la vie du patient.

Cela n'a plus grand-chose à voir avec une liste, mais la voilà lancée ! Elle trace un tiret et s'attaque au second mot :

– *Horaires : vers minuit, quand la police arrive, je suis amnésique depuis au moins trois heures. Je suis partie aux environs de 20 heures. Je n'ai aucun souvenir de ce départ, mais je vois le visage de la blonde du JT annonçant un taux de chômage record. C'est la dernière image ordonnée. Ça veut dire que la télé était allumée quand j'ai quitté l'appartement. Ensuite, il y a la pendule de la gare qui marque 21 heures. Quand je me retrouve dans le couloir, il doit être à peu près 22 heures. C'est une approximation, le genre de calcul qu'on fait sans réfléchir. Vers minuit, quand je réalise qu'il est mort, j'appelle la police.*

NB : l'appel a été enregistré à 23 h 58 selon Bouraoui.

– Question : qu'est-ce que j'ai bricolé pendant presque deux heures ? Et avant ? L'heure d'avant sa mort ? ?

Elle relève la tête, réfléchit un instant avant de se remettre à écrire frénétiquement :

– Premier souvenir : en pénétrant dans l'appartement, je me rappelle d'abord la chaleur. Trop chaud. J'ai pensé que le chauffage était remonté à bloc.

– Silence : le second souvenir, c'est l'absence de bruit, un silence « plein ». (Est-ce important, la qualité du silence ? Un symptôme qui expliquerait les choses ?) Je marche dans le couloir, consciente du bruit de mes talons. Et là, d'un seul coup, je pressens qu'il s'est passé un truc terrible. C'est par l'odeur et le silence que j'entre dans la réalité, l'odeur dans le silence.

– Odeur : métallique. Je la sens avant de la voir sur la chemise et son torse. (À creuser : « Voir une odeur ».)

– Question : est-ce que je prends conscience de l'odeur à mon retour de la rue ou bien après l'avoir tué ? Est-ce que j'atterris dans ce couloir, pleine de lucidité, après ma promenade, ou bien ai-je commis un meurtre que j'aurais oublié ? Quel indice pourrait me donner une direction ?

Elle ne s'arrête plus, happée par la cadence frénétique.

– Position : il est allongé. Je suis contre lui. Sa chemise est tachée et je me fais cette réflexion débile que la nuit tous les sangs sont gris (Est-ce le choc ? un genre d'hystérie ?) Le sien me semble noir et sa chemise très blanche, par contraste. Sa peau n'est ni froide ni cireuse, pas à ce moment-là, mais elle paraît absente. C'est possible, ça ?

Prise d'une crampe lancinante, Jeanne s'accorde quelques secondes. La certitude de frôler quelque chose la pousse à continuer.

– J'ai beau être dans le coltard, je commence à me douter de quelque chose. Je lui parle. Je lui demande d'arrêter de me faire peur. Je lui demande s'il a mal. Et ce que ça lui fait d'être celui qui… qui reçoit les coups.

– Question annexe : est-ce que je l'aurais vraiment aimé jusqu'à ce que la mort nous sépare si elle s'était pointée dans quarante ans ? (Là, je ne suis pas sûre d'avoir eu cette interrogation, ou bien après, des jours après…)

– Question (bis) : qu'est-ce que j'ai foutu de 22 heures à minuit ? L'ai-je vraiment regardé se vider de son sang ?

– Souvenir : je me souviens de ma main refermée sur le manche d'un couteau. Ma main qui frappe. C'est fou parce que je n'ai jamais vu ce couteau. Jamais. Ma main n'a rien à faire ici, armée d'un tel couteau. Alors ? Projection ou réalité ? L'esprit est-il capable de retenir une sensation de déjà-vu/jamais vécu ? Inventer une hallucination rétrospective ? Y a-t-il un lien avec la synesthésie ? Couleur-toucher-fantasme. La Sainte Trinité.

Elle repose le stylo en grimaçant. La douleur s'est changée en flèche ardente qui lui transperce le majeur et l'index. Elle regarde haineusement ses doigts endoloris. Elle était sur le point de comprendre ce qui lui échappe et voilà que cette saleté de main cale au bord du souvenir, un truc gravé dans sa paume, comme le fantôme du couteau. Saloperie. Tant pis. En relisant à voix haute quelque chose finira bien par apparaître. Elle parcourt les trois pages d'une traite, sans respirer. C'est encore pire que prévu. Du flou cauchemardeux émergent des sensations bien trop précises pour être de simples hallucinations. Et puis il y a un air familier dans ces lignes, une logique qui lui ressemble et qui ne peut pas sortir de l'esprit égaré d'une folle. Jeanne a l'impression de se tenir à la lisière d'un paysage hanté par les ombres et cette absence de solidité lui fait l'effet d'une trahison. Odeur, couleur, son… Des formes la frôlent puis s'effacent, la narguent. Elle ferme les yeux, appuie son front sur la table. Elle pourrait mourir d'épuisement. Tout ça pour ça…

Le souvenir jaillit sans prévenir. David est là. Il se tient couché par terre, il lui murmure un secret, mais elle n'entend pas encore les mots, il gargouille trop, on dirait qu'il la supplie avec ce sang qui tache sa chemise, il parle de choses plurielles et marmonne « Je pardonne », ou bien « Pardonne-moi » ? Je ou moi ? Jeanne ne sait pas, le trou noir est trop rabougri pour tout recracher, il laisse juste filtrer ces lambeaux sanguinolents, abominables, la bouche de David gargouillant ces derniers mots. Malgré sa répugnance à les voir inscrits noir sur blanc, Jeanne écrit les lettres dans la marge, tout en bas.

Pardonne. J'ai. Laisse-moi. Va-t'en.

7

L'homme-pont

« C'est le premier cadeau que je reçois de France. »

La surprise fait reluire son visage lunaire. Emil attrape le paquet froissé avec un sourire exagéré qui inquiète brusquement Jeanne. Pour éviter tout malentendu, elle emprunte un ton froid qui sonne comme un reproche.

« Ce n'est rien. Pour vous remercier de vous avoir dérangé.

— Dérangé ?

— Ce matin. Enfin, hier matin, plutôt, il doit être encore très tard et je n'ai pas l'heure alors je fais un peu au pif.

— Merci Jeanneu. »

Il lui faut une seconde pour saisir que le type a retenu son vrai prénom. Comment a-t-il pu enregistrer un truc pareil ?! Elle tente de refouler un élan de colère. Pour qui se prend-il ? Elle ne saurait dire pourquoi, mais elle ressent un truc louche, une allusion cachée…

« C'est Anne. Je m'appelle Anne.

— Anneu ?

— Oui.

— Au téléphone, j'ai entendu Jeanneu.

— Oh, je ne crois pas. Je ne connais pas de Jeanne, vous avez dû mal comprendre. Et puis c'est facile à confondre, non ? »

Elle se force à rire, mais il ne s'aperçoit de rien et s'esclaffe avec bonne humeur. Elle aurait dû exiger une autre couleur de papier, ce rose tyrien pourrait aussi bien claironner : « Je suis une petite coquine qui aime être baisée. » Le rose a-t-il une connotation douteuse chez lui ? Cela expliquerait son allégresse. Elle ignore ses coutumes, et de quel pays il vient précisément, mais une scène de film scandinave lui revient, des gens blonds qui se courent derrière, nus comme des vers, au beau milieu de la campagne. Elle aurait dû attendre demain, la nuit aggrave la portée des symboles. C'est sa faute aussi ! S'il n'avait pas été occupé à bavasser avec le vieux, l'affaire serait réglée. N'empêche, on n'offre pas des cadeaux en papier de soie à un réceptionniste albinos, à moins de chercher les ennuis. La prochaine fois, elle choisira une bouteille de vin, sauf qu'il n'y aura pas d'autre occasion, jamais !

Emil lui sourit bêtement, puis, comme elle demeure muette, il se décide à défaire le paquet. Pour ne pas céder au bavardage, elle réfléchit aux choses qui lui restent à faire, acheter une foutue montre, un agenda aussi, maintenant qu'elle a des rendez-vous, il est plus que temps de se reconnecter au monde, rentrer dans le rythme et nouer des relations, baiser et… *Stop ! arrête ton délire, STOP, Jeanne !* Anne. Penser/retenir. *Mon nom est Anne.*

Elle se tient toute raide tandis qu'il écarte les feuilles avec une lenteur exaspérante, pour éviter de les déchirer. On dirait qu'il déballe un papillon. Ses mains sont solides, immenses, ses phalanges un peu effilées, arrondies sur des ongles semblables à des élytres pâles. Ce sont des doigts virtuoses, des doigts à clavier ou à cordes. Sa bonne humeur donne envie de l'égratigner et avec lui tous ceux qui se réjouissent d'un rien, les optimistes qui endurent les épreuves avec philosophie, les ravis de la crèche qui jurent que la Vie est Belle quand on sait la regarder en vous renvoyant l'intolérable sentiment d'être bigleux. Emil est ce genre d'homme. Maniaque et doué d'empathie, comme s'il était normal de recevoir des visites au beau milieu de la nuit ! Voilà ce qui la dérange. Ce type suinte l'aisance à un point indécent !

Il a fini par détacher les morceaux de scotch et le livre apparaît dérisoire au milieu du déploiement de papier. Elle se retient de le lui arracher en prétextant qu'elle s'est trompée, n'importe quoi pour en finir, au lieu de ça elle répète les commentaires de la libraire, « un thriller haletant et bien documenté ». Il ouvre le roman et le porte à son nez pour renifler l'odeur du papier neuf. Et ensuite ? Il suce la couverture ? Ça l'agace prodigieusement, pourtant elle continue ses explications foireuses : « Je ne savais pas trop quoi choisir alors j'ai pris un polar qui se passe en Afrique du Sud. Évidemment, si vous aviez été chinois ou italien, j'aurais pu choisir un Scandinave, ce sont les meilleurs, mais là, c'était un peu idiot, non ? » Il acquiesce, déchiffre quelques lignes au hasard comme quelqu'un qui feint l'intérêt faute de savoir quoi dire. Jeanne s'oblige à compter jusqu'à trois avant de poursuivre.

« Emil, c'est quelle nationalité ?

— Norvège. Merci, Anneuh. C'est très sympathique.

— Vous ne l'avez pas ?

— Oh ! non.

— Vous aimez lire ? La libraire m'a certifié que c'était un très bon bouquin. Ça donne une idée du pays... »

Elle s'enferre. Laisse-le tranquille, il s'en fout de l'Afrique du Sud. Il a le droit de ne pas aimer ton cadeau. Il peut le manger si ça lui plaît. Fumer les feuilles. Se torcher avec, même.

« J'aime, oui. »

Il lui renvoie un regard aussi impénétrable qu'un caillou. Voilà, c'est cela qu'il dégage, une sérénité pathologique...

Il se moque d'être norvégien, moche et livide comme un mort, il étale sa singularité, tranquille Emil ! Si une anomalie se glisse dans le décor, ce ne sera jamais lui. Il est le type au bon endroit, *The right man in the right place.* Jeanne donnerait un morceau de sa vie pour posséder le quart de son flegme, surtout quand il lui renvoie son étrangeté à la figure alors qu'en toute logique c'est lui qui devrait se sentir décalé ! C'est peut-être un trait de caractère national, le calme norvégien, une particularité causée par la température très basse, il faudra se renseigner.

« En fait, j'ai pensé à vous dans le rayon de la librairie. Je veux dire je n'avais pas prévu... C'était impoli de vous déranger si tôt avant-hier matin, mais je m'embrouille pas mal avec les dates et les heures alors j'ai voulu me rattraper. Enfin m'excuser. »

Elle rougit comme une idiote prépubère. Elle aimerait être cordiale et désinvolte alors que tous ses nerfs vibrent à fleur de peau et maintenant elle s'est grillée. Il doit la trouver extravagante, limite incohérente. Il pourra le signaler dans son livre d'or : « Attention, cliente pas nette. La fille change de prénom, offre des cadeaux, confond le jour et la nuit. Atteinte de logorrhée répétitive. » Tout ça en norvégien natal qu'il sera le seul à décrypter. En tout cas, il a enfin lâché son fichu cadeau. Le bleu de ses yeux scintille.

« J'ai pensé à toi ce matin, devant l'océan. »

Ce tutoiement soudain la terrifie. Il veut lui faire comprendre qu'il n'est pas dupe de ses petits jeux de menteuse... Quelle idiote ! Elle n'a pas vérifié les journaux depuis sa fuite. Et si l'affaire David Caron faisait les gros titres nationaux ? Elle rougit, consciente de donner le spectacle d'une coupable. *Nie en bloc, tu sais très bien jouer les gourdasses.*

« Moi ? Pourquoi ?

— Une femme marchait devant. J'ai cru que c'était toi, moi aussi “j'embrouille”. »

Il souligne sa déclaration avec un clin d'œil qui tombe totalement à plat.

« Je ne suis pas allée là-bas.

— Je sais. C'était une autre fille, pas toi.

— Vous avez vérifié ? Pourquoi ?

— Je ne sais pas trop. Tu m'as donné ton prénom. Les clients font pas ça d'habitude. »

Traduit en bon norvégien, cela signifie qu'elle s'est grillée. La fureur change sa voix en filet acide.

« Ils n'offrent pas des livres non plus !

— On dirait que ça te rend triste. Anne, je t'ai fait du chagrin ? »

Décidément, ce type ne fonctionne pas comme tout le monde. Jeanne prend le temps d'avaler la boule qui obstrue sa gorge. Elle ne veut pas parler trop vite.

« Non, c'est moi, je suis bizarre en ce moment. Ça ne tourne pas très fort.

— Pas besoin de t'excuser.

— Vous faites comment pour ne pas crever de solitude ? Il y a des gens qui vous attendent ?

— Non. Je voyage seul. Et personne m'attend.

— Moi aussi. C'est plus dur que prévu.

— Le voyage ?

— Oui. Pourtant c'est mon pays.

— C'est parce que tu commences. Tu verras, après… c'est très… libre !

— Libérateur. »

Ils échangent un sourire. Emil cherche seulement à être gentil. Ses mots sont enrobés d'une douceur chatoyante. Il faut qu'elle arrête de voir des pièges partout. Depuis le début il essaie de lui rendre service.

« On peut se dire tu, moi, je n'ai pas l'habitude de vouvoyer. En Norvège, on ne le fait pas.

— Et quand vous voulez être poli ?

— Je crois qu'on remplace par la pudeur.

— Tu trouves les Français très impudiques ? »

Le mot est rouge, surtout associé au « tu », mais il est trop tard pour en changer.

« Non. Plutôt exotiques. »

Il rit et ce n'est plus un Norvégien qui cherche l'expression juste, c'est un homme répliquant à la provocation involontaire de Jeanne, pleinement conscient de nommer un chat un chat. La bouffée de désir qui la traverse est trop furtive pour l'inquiéter, simple mécanique du corps, mais la machine à produire des images s'est remise en marche, elle le voit agenouillé à son chevet couvrant son visage de caresses. Ce doit être terriblement réconfortant d'être touchée par de telles mains, immenses et blanches. Ses paumes prendraient la forme d'un bateau pour traverser la nuit.

La fatigue infuse du plomb dans ses veines, comme un produit anesthésiant, un liquide gras et sucré. Elle pourrait se coucher par terre tant elle est harassée. La sensation en devient presque agréable et l'atmosphère ouatée invite au laisser-aller. Autour d'eux, l'hôtel est plongé dans la pénombre, seule la réception renvoie un îlot de lumière distillée par une lampe en cuivre. Elle s'appuie contre le comptoir. Des livres ouverts sont posés à côté d'un registre en cuir noir.

« Tu travailles ?

— Non. Juste le plaisir.

— Moi et mes questions idiotes ! »

Devant son air d'incompréhension, elle ajoute :

« Je t'ai demandé si tu lisais, tout à l'heure... Apparemment, oui ! »

Il l'observe sans répondre. Ses yeux brillent, petits et très enfoncés, incroyablement bleus sous le front imposant. Jeanne ressent l'envie subite de le toucher pour éprouver sa solidité. Elle se dit qu'il a quelque chose d'un pont capable d'affronter des crues dévastatrices. Il ne s'agit pas de sa stature ni de son poids, plutôt de sa densité. Emil est un homme consistant. Elle prend aussi conscience qu'il n'a pas d'aura. Ce n'est pas à proprement parler une absence puisque l'énergie produit un halo, mais la pulsation est dénuée de couleur et cela évoque un vieux chaman qui n'a plus rien à apprendre du monde. Pourquoi cette image lui vient-elle ? D'autant qu'Emil est encore jeune et sûrement pas si sage. Le silence ne pèse presque rien du moment qu'elle ne cherche pas à résister. On dirait une respiration. Cela doit provenir de lui, à tous les coups ! Elle aimerait savoir ce qu'il pense, s'il la considère comme une cliente sympa, envahissante, sûrement... Qu'a-t-il voulu sous-entendre par fille exotique ? Après l'avoir rendue presque hystérique, sa quiétude est en train de la contaminer. Il pourrait être un autre Bernstein, incolore et sexy, à sa façon décalée.

« Tu souris, remarque Emil.

— Je pense à un ami... C'est beau la Norvège ?

— Très beau, oui.

— Tu es ici pour longtemps ?

— Un peu plus de douze semaines encore.

— Quelle précision ! »

Il s'anime brusquement, comme si elle en avait quelque chose à foutre ! On dirait qu'il n'attend que ça, partir et sans savoir pourquoi, elle se sent trahie.

« J'ai calculé le préavis avec mon patron et on s'est mis d'accord pour ça tout à l'heure. »

Voilà l'explication de leur conversation animée. Le sentiment d'arriver trop tard la traverse absurdement.

« Tu en as marre de la région ?

— Je vais aller plus haut. Vers la Bretagne. Il paraît que c'est une terre très belle. Et toi ? Tu vas où ensuite ?

— Si je le savais… »

Elle tente de prendre l'air dégagé qui se change en grimace. Les larmes lui brûlent la gorge et cet accès de tristesse la désole plus que tout le reste. Elle a fui son appartement pour échapper à un gangster qui veut lui faire la peau, elle tente de retrouver quelques repères, un semblant d'équilibre, et le premier type un peu rassurant qu'elle croise lui annonce qu'il se barre ! Un jalon qui saute. Le pire, c'est qu'elle était déjà prête à lui faire confiance. La solitude vous pousse vraiment à faire n'importe quoi… Emil l'observe avec ce petit sourire avide de confidences, mais il n'est pas question de lui avouer qu'elle coucherait avec lui pourvu qu'il la protège. Comment lui faire comprendre sans passer pour une folle nymphomane, expliquer qu'elle a besoin de son corps pour effacer certains souvenirs ou plutôt certaine peau, c'est cela qu'il lui faut, un veilleur de ses nuits qui éloigne le souvenir de David et qui fasse rempart contre un éventuel psychopathe !

Étourdie par le flot de pensées, Jeanne se presse contre le comptoir dans l'espoir d'absorber la solidité du bois. L'atmosphère semble brusquement saturée de lumière et un sifflement envahit sa tête. Emil s'est rapproché au point de remplir l'univers. Elle se sent scrutée et évaluée par deux pointes bleues.

« Ça va pas, Anne ? »

La nullité de sa question lui donne un coup de fouet. Elle se mord la langue et le monde reprend sa consistance.

« Tu n'en as jamais marre d'être seul ?

— Je ne suis pas seul.

— Ah oui ? Tu veux dire que tu te sens relié aux autres et que tu aimes tellement ton prochain que tout est fluide et cool ?

— Houla ! Quelle fougosité !

— Non ! Ça n'existe pas ! On peut dire enthousiasme. Ou fièvre. Ferveur. Exaltation. Et je suis pas un putain de dictionnaire !

— D'accord. Fièvre.

— Voilà.

— Je suis désolé.

— De quoi ?

— Pour toi. J'aimerais faire quelque chose. Tu veux boire un soda ?

— Non, merci. Excuse… Je suis un peu sur les nerfs. Tu as l'heure ?

— Deux heures moins le quart.

— OK.

— OK. »

Sa colère retombe aussi vite qu'elle a surgi. Tout ça n'a aucun sens, l'alternance des sentiments contradictoires. Peut-être qu'elle est simplement en train de décompenser. *Penses-tu ! Bipolarité, ma vieille, tu as gagné la queue du Mickey !* Lila rit dans sa tête au lieu de lui expliquer pourquoi ce type qui n'a même pas l'excuse d'être beau provoque un tel bouleversement. Euphorie, nervosité, besoin de l'insulter, désir. En a-t-il conscience ou est-elle seule à éprouver ce truc ?

« Tu es fatiguée.

— Je n'arrive pas à dormir. C'est sympa de parler avec toi au lieu de tourner en rond.

— Oui. Très sympa. »

Il fixe sa bouche sans mesurer le trouble que ça fait naître. À moins qu'il le sache parfaitement… Pendant un instant, elle éprouve l'exacte sensation des mots roulant sur sa langue. *Tu viens, Emil ? J'ai envie que tu me caresses. Si tu veux, tu peux aussi me baiser. Baiser, tu comprends ou tu préfères fuck ? Moi, du moment que tu me protèges, tout me va. Baiser, fucker. Je veux sentir tes mains. Juste ça.* Elle retient les mots derrière ses dents serrées. Il est tout à fait capable de refuser sous prétexte qu'il est réceptionniste, que c'est interdit, qu'il n'a pas de capotes, qu'il est pédé ou un homme libre, seul maître à bord de sa galère, et que Jeanne l'emmerde avec sa folie bipolaire. Tant pis. Tant mieux. Elle ne supporterait pas qu'il accepte de coucher par pitié. Elle ne l'a jamais fait avec un étranger, même pas un Européen ! Il existe peut-être des différences culturelles. La seule chose qu'elle connaisse à propos de la Norvège, c'est l'omelette. Le feu sous la glace. Un peu léger comme approche…

« Dis, Emil. Tu pourrais me montrer ton registre de réservations ? »

La phrase s'est échappée sans aucune préméditation. En la prononçant, Jeanne réalise qu'elle la tenait prête dans un repli de son inconscient, sans doute depuis le début. Le cadeau n'était qu'un prétexte.

« Tu veux voir quoi ? »

Il n'a pas l'air indigné, juste curieux, et Jeanne n'a prévu aucune explication, elle a dit cela plutôt que « baise » et « fuck », par provocation, histoire de lui rabattre un peu son caquet de grand sage et de mener la danse, mais c'est tout le contraire qui se produit, c'est elle qui rougit et qui brûle de honte et de désir, désir de savoir et désir de lui, inextricablement entortillés. *J'embrouille…* elle s'oblige à articuler posément, d'un air sérieux.

« Je voudrais vérifier un truc. Tu sais, le jour où je me suis inscrite.

— C'était un vendredi matin.

— Tu as bonne mémoire.

— Parfois oui. Très bonne. »

Le ton s'est refroidi, mais elle est trop pressée d'attraper le gros livre qu'il lui tend. Il peut imaginer ce qu'il veut, elle s'en fout. Les inscriptions se succèdent, Un Wolf écrit en gros, sans doute les Allemands à tête de cochon, un Michel Bordes, et puis son nom, Anne Saxe, en haut de la page, un griffonnement nerveux et dessous deux noms : Laporte et Éric Vasseur. Beau-Brun, elle sait, mais Vasseur, c'est le représentant ou l'homme en gris ? Un client reparti pendant qu'elle comatait dans sa chambre ? Elle a au moins un nom possible. Les jours suivants, impossible de distinguer qui est qui. Krainsky, Morisot, Varin, Denis, Krumbigiel, Serpais. Son regard remonte à la recherche des adresses, accroche les noms de Bordeaux, Vannes et Paris. En ensuite ? Ils auraient pu noter Tombouctou, cela ne prouve rien.

« Ces hommes qui sont inscrits, tu vois ? Laporte et Vasseur, ils sont toujours à l'hôtel ?

— Voyons... Oui. Laporte a donné son congé pour demain, je crois.

— C'est un brun, la trentaine, plutôt beau gosse ?

— Oui, plus et moins.

— Et l'autre, Vasseur ? C'est celui qui porte une veste jaune, tu sais ? ou bien le type en costume, un triste, tu vois ?

— Ça pourrait coller. Le deuxième.

— Tu vérifies toujours les renseignements ?

— Comment ?

— Avec la carte d'identité. Le jour où je suis arrivée, tu m'as dit que c'était pas la peine, je pouvais la garder.

— Ça dépend si le client a la tête pas nette. »

Il sourit pour montrer qu'il plaisante.

« Et ton patron, il vérifie ?

— Il m'a pas dit.

— Tu ne notes jamais l'heure d'arrivée des gens ?

— Pourquoi ?

— Je ne sais pas. Comme une pointeuse. Un appareil qui mesure le temps de travail.

— Je sais ce que c'est une pointeuse… Tu as des idées bizarres !

— Par exemple, moi, je suis arrivée le matin. Ce jour-là, tu vois, il y a trois noms. Je suis notée la première et je suis arrivée vers neuf heures. Il y a eu trois nouveaux, c'est cela ? Trois arrivants ?

— Si c'est marqué, oui.

— Ce n'est pas toi qui les as enregistrés ? Laporte et Vasseur… peut-être qu'ils se suivaient, tu comprends, et si c'était juste après mon arrivée…

— C'est mon patron qui les a reçus. Je suis parti après toi, Anne, c'était la fin de mon service. Je crois qu'on avait un seul client prévu ce jour-là.

— Laporte ou Vasseur ?

— Je sais pas.

— OK. »

Il attend la suite. Elle n'aurait pas dû poser autant de questions, pas sans prévoir une explication, un début de raisonnement.

« Ces hommes, ils t'intéressent ? »

Elle hésite à lui sortir une réplique de cour de récréation pour distraire ses soupçons, *Pouce ! Croix de bois croix de fer si je mens…*, mais elle n'arrive pas à saisir son fonctionnement.

« En fait, je cherche un truc. C'est une sorte d'enquête. Je mène une enquête.

— Tu cherches qui ?

— Personne. Je cherche à me situer, tu comprends ?

— Non. »

Il atténue le « non » d'une mimique, mais il n'est pas dupe. Jeanne a réveillé sa méfiance. Les choses commençaient à bien s'amorcer et elle n'a pas pu s'empêcher de tout foutre en l'air. Si seulement il ne l'avait pas déstabilisée… Il faut lui donner quelque chose pour noyer le poisson, une raison de la croire qui ait l'apparence de la logique, même une part de vérité, comme avec Bernstein.

« Écoute, je veux éviter quelqu'un.

— Alors tu ne voyages pas vraiment ?

— Si, je voyage. L'un n'empêche pas l'autre. Tu ne comprends pas ! »

Elle a presque crié et Emil s'est fermé en une seconde, le front buté. Jeanne vient de le décevoir, c'est flagrant. Mais pour qui se prend-il, ce type ? Il pourrait écouter ce qu'on lui dit, au lieu de ça, il pinaille et cherche la petite bête !

« Ce n'est pas simple à expliquer… Je ne te connais pas, en plus.

— Ne te sens pas forcée de me dire, Anne.

— Je sais, c'est juste que c'est compliqué.

— Un *boy friend* jaloux ? »

Il a pris le ton qu'on emploie pour amadouer les enfants indociles.

« Pas exactement un *boy friend.* Enfin si, un ex. Très jaloux.

— Tu crois qu'il est inscrit sur le registre ? Sans que tu le voies !

— Non, bien sûr. Mais il a pu envoyer un détective à mes trousses… Écoute, ça m'embête de t'ennuyer avec ça, laisse tomber !

— OK Anne. Je vais faire attention et je te dirai si on me pose des questions sur toi. Je serai autant silencieux qu'un cercueil.

— Une tombe. C'est cool. »

Elle aime bien sa façon de prononcer son prénom. Un « a » sonore et doux, les « n » presque absents, comme s'il les aspirait avant la longue expiration du « euuuuu ».

Il sourit de nouveau et le soulagement lui redonne envie de chialer. Ses doigts glissent sur le comptoir pour s'élancer vers lui et, avant de réaliser son geste, voilà que sa main escalade le poignet lisse comme un os de seiche et s'attarde sur le poing bosselé. Sa paume est poisseuse contrairement à la peau sèche d'Emil. Elle songe à un arapède gluant sur un rocher en plein midi.

« Merci, Emil. »

Ce merci est un affreux mensonge. Il ne peut pas faire autrement que de sentir les élancements qui la transpercent. On pourrait presque l'entendre grésiller. Le bruit du désir. Il se lève en dérobant sa main, se penche vers elle. Odeur fugace d'amande amère. Elle sent le vertige arriver et ses lèvres s'écartent pour l'avaler.

« Anne ? Tu es avec moi ? »

Emil oscille au-dessus d'elle, trop près. Son regard bleu a rétréci sous le coup de l'inquiétude. Il a dû se déplacer parce qu'elle sent ses genoux lui rentrer dans les reins. Elle est à moitié allongée sur lui. Il est moins beau vu sous cet angle, moins mystérieux. Ils pourraient coucher ensemble, un homme et une femme, aussi simple qu'une équation, un plus un égale deux. A-t-elle envie de lui ou est-ce un réflexe, une sorte d'automatisme pour se reconnecter à la réalité ?

« Anne ? Tu reviens ?

— Je ne suis pas partie. Aide-moi à me relever, il faut que je respire. Qu'est-ce qui est arrivé ? »

Il la soulève par les aisselles et la remet debout. Elle doit se dégager d'un mouvement sec pour qu'il la lâche.

« Viens t'asseoir, il y a un lit derrière.

— Non. Ça va aller. Il s'est passé quoi ?

— Tu es devenue toute molle et tu as glissé. Tu es malade ?

— Non, fatiguée. Trop d'insomnies, ne t'inquiète pas. Une bonne nuit de sommeil et on n'en reparle plus.

— Tu es sûre ? J'appelle un docteur ?

— Inutile. Je vais me mettre au lit. La dernière fois, j'ai dormi trois jours de suite. Mais maintenant je vais mieux, il y a juste ces troubles du sommeil qui continuent.

— Je t'accompagne.

— Et si quelqu'un vient ? Tu abandonnes ton poste, matelot ? »

La tentative d'humour échoue à le dérider. Il réplique en loupant sa conjugaison sous le coup de l'entêtement.

« Je m'en foutre de mon poste. Je t'accompagne. »

Elle n'a plus la force de protester. Quoi qu'il se passe ça ne sera pas bien grave. Et puis elle en a marre de réfléchir, d'anticiper le moindre truc. Emil veut la soutenir, mais elle l'arrête.

« Ça va, je peux grimper les escaliers !

— Tu es sûre ?

— Certaine. Reste derrière moi si tu as peur que je tombe. »

Dans la chambre, elle éprouve un accès de honte à cause du désordre. Ses habits traînent, jetés n'importe comment. La lampe de la salle de bains est restée allumée. Heureusement, elle a eu la présence d'esprit de ranger le cahier dans le tiroir, à l'abri des regards. Emil ne dit rien. Elle se laisse tomber entre les draps, cherche le couvre-lit à tâtons pour sentir le poids rassurant du tissu en chenille.

« Tu peux me parler un moment. Si je m'endors...

— Chuut. Ne te soucie pas de moi. Je sais. »

Et ça se passe comme elle l'a rêvé la première fois, l'homme murmurant des choses sans importance tandis qu'elle dérive et sombre dans un sommeil sans rêves ni eau.

TROISIÈME PARTIE

1

Joseph

Je ne l'aurais jamais cru si on m'avait dit qu'un jour je flasherais sur un mec au nom importable de Joseph. Peut-être que ça va me sauver, le prétexte pour ne pas mourir, finalement. Lui, le garçon au nom importable. J'aurai quatorze ans dans quinze jours et je ne sais plus rien sauf une chose : cette année il n'y aura pas de fête ratée, juste Grany au téléphone, sa voix inconsolable de moitié morte qui se désole parce que le monde lui est vraiment tombé sur la tête et qu'elle n'a rien pu faire pour l'éviter. Grany est malade – du cœur, elle dit, mon cœur brisé me tue – et elle aimerait vraiment arranger les choses avant de mourir, mais elle n'en a plus la force. Moi, ça me gave les gens qui veulent t'embarquer dans leurs prières, hop-hop-hop je te sauve, ça me fera gagner du grade là-haut, repents-toi, à genoux, Dieu te voit ! Et puis quoi encore ? Tout le monde meurt et les regrets ne t'avancent pas d'un demi-mètre ! Quelquefois, j'ai tellement la rage que j'aimerais lui crier dessus que c'est pas la guerre ou les Arabes ou les enfoirés grilleurs de feux qui ont causé l'Apocalypse, mais j'ai trop peur de ma colère, elle me ronge, alors je crache en secret, je crache cette religion qu'on veut nous faire gober, les sacrifices et Dieu qui foudroie l'arbre sans fruits. C'est censé dire quoi, cette parabole ?

T'es inutile tu meurs ? On foudroie les stériles, les bancals et pourquoi pas les derniers de la classe ?

J'ai attendu, j'ai même prié, j'ai vraiment essayé, mais il n'y a plus aucun signe, pas de miracle ou de Ré-demp-tiiion, juste un grand vide ! Alors je crache Dieu et je ne sens rien, et certains soirs j'ai l'impression de mourir, je ferme les yeux, mais ça continue, je parle, je regarde un film, toujours pareil, ça me ronge, je mange, j'écris, je réponds aux questions, mais il y a toujours ce vide, toujours, sauf avec Joseph. Joseph rend le malheur plus supportable. Quand j'ai trop mal, je pense à sa façon de me tenir quand il va m'embrasser, je n'ose pas lui dire « Regarde pas, donne ta langue », je sais que dès qu'il me touche le cirque s'arrête dans ma tête et c'est tellement bon que j'en pleurerais.

En tout, j'ai eu trois petits copains. Des liaisons amoureuses, comme dirait Julien Sorel, le looser du Rouge et le Noir *que Berton nous oblige à lire parce que « même si c'est pas encore au programme ça ne vous fera pas de mal d'avoir un peu de plomb dans la cervelle, le plomb de l'alchimiste, bien sûr ! »*

Berton est fou, sincèrement et définitivement fou, mais j'aime bien les profs qui secouent notre grosse paresse d'ados glandeurs.

J'avoue, c'est tricher de compter Gert dans le lot. Gert serait plutôt un coup d'essai foireux, mais trois vaut mieux que deux, surtout à quatorze ans. Deux est un chiffre totalement naze et Joseph beaucoup trop sérieux pour sortir avec une fille sans expérience. C'est psychologique.

Gert m'a embrassée l'année de mes onze ans, à la Contade. C'était un des invités de notre anniversaire, je le signale pour rappel, comme dirait Berton adorateur de la précision et des tirets explicatifs (je sais, ce prof m'obsède, c'est à cause de mon redoublement et de l'arrogance supérieure de ma sœur). Bref. Gert était timide, maigre, ni beau ni moche, juste vaguement répugnant à cause de son appareil dentaire. À la fête, je l'ai à peine calculé et il ne se serait jamais rien passé sans un malentendu, cela pourrait ressembler à l'effet transitif si on mélangeait les maths aux sentiments. Persuadé dur comme fer que mes sourires lui étaient destinés (en fait, je souriais par pure obligation, pour ne pas me mettre à chialer), Gert s'est mis en tête que je le trouvais méga-cool et comme il n'avait jamais produit le moindre effet sur personne, je suis devenue la femme de sa vie le temps d'avaler le gâteau de Pilar. Il aurait pu garder sa révélation pour lui et attendre les prochaines vacances, mais un an c'est long, en tout cas c'est comme ça que j'explique sa visite le dernier jour des vacances. Quand j'ai ouvert et que je l'ai vu tellement crispé sur le paillasson de Grany, j'ai cru qu'on enterrait un mort. En fait non. Il avait juste un truc « super important » à m'apprendre avant mon départ. J'ai dit OK et je me suis laissé traîner au Lac. Je me doutais un peu de ce qu'il voulait et ça m'a troublée de penser qu'on allait m'embrasser. J'y avais déjà réfléchi mille fois à ce premier baiser, sauf que réfléchir n'est pas faire. J'avais aussi réfléchi au fait de sauter en parachute, et à mon avenir de vétérinaire chez les gorilles (à cause du film sur Diane Fossey). Est-ce qu'il tournerait sa langue ? Je me sentais prête, juste un peu flippée, alors je me suis répété que je ne l'aimais pas, c'était un avantage. L'indifférence me rendait plus mûre et, en termes d'expérience, mettre la langue est vraiment sérieux, même si cela semblait assez répugnant. En fait, c'était pire que ça ! Gert avait choisi un talus tapissé d'herbes. Je l'ai imaginé en train de peigner la végétation et d'arracher les touffes d'orties pour préparer le Grand Moment. J'ai souri et il a dû croire que je l'encourageais parce qu'il m'a attrapée aux épaules en bégayant mon prénom Jea... aaa... nne. Il avait l'air malade, et son appareil dentaire luisait de salive. J'ai eu un peu pitié, pas trop, je pensais « pourvu qu'il se dépêche » et j'ai fermé les yeux. J'ai senti ses lèvres et puis un truc spongieux qui cherchait à forcer le passage de mes dents, comme une grosse éponge pas très ragoûtante, je ne sais pas ce qui m'a pris, je l'ai mordu. Après je me suis excusée, j'ai dit que c'était le manque d'habitude, que je l'aimais bien (archi-faux, mensonge par charité), que ce serait sûrement mieux une fois qu'on lui ôterait son appareil (question bave, j'étais à mon maximum), mais enfin-bref, finalement c'était pas une bonne idée de sortir ensemble ! Gert s'est enfui sans se retourner, le lendemain c'était la rentrée, fin de l'histoire d'amour. J'étais une fille pleine de rêves et d'ambition, cet été-là le Lac m'avait envoyé un message et j'étais sortie avec un garçon ! La Saucisse serait morte de jalousie quand je lui raconterais (sans lui avouer que j'avais trouvé ça immonde et que je ne laisserais plus personne m'embrasser aussi salement).

Ensuite il y a eu Roman. J'avais treize ans et lui onze et demi, en plus il m'arrivait au menton, la honte absolue, sauf que tout a été balayé à la seconde où nos regards se sont croisés, j'ai été secouée jusqu'au fond de mon cœur, le tilt magique, Roméo and Juliette, la TOTALE ! Je parle pour moi, lui ne m'avait même pas remarquée, mais ça ne changeait rien. Il était pote avec Guillaume, un type de ma classe. J'ai appris qu'il habitait à un kilomètre de notre résidence, dans une des trois barres HLM que les parents surnomment la zone. J'ai fait le premier pas. Et même le second. Après j'ai arrêté de compter. Je n'avais pas de stratégie, je suivais les battements de mon cœur et ils indiquaient tous la même direction : les bras de Roman, sa poitrine étroite comme un squelette d'oiseau. J'étais sûre que ça marcherait entre nous. Quand il était devant moi, le monde changeait de forme, tout devenait plus vivant et ça vibrait. Moi aussi je me sentais transformée. Dans l'espoir d'attirer son attention, j'ai appris à faire la roue en rêvant de le stupéfier par ma grâce – genre je m'entraîne sur ma pelouse pour les Jeux olympiques. Parfois, je le suivais à rollers, j'enchaînais les virages et les arrêts contrôlés… Roman ne percutait rien du tout jusqu'au jour où je l'ai embouti. C'était involontaire, je précise, plaquer au sol le garçon de tes rêves, c'est assez moyen comme méthode de drague, n'empêche il a ri en disant « Waouh, t'es qui toi ? La Foudre ? » et je suis retombée amoureuse direct, cette fois c'était définitif, je l'aimais, lui, son odeur de garçon en sueur, sa voix légèrement croassante, ses yeux brillants, même sa langue me plaisait ! Après, ça a duré encore l'éternité parce que Roman traînait toujours en bande. Je guettais l'occasion idéale et chaque soir je me jouais des scènes où il tombait amoureux de moi. Ma résolution de garder les dents serrées quoi qu'il arrive était oubliée depuis longtemps.

C'est arrivé un soir, à la barre HLM. J'ai prétexté un truc à faire du côté de la zone pour lui emboîter le pas (J'ai pas dit zone, je l'ai juste pensé). J'aurais dû être à la maison depuis longtemps mais ça m'était égal, Eugénie s'en foutait de toute façon. Roman habitait rue des Mésanges et j'y ai vu un signe, comme si des millions d'oiseaux chantaient pour nous. Plus on approchait de son immeuble, plus je priais pour un miracle. L'univers m'a entendue. Il n'y avait personne dans le hall d'entrée. On s'est arrêtés sous le règlement de l'immeuble (« Ne pas dégrader le local à poubelles, ne pas taguer les boîtes aux lettres, ne pas uriner dans les escaliers »). J'ai eu le temps de tout lire avant que Roman se décide à demander : « Tu devais pas faire un truc ? » J'ai rien répondu, je me suis adossée contre le mur et je l'ai regardé rougir. Je pouvais presque entendre nos cœurs battre quand il m'a embrassée. Sa langue ne ressemblait pas du tout à celle de Gert, on aurait dit un petit serpent salé. J'ai eu envie de mordiller pour voir l'effet que ça ferait. Il a grogné de surprise en s'appuyant sur moi et mon ventre a fondu exactement comme un morceau de beurre dans la poêle. Mes jambes sont devenues molles et je me suis accrochée à lui, heureuse à tout jamais.

Ensuite juillet est arrivé, on est parties à la Contade, et à mon retour, début août, je ne pouvais plus embrasser personne vu que je voulais mourir. Roman a dû croire que je l'avais trompé ou quelque chose dans ce genre-là, il ne pouvait pas se douter de la vérité, mais il avait disparu de mon cœur et j'étais incapable d'expliquer quoi que ce soit. L'amour était fini pour moi. Les mois d'hiver sont passés, ni longs ni courts, juste du temps qui dure. J'ai fait une sorte de blocage. Je n'ai rien écrit dans mon journal, rien pensé dans ma tête, sauf quand je cherchais un moyen de suicide facile et pas douloureux, mais ça ne menait nulle part parce que l'effort exigeait trop de concentration. J'ai redoublé ma troisième après avoir planté mon brevet. Ma sœur a réussi. Juillet est revenu et cette fois pas question d'aller à la Contade.

À la maison, le silence a pris la place de l'invité d'honneur. Il s'assoit à notre table, il traîne dans la baignoire (plus personne s'engueule pour savoir à qui le tour, si Jeanne traîne, si Anne a piqué la crème dépilatoire et bla-bla-bla), il guette chaque soir en attendant la fin des programmes. Les parents regardent tout, du journal télévisé aux trucs pourris de troisième partie de soirée. Eugénie est devenue insomniaque. Christian somnole à côté d'elle pour être d'attaque au bureau. Le travail a toujours été sa raison de vivre, sauf que maintenant c'est devenu vrai. Avant il avait une excuse, il couchait avec sa collaboratrice, je ne connais pas tous les détails et je m'en fiche un peu. Cette histoire a fini par éclater à l'automne dernier, comme si tout devait sortir au grand jour, juste assez pour secouer la famille en épargnant le noyau dur de l'explosion totale. C'est bizarre, mais je crois que cette liaison a sauvé leur mariage parce que les parents pouvaient s'accrocher à de vraies questions avec des réponses concrètes à apporter. Ils ont décidé de tenir face à l'adversité. De se réinventer une vie... Parce que l'Espoir-fait-Vivre et qu'On-ne-Peut-Pas-Renoncer ! Certains jours, ils insistent pour qu'on passe la soirée ensemble. Eugénie nous fait sa pub, « Il y a un film formidable et puis ça peut vous servir en histoire. » Je n'aime pas regarder la télé avec eux, ça demande trop d'attention. J'essaie de deviner si Anne ressent la même chose mais c'est difficile. La Saucisse a le sang froid. Elle a eu 14,8 de moyenne au brevet. Je ne peux pas m'empêcher d'imaginer le futur de notre famille. À la retraite de mon père, aux cheveux gris de ma mère qui refuse de se faire teindre chez le coiffeur, à ce que je pourrais faire plus tard si je ne repique pas toutes mes années de lycée et que j'évite l'orientation en section Débile-Profond-Doué-de-Ses-Mains, le genre de destin qui laisse un goût répugnant sur la langue.

On ne se dispute même plus avec la Saucisse. On a gardé notre chambre. Personne n'a envie de déménager, ce serait comme d'aller danser sur une tombe. Ma sœur travaille ou écoute de la musique avec son walkman tout neuf, récompense de son entrée en seconde. Elle est devenue beaucoup moins pénible et, bizarrement, ça me donne envie de me cacher dans un endroit secret, une grotte ou un puits d'eau froide où je pourrais m'engourdir jusqu'à la mort. Quelquefois, quand elle croit que je suis endormie, elle pleure sous son drap. Anne. J'aimerais continuer à l'appeler la Saucisse, mais c'est un mot d'avant, ça ne marche plus trop. Tout est déglingué. Anne pleure et je me change en pierre, j'arrête de respirer, j'ai trop honte qu'elle devine que je suis réveillée et que je l'écoute, parce que alors il faudrait dire quelque chose et qu'on a perdu l'habitude des phrases depuis que le silence s'est invité à la maison. Et parce que moi, je ne pleure jamais. Jamais. J'ai le sang froid, pire qu'elle. Tout ça pour expliquer que, quand Joseph a débarqué, je n'étais pas trop préparée. Cette fois, pas question de faire le premier pas. C'est comme si l'histoire de Roman se rejouait à l'envers. Joseph s'est collé à la stratégie pendant un sacré bout de temps avant que je repère son manège. De toute façon, comment imaginer qu'un garçon comme lui s'intéresse à une fille comme moi ? Dans tes rêves, alouette !

J'adore son côté vieux mec. Joseph pourrait avoir trente ans, il est comme un arbre à tronc droit qui aime que je me repose sur lui. Appuyée contre sa poitrine, je peux enfin reprendre ma respiration. Je m'aperçois que je l'ai retenue tout ce temps – presque un an déjà ! – et que j'aurais pu en mourir. Sûr et certain que j'aurais mieux fait, sauf que je n'y arrive pas, chaque nuit je rêve que je me noie, mais depuis Joseph le cauchemar rétrécit. Ses baisers l'avalent, lui et le Lac. Ils sont différents de ceux qu'on échangeait avec Roman. Je trouve ça curieux de savoir que les baisers dépendent de qui les donne, qu'ils changent de goût et de portée selon les remous de votre âme. Avec Joseph c'est sérieux. Plus question de jouer la gamine. Joseph enfonce sa langue dans ma bouche, il me fait gémir jusqu'à ce que je ne sache plus tellement où j'en suis. Je crois que je suis amoureuse. Je ne dis pas que je l'aime, je ne dirai plus jamais ça, parce que c'est un pur mensonge, le pire qui existe en ce monde. Pourtant je crois que je suis amoureuse, sans tricher.

On se voit pendant mon cours de danse (ça tombe bien, j'aime plus trop me trémousser) et le dimanche quand il n'y a rien à faire d'autre que de s'ennuyer après la messe obligatoire. Christian part s'enfermer au bureau après avoir demandé la permission à Eugénie qui s'en va jardiner. Je crois que tripoter la terre lui rappelle la mort. Elle prétend que rien ne la calme mieux que de s'occuper les mains à tailler ou à arracher les mauvaises herbes, même si elle est obligée de s'arrêter très vite à cause de sa migraine, et moi je l'imagine creusant à la recherche de Celui-qui-est-mort. En général, elle ne va pas plus loin que les bacs de géraniums. Ensuite, elle reste là, les mains ballantes, noircies de terreau, le regard vide. C'est le moment que je choisis, de préférence quand Anne est aux toilettes ou dans la chambre, je préviens « Je vais chez une copine. » La copine Joseph, dans son studio de la rue Gambetta.

Bientôt je prétexterai une fête chez Maud ou Sandrine, parce que je sais qu'Eugénie ne vérifiera jamais, elle s'en fout complètement chez qui je dors, elle fait juste semblant de s'intéresser et de donner des ordres par-ci par-là. Ma sœur est beaucoup plus méfiante, mais elle sera bien obligée de me croire pour une soirée pyjama. Je ne comprends pas trop ce qu'elle cherche en m'espionnant. Pourquoi elle ne saute pas sur l'occasion de pleurer tranquille, sans avoir à se cacher sous les draps ? Pourquoi elle ne veut pas me lâcher ?! Et pourquoi je n'ose pas la questionner une bonne fois pour toutes ?!

Le studio de Joseph est plutôt crasseux, mais ça ne me dérange pas. Il a punaisé des posters sur les murs pour cacher les fissures, le Che, Zappa, Led Zeppelin (« Led Zep » il dit, comme si Led et lui étaient meilleurs potes), The Who et U2, presque que des trucs de vieux, ça lui va bien, et de toute façon je ne vais pas chez lui pour écouter de la musique ou refaire la déco. Quand on n'a pas trop de temps, on ne fait que s'embrasser et je me retrouve en slip et en soutien-gorge, avec sa langue dans la bouche, sur mon cou, mes seins, mes joues, mes yeux, mon nombril. Quand on a tout l'après-midi, on regarde une cassette vidéo ou on va se promener, boire une bière, un truc sans risque pour ma virginité. C'est Joseph qui a décidé ça. Il refuse que je me précipite, il prétend que nous avons tout notre temps, que je dois être totalement prête pour être dépucelée. C'est un mec bien. Et moi… Moi c'est une autre histoire.

On fera ça un samedi soir. On aura toute la nuit et le dimanche pour récupérer ou le refaire, encore et encore parce que c'est ainsi que les choses doivent se passer. Joseph achètera du champagne et des hamburgers, il choisira une musique ringarde pour me mettre dans l'ambiance, peut-être du Jean-Jacques Goldman (moins fracassant que de s'envoyer en l'air sur Whole Lotta Love). Il m'ôtera la culotte et le soutien-gorge, il me fera l'amour et je ne serai plus vierge et ce n'est *certainement pas ça qui me fera verser une larme. Je veux tellement que quelque chose se passe !*

Quand je rentre de chez lui, Anne a pris l'habitude de me tourner autour comme un chien excité. Elle ne met pas franchement son nez dans mon cou, mais on dirait qu'elle flaire quelque chose, elle pose un tas de questions inutiles puisque je n'y réponds jamais, ou par des mensonges, et elle sait que je sais qu'elle sait. « Tu as vu qui ? Ça t'intéresse ? Non mais sérieux ? Sérieux, le pape ! Tu ne devrais pas te moquer de ça ! Ah ouais ? Parce qu'il va me foudroyer ? Tu sais que maman déteste quand tu blasphèmes ! Je sais, sauf que tu es la seule à entendre et que tu vas pas me cafter, non ? » À ce point de la conversation, on recule toutes les deux. On sait très bien quand on approche de la zone dangereuse et puis c'est l'heure de dîner. Le dimanche soir, Eugénie sert un gratin de chou-fleur, toujours le même, toujours à moitié raté. Ses yeux sont tellement cernés qu'on croirait qu'elle a loupé son maquillage. Elle est devenue maigre et vieille à même pas cinquante-trois ans. Elle demande « ça va les filles ? » et elle s'en fout, son regard nous passe à travers. Je dois me mordre la langue pour ne pas lui répondre des horreurs, par exemple que j'ai déjà touché la queue de Joseph et qu'elle ressemble à un animal vivant, une taupe aveugle ou un chiot qui vient de naître.

Joseph m'a dit « Je t'aime » aujourd'hui et ça a produit un drôle d'éboulement dans mon ventre. Je ne lui en veux pas. Il est un peu naïf, malgré ses vingt-cinq ans. Quand on dit aimer quelqu'un, c'est uniquement quand on est prêt à mourir pour lui. Et je ne suis pas prête à mourir pour Joseph, juste parce qu'il m'a rendu le souffle. Lui non plus, j'imagine. Quelle importance ?

Un de ces dimanches soir, je rentrerai avec la brûlure dans mon ventre. Je ne serai plus vierge. Je ferai reculer le silence et la mort. Je suis amoureuse de Joseph et c'est déjà pas mal.

2

Emil

Comme chaque fois qu'il dort contre elle, Emil se réveille rassasié de chaleur. Ce sont quelques secondes de pure félicité avant que des pensées parasites ne l'arrachent à sa torpeur.

Encore un mois. Il voudrait arrêter le temps et cette lubie le désarçonne, il n'est pas habitué à la mélancolie, pas avec les filles en tout cas. Il existe un mot portugais qui dépeint bien l'ambivalence : *saudade*, la nostalgie du futur. Ça l'amuserait presque, tant ça lui ressemble peu de regretter ce qui aurait pu exister avec Anne. Son corps est lourd, son souffle silencieux. Il essaie de calculer l'heure pour ne pas chercher son portable. Il aime bien ces moments d'abandon. Bientôt elle sera réveillée, sur le qui-vive, et il se laissera entraîner dans le mouvement. Son imprévisibilité le fascine. Derrière ses masques de femme résolue, Emil la croit capable de décamper pour un rien, un mot de trop, un geste mal interprété. Elle ressemble à un bouquetin qui s'entête à défier le vide. En la quittant pour la journée, il ne peut pas s'empêcher de se demander où elle est, ce qu'elle fait. Ça non plus, ce n'est pas dans ses habitudes. Une part de cette fille reste farouchement hors d'atteinte, même quand ils font l'amour, soudés l'un à l'autre. Il n'a jamais ressenti ça. Quoi exactement ? Du désarroi ?

Il bouge légèrement, mais son corps demeure inerte, enfoncé dans un sommeil de plomb. Il voudrait la bousculer, la tirer du repos et qu'ils parlent vraiment, cette fois. C'est à cause de son rêve. Elle se tenait au milieu d'un fleuve en crue, immobile, pendant qu'il luttait à contre-courant pour la rejoindre. Pas besoin d'être calé en interprétation pour comprendre le symbole ; les jours filent dans un flot impossible à endiguer et Anne demeure insaisissable. Chaque nuit, il la caresse, la pénètre, puis il s'endort le nez plongé dans ses cheveux sans jamais se sentir rassasié. De sa vie, il ne sait presque rien, excepté sa peur d'un homme, quelques détails glanés au fil de leurs conversations décousues. Elle se soucie peu des choses matérielles, ne fait pas de shopping, refuse de s'encombrer d'un portable, ne lit aucun journal et elle n'a plus reparlé de louer une télé depuis qu'ils couchent ensemble. Ils se voient rarement en journée, elle préfère courir à ses rendez-vous, écrire dans son cahier ou s'occuper à des activités dont elle refuse de parler. « J'ai besoin de réfléchir », assène-t-elle s'il insiste. Ce n'est qu'à la nuit tombante qu'elle redevient impatiente, avide, et sa fougue lui remue les tripes. Ils baisent furieusement et en silence, pour ne pas alerter les clients. Voilà à quoi se résume leur histoire. Bientôt, il sera sur les routes et cette relation n'aura pas de suite, les prolongations ne sont pas leur genre, ni à lui ni à elle. Alors, pourquoi cette pensée lui tord-elle les boyaux ?

Il se retourne, glisse un bras dans le creux de la taille pour l'enlacer et aspire son odeur moite, excité à l'idée de la prendre endormie, en lents va-et-vient. Sa peau exhale un parfum de levure. Elle grogne faiblement en expulsant un soupir de protestation. Elle a dû s'assoupir très tard pour dormir ainsi, comme une masse. Il s'efforce de ne plus bouger, alors que le seul fait de se presser contre son dos le fait bander. Anne n'aime pas faire l'amour le matin, « J'ai le bourdon au réveil, ne fais pas attention », ses mots résonnent d'un mélange de menace et d'excuse. Pour la distraire, il lui dit qu'elle ressemble à une mouche bombinante, parce qu'il sait qu'elle résiste mal à ses barbarismes, « Bourdonnante, idiot ! » corrige-t-elle, et son visage s'adoucit. Elle est insomniaque, « une insomniaque récente », précise-t-elle, les sourcils froncés sur un souvenir. Il n'a pas demandé lequel, ça n'aurait servi qu'à l'agacer. Lui, au contraire, a retrouvé un sommeil profond depuis qu'ils sont ensemble.

Agacé par la tournure de ses réflexions, il se décolle de son dos. Ce mouvement la dérange, sa respiration mue en ronflement léger et une bouffée de tendresse l'assaille, presque aussi violente que son désir d'elle. Un mois. Il reste un mois avant son départ, fin mai. S'il annonce au vieux qu'il a changé d'avis, Etxeberri le reprendra pour la saison d'été, à coup sûr. Il râlera pour la forme, mais il sera trop content de s'éviter le tracas d'une embauche. Les bons veilleurs de nuit ne courent pas les rues, pas au tarif qu'il pratique, et puisque sur la demi-douzaine de candidats qui se sont présentés aucun n'a convenu, le Basque a menacé de se charger lui-même du boulot plutôt que d'engager des ingrats. En réalité, le préavis du Norvégien l'a profondément vexé. Maria lui a conseillé de l'ignorer, sa mauvaise humeur lui passera et de toute façon il doit faire sa vie sans s'occuper des doléances des autres ! Elle n'a fait aucune allusion au reste, leur ancienne complicité disparue ou le fait d'avoir appris son départ par le patron lui-même. Emil est conscient qu'il lui doit des excuses, mais les semaines passent et il s'enferre, bousculé par des sentiments qu'il ne reconnaît pas.

Pourquoi resterait-il ? Parce qu'une femme angoissée le fait bander mieux que les autres ?

Elle dort en chien de fusil, le visage enfoncé dans le coussin, comme si elle voulait absolument disparaître dans le sommeil. Dans l'amour, elle montre le même genre de détermination. Il n'a jamais connu ça avec les autres filles, cet abandon farouche, presque désespéré. Elle supplie « Serre-moi plus fort ! Encore ! » et il est envahi par le besoin de l'empoigner pour la tenir tout entière. L'ennui, c'est que le désir ne s'arrête pas en jouissant, il change simplement de forme et le laisse lésé, à attendre un assouvissement qui ne vient jamais. Anne, c'est tout le contraire. On dirait que le plaisir la comble sans lui laisser de traces, qu'une fois satisfaite elle peut retourner à un état d'indifférence, comme si ce qui s'est passé au lit ne comptait pas vraiment.

Elle a cessé de ronfler. Il se colle à elle et lèche sa peau à petits coups de langue. Elle se cambre machinalement, gémit un peu. Aurait-il autant de désir si elle se montrait sentimentale ? À ses yeux, il n'est qu'un amant de passage, rien de plus. Pour une fois, il doute de sa capacité à faire le bon choix, même si l'idée en soi est absurde. Il n'y a pas de bonne ou de mauvaise direction… Il se répète « absurde », il aime bien le mot, ça le distrait de son désarroi. Il ne veut pas douter. Il veut partir. S'il restait, ce serait pour le sexe et aussi, peut-être, sa façon de croire qu'un danger la menace, l'odeur aigrelette de sa peur, le besoin de la mettre à l'abri, un truc primaire d'homme des cavernes, protéger la femme. Il sourit, amusé par le cliché. Anne n'exige pas grand-chose, ou de façon si détournée que ça pourrait passer pour du sabotage. Il partira et elle n'y changera rien. Elle, sa maîtresse, son amante. Il ne trouve pas le terme juste qui la décrive. Anne-je-baise-et-je-t'emmerde. Il faudrait une expression élastique pour épouser ses contradictions.

On dirait qu'elle l'a entendu réfléchir parce que ses fesses frottent son membre déjà gonflé en lui coupant le souffle. Il attend qu'elle poursuive son mouvement d'ondulation, mais elle se remet à ronfloter, le corps alourdi de somnolence. Et s'il tombait amoureux ? L'hypothèse lui paraît légèrement choquante. Ça ne lui est jamais arrivé. Ce n'est pas une question d'orgueil mal placé, Emil n'a simplement jamais ressenti un truc assez fort qui l'amène à déclarer « Je t'aime ». S'arrêter à une fille lui a toujours semblé hypocrite, une affaire d'instinct grégaire. Avec l'âge, il a fini par croire que cela ne le concernait pas, que son goût des voyages prenait toute la place. D'ailleurs, Anne n'est pas une femme qui cherche un nid. Leur relation n'est ni sage ni sûre. Avec elle, il avance en territoire inconnu. Cela devrait le réjouir, mais c'est le contraire qui se produit. Depuis quelques jours, il sent qu'il est en train de perdre pied. Tout va trop vite. Amoureux, pense-t-il, mais c'est faux, fou, juste le sexe qui embrouille tout. « Embrouille » ; quand elle prononce le mot, sa bouche prend la forme d'un baiser.

Il se redresse, savoure la fraîcheur du plancher sous ses pieds. Par les carreaux entrebâillés, un courant d'air s'infiltre chargé d'une odeur de sel et de goudron mouillé. Quand il reste dormir, Anne accepte de passer au-dessus de sa phobie en laissant la fenêtre ouverte. « C'est pour ménager ta claustrophobie », prétexte-t-elle, taquine, et il ne peut s'empêcher d'être touché même s'il n'est pas dupe, elle est prête à pas mal de concessions pour ne pas dormir seule. Un jour, ils venaient de baiser, elle a prétendu d'un air exagérément solennel « Je te remets mon corps en garde. » Elle peut feindre l'amusement, au fond c'est pour cela qu'elle est avec lui, pour être protégée, rien d'autre. Emil en vient à souhaiter que ce soit moins bon. Le plaisir l'incite à chuchoter des tendresses à une fille qu'il ne reverra probablement jamais. Il lui en veut un peu de leur fusion charnelle, ce qui est injuste, leurs peaux se moquent bien de leurs raisons stupides, et la rendre responsable n'a aucun sens, pas plus que de rester ici en espérant quelque chose, il ne sait pas trop quoi exactement… Il attrape le portable qui traîne sur le parquet. Cinq heures. Encore une heure avant de filer. Malgré le risque de se faire surprendre, Emil a déjà passé une dizaine de nuits dans la chambre. Il rejoint la réserve à l'aube. Ce matin il n'a aucune raison de se trouver à l'hôtel puisque c'était sa nuit de congé.

Il se dégage du drap et va se poster à la fenêtre. L'envie d'être dehors l'assaille, marcher en plein vent et arrêter de se retourner le cerveau avec des questions insolubles. Un remugle d'algue lui parvient de la côte, distante d'un bon kilomètre à vol d'oiseau. Le brouillard gomme les pignons des toits en laissant émerger leurs masses luisantes, pareilles à de grosses carapaces. Dans l'obscurité, le halo orangé des réverbères imprime une atmosphère cafardeuse. Il scrute la rue en essayant de voir avec les yeux d'Anne. Que cherche-t-elle, chaque matin, en inspectant les alentours ? S'il lui fait une remarque, elle tente de minimiser, parle de météo ou se renfrogne. Quelque chose sonne faux dans sa peur, on dirait qu'elle joue un rôle de femme effrayée. Difficile de savoir si elle ment ou si elle cache une partie de l'histoire, elle n'avouera jamais rien. Elle le rembarre dès qu'il insiste : « De toute façon, tu seras bientôt parti, alors qu'est-ce que ça peut te faire, mes manies ? »

Il ferme les yeux et s'imagine avancer sur un ruban d'asphalte, ressent l'effort cadencé de la marche, le poids du sac à dos. Bientôt tout ça sera derrière lui, Anne deviendra un souvenir, une émotion tenace qu'il emportera longtemps… Elle marmonne une protestation, tourne la tête vers lui, paupières closes. Le drap laisse à nu son bras abandonné, la paume ouverte, tournée vers le plafond. Il distingue la courbure du sein petit, presque enfantin, et se fait la réflexion qu'elle ressemble aux coquelicots fragiles et incroyablement résistants qui se dressent sur les talus pierreux. Si Anne était une autre femme, plus ordinaire ou différente, il pourrait la taquiner à son réveil, « Tu me fais penser à un coquelicot quand tu dors », mais il a dû lui jurer de ne jamais faire ça, l'épier endormie, et elle l'accuserait d'avoir rompu sa promesse. Qu'est-ce qui les réunit, finalement, en dehors de la baise, une baise splendide, absolue ?! Il aimerait lui poser la question, moins pour connaître sa réponse – forcément décourageante – que pour guetter son expression. Anne n'a aucune attente romantique, elle espère un plaisir immédiat, charnel. Ça le rend dingue, même s'il est conscient de l'ironie de sa situation. Combien de filles a-t-il laissées sur le bord de la route ? Il ne s'est jamais inquiété de savoir si sa désinvolture les avait blessées, si certaines étaient amoureuses ou attristées. Ses relations sont généralement empreintes de camaraderie, plutôt libres que libertines, et l'ivresse du départ les embellit *a posteriori*. Emil se demande si ces histoires n'ont servi qu'à cela, donner des couleurs plus vives au voyage, partir en abandonnant quelque chose derrière soi, une offrande pas bien coûteuse à la vie.

Anne a dû sentir son regard car elle se redresse sur un cri de surprise. En l'apercevant, son visage s'éclaire. Elle n'est pas en colère, au contraire, et sa joie heurte Emil en pleine poitrine. Elle s'étire, puis, d'un geste parfaitement délibéré, écarte le drap et le tient déployé, pareil à un pan de rideau. Résistant à la coulée de chaleur qui monte de ses reins, il se force à attendre. Il ne doit pas bouger, pas encore. Chaque fois, c'est le même effet foudroyant... Le ventre doucement renflé, l'odeur sucrée de ses aisselles, la façon dont elle se creuse et mouille pour l'accueillir, tout le bouleverse. Le désir afflue et balaie tout le reste.

Toisant son sexe qui durcit, elle commence à remuer, une ondulation lascive qui entrouvre ses jambes, juste assez pour lui laisser soupçonner la fente du buisson brun. Les ailes de ses narines palpitent imperceptiblement et il distingue la rougeur affluer, pareille à l'ombre d'un poisson glissant à la surface de l'eau. Il est toujours figé malgré l'excitation qui bouillonne, cette impression d'avoir un tambour géant qui bat en lui. La jambe droite frémit, s'écarte encore. Le pied pivote comme pour lui faire signe, « *tu viens ?* ». Son sang pulse si fort qu'il serait capable de jouir ici, debout contre le mur, sans esquisser un geste, simplement en la regardant se tortiller. Il prend soudain conscience qu'il halète un peu. Enchaînement purement physique, réaction chimique, il pense, pour tenir… Mais toutes les théories biologiques du monde ne suffiront pas à expliquer le fait qu'il est perdu devant cette femme.

Il quitte la fenêtre, le sexe balançant comme un métronome bien cadencé tandis qu'elle glousse de joie.

***

« Reste encore un peu.

— C'est pas prudent. Il est tard ! »

Il attrape son bermuda, un cadeau d'Arno. Il traîne souvent avec, même si le temps est exécrable. Le tissu est aussi lisse que la toile de parachute, d'un bleu très pâle tissé de fleurs d'hibiscus. Le surfeur prétend que personne n'est aussi mal habillé que lui, à l'exception des touristes allemands et des péquenots. Emil aime bien ce mot. Péquenots. Arno n'a pas tort d'ailleurs, la plupart de ses pulls lui viennent de Bengt et il se fout complètement de son allure. Il enfile un polo à manches longues, vérifie qu'il n'a rien oublié avant de boucler son sac à dos.

« Tu ne te laves pas ?

— Non.

— C'est dégueulasse.

— J'aime bien garder ton odeur. Je prendrai une douche sur la plage.

— Avec ce temps ?

— Ça va tourner. Rejoins-moi si tu veux. Je passe voir Arno. Je t'attendrai là-bas.

— Tu es devenu spécialiste de la météo basque ?

— Quand tu as grandi sur une île, tu finis par repérer les signes.

— Je ne peux pas. Te rejoindre, je veux dire.

— OK. J'avais compris. »

Pendant qu'il attrape ses tennis, elle s'embusque à la fenêtre. Maintenant qu'elle a joui son humeur est en train de virer. Emil doit se retenir de la secouer jusqu'à la faire céder. Mais céder quoi ? Sa morosité ? La résistance qu'elle met à vivre ? Il faut toujours qu'elle s'arrange pour cloisonner. Le corps impudique/les sentiments contenus. Le jour/la nuit. Son ex/le reste du monde. En réalité, cela ne fait qu'embrouiller les choses. *Embrouiller...* C'est leur mot favori, un jeu entre eux.

Elle se tient de dos, le cou fléchi, la tête posée contre le carreau, crispée dans l'attente qu'il se barre. Il a envie de la rabrouer, d'habitude l'orgasme la rend enjouée, mais ça ne sert à rien, elle ne se retournera pas parce qu'elle brûle de se livrer à ses rituels d'espionnage. Il l'a vue faire une fois, penchée à mi-corps pour apercevoir la maison aux vitres sales. L'autre jour, elle a même affirmé qu'une poubelle affectée au 23 était apparue au portail. Emil ne sait trop quoi lui répondre dans ces cas-là. Faute de pouvoir la ramener en arrière, vers la joie enfantine de son désir, il cherche les mots capables de l'arracher à son mutisme. *Et si on partait ensemble ? Dis, Anne, tu es déjà tombée amoureuse ?* Rien ne la distrait quand elle est dans cet état. Elle se fout de ce qu'il pense, de ses humeurs. De toute façon il doit filer. Il s'approche néanmoins pour l'éteindre et sent ses muscles contractés d'impatience. Elle se dégage d'un sursaut, il pense à un animal qui s'ébroue.

« Va-t'en, tout va bien. »

Sa voix enrouée dit le contraire, comme si elle était sur le point d'éclater en sanglots. Emil l'incommode avec ses efforts, ses questions, son insistance. Un instant, il éprouve la tentation de lui faire mal à son tour.

« OK. »

Il se détourne et va décoincer la chaise qu'elle s'entête à bloquer sous le loquet. Les premiers clients ne vont pas tarder. Au moment de refermer le battant, incapable de la quitter froidement, il jette un « salut », attend une seconde qu'elle le regarde, mais elle grogne une réponse inaudible, le dos tourné. Elle l'a déjà oublié.

Il est 7 heures passées de quelques minutes. Etxeberri ne sort jamais de la réserve avant la demie et Maria doit s'affairer en cuisine. Emil avance à tâtons, prudemment. L'hôtel paraît moins familier depuis qu'il dort dans la chambre avec Anne. Il essaie de ne pas abuser, en général une nuit sur trois ou quatre, en pariant que personne n'aura besoin de ses services. Il préférerait se contenter de la réserve, mais elle s'y trouve trop à l'étroit, alors ils ont établi une sorte de roulement. Quand c'est elle qui vient, elle le rejoint vers minuit, parfois plus tôt si elle est d'humeur joyeuse ; dans ces cas-là, elle reste cachée dans la réserve, avec son cahier d'exercices, et elle écrit. Quoi ? Elle n'a jamais voulu le lui dire, mais il soupçonne qu'elle y note les infos récoltées sur les clients de l'hôtel. Ils mangent tard et s'endorment d'un sommeil agité après avoir fait l'amour sur le divan et elle remonte à l'aube, chassée par la peur qu'on les découvre. Il y a peu de risques. Mme Danielle est la seule à avoir observé qu'Emil n'était plus très assidu derrière son comptoir, elle lui en a fait la remarque. Ce rôle de clandestin l'embarrasse. Il pense aux miséreux planqués dans des soutes ou agrippés aux bat-flancs des barcasses et se trouve minable. Etxeberri n'hésitera pas à le virer s'il le surprend à l'hôtel alors qu'il est censé être en congé… Ce matin, pourtant, Emil en arrive presque à le souhaiter. Ce serait une façon de régler ses états d'âme.

Sur le comptoir de la réception, la lampe est restée allumée. Un ronflement sonore s'échappe de la réserve. Il allonge le pas, remonte le couloir, tire la porte et bute sur une Maria essoufflée, les yeux écarquillés par la surprise. Quelques mèches dépassant de son bob emperlent sa peau luisante de pluie.

« Il s'est passé quelque chose ? »

Elle prononce « soze » et il sent son haleine au café.

« Non, rien, un truc que j'ai oublié. »

Elle hausse les épaules, brusquement agacée.

« Ben voyons ! »

Emil réalise sa stupidité. Avec son ado de fils, Maria est capable de repérer les excuses bidon à cent mètres et lui ne trouve rien de mieux que le coup d'un « truc oublié » ! Comment a-t-il pu être aussi con et égoïste ! Persuadé qu'en gardant sa liaison secrète il ménageait tout le monde, mais en réalité il se protégeait lui ! Maria est devenue une amie et il l'a traitée en étrangère, contaminé par la méfiance d'Anne, ses manies de se cacher, de faire des secrets. Il n'ose plus lui parler, ne se soucie même plus de savoir si ça s'arrange avec son fils. Ils se voient quasiment chaque jour et voilà que pour une histoire de cul – même grandiose – tout est balayé ! Le pire, c'est que, malgré le sentiment de honte, il doit se contenir pour ne pas la bousculer avant qu'Etxeberri déboule, attiré par le bruit. Amusée par son embarras, Maria le toise sans paraître disposée à l'aider. Le souvenir d'une fille lui revient en mémoire, une blonde qui gesticulait les poings serrés en l'accusant d'être fuyant et lâche. À l'époque, il l'avait trouvée hystérique sous ses allures cool.

« Alors ? »

Il soupire, désigne l'escalier.

« Je vois quelqu'un.

— J'avais deviné, figure-toi ! »

Elle semble soulagée, un peu pressée aussi.

« On pourra en discuter plus tard, j'aimerais bien, mais pas maintenant. J'ai encore été obligée de prendre le bus. Cette fois c'est l'allumage. Je crois que la voiture est en train de me lâcher…

— OK. Je suis désolé. Pour la voiture et aussi… J'aurais dû t'en parler.

— Emil ! Fais attention quand même…

— Attention à quoi ?

— La fille. Elle est un peu paumée, non ? »

Maria se mord les lèvres, gênée. Juger n'est pas dans son tempérament. Elle prend les gens comme ils sont et déteste les ragots, d'habitude. Il faut vraiment qu'elle se fasse du souci pour risquer une telle mise en garde. Emil prend conscience qu'il n'a pas d'arguments pour défendre Anne.

« Je me suis aperçu, oui…

— Protège-toi.

— Ne te préoccupe pas de ça, tu as assez de soucis avec ton boulot, ton fils… Quand même… Je peux te demander un service ?

— Quoi ?

— La chambre 6. Si tu remarques des trucs pas ordinaires…

— Qu'est-ce que tu entends par là ?

— Des trucs qui ne devraient pas être dedans, dans la chambre… Tu comprends ?

— Pas vraiment. Quel rapport avec elle ?

— C'est pas… C'est juste pour moi.

— OK. Si tu veux. »

Elle a parlé vite, pour lui éviter de s'enferrer, mais son regard glisse comme si elle refusait de le prendre en flagrant délit de mensonge. Elle ajoute presque à contrecœur :

« Quand Xabi m'a dit que tu t'en allais, j'ai eu du mal à y croire. C'est idiot, je pensais que tu étais là pour plus longtemps, au moins la saison d'été.

— Je pars à la fin du mois de mai. J'ai voulu te prévenir et ensuite… Il y a eu cette fille. »

Rechignant à prononcer le prénom d'Anne, il lève les yeux au plafond, puis lui sourit timidement.

« Si tu veux, on peut manger un midi. Ou un soir. Je t'invite !

— Tu es gentil. On verra. Va maintenant ! »

Elle s'éloigne en agitant la main.

Dehors, l'air est chargé d'humidité, pas encore de la pluie mais une buée froide, désagréable. Ça ne devrait pas durer. Il pourrait attraper le premier train pour Hendaye au lieu de rejoindre Arno, mais il a promis de donner un coup de main pour repeindre l'enseigne. Il se met en marche, le cou rentré dans les épaules afin de garder un peu de chaleur.

Ce qu'il voudrait vraiment, c'est prendre la main d'Anne, s'arrêter dans un bistrot boire un café brûlant en attendant que le ciel se dégage, puis longer la corniche sous le cri des mouettes. Se taire avec elle, savourer le silence et l'effort de la marche. Trouver une crique ou un talus abrité, rentrer dans son ventre en regardant sa peau rougir. Il voudrait profiter des semaines qui leur restent sans arrière-pensées, sans se préoccuper du temps qui passe… Une vague de lassitude l'envahit à l'idée de la route qui l'attend, les journées de galère, les nuits sous la pluie ou dans un parking d'une zone industrielle. Tout lui semble gâché d'avance.

Un mouvement l'arrache à ses réflexions moroses. Un homme surgit du coin de la rue, à une centaine de mètres. Éric Vasseur, le client de la 6. Quand on parle du loup… Anne l'a surnommé « la cible » ou « l'homme en gris » à cause de son costume couleur passe-muraille. C'est son second séjour à l'hôtel. La première fois, il est resté une dizaine de jours. Le type est antipathique, pourtant Emil a du mal à voir en lui un privé sur la piste des femmes adultères. En le retrouvant attablé la semaine passée, Anne a failli péter les plombs. Elle est persuadée qu'il est revenu pour elle et qu'il a réservé exprès une chambre voisine de la sienne. La 6 et la 8 sont séparées par un réduit où l'on entrepose les draps et des produits d'entretien. Comme c'est Etxeberri qui s'est chargé de la réservation, impossible de savoir s'il s'agit d'un hasard.

Vasseur a dû le reconnaître, sa cadence a changé et il incurve sa trajectoire, comme s'il cherchait la confrontation. Emil sent sa méfiance se réveiller. D'habitude, l'homme ne lui prête aucune attention. Il s'est levé aux aurores et ce n'est pas dans ses habitudes. A-t-il pu les entendre gémir en passant ? Emil se représente sa gueule de poisson froid plaquée contre la porte, guettant leurs halètements. Anne est convaincue qu'il cache un truc louche. Sa ponctualité maniaque, son attitude revêche et ostentatoire, « on dirait qu'il veut que je remarque son petit jeu ambigu ! ». Elle prétend qu'il n'emporte jamais rien dans la salle à manger, ni journal ni dossier, rien qui puisse révéler la moindre information sur lui. Il consulte très rarement son portable et se contente de mâcher mécaniquement ce qu'on lui sert. « Tu pourrais lui filer un filet de chair humaine ou de la pâtée pour chat, il ne ferait pas la différence, ce mec est un foutu croque-mort ! » Selon elle, tout n'est que camouflage : la mauvaise humeur pour éloigner les gens et l'absence de couverture pour égarer les soupçons. En gros, il lui suffit de faire le contraire de ce qu'on attend d'un professionnel… Emil a du mal à y croire, pourtant Éric Vasseur commence à lui paraître louche. Les renseignements qu'il a donnés tiennent en trois mots, son nom et sa ville, Paris. Quand Emil a voulu savoir s'il revenait pour des raisons professionnelles, l'homme s'est montré méprisant, presque agressif. « Je mène des audits dans un secteur de pointe, en quoi ça vous concerne ? » Autrement dit, hors sujet pour un réceptionniste. Conscient d'avoir dépassé les bornes, il a encaissé l'insulte. Sans les obsessions d'Anne, il n'aurait jamais insisté. Le mec a beau être odieux, son arrogance le dédouanerait presque. La raison de son comportement est peut-être beaucoup plus simple ; il est seul, inhibé, et cherche un moyen d'approche. Ils se sont disputés à ce sujet. Anne refuse d'admettre ça, qu'elle puisse susciter le fantasme d'un client esseulé.

Ils ne sont plus qu'à quelques pas l'un de l'autre. Les cheveux plaqués par la pluie, Vasseur a l'air vaguement démoniaque. Pour une fois, il a quitté son costume au profit d'un survêtement noir, très sobre. Pas de bandes ni de logo. Des baskets sans marque apparente. Emil n'y connaît rien, mais ce genre de tenue doit coûter un paquet. Trop pour l'hôtel du Singe ? Au moment où ils se croisent, l'autre incline la tête. Son regard est froid, évaluateur. S'il les a surpris, il faudrait qu'il les espionne. Au pire, comment saurait-il que l'amant de sa voisine est le réceptionniste ?

Il hésite à faire demi-tour pour lui emboîter le pas. Dans la rue déserte sa filature serait absurde et Vasseur rentre certainement à l'hôtel. Il va prendre une douche, enfiler son costume gris et il se postera à la table du petit déjeuner à huit heures tapantes. Quand Anne arrivera, il humera son parfum de savon en remarquant ses cheveux humides. Peut-être que c'est ça qui le fait jouir, surprendre les secrets en restant un mystère pour les autres.

Un coup de vent l'incite à presser le pas. Cette histoire le rend parano. Depuis un mois, il vérifie systématiquement l'identité des clients, y compris celle des femmes seules. Mis à part une adolescente qui n'est restée que le temps de trouver un covoiturage pour l'Espagne, des touristes retraités et des étrangers, la clientèle se résume essentiellement à des commerciaux et des techniciens en mission. Durant l'hiver, l'hôtel est trop vieillot pour attirer les touristes et la saison ne démarre vraiment qu'avec les vacances de Pâques, dans deux jours. En ce moment, en plus de Vasseur et de Mme Danielle, ils ont un curé venu assister sa tante mourante, un peintre-décorateur spécialiste des trompe-l'œil qui boucle un chantier, un couple de retraités alsaciens et un vieil Espagnol, un habitué du Singe.

Demain, cinq arrivées sont prévues…

Carnet, extraits.

Nicole Delafontaine alias la Comtesse. Aura jaune. 73 ans. Bavarde, indiscrète, narcissique, plutôt sympa. Assez collante, mais il suffit de l'inciter et elle part à la pêche aux renseignements. A été mariée deux fois : « Avec un imbécile d'abord et un inconstant ensuite ! Devinez lequel j'ai préféré ? » Sa pension de veuve (l'inconstant) lui permet de séjourner la moitié de l'année au Singe. L'autre moitié, elle la passe à Clamart, auprès de ses amies. « De vieilles biques, dit-elle, mais je les connais depuis la maternelle, ça m'ennuiera de les voir partir ! » Elle apprécie beaucoup Xabi Etxeberri (le vieux ronchon !) qu'elle a connu adolescente, quand elle venait en vacances avec ses parents. Biarritz était encore « une charmante petite ville balnéaire, et il y avait de ces hommes ! » Déteste les touristes russes. Une alliée précieuse du moment qu'on ne lui confie rien de sérieux.

Vasseur, Éric. Aura grise. La quarantaine. Passe-muraille. Sournois. Vient de Paris, 12e, rue du Faubourg-Saint-Antoine. Travaille pour une grosse boîte (soi-disant). Premier séjour : du vendredi 6 mars (arrivé le même jour que moi) au lundi 16 mars. Second séjour : lundi 20 avril et il est toujours ici, ce jeudi 30 avril.
Horaires : petit déjeuner 8 heures. Dîner 19h45. Ponctualité maladive. Selon Maria, il n'y a rien de compromettant dans sa chambre, même pas un tube d'aspro. Aucun secret, trop de lisibilité. S'il possède une arme, V. la porte sur lui ou la planque quelque part. Il ne parle à personne, n'hésite pas à rembarrer les gens (Emil). La Comtesse le croit asexué et dépressif (partant du principe que les homos sont bavards comme

des pies et les dragueurs nettement plus aimables). V. s'intéresse à ce que je fais.
Question : s'il est si misanthrope, pourquoi m'avoir raccompagnée, quand j'allais mal ?
L'autre jour (le 23 avril, à 20 h 03), il a reçu un coup de fil, durant cinq bonnes minutes. Notes sur le vif : « Oui, salut. Bien. Oui. Rien de ce côté-là. Non. Mieux vaut éviter. Oui. Méfiante, oui. Salut. »
Question : méfiante ? Qui ?

Delcroix, Julien. Aura bleu clair. 27 ans. En reconversion. Il est venu de Dax pour suivre un stage de menuiserie. Pas franc du collier, regard fuyant. Timide, complexé, acné tardive. N'arrête pas de me mater en douce, au petit déjeuner. Il n'a pas pris la demi-pension, sans doute par souci d'économie.
Question : pourquoi se payer l'hôtel s'il est fauché ? Et les campings ? Il doit bien y avoir une auberge de jeunesse dans le pays, non ?
Ce matin, il a oublié son sac. Je l'ai emporté en clamant tout haut que j'allais lui rendre. Le couple de Belges m'a souri, attendri de noter la solidarité entre jeunes. Je suis allée dans les toilettes du rez-de-chaussée. Résultat : un cahier de croquis plutôt sale. Un magazine porno. Une trousse de crayons et une boîte de pastels. Un agenda bourré de références (des mesures et des mots comme « astragale, varlopes, bec-d'âne pour les mortaises » (le temps de remarquer l'accent circonflexe, j'ai eu un coup au cœur !). L'adresse d'un menuisier (elle existe, j'ai vérifié). Un plan de Paris (mauvais, ça...). Une petite lampe de poche.

3

Anne et Jeanne

« Tu n'es qu'une… une… »

Une quoi ? Le cri fait jaillir une gerbe d'insultes qui se découpent sur la vitre de la cabine téléphonique. *Salope* rouge vif, couleur camion de pompiers. *Charogne* bleue. *Voleuse* jaune citron. *Menteuse-de-traîtresse* aux verts discordants. Jeanne se demande si les mots sont toujours assortis par genre, comme des sacs à main, ou s'ils peuvent s'annuler en cas d'antagonisme. Elle préférerait un terme net et incolore, sans détour ni sous-entendus, « dissimulatrice », par exemple, même si le nombre de syllabes et la consonance collent un peu à la langue. *Dissimulatrice* fait lever une brume de sommeil pâle qui lui donne envie de bâiller.

« Je sais. Ne t'énerve pas…

— Tu sais ?! Si tu sais vraiment, pourquoi tu m'as fait ça ? Tu es définitivement tarée ou quoi ? »

Anne hurle. Sa sœur si méthodique a perdu les pédales. Elle entasse les reproches avec des glapissements hystériques. Ça donne un truc comme : trahison/voleuse/angoisse/menteuse/parents-au-téléphone/excuses/insomnie. Et bla-bla-bla. Jeanne imagine un champ de mottes de compost grouillant de vers tortillonnés comme des pâtes italiennes. Faute de savoir quoi répliquer, elle compte les tas d'immondices. Sur l'un d'eux, une femme se tient accroupie, le visage rougi par l'effort d'enfanter. Jeanne l'admoneste en pensée. *Vas-y, pousse !* En détaillant sa figure plissée, elle lui trouve une ressemblance frappante avec Anne. Ses mollets sont maculés de terre grasse et entre ses genoux ouverts, expulsé par saccades, on distingue le crâne souillé du bébé qui glisse dangereusement. Ainsi va le monde. Les naissances et les illusions, la fuite, le mensonge, parfois même le meurtre. D'accord pour assumer tout ça, mais si rien ne change, à quoi bon ?

Les cris perdent en puissance et se transforment en plainte. *Un lamento,* révèle Grany d'un ton acide. Cela faisait longtemps que sa grand-mère n'était pas intervenue, ça lui manquait. Avec les voix dans sa tête, Jeanne se sent moins seule. À l'autre bout du fil, le ton est devenu sec.

« Je dois supposer quoi maintenant ? Que tu es pour quelque chose dans tout ça ?

— De quoi tu parles ?

— Tu sais très bien ce que je veux dire. Le meurtre.

— Tu as prévenu Bouraoui ?

— Qui ?

— L'inspecteur.

— Ça va pas la tête !?

— Je demande juste si...

— Si je t'ai donnée aux flics, c'est bien ça ?

— Non. Enfin, un peu...

— Un peu ! Tu veux savoir si par hasard je suis un peu allée au commissariat déclarer ma voleuse de sœur, je parle de la part inconnue de ma sœur qui m'a un peu emprunté ma carte d'identité sans me prévenir, juste par distraction et en se foutant totalement de savoir si je l'ai crue morte, enlevée, torturée et assassinée ! Une semaine à me ronger les sangs, à me demander qui appeler, à trembler de mal faire ! Et puis je découvre la disparition de mes papiers.

Disparus ou volés ? Je finis par voir le rapport, je comprends que personne ne t'a enlevée, que tu n'es pas retenue dans une cave ou jetée dans un fossé, en train d'agoniser. Alors je me rends au commissariat et je déclare tout ça au guichetier de service, vu que j'ai besoin d'une déclaration pour refaire ma carte d'identité, on ne sait jamais, ça peut servir, je lui dis que j'ignore s'il s'agit d'un vol, je les ai peut-être bien égarés ces papiers ! Et bien sûr, pas un mot à propos de ma garce de jumelle... Eh bien, oui, j'aurais dû ! Putain, Jeanne, ça fait plus d'un mois sans rien ! Pas une seule nouvelle ! »

La tirade finit sur un feulement d'extase et Anne repart de plus belle, décidée à vider son sac. Cette fois tout y passe, les choses qui ont toujours cloché et qu'on lui excusait sous peine de la voir exploser en plein vol, son individualisme, ses aventures dégueulasses, son ingratitude, ses bouderies et son refus des compromissions – bien pratique quand on abandonne le sale boulot aux autres ! – les vacances à Carnac gâchées par son absence, quelle importance puisqu'il reste la bonne vieille Anne pour se taper les corvées familiales, quitte à raconter des bobards à deux vieillards maniaques ! (*Ça c'est nouveau, l'agressivité contre les parents.*)

« ... Tu es l'incarnation vivante de l'égoïsme ! Ma sœur jumelle, je rêve, une voleuse d'identité ! »

Jeanne voudrait protester que pour l'usage qu'Anne fait de ses papiers, il n'y a rien de grave. Ça lui sert à quoi, au juste ? Ses randonnées dans le métro ? Au milieu des reproches, elle discerne une colère disproportionnée surgie d'une époque révolue de socquettes sales, de bonbons collants, et l'appel lancinant du Mioche, *Jeannenane !* Répondre aux provocations de la Saucisse risque de les amener sur un terrain glissant. *Un marigot, plutôt*, susurre Grany avec délectation. Le mot évoque une boue molle où gisent des cadavres en décomposition, des vieilles reliques et des vœux jetés là, oubliés sous la masse d'alluvions limoneuses. L'image est déplaisante. Jeanne emprunte un ton conciliant en s'efforçant de gommer la moindre trace d'ironie.

« Tu peux aller chercher la mienne, en attendant... Je l'ai laissée dans le vide-poche de l'entrée.

— De cette façon, je deviendrai une fraudeuse à mon tour, merci, sympa ton plan ! »

Sainte Anne Nitouche. Évidemment, les fautes incombent toujours à la mauvaise jumelle ! Jeanne s'efforce de respirer calmement. Il ne s'agit pas plus d'un vol que d'un emprunt de « personnalité », sa sœur se trompe. Elle pourrait se défendre en mentionnant Marcel, rien que pour l'entendre paniquer, mais cela ne ferait que compliquer la situation. Au fond, il y a une satisfaction amère à se savoir injustement traitée. Quand tout sera fini et qu'elle racontera ce qu'il lui a fallu endurer en silence, rien que pour cette seconde où elle verra Anne se décomposer, elle aura sa revanche. *Plumes de canard*, pense-t-elle, *laisse couler, on s'en fout !*

Dans le combiné, le ton s'est radouci. Elle tend l'oreille, curieuse.

« Je suis passée à ton appartement, au fait.

— Ah oui ? Merci.

— J'ai arrosé tes plantes, mais c'était trop tard. Elles ont crevé.

— Mes plantes ?

— Aromatiques. Sinon, tout est normal.

— Normal ?

— Tu vas répéter toutes mes fins de phrase ? Par normal, j'entends rien de plus que ton foutoir habituel, Jeanne. Des habits étalés partout, les tiroirs ouverts, des livres qui traînent. Tu pourrais arrêter de jouer le perroquet et m'expliquer pourquoi tu m'as fait un coup pareil ?

— Je ne sais pas. »

Elle tente de se souvenir si elle a laissé du désordre dans la chambre, mais son cerveau s'est changé en bouillie épaisse sous le coup de l'angoisse. Le salon était rangé, elle en est presque certaine. Revoit sa main lisser les coussins, disposer les revues.

« Et le salon ?

— Quoi le salon ?

— J'ai laissé le bordel ?

— Espèce de garce ! Ne me fais pas le coup de la psychopathe, ça ne marche pas !

— Je ne…

— Tu détournes la conversation !

— Je vais voir un psy… »

À la seconde où l'aveu franchit ses lèvres, Jeanne voudrait le ravaler, mais c'est trop tard. L'exclamation victorieuse lui vrille le tympan.

« Mieux vaut tard que jamais ! Si tu m'avais écoutée… »

Elle éloigne le combiné et les Je-te-l'avais-bien-dit se diluent dans un brouillard bleuâtre. Quelque chose la chiffonne sans qu'elle parvienne à mettre le doigt dessus. Elle ferme les yeux pour réfléchir, mais le bruit de fond la perturbe, c'est comme un fredonnement de mouches, les grosses, celles qui tournent autour des bouses de vache, reflets d'acier bleu-vert. *Des mouches à merde ! Enfin Jeannette, ne sois pas grossière ! Ta sœur s'inquiète, inutile de te montrer injuste*, chantonne Grany. Et puis un mot la heurte de plein fouet. « Enterrement ». De quoi parle Anne ?

« Tu peux répéter ?

— Il n'y avait pas grand monde à l'enterrement.

— David a été enterré ?

— Qui d'autre ? Tu croyais qu'on allait l'exposer comme Staline dans son cercueil panoramique ?

— Tu es sûre ?

— J'y étais, tu n'écoutes pas, je viens de te le dire !

— Toi ?

— Il fallait bien que quelqu'un se dévoue puisque tu avais disparu, alors j'y suis allée à ta place. C'était le minimum, tu ne crois pas ?

— Si, bien sûr. C'était quand ?

— La semaine dernière. Vendredi. Le 24.

— Ça s'est passé… comment ?

— Ses parents ne sont pas exactement le modèle qu'on se choisirait, le genre famille Addams en moins glamour. Tu les aurais vus… Sa mère noiraude, avec des yeux de raton laveur. Le père encore pire, une tête d'alcoolique vicieux. Je suis restée au fond de l'église, il n'y avait aucune raison qu'ils me reconnaissent puisque tu ne les as jamais rencontrés. Je n'ai pas pensé à ta photo dans le journal. Le père a fini par me repérer et il a passé la messe à loucher vers moi. J'avais prévu de m'éclipser dès la fin, mais je me suis retrouvée coincée par une vieille à béquilles. Il en a profité pour me fondre dessus. Je te jure, j'ai bien cru qu'il allait me gifler. Il a voulu savoir si j'étais la sœur jumelle et pourquoi tu n'étais pas là, à l'enterrement de son fils et qu'il comptait bien te parler, et que même si vous n'aviez pas été présentés ce n'était pas une raison pour se comporter comme… comme…

— Comme quoi ?

— Il était hors de lui, il a dit “comme une sale petite traînée”, et je te jure que sur le moment je n'avais aucune envie de le contredire ! J'ai raconté que j'étais ta cousine, comme si ça changeait quelque chose, tu m'as contaminée avec tes mensonges, en plus on se demande bien ce qu'une cousine aurait fichu à l'enterrement, j'ai expliqué que tu étais tellement mal qu'on t'avait envoyée en retraite et que je représentais la famille. C'était plausible, d'ailleurs j'ai ressorti la même excuse aux inspecteurs. Ils m'attendaient à la sortie, tu imagines ? J'ai bien cru que j'allais mourir de honte, avec les gens qui nous dévisageaient…

— Les inspecteurs ? »

Jeanne doit s'appuyer pour ne pas défaillir. Le contact du plastique rafraîchit brièvement son front brûlant. Une vague d'amour lui monte aux joues. Si Bouraoui est au courant, ça change tout ! Le soulagement la fait pouffer de rire.

« J'ai dit un truc marrant, là ?

— Rien, c'est nerveux. Tu as parlé aux inspecteurs chargés de l'enquête ?

— Ça a l'air de te réjouir maintenant, il faudrait savoir ! »

Anne ironise, mais on la sent mieux disposée, presque gaie.

« Alors ? Ils me cherchaient ?

— Je te signale que je ne suis pas allée te dénoncer, ils sont venus me trouver.

— Merci Anne…

— À ton service.

— Il dit quoi, Bouraoui ?

— Bouraoui ?

— C'est le flic à qui j'ai eu affaire. Un brun, assez jeune, plutôt mignon.

— Je n'ai pas retenu son nom, mais ça pourrait convenir. Ils étaient deux, il y avait une fille plutôt jolie. Je leur ai dit que tu étais partie te mettre au vert, que tu n'en pouvais plus et ils m'ont chargée d'un message : tu dois les appeler pour leur donner tes nouvelles coordonnées. Ils veulent pouvoir te contacter tant que l'enquête est en cours.

— C'est tout ?

— Je crois.

— Il avait l'air comment, le flic. Inquiet ? Soupçonneux ?

— Je n'en sais rien, moi ! Tu en as de bonnes ! L'air d'un homme qui voudrait bien avoir tes coordonnées, mais sûrement pas pour t'inviter à passer la nuit.

— Tu deviens trash.

— Ah oui, et toi ? Comment peut-on qualifier ton comportement ? Délire post-adolescent ?

— Ça te réussit plutôt de te faire piquer tes papiers. »

Malgré la distance qui les sépare, elles éclatent de rire, à la même seconde.

Jumelle/plus-belle/poubelle/je-serai-celle-qui-tire-les-ficelles ! La rengaine qu'elles avaient inventée lui revient en mémoire. Jeanne s'apprête à la réciter quand sa sœur soupire.

« Tu ne sais pas qui j'ai croisé encore ?

— Non. »

Le silence qui plane contient une pointe de vert, aussi fine qu'une aiguille. Jeanne reconnaît l'acidité des triomphes. Elle est tentée de répliquer « je m'en fous, garde ça pour toi », mais ce serait un peu vache après tout ce qu'Anne a fait pour la protéger.

« Qui ? Mes collègues ? Pauline ? »

Elle n'écoute qu'à moitié. Personne n'a lancé de mandat international, les flics ne la recherchent même pas. Ils attendent qu'elle se conforme à la règle d'usage en donnant une adresse où la joindre. Il n'y aura plus d'interrogatoire parce qu'elle n'est pas suspecte. Au pire, ils voudront la voir avant de boucler le dossier. Ils ont peut-être arrêté Marcel… Elle se sent lavée, purifiée. Elle peut passer la frontière, trouver un travail, prendre l'avion, ouvrir un compte en banque et s'appeler Jeanne Saxe devant la loi ! Une fois qu'Emil sera parti, il sera toujours temps d'y réfléchir… Elle s'adosse à la paroi de la cabine, étourdie. On dirait que son corps s'est brusquement vidé d'un poids immense. À force de trimballer partout son angoisse, elle avait fini par l'oublier. Elle se sent un peu ivre et légère, retenue au sol par un fil d'anxiété, une fille ronde et rose, pareille à un ballon qui flotte en l'air. Les bruits de la gare se sont estompés, la lumière s'est figée. Depuis combien de temps la peur était-elle logée en elle ?

« Lila. »

Le mot forme un grumeau qui peine à se frayer un chemin dans son esprit. Deux syllabes incompréhensibles. *Li. La.* Image de son amie tranchée par le milieu, puis d'une tête sans corps qui lui hurle dessus, sa bouche toute déformée par une grosse haine. *Ex-amie.*

« Tu as vu Lila ? À l'enterrement ?

— Ben oui, où veux-tu ?

— Qu'est-ce qu'elle a dit ?

— Pas grand-chose. Nous étions aussi gênées l'une que l'autre.

— Et ?!

— Oh, tu sais bien… On a échangé des nouvelles, nos parents, son boulot, des trucs comme ça. Rien sur lui. C'était bizarre. Je suis sûre que si on s'était croisées dans la rue on aurait pu s'ignorer, mais à une cérémonie d'enterrement, tu ne peux pas t'en sortir en prenant l'air distrait. J'avoue qu'elle m'a fait un peu pitié. Elle est devenue complètement décharnée, j'ai pensé au sida ou à une forme d'anorexie. Elle m'a juré que non, juste ses nerfs. Elle était mignonne avant, très garce mais jolie…

— Tu lui as demandé si elle avait le sida ?!

— Mais non, tu es bête. J'ai dit qu'elle avait une petite mine si tu veux tout savoir.

— Pourquoi aller à l'enterrement ? Elle le détestait !

— Lila n'a jamais été un modèle d'équilibre.

— Arrête, tu ne la supportais pas ! Vous avez parlé de moi ?

— À peine.

— Elle t'a demandé de mes nouvelles ?

— Non. C'est moi qui en ai donné et puisque j'ignore où vous en êtes toutes les deux, j'ai raconté que tu étais partie faire une retraite, c'est fou ce que cette excuse sonne bien la troisième fois.

— Et ?

— Ça a eu l'air de la réjouir. Pas que tu te reposes, mais que tu en aies besoin.

— Tu exagères.

— C'est le sentiment que j'ai eu. De toute façon, cette fille, je ne l'ai jamais sentie.

— Justement. C'est elle qui t'a parlé ?

— Elle m'a même abordée après le départ des deux flics. Je suppose qu'elle nous épiait, mais je n'étais plus à ça près.

— Elle ne t'a rien dit de particulier me concernant ?

— De quel genre ? Je te signale que je ne sais toujours pas pourquoi vous êtes brouillées et elle n'a pas été plus bavarde que toi sur le sujet... »

Jeanne voudrait en savoir davantage, mais la violence de son chagrin l'empêche de réfléchir. Dans sa mémoire, Lila n'a pas de couleur, elle pourrait être blanche ou noire et même les deux, des moitiés emboîtées de clair-obscur comme ce dessin du yin et du yang, le bien et le mal étroitement embrassés. Sa colère a dû la quitter, une partie au moins, sinon pourquoi aborder Anne ? Elle éprouve une furieuse envie d'entendre sa voix, quitte à faire une dernière tentative... Chaque fois qu'elle mesure l'étendue de sa perte, Jeanne a l'impression qu'on la frappe dans le ventre et au plexus. Lila aurait sûrement un tas d'explications énergétiques tirées de ses bouquins New Age : « *Tes chakras ma vieille, mauvaise circulation, faut déboucher tout ça. Tu as essayé la méthode de reconnexion ?* »

« Jeanne ?

— Attends, je réfléchis… »

Pas question de mettre sa sœur dans la confidence. Un bref instant, elle est tentée de révéler l'existence d'Emil pour créer une diversion, mais ce serait encore pire et elle n'a plus la force de polémiquer.

« Il faut que j'y aille. Mon psy m'attend.

— C'est vrai alors… Tu t'es lancée ? »

On dirait qu'Anne répugne à lâcher ce lien qui les ligote depuis toujours. Jeanne voudrait lui raccrocher au nez, elle en est incapable. Finalement, elles se ressemblent sur un point, ce fond de politesse débile qui les pousse à accomplir leur devoir en souriant, parce que refuser demande une vraie conviction. Un non qui engage. *Non, je ne t'épouserai pas.*

« Qu'est-ce que tu veux savoir ?

— Tu lui parles de tout ?

— J'essaie.

— D'accord. »

Anne soupire. À moins qu'elle ne soit en train de pleurer. Pour la première fois, Jeanne la sent hésitante, ses certitudes envolées, et son chuchotement lui serre le cœur.

« Je ne sais pas quoi te dire… »

Mue par un élan de compassion, elle choisit ses mots avec soin.

« Ça ne peut pas me faire de mal de raconter… pour entraîner ma mémoire, tu vois ?

— Évidemment. Mais… il y a tellement de vieux trucs. Remuer tout le passé. C'est tellement radical. Tu comprends ? »

Bien sûr qu'elle comprend. *Quelque chose bloque.* La paroi alvéolée de la cabine du téléphone lui donne l'impression de se tenir sous un séchoir de coiffeur, exposée à tous les regards. Le combiné meurtrit sa pommette et ses mâchoires sont si serrées qu'elle finira par abîmer ses vieux plombages. Tant pis. Si elle ouvre la bouche, à cette seconde, Dieu sait ce qui en sortira. Trop de temps a passé. Des couches de temps qui en s'empilant forment des strates aussi compactes que de la roche. Elle risque de cracher des phrases qui n'ont jamais vu la lumière du jour, pareilles à ces immondes bestioles qui apparaissent sous les pierres retournées.

« Tu veux connaître la phrase préférée de mon psy ?

— Vas-y.

— "Dites-m'en un peu plus là-dessus."

— Je vois le genre. Et tu supportes ça ?

— Avec lui, bizarrement, oui.

— Du moment que tu lui fais confiance, j'imagine que... Tu as retrouvé des souvenirs de ce qui s'est passé ?

— Non. Pas vraiment.

— Ah. Et tu penses qu'il va t'aider ?

— Je crois. Et puis je l'aime bien.

— Qui ?

— Ber... mon psy !

— Tu ne veux pas me dire où tu es ?

— Je préfère pas. Pas encore.

— Pourquoi, Jeanne ? Tu te méfies de moi ?

— J'ai mes raisons, crois-moi. Et les parents ? »

Elle a parlé au hasard, vu qu'elle se soucie d'Eugénie et Christian comme d'une guigne. Ce relent de vieille rancœur l'étonne, elle ne l'avait pas ressentie depuis des années.

« Je leur ai dit qu'entre David et toi c'était fini, c'est pour ça que tu ne venais pas à Carnac, que vous aviez des choses à régler. Ils étaient tellement soulagés que c'est passé tout seul. Tu as toujours su y faire avec eux. Tu étais leur préférée, après tout.

— Anne…

— Je sais, j'aurais pu me dispenser de cette dernière remarque, mais au point où on en est… Au pire, tu peux toujours raconter à ton psy combien ta vilaine sœur t'a emmerdée quand nous étions petites, pas vrai ?

— Tu penses ! Je ne vais pas me priver ! »

L'attendrissement la submerge et cela la surprend encore après tant d'années, retrouver la trace d'une ancienne complicité…

« Tu n'aurais pas changé, toi aussi ?

— Tu crois ? C'est gémellaire après tout… »

Anne a beau plaisanter, cette perspective semble effrayante.

« Je dois y aller. Merci.

— Je t'en prie.

— Salut.

— Salut. »

En reposant le combiné, Jeanne se voit de très haut, coincée dans la cabine tandis qu'à l'autre bout de l'Hexagone sa sœur écoute le silence, le regard perdu. Elle éprouve la puissance du fil qui les relie. Est-ce à cause de la gémellité ? Elle ne sait pas qualifier ce truc qui court de l'une à l'autre, entrave ou force, souvent, elle a senti ce lien comme un garrot capable de la tuer. Est-ce cela qu'on appelle les liens du sang ? L'expression – assez grandiloquente – ressemble à une excuse commode pour excuser le pire. Et, inévitablement, ça la ramène à leurs signatures posées en bas d'une feuille pas très propre. Sœurs de sang. Saleté.

Elle retire la carte téléphonique et tente de calculer combien d'unités il lui reste. Plus elle traîne ici, plus le danger grandit. Si on la traque, la gare et l'aéroport sont les premiers endroits où on la cherchera. Elle n'a même pas pensé à vérifier si le numéro de la cabine s'est affiché sur le cadran du fixe. Au pire Anne connaîtra son département, et alors ? Elle l'a protégée, non ? Machinalement, elle repousse la carte dans la fente. Passé le décompte, au signal, elle tape l'enfilade familière des chiffres. Elle les connaît par cœur, depuis toujours. C'est gravé dans ses doigts, autant que dans sa mémoire.

« Allô ? »

L'émotion la fait trembler tout entière et l'empêche de respirer.

« Qui est à l'appareil ? Allô ? »

Si Lila pouvait comprendre, ce serait comme un signe, l'évidence retrouvée. Mais elle s'énerve et Jeanne se décide à lâcher timidement.

« C'est moi.

— Jeanne ? »

Le ton est neutre. Ni froid ni chaud. Affreusement neutre.

« Oui.

— Tu veux quoi ? »

Quoi ? L'injustice de cette question la pétrifie. Elle n'en sait rien, ce qu'elle veut, elle n'a rien préparé ! C'est Lila qui a abordé Anne au cimetière, alors pourquoi surjouer la surprise ? À moins qu'elle n'attende les mêmes sempiternelles excuses, pardon-pardon-pardon-pardon, du plus profond de mon âme, pardon ! Elle simule la gaieté, parce que cela s'entend, le sourire dans la voix et qu'elles ont besoin d'une dernière chance.

« Je me disais juste… Je voulais savoir comment tu vas.

— Les nouvelles vont vite, dis donc. Eh bien, je ne suis pas encore morte. Même pas malade, désolée, mon chou.

— Lila…

— Quoi, Lila ?

— Je ne cherche pas la bagarre.

— Ah oui ? Maintenant que David est mort, tu crois qu'on peut recoller les morceaux ?

— C'est monstrueux d'imaginer un truc pareil !

— Non, ce qui est monstrueux, c'est ce que tu m'as fait.

— Je ne t'ai pas appelée pour ça. Je veux dire…

— Tiens donc ! Eh bien moi il n'y a que “ça” qui me reste de toi. Ça.

— Tu ne peux pas…

— T'en vouloir ? Tu voudrais que j'efface tout ? Comment ? Il faudrait d'abord que tu comprennes exactement ce que “ça” m'a fait, tu piges ?

— Oui. Je crois… Bien sûr que je compr… »

Lila a raccroché. Jeanne peut sentir la puissance de son refus irradier jusqu'à elle. Elle ôte la carte téléphonique, la glisse machinalement dans sa poche.

En sortant de la gare, elle se met à courir pour occulter la douleur. Il lui reste un tas de choses à penser. Des choses bonnes et douces qui fleurent un avant-goût de liberté. Bouraoui. Son visage d'ours polaire. Dans quelques jours, elle l'appellera, rien ne presse, elle n'est plus hors la loi. Elle fera amende honorable et, s'il lui donne l'assurance d'avoir la paix – pas de confrontation avec les amis mafieux, pas d'article en une –, elle pourrait même rentrer à Lille. Un passage éclair. Demain, elle ira dans un café Internet consulter les articles sur l'affaire, et qui sait, elle trouvera peut-être des photos de l'enterrement. Elle pourrait reconnaître quelqu'un, la bonne grosse trogne de Marcel, par exemple, ou Lila, son petit visage amaigri, émacié, douloureusement pincé. Non. Oublier Lila. Lila n'existe plus, c'est elle qui l'exige !

La lumière déversée du ciel lui paraît aussi brillante que de l'or pur. La pluie a laissé le trottoir d'un noir luisant, à croire qu'on vient d'y appliquer une couche de peinture. Ça sent l'asphalte propre. Jeanne lève la tête et aperçoit un lambeau de bleu au milieu des nuages poussés par la bourrasque. La tache ressemble à un mouchoir qu'on agite et les cumulus à des boules de bowling. Là-haut, les couleurs ne signifient rien. Pas de foudre divine ni de menace qui gronde.

Un bus approche, le feu au clignotant. La ligne passe à proximité du centre-ville, elle a vérifié. Elle pense à Emil, aspire son prénom en traînant sur le *i*, Emiiil, ça ressemble à une chanson, Emiiil, Emiiil, Emiiil. L'autocar vient d'ouvrir ses portes, elle doit presser le pas pour l'atteindre. Elle va faire quelque chose qui sort de l'ordinaire, dehors, loin de sa chambre. Le choix lui paraît si vaste qu'elle en a le tournis. Elle ira le surprendre à la plage et lui proposera de manger au restaurant pour fêter ça. Il voudra savoir quoi. Comme ça, elle dira, juste le plaisir. Ils n'ont jamais fait l'amour dans sa cabane, ce serait l'occasion. Bernstein ne l'attend pas avant 16 heures, ils auront le temps. Elle songe à la façon dont il la boit, à ses mains qui l'écartent, et sourit parce qu'une brusque faiblesse amollit ses jambes. À l'arrière, quelqu'un grogne « attention », mais Jeanne s'en moque, elle ne se retourne même pas. L'impression que tout peut recommencer est aussi vertigineuse que de se pencher à l'aplomb d'une falaise en défiant le vide, sauf que là, c'est l'inverse qui se produit, elle s'éloigne du danger. Il suffit d'y aller doucement, pas à pas…

À l'hôtel, elle passe en trombe devant la réception. La clef est toute chaude dans sa main. Depuis le jour où elle a cru qu'on avait fouillé ses affaires, elle conserve le trousseau. Le vieux a beau rouspéter qu'il faudra rembourser en cas de perte, elle s'en fiche.

La chambre a été faite et sent le citron. Elle fouille l'étagère des sous-vêtements, en vain. Son maillot a dû rester à Lille, dans sa chambre en désordre. *Bizarre, non ?*

J'ai vraiment tout laissé en vrac ? Finalement, elle le déniche sous la pile des tee-shirts, le tissu gaufré, tout rêche d'avoir été lavé et essoré mille fois. Elle calcule que ça doit faire près d'un an qu'il n'a pas servi, aux dernières vacances avec David. Lui, dans une piscine en forme de haricot géant, les gouttes de lumière sur ses cheveux mouillés, ses bras ouverts, athlétiques... Elle secoue la tête pour chasser l'image. L'océan la lavera de ses peurs. Tant pis si l'eau est gelée, elle se laissera emporter au large et ses dents s'entrechoqueront de froid, le sel brûlera sa gorge, et ce sera comme si la menace n'existait presque plus. Après le bain, elle ira surprendre Emil et peut-être qu'ils baiseront derrière un rocher, sauvagement, comme deux bêtes enragées de plaisir, ensuite elle rejoindra le cabinet de Bernstein où ils s'occuperont de culpabilité.

Le slip poche un peu sur les fesses. Elle a maigri depuis son arrivée ici. À certains endroits le tissu a perdu son aspect gaufré, l'usure lui donne l'allure d'une vieille pêche. Si la houle est vraiment forte elle risque de se retrouver déculottée. Un rire silencieux la secoue. Vite, elle enfile une jupe à élastique, un gilet, chausse ses espadrilles neuves, puis jette la serviette de l'hôtel dans son sac. Elle ajoute un slip de rechange, un paréo, son livre et le tube de pommade, par précaution. Avant de verrouiller la porte, elle prend quand même le temps de glisser le morceau de papier bible arraché à son agenda, à deux doigts du verrou, entre le battant et le chambranle. Ce bout de papier est à la mesure de la menace. Presque rien. Une précaution élémentaire pour un danger minimum.

Dans l'escalier, elle bute sur Vasseur et le choc balaie tout sentiment de peur. Planté en plein milieu des marches, il l'évalue avec curiosité. Y a-t-il de la réprobation dans son regard ? Il a troqué son costume contre un pantalon en velours côtelé et un pull marron à losanges verts et beiges trop hivernal pour la température. Ce doit être son jour de congé. Elle réalise qu'elle ne l'a pas vu à la salle des petits déjeuners. Ce changement le fait paraître ordinaire, un peu pathétique, tant qu'il se dispense de sourire du moins. La ligne de ses lèvres a quelque chose de sinueux. *Un serpent, ma chérie. Méfie-toi de ces bestioles.*

« Vous tombez bien…

— Pardon ?

— Vous connaissez le coin ?

— Pas tellement.

— Moi non plus. Je travaille dans un pôle industriel, alors les balades touristiques… »

Elle ignore où il veut en venir et ne tient pas à en savoir davantage, mais il poursuit avec un enthousiasme qui paraît totalement hors de proportion.

« Je suis certain que vous pourrez quand même me conseiller !

— À quel sujet ?

— Un itinéraire.

— Il y a des prospectus en bas et je ne m'y connais pas plus que vous.

— Tout seul, ce n'est pas très intéressant. Ça vous dirait ?

— De quoi ?

— De m'accompagner, pardi ! »

L'idée est tellement absurde qu'elle doit se mordre la langue pour ne pas éclater de rire. Vasseur devait la guetter, il semble décidé à faire des efforts de socialisation, sauf que sa proposition n'a aucun sens. Ils ne se connaissent pas, et il doit bien sentir qu'elle ne l'aime pas. Ou alors il sait qu'elle enquête sur lui et cherche à se venger. *Les faits, juste les faits !* Qui disait ça ? Grany ? Trop pragmatique… En l'absence du costume, son aura reste grise, mais on discerne à présent une rougeur diffuse. *Rouge-traînée-de-pute.* A-t-il repéré quelque chose qui l'inciterait à passer à l'acte ? David le prétendait. *Tu aimes ça, Jeanne, ça se sent, et ça me plaît pas trop, sauf là, tout de suite…*

Elle redresse le menton, la mine sombre.

« Vous ne travaillez pas ?

— Pas aujourd'hui. J'ai pris ma journée. »

Il dit cela comme s'il lui faisait un cadeau qui la concerne particulièrement.

« Eh bien moi j'ai des engagements. »

Elle le toise durement, poussée par une rage froide. *Parfait ma chérie, fais-toi respecter, même si tu n'es qu'une pute !* Lila sourit méchamment quelque part dans sa tête. Vasseur ne moufte pas. Il ne semble pas choqué ni même concerné par son refus, et se contente d'attendre en bouchant le passage. Ses lèvres entrouvertes sont humides. Jeanne se demande quel goût il a. Il suffirait de se pencher pour connaître la réponse. Elle pense à David tordant son poignet. *Dis-le-que-tu-aimes-ça !*

« J'ai rendez-vous avec mon mec en fait. Je ne peux pas vous aider.

— Tant pis. »

Il cille à peine. La brume rouge est devenue plus franche, elle le jurerait. Elle se retient d'en rajouter et se contente de murmurer « Bonne journée ». Même les types de son genre sont susceptibles d'exploser. Puisqu'il ne fait pas mine de bouger, elle le bouscule légèrement pour l'obliger à s'écarter et sent sa main lui caresser la hanche au passage. Elle dévale les marches, partagée entre la fureur et le soulagement. Emil avait raison. Vasseur cherche une femme prête à se soumettre. Les couleurs ne mentent pas. Ce qui l'étonne, c'est de ne pas avoir compris avant. À moins qu'il ne joue la comédie pour mieux détourner son attention. Un tueur comme Marcel en serait capable et... *Du calme, ma fille !*

Personne ne lui gâchera cette journée. Elle ira nager dans son maillot moche, elle se laissera étreindre par son fougueux Norvégien. Ce sera sa manière de célébrer la fin de l'imposture, même si lui n'en sait rien. Renaître en Jeanne, inventer une nouvelle vie, oublier celle d'avant. Le pire est passé, basta ! Elle ne veut pas y penser maintenant, demain peut-être...

Le sable est frais, soyeux, mais la température extérieure ne doit pas excéder les vingt degrés. Une vague la gifle de plein fouet en lui coupant le souffle. Elle s'oblige à avancer dans la mer. Elle a choisi un coin désert, assez loin de l'endroit où Emil passe ses matinées dans le *shop* d'Arno. Elle n'a vu ni drapeau ni maître-nageur, probablement parce qu'il est trop tôt pour la saison. L'océan est dangereux par ici, avec le courant et les baïnes, Arno affirme que chaque année des nageurs sont emportés, mais c'est un risque trop concret pour l'impressionner.

À trois cents mètres au large, des surfeurs flottent pareils à des bouchons, embusqués entre deux crêtes de rouleaux, les jambes ballant de part et d'autre de la planche comme des moignons bien propres. Certains ont des capuchons qui leur font un crâne lisse de phoque. Jeanne en dénombre une douzaine. Elle s'immerge d'un coup, glapit, et la force du courant la propulse aussitôt vers le large. Elle pourrait se noyer maintenant, en pleine joie, et disparaître au moment où elle cesse de désespérer. *Une fuite de plus, ma chérie, affronte un peu les choses !* Grany est raide dingue en fantôme. Les morts sont-ils tous sujets à métamorphose ? Un jour, quelqu'un lui a dit que les âmes avaient le sens de l'humour – impossible de se rappeler qui.

Le froid l'enveloppe si étroitement qu'elle suffoque. Le flot la soulève et elle crie de surprise, boit un peu d'eau salée. Un souvenir pousse contre ses yeux, mais elle l'écarte. Elle n'en veut pas. Elle agite férocement bras et jambes et passe juste à temps une vague sur la crête, puis se laisse emporter dans le creux en riant de peur. L'océan la tient comme une balle d'enfant entre ses bras liquides. Une larme lui échappe et se mélange au sel de l'eau. *Mer…* Elle prononce « mer », le répète plus fort, on dirait un appel et soudain Eugénie se dresse devant elle, sur l'écume, souriante, méconnaissable. C'est une Eugénie rajeunie et joyeuse qui n'a sans doute jamais existé.

Le froid l'a quittée pour lui laisser le sang bouillant. Dopée par l'énergie, Jeanne entreprend de nager droit vers le large. Elle ira assez loin pour frôler la limite de ses forces et revenir vivante en abandonnant ce qui la blesse. Elle voudrait que l'océan lave les traces de son amnésie, lave le sang et la mort. Cette pensée la surprend alors qu'elle plonge sous une vague puis remonte d'un puissant coup de reins. *Jamais tu n'as eu peur de l'eau.*

4

Questions ouvertes

« J'ai appelé ma sœur, Jeanne. Ça faisait un mois et demi que je ne lui avais pas donné signe de vie et ce matin je me suis décidée. »

Bernstein approuve d'un grognement. Il ne peut pas savoir à quel point la phrase est ambiguë. Chaque fois qu'Anne arrive sur le tapis, l'attention lui vernit la figure. Son œil devient vitreux. Il est l'incarnation de la vigilance et Jeanne se sent pareille à un chien rapportant un lièvre au chasseur. Même si cela l'irrite, ce n'est pas le moment de se laisser distraire par leurs petits jeux du psy et sa patiente. Le docteur n'avouera jamais son extrême intérêt, ce ne serait pas professionnel de dévoiler si grossièrement ses batteries. Le voilà qui prend appui sur ses coudes pour se pencher dans sa direction. D'habitude elle aime bien leurs affrontements, les secrets livrés au compte-gouttes, de beaux mensonges translucides qui l'enivrent comme un alcool fort. Elle ne prépare rien, mais préfère se laisser guider au gré des humeurs, sentir comment tout se combine sous sa langue. Cela fait huit séances qu'elle vient s'asseoir dans le fauteuil face au bureau, huit séances qu'elle brode autour de l'amnésie. Les règles sont simples, même si la matière est complexe. Il suffit de formuler les réponses sans déraper. Le docteur est là pour l'aiguillonner ou la relancer dans l'axe en cas de grosse embardée. Parfois, il fronce les sourcils, alors elle vire de cap ou lance le prénom de sa sœur. Il tient à paraître dénué de jugement et, la plupart du temps, il y arrive plutôt bien. Il aurait pu être chef de cordée ou GO dans un club de névrosés. Sa neutralité (*son désintérêt ?*) peut s'avérer crispante, mais c'est sans doute grâce à l'impartialité qu'il devient possible de recréer l'Histoire de Je-Anne en lui donnant des angles mieux appropriés.

Aujourd'hui quelque chose ne tourne pas rond et Jeanne ne s'y attendait pas. Pas après la joie du matin. Impossible de déterminer si ça vient d'elle ou de Bernstein. Ce malaise diffus la rend hésitante. Il faudrait changer de cap, mais c'est trop tard, le docteur attend. De toute façon, le regret ne sert à rien, c'est lui qui le dit. *Aucun regret n'est valable. Responsabilité, pas culpabilité. Bla-bla-bla...* Elle aimerait le voir se dépatouiller d'un bon gros péché glissant comme une savonnette dans ses mains ensanglantées. Pour se donner du courage elle pense au goût du sel que la mer a laissé sur sa peau, aux baisers d'Emil. À la saveur de sa queue glissant dans sa bouche, âcre et douce. Il a refusé de la baiser contre un rocher, mais il a bien voulu se laisser sucer. C'était singulier, silencieux. Violent mais sans douleur. Un souvenir curieusement embarrassant dans le cabinet de Bernstein.

Anne donc.

Jeanne : Je ne pensais pas particulièrement à elle. Je n'ai pas prémédité de l'appeler, je l'ai fait, tout bêtement. Vous savez, c'est comme de mettre en pratique la phrase cliché « *un pas après l'autre* ». C'est ce que j'ai fait. J'ai appelé Jeanne.

Docteur B., *un éclat malicieux dans l'œil* : Vous avez remarqué que vous nommez toujours votre sœur ?

Jeanne : Comment cela ?

Docteur B. : Parfois vous donnez l'impression que ce nom est essentiel.

Jeanne *renfrognée* : Si vous le dites.

Docteur B. : Je vous ai vexée ?

Jeanne : Non, pourquoi ? Mais c'est vraiment utile de décortiquer chaque parole ? À force, ça enlève de la spontanéité. Vous faites pareil avec votre femme ?

Docteur B., *imperturbable* : C'est aussi pour cela que vous avez entamé une thérapie, n'est-ce pas, Anne ?

Jeanne : Et vous ! Vous venez de m'appeler par mon prénom ! Qu'est-ce que cela signifie alors ? Un contre-transfert ?

Il se contente de lui retourner un sourire de Joconde qu'elle est censée considérer comme une riposte pleine de sagesse. Maître Psy dans son fauteuil vautré, son grand fauteuil en cuir bien patiné qui tourne, *pas le sien, beaucoup plus modeste,* avec sa mine de planer au-dessus des lois communes. Quelle serait sa réaction face au bon vieux Marcel ! Le non-jugement ? Son pied bat la mesure frénétiquement et elle doit serrer les poings pour arrêter. Sa nervosité laisse le docteur indifférent. Il ne lui en fera la remarque qu'en cas de nécessité. Ce n'est pas un homme humiliant, pas sans raison, du moins. Elle s'est un peu renseignée sur le métier depuis qu'ils se fréquentent, et savoir que lui aussi est contraint de se confesser à un autre psy la soulage. Son contrôleur doit le réprimander pour chaque marche loupée avec un psychotique, ou parce que la Mère Michel s'est suicidée en avalant un flacon de Javel… Elle tente de se calmer. Il ne faut pas que cela dégénère, pas avec la bonne nouvelle à annoncer. Bernstein est un des rares à pouvoir l'apprécier. Même énervant, bourgeois et constipé, il connaît l'importance d'être libre. C'est cela que Jeanne brûle de lui annoncer. Du jour au lendemain, alors qu'elle se croyait coincée dans l'illégalité, la voilà affranchie. *Aux yeux de la loi je vous déclare libre !* On ne la mettra pas en prison, on ne la pourchassera pas aux frontières. Dommage qu'elle ne puisse plus utiliser sa véritable identité. Elle aurait aimé lui présenter une vérité pure et nue, pas une révélation tronquée, mais admettre avoir utilisé le nom de sa sœur la condamnerait à de nouveaux mensonges. Si elle tient tant que ça à redevenir Jeanne Saxe-déclarée-innocente, il faudra quitter la ville et trouver un lieu où elle sera neuve, une femme pleine de résolutions et d'avenir… Elle n'est pas encore prête.

Emil lui apparaît soudain. Son corps aussi brûlant que la mer était froide, son front pâle et ses yeux enchâssés dans l'os, sa façon de gémir quand elle l'a avalé. Elle déglutit et pousse un long soupir.

Jeanne : Bon, OK. C'est sans doute à cause de nos prénoms. J'ai besoin de la nommer pour ne pas mélanger. C'est déjà assez emmerdant d'être jumelles, vous ne croyez pas ?

Bernstein opine. Il est prêt à gober tous les hameçons qu'on voudra lui présenter. La suite vient sans effort, avec la fluidité d'une évidence, comme si elle avait toujours existé. La Vérité.

Jeanne : J'ai toujours soupçonné ma mère d'avoir traversé le baby-blues, sauf qu'à l'époque ce n'était pas encore trop la mode. Elle avait des excuses. Elle pensait être stérile à trente-cinq ans révolus. Je devine ce que vous allez me demander. Comment est-ce que je le sais ? Eugénie, j'appelle ma mère par son prénom et je sais ce que vous allez me dire, enfin bref, Eugénie ne s'en est jamais cachée. Avant notre arrivée, on peut considérer que c'était une femme raisonnablement heureuse. Une femme-épouse qui n'aurait jamais dû tomber enceinte. Évidemment, elle ne pouvait pas le savoir à l'avance. En apprenant sa grossesse, Eugénie a cru bon de se sentir heureuse. C'était comme une obligation. Tout le monde l'était autour d'elle, même son mari alors qu'au fond, elle devait se sentir terrifiée. Il y a une photo qui date de cette époque. On la voit assise sur un drap au milieu d'un champ avec son ventre énorme et mon père qui l'enlace, accroupi derrière. Ils sont en pleine lumière, si bien qu'on distingue parfaitement leur expression. Elle a l'air égaré, perdu, et elle s'accroche à son sourire comme à une planche de salut. Mon père la couve, béatement. Tout va bien pour lui. Cet homme ne sait pas deviner les choses, il n'a aucun pressentiment du bouleversement à venir. Il est guidé par un idéal politique et travaille déjà beaucoup. C'est l'époque où il vient d'être nommé délégué syndical. Il est heureux parce qu'il aime son boulot, il aime sa femme et bientôt il aimera ses mioches. Il ne sait pas ce que cela représente, deux embryons d'un coup. Ni comment on s'alourdit, comment on se réduit à être une sorte d'urne à fœtus. Les jambes qui pèsent des tonnes, les renvois gastriques, l'envie de faire pipi qui vous rend quasi incontinente. La grossesse n'a pas de fin et on n'en mesure pas les conséquences. Voilà dix ans que leur couple fonctionnait à merveille et tout a changé ! Il faut réaliser cela pour comprendre le désarroi d'Eugénie.

Docteur B. : Vous semblez l'avoir parfaitement saisi. Vous êtes très proche de votre mère ?

Jeanne : Non. Mais je peux la comprendre. Il suffit d'imaginer.

Docteur B., *après un long silence plein de résonances* : Nous y reviendrons si vous voulez. Et les prénoms ?

Jeanne : La première-née s'appellerait Jeanne, la seconde, Anne, un raccourci de « grande sœur », quelque chose dans ce goût-là. Sur le papier, cela devient saisissant. L'amputation du Je, vous ne trouvez pas ?

Docteur B. : Était-ce délibéré de la part de votre mère ? Même si ce choix a de quoi surprendre, votre explication me paraît très catégorique…

Jeanne : Avouez quand même que si ça ne l'était pas, son inconscient le lui a soufflé ! Vous voyez autre chose ? Moi, je crois qu'elle a voulu nous punir d'être jumelles. Pourquoi ne pas nous coudre ensemble ? Affublées de ces prénoms nous n'étions plus deux filles distinctes, mais un paquet encombrant, un lot de morveuses exaspérantes. Anne et Jeanne. Impossible d'en oublier une. Oublier un prénom. Elle pouvait même nous mélanger, ça passait pour un lapsus.

Jeanne s'interrompt pour reprendre sa respiration. Son cœur bat si fort qu'elle le sent dans ses tempes. Si ça continue, elle aura besoin d'une aspirine.

Jeanne : Il ne faut pas que je noircisse le tableau. Tout aurait pu tenir à merveille. Eugénie se pensait tirée d'affaire. En sept ans, elle avait fini par s'y faire et les aimer ses petites « nânes ». Anne appelait Jeanne, Nâne. Je veux dire j'appelais ma sœur comme ça. Le surnom nous est resté. Ma mère avait quarante-deux ans et elle aimait toujours mon père malgré ses défauts. Le Mioche n'était pas encore venu mettre la pagaille dans l'équilibre familial. Nous avions sept ans quand il est né.

Docteur B. : vous avez un frère ?

Jeanne : Oui. Handicapé. Et croyez-moi, il a bien fallu compenser en devenant des filles légères, aimables et propres comme des bulles de savon, des filles qui sourient et ne laissent échapper aucun gros mot, sauf en secret, pour compenser le cadeau de Mère nature. C'est ce qu'on dit dans ces cas-là. Cadeau du ciel. Plus ils sont atteints, plus on leur octroie de la grâce. C'est obligé sans quoi ça deviendrait intolérable, personne ne tiendrait le choc. Vous saviez que *handicap* vient de l'anglais ? Hand-in-cap.

Main dans la casquette. Autrefois, quand un jockey montait un trop bon cheval, il devait courir une main entravée pour ne pas être trop favorisé par rapport aux autres coureurs. Le handicap était l'indice d'une certaine perfection. Comme ces enfants. Des anges trop parfaits pour la Terre.

Docteur B. : Votre frère… pourquoi avoir attendu si longtemps avant de l'évoquer ? Voilà un silence révélateur, vous ne pensez pas, Anne ?

Jeanne : À votre avis ?

Elle exulte, partagée entre un ressentiment qui confine à la haine et l'envie absurde de fourrer sa tête entre les mains du docteur échouées sur le tapis en cuir vert. La surface est tellement lisse, entre eux, une patinoire où les mots glissent avec l'aisance des danseurs sur glace. Elle oblige sa voix à ne pas trembler. Il ne l'interrompra pas, pas fou, il la laisse venir.

Jeanne : Ma sœur ressemblait beaucoup à ce que notre mère voulait, hypocrite, bien coiffée. Le soir, elle roulait ses mèches de cheveux autour de rubans bien serrés, et le matin, elle se réveillait avec des boucles qui encadraient joliment son visage. Moi, j'étais tout le contraire. Osseuse, la tignasse emmêlée, la bouche pleine de mots comme « foutre », « connard » ou « putain ». Eugénie détestait cela. Évidemment, je vous parle de mes treize, quatorze ans. Avant, j'étais assez hypocrite moi aussi, dans un autre genre qu'A… que ma sœur. Plus silencieuse et butée…

Docteur B., *tellement attentif qu'il doit serrer sa mâchoire pour ne pas la laisser béer* : Qu'est-ce qui a changé ? L'adolescence ?

Jeanne : Pas seulement…

Elle laisse planer un doute, consciente de maîtriser le suspense. L'attention du psy s'est encore aiguisée. Son aura violette lui fait penser à une fleur carnivore effleurant une mouche. *Je-Anne la mouche.*

Jeanne : C'est sa mort qui a tout changé.

Elle s'arrête, haletante. Voilà qui est dit. À présent, elle écoute son cœur battre. Son cœur qui n'a pas explosé. Bernstein a conscience que la minute est d'importance car il ne pipe mot. Ses yeux sont aussi luisants que du quartz. Elle songe qu'en ce moment même, dans chaque montagne, chaque grotte, chaque repli de terre, il y a des millions de cristaux qui brillent pour rien. Des millions de petites vérités cachées. La mort du frère s'est solidifiée de la même façon, sous les strates du silence.

Le docteur flanche, il n'a pas la patience d'attendre.

Docteur B. : Vous voulez m'en parler ?

Jeanne : À votre avis ?

Soudain, elle appréhende ses conseils. Son frère n'est pas un sujet de débat, juste une donnée utile pour Bernstein. Elle le connaît, il adore délivrer des recettes de vie qui sonnent clair et vif : « Décalez-vous de trois pas pour envisager la réalité d'une situation, comme si vous étiez une observatrice indépendante » ; « Posez-vous des questions de bon sens, des questions comme : "Qu'est-ce que je veux vraiment ? D'où vient mon désir ?" », ou sa variante, un chef-d'œuvre du genre : « Êtes-vous la marionnette de votre désir ou bien celle qui l'anime ? » Il sait qu'elle utilise le cahier d'exercices et qu'elle « tourne autour de l'amnésie comme point de départ ». Sauf qu'aujourd'hui elle ne supportera pas d'entendre « Et si vous regardiez la mort de ce frère autrement ? Qu'est-ce que cela a apporté dans votre vie ? » Elle redoute tellement d'entendre ce genre de fadaises qu'elle préfère brouiller les pistes.

Jeanne : J'ai testé votre méthode pour les questions difficiles.

Docteur B., *tiré de sa réflexion* : Ma méthode ?

Jeanne, *récitant* : Pour une question difficile, posez-vous cinq « pourquoi » de suite et vous verrez que la situation est moins inextricable qu'il n'y paraît. C'est le conseil que vous m'avez donné la dernière fois, vous ne vous rappelez plus ?

Docteur B., *perplexe* : Si… bien sûr. Et alors ?

Jeanne : Ça marche.

Docteur B., *redevenu attentif* : Vous pouvez m'en dire plus ?

Jeanne : Nous n'avons plus le temps, je pense.

Il ne peut pas refréner un sursaut et consulte le réveil posé sur le bureau, une pendulette enchâssée dans un cadre pivotant doré, résolument moche. La séance touche à sa fin, dans deux minutes. Il le lui précise, « Deux minutes », comme s'il s'agissait d'un espace-temps assez vaste pour lui chuchoter un dernier secret. Il a raison. Parfois, il suffit d'un mot pour déraper sans retour possible, elle en sait quelque chose. Comme avec David quand elle a dit « oui », le jour où elle est devenue dingue. *Oui, je veux bien me marier avec toi.* Sans ce « oui » minuscule, il serait sans doute vivant. Peut-être même qu'ils seraient ensemble, à faire des projets de vacances. *Tiens chéri, et si on allait sur la Côte basque ? L'hôtel du Grand Palais, un palace honeymoon…* Jeanne n'est pas idiote. Avant de livrer quoi que ce soit, il faut veiller au poids des révélations, décortiquer la pépite de la gangue. Le Mioche n'est pas le problème, pas à proprement parler, mais il peut l'aider à remonter le fil de la mémoire, accroché au bout, semblable à une ancre perdue au fond de l'eau. La nuit dernière, elle les a vus en rêve, son frère et David. Elle a vu leurs bouches ouvertes, l'une happant l'air, cherchant son souffle, l'autre avalant l'eau du monde. Elle ne s'est pas enfuie, au contraire, elle s'est approchée pour accueillir leur dernier regard de façon à le graver dans un pli de mémoire. Ils continueraient à vivre en elle, elle leur en avait fait la promesse. Ils avaient les pupilles écarquillées et l'air surpris comme ces figurines de sucre mexicaines à la fête des morts. À présent, elle se demande ce que le docteur penserait du symbole, mais s'abstient de l'interroger. Elle n'est pas prête à la critique.

« J'ai rencontré quelqu'un… »

Bernstein semble un peu estomaqué. Ils n'ont plus le temps, la séance est finie, pourtant elle n'a pas pu refréner cette imbécillité. Évidemment, il lui balance « nous en reparlerons la prochaine fois ». Évidemment. Il y a encore un tas de sujets qui doivent être abordés ici. L'argent facile, Marcel le Harceleur, les fiancés qu'on poignarde, l'envie de sexe et la peur d'aimer, un job à chercher – mais lequel ?? Vous auriez une idée ? – et savoir d'avance qu'il dira un truc comme : « De quoi avez-vous vraiment envie ? D'un travail pour vous rassurer ou d'un nouveau tournant ? Il faut déjà déterminer cela… »

Parler d'Emil était hors sujet. Ce garçon n'a rien à voir avec sa vie ! C'est de l'histoire ancienne, il est déjà presque parti, un lâche-comme-tous-les-hommes, Eugénie l'a toujours pensé de leur père, au fond. Alors pourquoi pas Bernstein ? N'est-ce pas toujours ainsi que les choses finissent ?

Jeanne : Excusez-moi si je vous balance ça en fin de séance. Je crois que j'ai voulu faire une petite conclusion en forme de… rien… En vrai, ce n'est pas une rencontre très capitale.

Docteur B. : vous n'avez pas à vous excuser de cette confidence, Jeanne. Après tout, vous êtes chez le psy ! On en reparlera la prochaine fois, d'accord ?

Il sourit largement, façon de signaler qu'il s'agit d'une plaisanterie, sa première farce de thérapeute. Existe-t-il des codes dans ce cas précis, la boutade de fin de séance compatible avec la libération des traumatismes ? Elle imagine un manuel dans le genre du Vidal destiné aux praticiens « 100 blagues à glisser sans danger sur un canapé pour détendre le patient en évitant transferts et malentendus » et s'efforce de dissimuler le sentiment d'humiliation qui vient de l'envahir. Bernstein pourrait se montrer plus délicat. Elle est censée déterminer des choses essentielles à sa vie et il lui sort une blague à deux balles ! Maintenant il attend qu'elle foute le camp. Le fauteuil est légèrement collant de transpiration quand elle se relève. Elle le salue, merci, à vendredi. Il répond « à vendredi » et elle répète « oui, vendredi », au lieu de l'insulter. Peut-être que cette thérapie en est arrivée à son point mort. Elle n'est plus certaine d'avoir envie de revenir.

En quittant l'immeuble, Jeanne repense aux réponses inscrites sur le cahier. Elle vient de commencer le second. Le premier est bourré de listes, des croquis censés représenter ses cauchemars, et ses « enquêtes de proximité ». Il y a des pages qui concernent Vasseur. Des portraits d'Etxeberri, de la comtesse, de Maria. Les clients de passage, tous ceux qui attirent son attention.

Pourquoi, pourquoi, pourquoi, pourquoi, pourquoi.

Pourquoi est-ce que je ne souffre pas de la disparition de David ?

Parce que je redoute de l'avoir tué.

Pourquoi est-ce que je redoute de l'avoir tué ?

Parce que alors il faudrait que je réévalue certaines choses qui remettraient tout en question, par ricochet. Moi en particulier.

Pourquoi faudrait-il absolument que je me remette en question ?

Parce que si je suis une criminelle, j'ai intérêt à le savoir pour ne pas recommencer n'importe quand. Ou avec n'importe qui.

Pourquoi cette peur de recommencer ?

Parce que je redoute de ne pas en être à mon premier coup. Parce que je l'ai déjà fait, en réalité. Parce que je m'enfoncerai dans une solitude définitive, loin des Hommes.

Pourquoi ai-je peur de la solitude ?

Parce que je n'aime pas suffisamment ma compagnie.

En réalité, il existe une quantité de « parce que » qui induisent d'autres « pourquoi ». À la question numéro 2, notamment. Qui sait si une part d'elle-même, la plus intime, n'a pas souhaité la mort de David ? À force d'exigences, de jalousies, à force d'amour tyrannique, cet homme était en train d'anéantir sa liberté. Alors, si cette part secrète avait armé et dirigé sa main, jusqu'à enfoncer le couteau dans son ventre ? Son ventre ou sa poitrine ? Elle n'arrive plus à se rappeler… À la lumière du jour ne lui revient qu'un baiser poisseux et froid, un baiser à l'odeur de sang. Et si la vérité se cache là et qu'elle a vraiment frappé David, alors elle a intérêt à prendre ses dispositions, parce que Bouraoui risque de l'apprendre un jour ou l'autre. Et Marcel aussi.

Meurtre. Le mot est bleu.

Pourquoi ?

Parce que c'est un sentiment ancien, déjà éprouvé, enduré, et qu'il porte la couleur bleue. Impression d'être tenue et contrainte, enfermée dans une relation impossible, d'une douleur trop lourde à porter.

Parce que.

5

Emil

Quand il pense à sa première fugue, Emil se revoit en train de décamper de la maison de Bengt, aiguillonné par la peur d'être poursuivi. Aujourd'hui, il ne saurait pas précisément dire la raison qui l'avait décidé à fuir, il se souvient surtout de sa rage à se retrouver coincé sur l'île, loin de ses copains. Il partait sans savoir où et s'en moquait, rien ne pouvait plus l'atteindre après le drame qui était arrivé, rien qui l'égare vraiment puisque ses repères n'existaient plus. C'était environ cinq mois après l'accident d'avion qui avait coûté la vie à ses parents. En l'espace d'une semaine, Emil avait tout perdu : ses parents, sa chambre avec son désordre réconfortant, ses posters, les tickets de matchs qu'il collectionnait précieusement, l'escalier qui grinçait à la septième marche, la rue où habitaient Ole et Mathias, le collège, même les profs comme ce crétin d'Olsen, les sorties au cinéma ou au skate-park, la ville d'Oslo, tout avait disparu dans le crash de l'avion. Bengt l'avait recueilli faute d'un accord avec les autres grands-parents. Ceux-là n'avaient pas pu ou pas voulu endosser la responsabilité d'un orphelin, Emil ignorait leurs tractations, de toute façon, si on l'avait consulté il n'aurait pas su qui choisir entre le vieux sauvage ou le couple de vieillards frileux. Aucun n'habitait la ville, c'étaient des étrangers qu'il ne croisait qu'en de rares occasions familiales, une fête de Noël, les funérailles d'un grand oncle. Pour un adolescent d'Oslo, ces gens restaient des bouseux ! Son père ne parlait jamais de Bengt, ni en bien ni en mal, et voilà qu'à présent le vieux était censé s'occuper de lui !

En s'échappant cette nuit-là, loin de la vieille bicoque, peut-être cherchait-il simplement à se soustraire à la paralysie du deuil, une façon de hurler sa révolte. Ce n'est que bien plus tard, une fois devenu adulte, qu'une autre explication lui était apparue. Avec sa fugue, il testait aussi la solidité de ce nouvel univers, pour vérifier qu'il ne partirait pas en poussière à son tour. La cabane dans l'île, si pourrie soit-elle, était le seul point fixe au milieu du chaos.

Bengt avait bien réagi. Quand le shérif avait ramené le gamin fulminant, quarante-huit heures après sa disparition, il ne lui avait adressé aucun reproche. Emil était déterminé à ne pas s'excuser. Il se sentait totalement paumé, seul à crever, et il ne tenait debout qu'à la force du désespoir. Une fois le policier reparti, le vieil homme avait rempli une assiette de ragoût en lui commandant de s'asseoir et de l'écouter, ensuite il pourrait manger. Vingt ans plus tard, Emil se souvient de ses paroles presque mot pour mot : « Écoute, petit, je suis trop vieux et pas assez convaincu d'avoir des raisons pour t'interdire de t'échapper. On sait toi et moi que la vie peut se montrer une belle saloperie, mais c'est la seule que nous avons et elle est sacrément précieuse. J'aimais mon fils, Emil, même si on ne se causait guère, et ta mère, c'était la meilleure des femmes pour lui. Je ne vais pas te dire que le temps passe et qu'on oublie, parce que ce serait mentir. On vit avec les gens qu'on aime et parfois ils sont loin, parfois ils sont morts, mais ça n'empêche rien, et finalement tu t'aperçois que ce qui compte, c'est l'amour que tu leur portes. C'est ça qui te grandit. Voilà. Je ne t'empêcherai pas de t'en aller, mais rappelle-toi une chose : tes parents voudraient que tu sois heureux. Alors aime la vie. »

Par la suite, quand la bougeotte le reprenait, Emil s'astreignait à prévenir son grand-père. Au fil des mois, Bengt avait exercé un effet modérateur sur ses crises de tristesse. Il s'était laissé approcher, peu à peu. Il y avait quelque chose d'immuable chez le vieil homme, un bon sens ancré à la terre et une liberté qui se fichait des convenances ; du moment que son petit-fils se débrouillait pour manger, il pouvait décider de son existence. L'ancien mineur n'était pas versé dans les choses de la psychologie, mais il connaissait les dangers du gaz filtré par les couches de charbon fracturé qui se mélange sournoisement à l'air ambiant. Il savait qu'une fissure qui laisse apparaître une floraison de lézardes, même infimes, est un avertissement. Les gars du fond pouvaient toujours s'en remettre à la Vierge ou aux technologies, lui préférait lire les signes. Il suffisait d'une seule rupture de poche et l'explosion absorbait le souffle des hommes et la vie alentour ! Observer le deuil du gamin, c'était comme surveiller la roche. Il préférait le savoir sur les routes que prostré, avec sa douleur enfermée en lui comme une bombe à retardement. Emil devait apprendre à trouver son propre équilibre et, si cela passait par des escapades, alors ça lui allait. Il finirait bien par voir les prodiges de l'île. Le danger ne résidait pas dehors, dans un excès de fièvre ou quelques conneries, il était dans la douleur implacable qui vous ôte l'envie de vivre. Bengt l'avait donc laissé aller et venir à sa guise.

Curieusement, malgré ses absences, Emil réussissait plutôt bien dans ses études. Lui qui avait été un collégien dissipé à Oslo était devenu bon élève durant les périodes qu'il passait au lycée. Marcher le distrayait de sa peine. Chercher un abri pour échapper à l'orage, proposer ses services pour manger, ces gestes vitaux l'arrachaient à lui-même et, quand il n'y avait personne pour lui offrir le gîte, alors c'est la Nature qui exigeait son attention.

Vers quinze ans, ayant exploré l'île de fond en comble, Emil avait élargi le cercle. Au port, tout le monde connaissait cette tête de lard de Bengt et la tragédie qui avait frappé son petit-fils. On l'embauchait volontiers, d'abord parce qu'il ne rechignait jamais au travail, ensuite parce qu'il était peu regardant sur la paie. Tout lui allait, matelot, cuistot, pêcheur ou simple manœuvre courant derrière les dockers aguerris. Dès qu'une occasion se présentait, il embarquait pour une semaine, un mois, quelquefois davantage.

Emil avait grandi ainsi, en totale liberté. Savoir que les amitiés resteraient sans lendemain, que les filles avec qui il couchait s'effaceraient ne le gênait pas, au contraire, la brièveté des rencontres apaisait l'angoisse secrète de la perte. De cette façon il était sûr de garder le meilleur, un bonheur assez fugace et concentré pour l'emporter avec soi. Plus question de se laisser arracher ce qu'il aimait, il partait avant de s'attacher, affranchi de toute dépendance. Même la tendresse qu'il éprouvait désormais pour son grand-père n'entravait pas ses projets. La liberté était le prix à payer pour courir le monde. Il fallait bouger, aller de l'avant sans se retourner… Des années plus tard, en apprenant la mort de Bengt pendant sa traversée du Pakistan, ses paroles lui étaient revenues : « On vit avec ceux qu'on aime, même loin, même morts… » Cette fois, la tristesse ne l'avait pas rattrapé.

Le vieil homme ne lui manque pas, pas au sens du vide qui s'est ouvert sous ses pieds à la mort de ses parents. Bengt demeure aussi réel que s'il était vivant. L'absence qui lancine, curieusement, est celle du chat. Emil ne peut se défendre du sentiment de l'avoir abandonné. Après la Bretagne, sans doute au printemps prochain, il retournera aux Lofoten et retrouvera Vent-d'Ouest. D'une façon encore confuse, il pressent qu'il est arrivé à la croisée des chemins et qu'il doit réfléchir à la direction qu'il veut prendre chez lui, dans son île. C'est la première fois depuis l'adolescence qu'il éprouve l'envie de se poser au lieu de courir vers des terres inconnues. Il se soucie peu de rater une carrière et même d'avoir des rêves grandioses, sauf si vivre en accord avec soi en fait partie. Il comprend qu'il doit rentrer chez lui et cette perspective suffit à alléger pas mal d'incertitudes. Plus le départ approche, plus le détachement le gagne.

Carnet, extraits.

Lhomme, Gaspard : 52 ans. Habite Paris 17e. Travaille chez Axa. Aimable, liant, un peu tatillon comme on imagine un prof de physique-chimie. Séjour familial pour fille ingrate. M'a invitée à boire un chocolat. Semble seul, très liant, limite à faire pitié. Il n'apprécie pas trop la comtesse, avoue la trouver « pathétique ». Son frère peintre a séjourné dans la région. Pas dragueur, un peu paumé, peut-être.
Questions : pourquoi moi ? Pourquoi me parler de sa vie et de ses problèmes familiaux ? Je suis un peu trop jeune pour lui et beaucoup trop « sexuée », j'imagine.

Marot, Lionel et Portal, Vincent : alias Blanc bonnet et Bonnet blanc. Petite quarantaine, habitent Cergy, vivent ensemble, chinent ensemble et semble déterminés à former un couple ordinaire. Trop ? Ils se chamaillent, se réconcilient, boudent ou s'embrassent en public, devant moi, en tout cas. Sont ici pour visiter les antiquaires avant la saison, notamment en Espagne, mais comptent bien revenir défiler pour la Gay Pride de Biarritz, en juin. Ils m'ont posé pas mal de questions sur ma présence au Singe, au point que j'ai dû les envoyer bouler. « Et pourquoi une fille comme toi est encore célibataire ? Et tu fais quoi dans la vie et bla-bla-bla… »
Questions : ne sont-ils pas un peu fauchés, pour des antiquaires ? Le côté commère pourrait-il être surjoué ? Renseignements pris, c'est la seconde année qu'ils viennent, ce qui règle *a priori* la question.

Combe, Maxence : 25 ans. Bordeaux. A fini des études de droit. En réalité, je crois qu'il a loupé sa troisième ou quatrième année. Prétend avoir pris une

année sabbatique. Le surf est sa grande passion et il cherche du travail dans la région, même un job de serveur. Pour un sportif, pas vraiment dégourdi. Mignon-sans-personnalité. Me regardait comme un genre de bombe sexuelle avant que je ne le recadre un peu. Depuis, je suis devenue transparente, il fait comme si je n'existais pas. Je crois que je l'ai vexé en le traitant de Ken en plastoc.
Question : aucune. Ce type est réellement ce qu'il paraît être. Un jeune pas fini en quête de sa vie.

6

Quatre jours

La pièce est exiguë, pourvue d'une large fenêtre qui donne sur l'arrière-cour où l'on a entreposé un tas de vieux cageots, une poubelle et des pots ébréchés. Autrefois, quand la femme du Basque vivait encore, il y avait une table et des plantes en pots. Cela devait être joli avec des hortensias. La première fois qu'Emil l'a conduite ici (pour la coucher sur le divan et l'éplucher toute nue), Jeanne a eu l'impression de pénétrer dans un lieu interdit. À présent, elle connaît chaque recoin de la réserve, le linoléum élimé jusqu'à la trame, les étagères à la peinture écaillée, le frigo et ses borborygmes, le store bloqué à mi-chemin qui la dissimule aux regards des clients du premier étage. Dans la dizaine de mètres carrés, outre le divan, on a coincé une table en Formica, deux chaises, un évier, le frigo et un perroquet à sept branches qui mange le peu d'espace libre. Un gilet en mohair y est suspendu, un oubli de Maria. La laine embaume l'eau de toilette ordinaire. Jeanne l'a reniflé, curieuse de connaître son odeur.

Derrière la porte, les voix roucoulent dans un anglais guttural. Emil est en pleine discussion avec un couple de Néerlandais. D'un ongle rageur, elle entreprend de creuser un sillon dans la trame du couvre-lit. Elle y a passé quasiment toutes ses nuits depuis qu'ils sont amants et elle méritterait une ristourne parce qu'en fait de matelas ce truc ressemble à une planche à bosses. Elle hésite à sortir son cahier. À tous les coups, si elle commence à écrire, Emil va se pointer, la bouche en cœur, et il aura beau se taire, elle se sentira jugée… Pourquoi n'envoie-t-il pas les touristes au diable ? Son aisance à accueillir les gens la sidère. Même en temps normal, elle doit se forcer.

L'échéance de son départ lui met les nerfs à vif. Il leur reste quatre jours et lui n'en a rien à foutre, heureux de reprendre le large… Elle se glisse à la porte pour espionner. Dans l'entrebâillement, elle distingue une main fine émergeant d'une manche à fleurs roses. Les doigts sont manucurés. Emil est en train de parler de « *mountains* », puis il précise « Lofoten », et Jeanne ressent un élan de jalousie. Elle ne connaît pas la Norvège, elle n'a même pas cherché à voir des photos sur Internet, elle préfère l'entendre décrire et imaginer les paysages, des sommets escarpés et des falaises qui tombent à pic dans les fjords à l'eau si pure qu'on peut apercevoir une aiguille dans le fond. Parfois, elle rêvasse qu'ils marchent sur la lande, dans la clarté laiteuse du soleil de minuit.

Elle quitte son poste d'observation et va retirer la salade de tomates du frigo, puis la dépose à côté du poulet rôti encore emballé. Elle ajoute la bouteille de vin entamée, sert un peu de bordeaux dans les verres en pyrex. La table a piètre allure malgré la grosse bougie à moitié fondue et le gerbera orange qu'elle a acheté sur un coup de tête. Il n'y en avait pas de rose – rose cucul comme la manche de la Néerlandaise –, cela vaut sans doute mieux. Peu satisfaite du résultat, elle souffle la ridicule petite flamme et balance la bougie dans le sac-poubelle. Cette mesure de rétorsion la soulage brièvement. Pas question qu'Emil se figure qu'elle accorde trop d'importance à leurs soirées. Désœuvrée, elle retourne sur le divan et joue avec l'idée d'être une souris dans son trou, incognito. Ce soir, cela lui pèse plus qu'autre chose ; elle voudrait sortir au bras de son amant, qu'on se retourne sur leur passage et qu'on se dise qu'ils font un joli couple.

Emil s'esclaffe derrière la porte et une bouffée de tendresse l'envahit, si violente que son cœur se met à battre la chamade. Avec lui, elle ne sait jamais à l'avance quel sentiment va l'emporter entre l'agacement ou l'émoi. Elle ne comprend pas pourquoi il la séduit autant. Leurs différences devraient les séparer, et c'est exactement le contraire qui se produit. Il n'est pas son genre, pourtant il la bouleverse. Peut-être est-ce cela qui lui plaît, en définitive, sa capacité à la sortir d'elle-même. Elle aurait bien aimé en discuter avec quelqu'un qui dédramatiserait, mais pas Bernstein, évidemment. Avec lui, tout se résume à une question. *Qui êtes-vous, Anne ?* Elle détache les syllabes sans les prononcer « Qui es-tu, Anne-Je ? » Ça ne fonctionne pas. Évidemment, il y a le sexe. Rien que d'évoquer son goût acidulé, elle éprouve la chaleur dans son ventre… Est-ce parce qu'ils doivent se planquer ? L'explication paraît trop facile. Elle déplie les doigts pour additionner les choses qu'elle apprécie chez lui. Ses yeux perçants. Sa voix qui raconte. Son calme. Sa gentillesse. Son détachement des choses matérielles. Sa simplicité, et même ses silences. Tout ce qui l'énervait auparavant devient attrayant avec Emil. Elle sourit en imaginant sa tête, si elle lui avouait : « Chéri, tu sais quoi, tu m'obsèdes ! Pas seulement ta queue, toi tout entier ! » Elle a des excuses, bien entendu ; dans ses bras, le monde est solide et les couleurs ont commencé à disparaître. Cela ne la rassure qu'à moitié. Comment fera-t-elle pour distinguer les gens suspects ? Quelquefois, en se concentrant, elle arrive encore à percevoir de minuscules étincelles qui couronnent son grand front. La couleur des sentiments changerait donc la donne ? L'idée est amusante. Poétique. Quoi qu'il en soit, on ne tombe pas amoureuse d'un type qui n'en a rien à foutre.

« L'amour est une boucherie », chuchote-t-elle avant de tester la phrase en anglais, « *Love is a butcher.* » Elle n'est pas sûre d'avoir jamais su la traduction de boucherie. Avec l'amnésie, ce genre de détails reste difficile à déterminer. Pourquoi s'attarde-t-il avec les Néerlandais ? Il va passer la soirée à papoter ? Elle oscille pour faire grincer le sommier. S'il l'entend, il pensera qu'elle l'attend. Pensera à ses jambes écartées. Au désir muet, violent, qui les tient dans ces moments-là. Elle lui en veut de perdre ce temps précieux, le seul qui leur reste. Les yeux mi-clos, elle recrée son torse penché, la densité de son sexe quand il la pénètre. Un frisson la secoue. Rien d'autre à faire, elle ne peut pas s'empêcher de l'attendre. Chaque matin quand ils se quittent, certaines nuits aussi où elle s'interdit de le rejoindre (*très rares, trois en tout, trois nuits à tenir arc-boutée à son orgueil*). Cela ferait un joli titre d'histoire, « Jeanne attend Emil ». Il ne le saura jamais, puisqu'il ne se doute de rien, foutu globe-trotteur, elle ne va pas tout lui céder ni se vautrer dans les jérémiades. Savoir qu'il est capable de s'en aller est suffisamment dur.

C'est venu petit à petit, presque à son insu. D'abord elle a cru que c'était lié au soulagement de ne pas être recherchée par la police, mais plus son départ approche, pire cela devient. Encore quatre jours. Plus d'orgasmes ni personne avec qui parler, parce que, pour la chaleur humaine et les vraies conversations, Bernstein est hors jeu. Jeanne ignore comment elle se débrouillera sans Emil, de quelle façon traiter l'absence. Tant qu'il est loin, sa peau attend son retour, ses mains sur elle, calleuses, caressantes. Parfois il enserre son visage et s'amuse à décrire ce qu'il voit, les orages dans ses yeux, son nez en ailes de mouette, sa bouche à secrets. Il prétend savoir déchiffrer ses humeurs comme à livre ouvert. Il dit livre, mais il pense paysage. Emil est un homme fait pour les grands espaces, c'est pour ça qu'il traîne avec les clients, parce qu'il ne supporte plus de se retrouver coincé avec elle dans cette foutue réserve !

Pour contrer la montée des larmes, elle secoue furieusement la tête et cherche toutes les bonnes choses contenues dans son départ : elle n'aura plus à se cacher en écrivant. Elle griffonnera un tas de listes, en tournant autour du trou noir qui rétrécit lentement, mais sûrement. Elle cherchera un travail sous son vrai nom et apprendra à être autonome.

Carpe diem, ma vieille. L'impatience lui chauffe le sang. Elle écarte le couvre-lit en chenille et cherche l'odeur d'Emil aussi familière que le désir lui-même. S'il souffre d'être coincé sur le divan, il ne se plaint pas. Trop poli pour la faire décamper. Derrière le battant, la Néerlandaise pousse un glapissement de joie qui évoque le grincement d'une poulie. En plus, elle prononce très mal les *th*. Jeanne l'imagine penchée en travers du comptoir, postillonnant au visage de son amant « *You are THE best* ». Le couple a retenu pour trois nuits. Ils sont venus à un congrès de dentisterie. Le ton de Miss Fleurs-des-champs appartient à une femme encore jeune, sûrement une dentiste sexy qui porte des bas de soie sous sa blouse blanche. C'est Emil qui a pris leur réservation… Est-elle suffisamment belle pour provoquer ce regard liquide quand il commence à bander ? Ce n'est pas de la jalousie – la jalousie claque sèchement sur les joues fraîches et pose des questions dures comme le silex –, juste le besoin de le prendre en défaut, même si c'est absurde, on ne se lasse pas d'un bon amant parce qu'il vous néglige ! Elle pourrait se frotter mille ans contre sa peau nue, elle en voudrait encore !

Souvent, ils attendent le creux de la nuit pour faire l'amour sans risquer d'être dérangés, mais quelquefois ils baisent debout, trop impatients pour attendre. Quand elle gémit, il place la main sur sa bouche et la pénètre avec une lenteur délibérée, exquise. Elle jouit aussitôt, rien qu'en tressaillant, et lui la suit, presque immobile dans son ventre. Son sperme répandu ne la rebute jamais. Elle aime tous ses fluides, sa salive, le jus de ses os. Elle ne sait plus vraiment ce qui l'attire, son corps ou sa désinvolture et cette manière qu'il a de marcher avec ses grandes jambes cagneuses, ses mimiques ou sa façon de la regarder. Un peu tout, certainement. Ses défauts aussi. Son front trop grand, ses yeux embusqués dans l'os et ses traits changeants sous certains angles, même ses manies agaçantes, comme de disposer ses chaussures à la porte au cas où ils seraient dérangés par un client. Il ne veut pas surgir « en vrac » et prétend qu'un pied nu est intime, érotique. Que les siens, les pieds d'Ahneu, sont très beaux. Il dit aussi que la peau de son ventre est la chose la plus soyeuse qu'il ait caressée, davantage encore que son chat fétiche… D'une main distraite, Jeanne touche ce ventre préféré au chat. Si elle devait être jalouse, ce serait de Vent-d'Ouest. Emil en parle souvent.

D'un coup sec, elle envoie valser sa chaussure et remue les orteils, les écarte pour les mettre en éventail. Érotiques. Dix petits boudins de chair bronzés, tannés par la marche. Elle s'entraîne à regarder avec les yeux d'Emil, afin de voir le monde autrement. Un monde où les pieds sont sensuels, les gens dignes de confiance car la nature première de l'homme est d'être bon. C'est ce qu'il prétend. Il lui a montré un tas de trucs auxquels elle n'a jamais vraiment prêté attention. Les orbes tranquilles des rapaces portés par les vents, l'énergie qui émane des troncs si on se tient à courte distance, paumes ouvertes. Elle a failli lui avouer que c'était pareil pour les couleurs, l'aura ou le dégagement d'énergie qui tantôt l'attire, tantôt la repousse, mais elle a eu peur de sa réaction. Et maintenant les couleurs ternissent... Elle se mordille les lèvres. Emil est un homme-pont depuis le premier soir, rien de plus. Difficile de dire si leur histoire aurait duré, mais il va lui manquer. Que croyait-elle en se laissant aller ? En réalité, elle n'a besoin de personne.

Le silence est retombé. Emil doit être en train de griffonner dans son registre. Il faudra lui demander de vérifier les entrées et sorties. Plus tard... Qu'a-t-il à traîner autant ? Pour passer le temps, elle continue la liste des choses qu'il aime, la mer – à la folie –, la marche et les voyages, son chat, les aurores boréales, la précision de la pensée et les mots, le soin qu'on met à les choisir. Il ignore que la précision peut vous pousser à la folie. C'est quelqu'un de facile à vivre, sauf si on tente de l'accrocher comme un poisson à un hameçon. Il est imperméable au spleen et se moque de savoir ce qu'il fera dans dix ans, puisque la vie est « imprévue ». C'est le mot qu'il emploie, et Jeanne acquiesce, ce qui ne l'empêche pas de trouver ce raisonnement à la limite de la mauvaise foi. Sous ce prétexte, il fout le camp sans regret ni retour. Emil est un homme libre qui regarde droit devant – un sale crétin prétentieux ! Dans une semaine, il l'aura sûrement oubliée. Elle grogne, se recroqueville sur sa colère. Le déplacement de l'air la prend presque par surprise.

« Tu dors ? »

Son pas bruisse tout près. Elle s'efforce de conserver un visage lisse, paupières mi-closes. Il s'assoit et la déséquilibre, pose la main à plat sur sa nuque.

« Sais-tu comment les ours ont perdu leur queue ? »

Elle sourit, vaincue, les yeux toujours fermés. Elle pourrait l'écouter mille ans raconter à peu près importe quoi.

« Au temps ancien où les choses parlaient, les pierres, l'eau, le vent et aussi les bêtes, bien sûr, l'ours portait une longue queue poileuse. C'était le maître des glaces et le plus redouté des chasseurs, capable de déchirer la terre et de fendre le bois d'un seul coup de griffes. Un hiver, alors qu'il va dévorer un renard, celui-ci propose un marché : il échange sa vie contre le secret de la chasse au phoque, qui est la meilleure proie du Nord et la plus difficile à traquer. L'ours est d'accord et le renard explique qu'il suffit de laisser tremper sa queue dans le fjord, au bord de la banquise, que ses poils luisants dans le courant attireront les mammifères. Suivant ces conseils, Nannuk plonge sa queue dans la mer. Le temps passe, le froid se fait si lourd qu'il peut sentir le poids du monde accroché à lui, mais quand il veut se relever la glace s'est refermée et le tient pris au piège ! Les jours passent et le froid ne veut pas desserrer sa prise. Pour tromper la mort, l'ours doit se dégager. Le troisième jour, d'un coup de dents, il se tranche la queue. C'est pour cela que, depuis cette époque, si tu croises un ours, pas la peine de mentir, il ne te croira pas.

« OK. Ne jamais mentir à l'ours.

— Voilà.

— Ils voulaient quoi tes clients ?

— Les horaires des bus. J'ai été long ?

— Un peu.

— On a parlé de mon pays. Ils étaient sympas.

— Tout le monde est cool avec toi. C'est mathématique.

— Mathématique ?

— Laisse tomber... »

Pour atténuer le reproche, elle tend la main vers lui et le regarde approcher. Il dépose sur ses lèvres un ersatz de baiser, elle n'a pas le temps de lui mordiller la langue qu'il s'est dégagé, en douceur.

« J'ai faim. Et toi ?

— Moyen. »

Elle l'observe à la dérobée tandis qu'il sort le fromage du frigo et se cogne au porte-manteau. Dans ce cagibi, ses gestes manquent d'amplitude. Elle a envie de le provoquer dans l'espoir de fissurer sa bonne humeur horripilante, mais il n'aime pas ça. Ruser ne l'intéresse pas. Avec lui, tout est simple, blanc ou noir. On fait des choix pour les mettre en pratique, sinon on s'abstient. Il n'existe aucune prison qui enferme si on décide d'être libre et bla-bla-bla. Pratique. Elle pourrait citer dix conversations qu'ils ont eues et chaque fois le même fossé entre eux. Quasi incompatibles. Il déteste le mensonge, et c'est uniquement parce qu'elle l'a supplié de ne rien dire au Basque qu'il accepte leur petit jeu d'amants cachés.

« C'est prêt, si tu veux.

— J'arrive. »

Le poulet est encore tiède. La chair lui paraît insipide. Elle trie sans conviction les tomates amollies.

« Maria t'a dit que je ne prends plus de demi-pension ?

— Non. Mais je le sais bien.

— Je sais que tu sais ! Je me demande juste si vous en avez discuté.

— On ne parle pas de toi.

— Tu la trouves belle ?

— Maria ? »

Il réfléchit un instant. On dirait qu'il soupèse le poids des mots comme un melon.

« Oui.

— Oui ? C'est tout ?

— Je la trouve belle, gentille. Et intelligente.

— Ah quand même ! Tu as envie d'elle ?

— Non. »

Cette fois il n'a pas réfléchi. C'est net, carré, d'un beau blanc de nappe mouillée, épinglée sur un fil. Elle essaie de nuancer, qu'il n'aille pas se méprendre sur sa curiosité.

« Je ne dis pas ça pour t'emmerder. D'ailleurs, je n'ai aucune idée de tes goûts en matière de filles.

— Je crois que j'aime beaucoup les petites brunes un peu maigrechonnes avec des seins pointus.

— Maigrichonnes. Je te remercie. Mes seins ne sont pas pointus, en plus. Et j'ai un gros cul.

— J'aime beaucoup ton gros cul aussi.

— Merci. Il y a des nouveaux ?

— Des nouveaux quoi ?

— Pensionnaires.

— Demain.

— Des hommes ?

— Encore un couple. »

Son sourire a disparu. Il détourne le regard. Sa transition était bien trop brutale, mais c'est à cause du compliment, ça l'a tourneboulée. S'il n'avait pas discuté des plombes pendant qu'elle poireautait ici, rien ne serait arrivé. Emil n'a pas le droit de la complimenter quatre jours avant de foutre le camp. Elle sent venir l'embrouille et en éprouve une volupté amère (*embrouille, un mot désormais tabou*).

« Cela ne va pas te faire bizarre de quitter l'hôtel ?

— L'hôtel, non. »

Regret d'homme qui ne pense qu'à ça. Elle se sent rougir et s'en veut d'être aussi lisible avec son désir. C'est lui qui devrait se sentir gêné. Il a dit ça comme on dit merci, pour toutes les nuits où il a joui. Et après ? Il part et il s'en fout ! Il pensera à cette bonne vieille Ahneu les soirs de pleine lune quand il ne sera pas occupé à en baiser une autre ! Elle n'a plus trop envie de vin, plutôt d'alcool fort. Elle veut se saouler et oublier les contraintes, se pendre à son cou, totalement ivre et lui balancer « Ne me quitte pas », sans se soucier de l'effet produit. Rien à foutre, Emil ! Sur la liste des choses qui le débectent, outre les prisons, les verrous, les cravates ou les boulots à long terme, il y a certainement les maîtresses qui supplient qu'on les garde. L'idée la dégoûte subitement. Elle n'est pas comme ça, pas elle, Jeanne-la-sauvage !

« Ce serait chouette de passer une vraie soirée ensemble avant ton départ. Dormir dans ta cabane, pour être tranquilles…

— Ça m'étonnerait que le Basque me la laisse après le préavis, mais je peux lui demander. Sinon je trouverai un gîte. Une semaine, ça te plairait ?

— Une semaine ? Je croyais que tu devais partir ?

— Cela n'a pas d'importance, trois jours ou dix.

— Pourquoi pas… »

La joie lui fait presque mal. Sa colère a disparu, balayée par ce sursis inespéré. Elle s'empare de son verre, le lève afin de porter un toast. Sa main est légère et son cœur gonflé d'espérance.

« À nos vacances !

— À Ahneu et à Emil !

— On pourra dormir six ou huit heures de suite !

— On fera des randonnées. Je t'emmènerai à la Rhune et en Espagne.

— On parlera chinois et javanais.

— Je t'entendrai crier sans te soucier de faire trembler les murs !

— Prétentieux !

— Et je gueulerai encore plus fort… »

Elle rit et lui envoie un coup de pied sous la table.

« On choisira un lit énorme !

— Tu seras tellement petite dedans que j'aurai la place de dormir !

— Tu parles ! C'est moi l'insomniaque.

— Avant, peut-être, plus maintenant. Il y a même des fois où je me lève et tu t'aperçois de rien. »

Devant sa mine malicieuse, une alarme s'allume dans sa tête. Il n'a pas dit ça en l'air.

« Quelqu'un est arrivé la nuit dernière ?

— Non.

— Alors un client de l'hôtel ? Tu as vu un client ?

— Et si je te dis que oui ? »

Son ironie la transperce. Emil est peut-être le mec le plus cool de la planète Norvège, mais il considère qu'elle pousse un peu loin le bouchon, et c'est sa manière de la prévenir. Elle choisit l'attaque.

« Tu es chiant, je suis juste curieuse et toi tu te montes la tête.

— Je sais pas si je monte ma tête, mais je suis sûr que tu voudrais savoir qui j'ai ramassé devant l'hôtel, bourré comme un coin de pelle.

— Bourré comme un coin, rond comme une queue de pelle. L'un ou l'autre. »

Il ne réagit pas, ne sourit même pas de se faire reprendre. Il attend qu'elle cède. Elle soupire en feignant la désinvolture.

« Alors, c'est qui ton client mystère ?

— M. Lhomme.

— Gaspard ? Quand ça ?!

— Tu l'appelles par son prénom ? »

La question est plus moqueuse qu'inquisitrice, pourtant Jeanne se frotte le poignet d'un geste machinal. Quelqu'un crie dans sa tête « Dis-moi où tu étais, BORDEL DE MERDE ! » Elle s'oblige à articuler posément.

« C'était quand ?

— Avant-hier. On était dans la réserve, heureusement, sinon je l'aurais pas entendu.

— Je dormais ?

— Un vrai bébé. Sauf après que je suis revenu au lit. Tu sais ?… »

Elle ne relève pas l'allusion. Ça l'étonne de Gaspard Lhomme. Il a débarqué il y a une dizaine de jours. Sur le registre, il a inscrit une adresse illisible dans le 17e. Elle ignore si son degré de vigilance a baissé ou si c'est le hasard, les trois dernières semaines ont été calmes, les clients ressemblent à des couples d'amoureux, des surfeurs du début de saison, des familles de Pâques avec enfants… Lhomme a un profil plutôt normal. Il est bavard, le genre de type qui porte gravé au front comme une devise sur un blason « Je suis un gars en qui vous pouvez avoir confiance. » Une allure de médecin généraliste ou de prof des collèges. Cela tient aussi à sa maniaquerie. Il pourrait très bien collectionner des choses. Des insectes. On l'imagine penché sur des papillons pour déplier leurs ailes puis inscrire leur nom latin d'une écriture soignée. Le surlendemain de son arrivée, il lui a demandé la permission de s'asseoir à sa table après s'être poliment présenté. Il voulait savoir si elle avait entendu parler d'une église avec une grande Cène peinte dans les années 1960, un peu à la façon de Modigliani. En remarquant sa surprise, il a précisé que la comtesse racontait partout que la petite du huit était tombée amoureuse du pays, que c'était un vrai bonheur de voir ça, des jeunes qui voyagent comme des vieux, sans courir. Qu'elle saurait forcément où trouver son église… Jeanne apprécie Danielle à petites doses ; étant donné qu'il leur arrive d'échanger des ragots (en réalité, elle interroge, l'autre cancane), la comtesse s'est persuadée de la connaître intimement. Avec ses convictions enragées, la vieille dame lui rappelle un peu Grany. Elle ne lui a rien confié de sérieux, mais visiblement, cela n'a pas suffi puisqu'on lui invente des occupations ! Désolé de sa méprise, Gaspard Lhomme a tenu à l'inviter dans un salon de thé pour s'excuser : « Il y en a de formidables, chaque fois que je viens ici, bla-bla-bla », et Jeanne s'est entendue accepter, curieuse de savoir ce qui se cachait derrière une telle volubilité. Le bonhomme semblait plutôt inoffensif et elle prendrait ses renseignements à la source, sans l'aide de personne, cette fois ! L'après-midi même ils sont allés chez Miremont. Par chance, ils ont décroché une table devant la baie vitrée, avec la vue plongeante sur la grande plage. Ils ont commandé un chocolat, un café, un baba et un éclair. Savoureux, mais exorbitant. Au cours de ces deux heures de conversation, Jeanne s'est plutôt amusée. Gaspard Lhomme est un veuf de cinquante-deux ans à qui il est difficile de donner un âge. Il a un côté figé, comme quelqu'un qui se préserve, ou un fœtus dans un bocal de formol. Galant mais pas dragueur. Il a pris un mois sans solde – il travaille dans les assurances, chez Axa – pour être auprès de sa fille unique qui vient d'accoucher. Comme il ne veut pas déranger, il est descendu à l'hôtel. Il s'entend assez moyennement avec son gendre. C'est son frère aîné qui a peint la Cène de l'église, mais ils sont fâchés et Gaspard aimerait admirer le tableau, comme si ça pouvait changer quelque chose.

« On a discuté à propos d'une église. »

Emil s'étire et bâille. Il a besoin de bouger. Elle débarrasse les restes de poulet, noue les anses du sac en plastique à cause de la chaleur et le lui tend pour qu'il les porte dans le container, à l'extérieur. Sans crier gare, sa beauté lui saute au visage. Pas celle des magazines (il est plutôt moche, selon leurs critères), sa grâce à lui est faite de présence. Il ne ressemble à personne qu'à lui-même et semble aussi solide qu'une roche polie mille ans... *Pierre qui roule n'amasse pas mousse,* chantonne Grany dans un recoin de son cerveau. Sauf que cela ne change rien à son départ, au contraire, c'est bien pire de perdre un amant consistant. Pour ne plus y penser, elle pose la première question qui lui vient à l'esprit.

« La liberté a tendance à rendre les gens indécis, tu ne trouves pas ? »

Au lieu de répondre, il la dévisage, l'air surpris – *déçu ?* –, et ça la met en colère.

« Tu as une théorie là-dessus ou tu t'en fous ?

— Ce sont juste des mots, Ahneu. »

Cette façon de prononcer son prénom empire les choses. Ahhhh-neuuu, un souffle retenu, puis doucement expiré, la langue appuyée contre les dents, ses lèvres mimant un baiser. En fait, sans même le savoir, il la trompe. Comment être totalement Jeanne entre ses bras, et pas un personnage amputé, conçu pour survivre et mentir ? Soudain, elle croit comprendre l'angoisse de David en la voyant s'échapper.

Emil reprend avec gentillesse.

« C'est quoi pour toi, l'indécis ?

— L'indécision. Tu ne réponds pas à ma question ?

— Indécision… »

Emil est de passage, voilà tout. Une coucherie. Il ne peut pas être autre chose, surtout après David. Son trouble est le fruit d'un fantasme créé de toutes pièces et ils ne se sont rien promis ! D'ailleurs, « Ah-neu » claque moins que Jeanne. Cette idée lui perfore le cœur. Elle doit arrêter de s'inventer des plaies pour les gratter inlassablement. David est la vraie blessure, la perte irrémédiable, point barre !

Emil reprend la parole sans paraître affecté par son silence, et elle lui trouve soudain une certaine ressemblance avec Bernstein, mais en pire. Un Bernstein pour qui elle aurait des sentiments.

« Ma liberté, c'est comme une route où je marche.

— Ça ne m'étonne pas. Moi, je vois une couleur.

— Quelle ?

— Laquelle. Abricot-rose. Et l'indécision, c'est une trappe cachée sous un tapis.

— Bon. Alors tu l'évites…

— Ou je tourne autour, exactement ! »

Elle l'embrasse sur les lèvres, d'abord avec douceur, puis elle mord sa langue pour lui faire payer son détachement. Il perd aussitôt sa nonchalance et se frotte contre elle. Elle voudrait lui cracher des mots dans la bouche « *Alors ton chemin, il est où, là, tout de suite ?* » même en sachant que c'est inutile, car le sentiment d'injustice demeure avec la persistance d'une brûlure. C'est injuste qu'il s'en aille, injuste qu'elle vive alors que David est mort, injuste l'amnésie, injuste qu'on la traque, injuste de mentir parce que la vérité se dérobe ! Emil n'est pas Bernstein, elle ne paye pas pour l'embobiner et il se fiche de la distance bienveillante ou de l'écoute compassionnelle. Emil veut juste jouir ! Sauf qu'avec ces quatre foutus petits jours qui leur restent, elle ne va pas le laisser s'en tirer comme ça...

« Et ton indécision ? Sais-tu seulement la définir, toi, le Grand Manitou ? »

Elle s'est écartée, haletante, en le défiant de répondre alors qu'il ne pense qu'à soulever sa jupe et plonger entre ses jambes. Elle aimerait l'atteindre autrement que par le désir charnel. Le voudrait amoureux, réduit, et cette pensée lui fait horreur. Il rit et lui donne l'impression d'avoir sorti une énormité.

« Je crois que oui !

— Alors ?

— C'est un gros sac qu'il faut pousser de mon chemin pour continuer.

— Comment ?

— Je décide, puis je le fais. Je ne réfléchis pas trop. Tu comprends ?

— À peu près. La prochaine fois que je bute sur la mienne, je penserai à toi. »

Il se relève d'un bond, empoigne la poubelle, lui adresse un clin d'œil avant de sortir en veillant à refermer parce qu'il connaît sa phobie. Il fait cela par gentillesse sans se douter de la peur qui oblige à se terrer à l'abri. Les précautions, ses enquêtes, tout ça lui semble exagéré. Il va et vient du comptoir à la réserve, de l'hôtel aux montagnes, trop poli pour lui dire de foutre le camp. Elle comprend cela. Ils vont devenir chèvres s'ils restent confinés ici une nuit de plus. Quatre, en fait.

Elle prie pour que le Basque leur accorde la semaine au cabanon. Elle aimerait s'exhiber à son bras, dans un endroit rempli de musique et de gens, pour la simple apparence du bonheur avant qu'il ne disparaisse tout à fait de sa vie.

7

Le cadeau

Le paquet a la taille d'une boîte à chaussures. Son nom, son prénom – le faux – et l'adresse de l'hôtel sont soigneusement inscrits en lettres capitales, au feutre noir. Anne Saxe, hôtel du Singe. Pas d'expéditeur, et avec leurs nouveaux codes d'oblitération, impossible de connaître la provenance. Quand le Basque lui a tendu le colis, il l'a toisée si méchamment que Jeanne s'est demandé s'il était au courant de sa liaison et regrettait d'avoir prêté le cabanon du Port-Vieux. Cela n'a plus trop d'importance. Demain, Emil quitte officiellement son poste de veilleur de nuit. Elle gardera sa chambre puisqu'elle n'est pas censée découcher et de toute façon il est hors de question de céder son lit pour faire une économie de deux ou trois cents euros. Et puis l'argent sera mieux planqué à l'hôtel que dans un cabanon.

Le paquet vient sûrement de Lille. Sa sœur ? Elle n'est pas censée connaître son adresse. Jeanne a pensé la rappeler deux ou trois fois, mais le temps a filé comme le sable entre ses doigts, des jours mouvants. Cela fait combien de semaines ? Un mois ? Anne aura voulu lui donner une leçon pour la promesse rompue – *une de plus, on ne peut JAMAIS compter sur toi, jamais !* Un clin d'œil. Comment a-t-elle obtenu les coordonnées du Singe ? Jeanne inspire longuement pour calmer les battements de son cœur. Ce n'est surtout pas le moment de paniquer. Elle pense à Emil et à sa faculté d'accepter la vie comme elle vient. Il a beau n'être qu'un sale fuyard, il lui a insufflé un certain goût de la liberté. *Ne te laisse pas enfermer, Ahneu.* Elle l'imagine disant cela et, même si la phrase sonne faux contrairement aux voix dans sa tête, en éprouve un bref soulagement. Que risque-t-elle ? De toute façon, elle ne compte plus s'attarder ici, pas sans lui. Avec Bernstein aussi ils touchent à la fin, elle le sent dans ses tripes et elle veut retrouver son identité.

La boîte est plutôt légère, sûrement bourrée de papier bulle car rien ne bouge quand on secoue. Celui ou celle qui a emballé le paquet n'a laissé aucun indice. Le colis est neutre, l'adresse écrite en majuscules. Malgré son dégoût, Jeanne l'examine soigneusement. Les lettres manuscrites agitent leurs antennes en sifflant « sale menteuse ».

L'idée la frappe soudain : quelqu'un connaît son adresse, bien sûr ! C'est tellement bête qu'elle se met à glousser. Il y a une quinzaine de jours, plutôt que de passer ce fichu coup de fil, elle s'est décidée à envoyer une carte postale à Bouraoui – une vue de la chambre d'amour, allusion sibylline à une histoire d'amants morts, mais cela il l'ignore. Dessus elle a écrit : Hôtel du Singe et comme elle ne savait pas trop quoi ajouter – *Ça va ? Ton enquête ? Tu bronzes ?* –, elle s'est contentée de signer, simplement ça : son nom et l'hôtel où la joindre en cas d'urgence. Elle redoutait de recevoir une convocation, mais la police doit estimer que Mlle Saxe n'est pas le genre de témoin suffisamment présentable pour étayer une affaire. Bien sûr, elle aurait dû appeler pour se renseigner sur l'avancement du dossier, et s'excuser d'être partie comme une voleuse en oubliant David. Il se trouve que depuis qu'elle le sait enterré à six pieds sous terre, c'est à peine si elle a pensé à lui. En guise de pénitence, elle s'acquitte de ses exercices d'amnésique et se rend ponctuellement chez Bernstein chaque mercredi, c'est tout !

Le paquet doit le concerner. Sa chemise maculée de vieux sang. Son portefeuille, sa montre et son affreuse gourmette en or massif. Une manière de solder leurs comptes dans une boîte à chaussures. Bouraoui aurait pu coller un stick « Police judiciaire », « Crim », ou Dieu sait quel sigle officiel. Un smiley en képi. Sauf que les flics ne s'amusent pas à envoyer des colis. Ils vous remettent les rebuts des cadavres en mains propres ou vous préviennent à l'avance, forcément. Dans ses tempes résonne un bruit régulier de gong, padam, padam, son cœur bat dans sa tête, elle entend : *pas d'Anne pas d'Anne.* Fichue garce ! Le colis vient de sa sœur, qui d'autre !

Elle détache le scotch, puis déplie le rabat avec précaution. Son engourdissement lui rappelle le premier soir avec Emil, le ballet de ses mains sur le papier de soie, sa propre impatience d'être tenue et caressée. L'évoquer suffit à la réchauffer un peu. Elle s'aperçoit qu'elle grelotte de froid. Elle aimerait lui demander conseil, il sait toujours comment agir, toujours quoi penser. Emil, c'est le calme au milieu des tempêtes, l'œil du cyclone à lui seul… Elle pourrait aussi tout foutre en l'air. Si le paquet concerne David ou quelque chose à propos du meurtre, ça va lui exploser à la figure et leur semaine sera foutue ! Il n'est pas question de lui infliger ça, ni de bousiller leurs derniers jours ensemble ! Elle se débrouillera seule. Il faudra bien affronter l'existence quand il sera parti. *Sauf qu'il ne part pas, Jeannette, il t'abandonne !*

Le kraft laisse entrevoir un coin en plastique. Il lui suffirait de ranger ce bazar dans l'armoire et de l'oublier jusqu'au lundi suivant, mais elle en est incapable, physiquement incapable. L'intuition lui souffle que ce qui se trouve à l'intérieur n'a rien d'une bonne surprise. C'est même très très mauvais. Un couteau plein de sang, une oreille tranchée, un cœur sanglant. En dépit du mauvais pressentiment, elle continue : *Crois-tu que les morts ça pleut sans qu'on les tue ?* Le timbre est moqueur, pas vraiment céleste. Jeanne l'a entendu mille fois, pourtant elle n'arrive pas à lui donner un visage, de toute façon elle n'a plus le temps d'y réfléchir, la voilà éjectée de son corps, volant vers la pleine lumière.

Les allées embaument le caramel, le bonbon synthétique, rose et bleu fluo. Jeanne tient une pomme d'amour à peine entamée et traîne des pieds. Elle aime ça d'habitude, mais là c'est comme un rêve qui donne envie de vomir. Du sucre partout, filé, torsadé, verni, concassé, avec des grumeaux de noisette. La musique est assourdissante. Elle s'aperçoit que plusieurs chansons se mélangent, refrain de grande roue, refrain de pêche à la ligne et refrain du manège enchanté. Les chansons sont assorties aux bonbons. Des histoires de filles qui pleurent, de garçons qui regrettent, d'étoiles brillantes qui s'éteignent, de cœurs brisés. Ça l'éclabousse sans vraiment l'atteindre. Elle a mal au cœur parce qu'elle sait que la joie est aussi menteuse que les pommes d'amour sous leur coque de caramel. Friable et molle. De la pomme-beurk. Ses parents marchent devant et, des fois, sa mère se retourne pour vérifier qu'elle suit bien. Son regard est absent. Jeanne ignore pourquoi ils sont ici, elle veut rentrer à la maison, alors elle traîne les pieds, attentive à l'angoisse qui lui creuse la poitrine. Où est Anne ? Elle réclame tout haut d'une voix geignarde. « Je veux Anne », mais ses parents ne répondent rien, ils ont le visage des géants en carton-pâte. Face à eux, la bouche du train fantôme appelle. Ils se tournent vers elle, lui intiment l'ordre de grimper dans le wagonnet. « Je veux Anne ! » Jeanne redoute la réponse, mais elle ne montera pas dans ce train avant de savoir. Morte. Ta sœur. Par ta faute. C'est cela qu'ils gardent en secret. D'une main autoritaire, sa mère la pousse sur le siège en skaï et abat la grosse barre de métal qui l'empêche de bouger, puis elle fait un petit signe, les lèvres pincées. Au revoir, dit la main. Adieu, dit le sourire. Aussitôt le train s'ébranle et Jeanne s'enfonce dans le boyau du géant. Elle croise un squelette à pipe, un gorille armé d'un couteau, un nain ricanant, des chauves-souris aux dents démesurées, des araignées, des cafards, des bestioles rampantes et de grosses bouffées de vapeur qui viennent sûrement des marmites où cuisent les barbares. Dans le tunnel, on entend des frôlements, des bruits dégoûtants et des cris. Freu freu, shhhhhhhh, slllllsassssh, raraaaaa. La mort rôde, voilà pourquoi ses parents l'ont mise dans le train. Ils veulent lui faire comprendre quelque chose. Anne n'est pas là et ça n'arrive jamais, sauf aujourd'hui. Jeanne se sent fiévreuse. Ils n'ont pas voulu lui dire la vérité, mais elle a deviné. Maintenant que maman est enceinte du bébé et qu'Anne est morte, Jeanne ne sert plus à rien. Ils vont l'abandonner là, sauf si elle est assez maligne pour les retrouver. Elle a encore une chance en se dépêchant. Ils seront en route pour l'hôpital. La valise est prête, ils ont dû la ranger dans le coffre pendant qu'elle s'habillait. Dedans il y a des pyjamas, une trousse de toilette, du lait pour bébé, une grenouillère jaune, un bonnet tricoté et des bavoirs. Maman ne peut pas aller très vite avec son ventre d'éléphant, même avec de l'avance. Quand le train sera sorti du tunnel, Jeanne n'aura qu'à courir jusqu'au parking. Elle ne se souvient plus trop du chemin, mais elle n'est plus un bébé, elle saura. Un affreux borgne saute devant le wagonnet. Jeanne ne cille pas, la bouche soudée par la terreur. Sa langue est devenue si grosse que ça l'empêche de crier. L'envie de faire pipi lui coupe le souffle. Elle ne peut pas mouiller sa robe. Ce serait terrible à son âge. Sept ans, c'est l'âge de raison. Elle serre les genoux, ferme les yeux jusqu'à sentir un changement de lumière et l'air frais. Elle refuse d'ouvrir les paupières. Elle est devenue orpheline et si elle bouge le pipi se répandra en rivière. Elle se rappelle maintenant. Anne est partie chez Grany pour soigner une bronchite. Elle est très malade. Malade à peut-être mourir. Maman doit bientôt accoucher. Elle est fatiguée. Tout le monde crie, tout le monde s'énerve, qu'est-ce qu'on va faire de Jeanne ? À la Contade, elle fera mourir sa grand-mère qui doit veiller sa sœur à moitié morte, à la maison elle fera mourir sa mère enceinte du bébé. C'est pour ça qu'on l'abandonne dans ce train débile. Elle sent le faible ruissellement chaud couler sur son mollet.

« Tu n'existes plus pour moi, tu entends ! Jamais ! »

C'est la voix de Lila, en plein dans son rêve, qui la ramène à la réalité.

Le papier kraft s'est déplié en révélant une boîte en plastique transparent. Le truc évoque vaguement un cercueil miniature et Jeanne se demande si la ressemblance est voulue. Sans doute. À l'intérieur, on a disposé un téléphone avec son chargeur. Exposé de cette façon, le portable a l'air nu. Ce n'est pas une grande marque, pas une merde non plus. *Juste un cauchemar.* La réplique de son Nokia qui a fini dans le caniveau. Celui-ci est neuf ou alors une très bonne occasion. On a dû le commander exprès, comme le cercueil.

Jeanne avance timidement la main et s'aperçoit qu'elle tremble. C'est à cause du rêve. *Pas un rêve, Jeanne, un souvenir soigneusement occulté !* Les images de la fête foraine l'imprègnent encore et son amour pour Anne. Les enfants imaginent toujours le pire. Aujourd'hui, elle a grandi, elle est capable de raisonner en tirant les bonnes conclusions. *Respire. Doucement. C'est bien.* Elle s'empare de l'appareil et le retourne dans tous les sens, cherchant la preuve qu'on lui a fait une blague. Un coucou gravé dans le plastique ou un smiley jaune-d'œuf-coulant, du moment qu'il sourit, elle s'en fout, mais il n'y a rien, évidemment. Elle ouvre le capot pour vérifier qu'il fonctionne. Bien entendu, il s'allume gentiment. Quelqu'un a pris soin de le charger. Le répertoire est vide. Non… Pas tout à fait. Il y a un numéro, le fixe de son appartement. Au moins, elle a sa réponse, le cadeau lui vient de l'homme qu'elle appelle Marcel. Et elle est presque certaine de savoir qui est à l'origine de tout ça.

Le rêve le lui a dit.

Le portable marque 9 heures et 7 minutes. Anne doit être en train de se pomponner, c'est l'avantage d'être comptable chef, on peut lambiner le matin. Jeanne préfère la surprendre chez elle ; au bureau, sa sœur se métamorphose en cheftaine. Elle compose le neuf, attend cinq longues sonneries. « Réception, j'écoute », « Je fais comment pour appeler à l'extérieur ? », « Zéro », « Merci », « Pas de quoi ». Le vieux aboie, elle lui raccroche au nez. Le zéro, bien sûr. Elle souffle par les narines. Sa pensée est gelée dans la glace. La peur la rend légère, presque désincarnée, comme un souffle de fille. Plus besoin de se planquer puisqu'il sait où elle est. Pratique ça. Elle peut utiliser sa créativité à autre chose, mais quoi ? À imaginer ce que Marcel est capable de lui infliger ? Retour à la case départ… Ses doigts pianotent à l'aveuglette, indépendants de sa volonté. Cerveau débranché. Anne répond aussitôt ; on dirait qu'elle attendait son appel. Elle paraît énervée, pressée, et Jeanne ne saisit pas bien ce qu'elle marmonne, un truc comme « … pas osé te déranger, j'espère que tu as contacté le flic là, parce que sinon… ». Il faut l'arrêter avant que ça ne vire au monologue.

« Écoute, Anne, d'accord, j'aurais dû te rappeler, mais j'ai besoin de savoir… Tu as croisé Lila, récemment ?

— Pourquoi ? »

La réponse vaut tous les aveux. Le silence crépite, rompu par un éclair jaune. Les couleurs sont-elles de retour ? Pas le temps d'y réfléchir maintenant. Jeanne est tentée de hurler, mais cela exigerait trop d'énergie sans rien changer à la situation, pas un seul fichu iota. Le mal est fait.

« Je viens de recevoir un petit cadeau à mon hôtel, or il ne provient pas de la police. À part toi, personne ne pouvait savoir où j'étais. Tu as vu l'indicatif ?

— Eh bien, j'ai... pas tout à fait. J'ai demandé à un ami qui travaille chez Free. Il m'a donné la procédure sur mon interface de gestion. Ça peut marcher sur le fixe, si tu m'avais jointe sur le portable, il n'y aurait pas eu moyen... Ensuite, il suffisait de téléphoner aux hôtels de la région. J'en ai fait dix-sept avant de tomber sur le tien. C'est quel genre de cadeau ?

— Un truc de merde. Alors ? Tu l'as revue ?

— Ça vient d'elle ?

— Tu vois quelqu'un d'autre ? Je lui ai piqué son mec, elle se venge. Normal, non ?

— C'est pour ça que vous étiez fâchées ! Bon sang, Jeanne, je n'en savais rien !

— Ce n'étaient pas tes affaires...

— Dis plutôt que tu n'as pas eu le beau rôle ! C'est plutôt moche de ta part, non ?

— Oui. Mais ce n'était pas non plus le couple de l'année, ils étaient ensemble depuis trois mois. Ou quatre. Et Lila s'en fichait, à l'entendre. et... merde à la fin, je n'ai pas à me justifier devant toi, c'est exactement ce que je voulais éviter !

— OK ! Ne t'énerve pas. De toute façon, pour ce qu'il est devenu, elle n'a pas perdu grand-chose... »

La tentative d'humour tombe à plat. À l'autre bout du fil, sa gêne est palpable, couleur de crème rance.

« OK, c'est vrai. Lila est passée chez moi, elle avait besoin de te joindre, je croyais qu'elle voulait renouer des liens, en tout cas c'est ce qu'elle m'a raconté. Comment pouvais-je imaginer qu'elle allait te faire un sale coup ? Et puis tu ne rappelais pas, je ne savais plus quoi penser !

— Elle a dit ça ?

— Pas exactement, mais à peu près.

— Je te demande ses paroles précises. C'est important.

— Un truc comme : "J'aimerais m'expliquer une bonne fois avec elle pour laisser cette histoire derrière moi."

— Ça sonne plus psychopathe que bienveillant, mais admettons... Et pour ton info, c'est elle qui m'a jetée !

— Jeanne, je ne voudrais pas prendre sa défense, mais ce que tu as fait...

— Anne, je te remercie pour ta délicatesse, mais je te signale quand même que David était son dernier amant en date, pas sa propriété estampillée chez le notaire ! Et puis merde. On s'en fout. J'ai en marre de m'excuser. Je sais que c'était moche, mais on s'aimait !

— Tu parles de qui ?

— Lila et moi.

— Tu crois vraiment ? »

La question la secoue. Non. Elle ne croit rien, plus maintenant. Toutes ses certitudes sont des branches pourries. Toutes se sont révélées fausses. Chaque fois qu'elle a cru, vraiment cru en quelque chose ou en quelqu'un, le sol s'est dérobé sous ses pieds et elle s'est retrouvée K.-O., assommée, comme si la Vérité avait toujours besoin d'écrabouiller les illusions en bouillie. Elle s'est persuadée d'aimer David, il est mort poignardé. Elle pensait être quelqu'un de bien pendant qu'un ver la rongeait de l'intérieur. Une pomme pourrie, voici la femme qu'elle est devenue ! Elle a voulu se convaincre qu'Emil n'était qu'un amant de passage, or elle peut sentir les racines du chagrin s'enraciner solidement dans sa poitrine, un chagrin immense, incompréhensible, qui lui comprime le cœur. Même sa fuite est une illusion ! Elle comptait sur la fidélité de Lila, sur son indifférence, au minimum, et voilà qu'elle apprend que son amie s'est vengée en prévenant Marcel, sinon pourquoi choisir un portable – la réplique du sien – avec son propre numéro de fixe ! Elle ignore comment la connexion s'est faite, mais l'évidence est là... Tout est tellement clair une fois qu'on a rangé les choses à leur place ! Le puzzle de sa vie...

« C'était quand ?

— Je ne sais plus trop... Quelques jours après ton dernier appel, pas très longtemps.

— Tu as dû sacrément m'en vouloir ! Pourquoi ne pas m'appeler directement quand tu as eu les coordonnées de l'hôtel ?

— J'ai eu peur de te déranger. Je sais que ça peut paraître bizarre, mais c'est vrai.

— Alors tu m'as envoyé Lila...

— Je n'ai jamais imaginé ça. Je suis désolée.

— Tant pis. Je vais régler cette histoire et ensuite je rentrerai.

— Tu es obligée ?

— Pourquoi ?

— Même si on n'est plus trop proches, je te connais, Jeanne. La dernière fois, tu avais l'air en meilleure forme. Quelque chose ne va pas ? À part la mauvaise surprise, je veux dire ?

— La dernière fois, je n'étais pas fatiguée.

— Et ton psy ?

— Je n'ai pas envie d'en discuter.

— OK, mais je t'en prie, rappelle-moi vite. Je n'oserai plus le faire maintenant. Encore moins, je veux dire. J'ai été idiote. J'aurais dû te prévenir pour Lila.

— C'est ma faute. Elle est passée quel jour ?

— Un mardi. Mais pas mardi dernier, l'autre. Ça fait plus de deux semaines, en fait. Presque trois.

— D'accord. J'ai encore des trucs à comprendre, deux ou trois choses à régler et ensuite je rentre.

— Super. Et si Lila t'ennuie, dis-le-moi. J'ai son numéro.

— C'est une affaire entre nous. Merci. »

Elle raccroche et reste à fixer le vide un moment. Elle n'a aucune intention de contacter Lila et encore moins de gaspiller les derniers jours avec Emil. Il lui faut un plan. Mais d'abord donner le change… Elle éteint le téléphone et le dispose dans son cercueil transparent, puis replie les feuilles de kraft et va déposer le paquet au fond de son armoire. Ensuite, elle referme soigneusement les portes, tourne la clef qui cadenasse le verrou. Elle réalise que si seulement elle avait résisté à la curiosité, sa joie serait intacte. Son chagrin aussi. À présent que tout est embrouillé, elle ne sait plus trop ce qui surnage, sinon une immense lassitude. La seule pensée qui résiste, obsédante et absolument nette, lui fait l'effet d'une déflagration.

Marcel est revenu.

Elle se demande quand il se décidera à l'appeler, puis songe à Barbe bleue. Il ne sert à rien de seriner aux filles de se tenir sages, il y en a toujours une pour aller se fourrer là où il ne faut pas.

Elle va préparer son sac à l'avance, puis elle invitera la comtesse ou Gaspard dans un salon de thé, histoire de papoter. Heureusement, elle a une séance chez le docteur B. Après, elle ira se réfugier dans un café et tentera de retrouver des souvenirs ou bien elle écrira ce qui lui passe par la tête, peu importe. Elle se sent incapable de rester dans sa chambre avec ce téléphone prêt à sonner… Emil a prévu d'aller déjeuner avec Arno. Elle pourrait le rejoindre, mais elle ne veut pas s'imposer ni commencer à lui mentir.

L'idée la fait rire. Ne pas mentir. Il faudrait aussi arrêter de respirer.

Ce soir, c'est leur dernière nuit dans la réserve. Elle regrettera le divan bosselé, son poids qui l'écrase. Elle insiste toujours pour avoir la place contre le mur et ça le fait rire de la sentir si petite. Emil… Demain, ils s'installeront dans la baraque du Vieux-Port. Il sera toujours temps de réfléchir après. Bernstein l'aidera. Ou la police. Elle trouvera bien un moyen… *Un temps pour tout, temps des cerises, temps du rire et de temps mort,* chantonne Grany qui divague.

Jusque-là, Jeanne a évité de réfléchir à ce qui se passera quand Emil sera loin. Sans lui, tout redeviendra étranger, dangereux. Elle accepte le prix à payer, mais elle compte étirer ces moments au maximum comme on étire la pâte d'une tarte. Marcher main dans la main. L'entendre raconter les légendes de son île. Rire. C'est une sorte de marché qu'elle passe avec l'univers : elle paiera ensuite.

QUATRIÈME PARTIE

1

Petite mort

Il a disparu pendant son sommeil. Envolé, comme s'il n'avait jamais existé à part l'odeur qui colle à sa peau. Jeanne se dégage du drap entortillé et tâtonne à la recherche d'un pull, en refoulant la vision d'Emil se faufilant dehors. La couverture a glissé sur le sol. Il fait humide, encore frais. C'est elle qui a voulu qu'il parte pendant qu'elle dormirait, pour ne pas être tentée de le retenir. À mesure qu'elle s'expliquait, il a paru si estomaqué que, pendant une seconde, elle a bien cru qu'il protesterait, « Impossible, je pars pas comme ça. » En réalité, il devait réfléchir à un truc trivial – *Je me ressers de la sauce ? J'ai rien oublié ?* – parce qu'il s'est renfrogné, à croire que la décision de se barrer venait d'elle et non de lui… L'espace d'un instant, l'air autour d'eux s'est teinté de fiel et elle a pensé que les couleurs revenaient, mais c'était plutôt une construction mentale, celle d'une jungle de traîtrise, car il fallait un symbole assez vaste pour contenir sa détresse d'être abandonnée. Et puis Emil a hoché la tête en guise d'assentiment, elle a eu envie de le tuer et l'énormité de cette pulsion lui a arraché un rire qui a balayé le malaise. Toute la soirée, elle a vécu avec la conscience aiguë de la dernière fois : dernière fois qu'ils mangeaient ensemble, dernière fois qu'il la touchait ou qu'ils discutaient, à quoi ça pouvait servir ces gentillesses d'amants, *demain il sera parti, enfui, demain…* Elle a essayé de diluer sa panique en bavardant, et Emil écoutait, gentil Emil, il venait de lui accorder une semaine de son temps, c'était déjà bien. Ils ont bu du vin, mangé et fait l'amour presque sans désir, on aurait dit un enterrement, pas une étreinte. Elle lui a expliqué l'expression « petite mort » dans l'espoir qu'il comprendrait que derrière le symbole, son départ la tuait un peu. Tandis qu'elle parlait, il s'est blotti en cuillère dans son dos avec une telle tendresse qu'elle s'est sentie fondre, et puis elle a entendu son souffle s'approfondir et ça l'a terrifiée qu'il s'endorme aussi vite, c'était bien le signe qu'il ne regrettait rien. Au fond, cela ne la surprend pas. Pour ce garçon, elle n'a jamais été qu'une parenthèse. Il a décidé de partir, il part. Homme Libre sans Attaches.

Les spéculations l'ont harcelée une partie de la nuit. Elle a imaginé Emil dérivant au hasard, les bras ouverts comme l'homme de Vitruve, et s'est demandé si Vinci avait pensé au crucifié en dessinant son modèle ; elle a fait des listes, compté les secondes, pensé à sa sœur et repoussé inlassablement l'idée du lendemain, l'image du téléphone dans son cercueil, *trou noir qui aspire toute vie*, refoulé toute idée d'avenir. Elle a compté des centaines de moutons, compté le nombre de garçons avec qui elle a couché – pas tant que ça –, elle a tenté de pleurer sans faire de bruit, mais ses larmes sont restées bloquées quelque part, hors d'atteinte, loin de son corps sec, stérile. Elle s'est juré de ne jamais avoir d'enfant, s'est récité un vers de Mallarmé « aboli-bibelot-d'inanité-sonore », le seul qui surnage dans sa mémoire avec le titre du poème, *Ses purs ongles très haut*. Elle a recompté les secondes. Toisé la folie en face, dans les yeux. Sombré doucement dans le sommeil, là où n'existent ni pensées ni peines et aucun souvenir…

La cabane exhale une odeur de varech et de poix, un produit dont les pêcheurs se servent pour colmater la quille, Emil lui a expliqué. Jeanne voudrait rester tapie ici. Elle ferait des provisions, ne sortirait qu'à la nuit noire et on finirait par l'oublier. Sa montre en plastique indique 7 h 10. Elle l'enfile de façon à couvrir le cadeau qu'il lui a fait, un bracelet en cordelettes censé exaucer trois vœux à condition d'attendre qu'il tombe tout seul, comme un fruit blet. Elle se demande si son chagrin aura cicatrisé à cette date, si elle sera encore vivante pour le savoir. La fatigue fractionne son raisonnement en une multitude de fragments fous. *Tu ne l'aimes pas, tu le regrettes, ce n'est pas exactement pareil*, persifle Anne dans sa tête. Le ton est amer, mais sa sœur a raison… La vérité décante tout le faux de l'illusion, son vernis de pacotille.

Soudain, traversée par un espoir absurde, elle enfile un pull et un bermuda et se jette hors du cabanon, nu-pieds. *L'embrasser une dernière fois.* En dépit de ses stupides consignes, Emil n'aura pas eu le courage de partir, il attend là, dehors ! Elle trottine, affolée. Le port est vide, à l'exception d'un pêcheur, harnaché d'une cotte et de bottes jaune sale, qui descend sur la jetée, vers les bateaux qui tanguent. L'océan est déchaîné ce matin. Dans la montée qui mène à la place de l'église, elle tente d'apercevoir sa haute silhouette, mais Emil est parti, exactement comme elle l'a voulu. Le vent lui arrache une larme et fait danser ses cheveux.

De retour dans le cabanon, Jeanne se laisse glisser au pied du lit, brusquement épuisée. Une part d'elle examine les choses sans émotion, curieuse de sentir comment l'absence se déploie. La tristesse lui semble pâteuse, suffisamment pour l'alourdir au moment où il faudra se battre. Elle doit se couper du regret, aussi vite que possible, pour consacrer son énergie à survivre.

Elle se remet debout pour se dépouiller des vêtements enfilés à la hâte. Le bermuda lui donne le sentiment d'être trop exposée, à demi nue. Ses gestes sont maladroits, elle se fait l'effet d'un astronaute en apesanteur. Au moment de fermer son soutien-gorge, une bouffée d'odeurs l'assaille, et elle reste figée sous le choc. C'est le parfum de leurs peaux mélangées et cela fait tellement mal qu'elle a l'impression d'avoir l'estomac vrillé par du fil barbelé. Il ne s'agit pas seulement de ses regrets, il y a aussi la peur panique qui n'a fait que croître depuis qu'elle l'a refoulée en découvrant le colis. L'effroi peut la gagner, plus rien ne lui fait obstacle.

Elle choisit un tee-shirt à manches longues, un pantalon en toile aux bords effrangés à force de traîner par terre, un imper trouvé sur le marché, puis elle enfile ses ballerines et empoche ses lunettes de soleil. Son corps grelotte malgré la douceur de la température. Elle arrache les draps pour les rouler au fond de son sac de plage, tasse ses affaires à la suite, et glisse une paire de tongs dans la poche extérieure. Faute de place, elle range la trousse de toilette dans son sac, vérifie que l'étui avec les papiers d'Anne et la clef de l'armoire s'y trouvent bien, jette un dernier coup d'œil à la ronde. Ils ont fait la vaisselle, leurs derniers gestes de vie commune, une vie de sept jours parfaits. Emil a dû emporter la poubelle puisque le sac a disparu avec les coques des bougies consumées. L'endroit est vierge de toute trace. La table est propre, il ne reste pas une miette. Le torchon a été soigneusement pendu au dossier de la chaise. Jeanne l'ajoute aux draps pour rendre la pièce encore plus anonyme et empoigne le sac. Elle sort, verrouille la porte, puis va déposer la clef dans un seau renversé. Le propriétaire la récupérera dans la journée. 7 h 33. Elle ne peut pas retourner à l'hôtel maintenant, elle veut marcher un peu, réfléchir...

Emil a dû emprunter la route en direction du phare. Elle allonge sa foulée pour imiter ses grandes enjambées. Le poids des draps la tire en arrière, sauf qu'il n'y a plus rien à regretter, l'histoire est finie. Dans la poubelle où ils avaient l'habitude de déposer leurs ordures, elle tente d'apercevoir le sac plastique, consciente d'être cinglée. Le container déborde d'emballages McDo. Elle hésite à balancer son stupide bracelet dedans, mais elle n'a rien pour le couper et cela ne ferait qu'ajouter au mélodrame. Emil n'est pas responsable de ce qui lui arrive, comment aurait-il su ? Aller au phare ne changera rien, et elle devra longer la grande plage et ses cafés trop chic. Elle tourne à droite, brusquement résolue.

En pénétrant dans le vieux tunnel qui perce la colline de l'Atalaye, Jeanne se figure la masse pesant au-dessus de sa tête, ces milliers de tonnes de caillasse. Il suffirait d'un tremblement de terre pour être ensevelie. Elle mourrait sur le coup, au pire, elle résisterait quelques heures dans une poche d'air qui, en se raréfiant, la plongerait dans une douce léthargie. Serait-ce si terrible de mourir ainsi, avec la certitude que tout s'efface, même les regrets qu'on traîne ? Le tunnel débouche en pleine lumière, face à l'océan démonté. Des vagues écumantes déferlent à l'assaut de la côte en gerbes monstrueuses. L'accès au rocher de la Vierge est fermé par une barrière métallique et un panneau souligne l'interdiction en cas de mauvais temps. Jeanne est tentée de se glisser dessous et de courir se cacher sous le rocher percé. L'odeur des embruns lui fait tourner la tête et elle accélère, giflée par un vent salé. La route serpente autour de la crique du Port-Vieux avec ses maisons étagées. Ils ont nagé là jeudi dernier, il y a une éternité lui semble-t-il, et elle s'est moquée du style approximatif d'Emil. Des volets claquent, un chat blanc déboule sur sa droite, à moins d'un mètre, et la fixe un court instant. Ses yeux sont d'un bleu irréel, comme elle n'en a jamais vu. Elle prend conscience du mouvement de l'air, pense à Vent-d'Ouest, à tout ce qu'elle perd aujourd'hui...

Après la pointe de l'anse, le parapet épouse la courbe d'une crique étroite où les roches déchiquetées témoignent de la furie des éléments. Elle y fait halte et se penche au-dessus du chaos minéral, au risque de se faire tremper. Entravés par les brisants, les flots s'engouffrent en rugissant, puis explosent sur la paroi escarpée et arrosent une portion de trottoir, quelques mètres plus loin. On croirait voir la manifestation liquide de la colère, une lutte titanesque entre la roche et l'eau. Le fracas des vagues se répercute dans son ventre. Si elle se penche encore, elle glissera et sera engloutie, fracassée par le ressac. *Combien de temps tiendras-tu ?* Ce n'est pas qu'elle tienne à mourir noyée, mais elle aimerait éprouver autre chose que la perte et ce sentiment d'être trouée, vrillée, anéantie par la spirale du chagrin. Elle recule en titubant et repart vers la longue plage. Juste après la villa aux tourelles, l'océan lui apparaît déployé dans son immensité, comme pour se moquer d'elle. Au loin, la côte espagnole se dissout dans une brume d'eau scintillante, et cette beauté lui fait mal, d'une douleur presque revigorante. *La vie continue, ma fille, au moins pour l'instant.*

Arrivée au bout de la jetée, elle ôte ses ballerines, retrousse son pantalon puis dévale les marches de gravier aggloméré au béton. Le sable est détrempé. Il n'y a guère qu'une dizaine de pas pour atteindre la ligne où les vagues viennent mourir. Elle laisse l'écume lui monter à mi-mollets. L'eau est glacée, mordante. Une houle noire maculée d'algues charrie une bouteille de plastique éventrée. Une pointe l'érafle méchamment et elle distingue l'ergot d'une branche qui s'échappe aussitôt, aspirée par le reflux. L'égratignure lui fait monter les larmes aux yeux. Sale marée stupide ! Jeanne voudrait hurler de rage, mais la mer se fout bien de ses états d'âme. Il faut repartir, elle ignore vers quoi, et ça la terrifie.

Plutôt que de retourner sur ses pas, elle préfère emprunter les marches qui mènent aux hauteurs de la ville. Ses pieds claquent durement sur l'asphalte et la douleur la distrait. Cette promenade lui aura fait gagner combien de temps ? Une heure ? Plus elle recule le moment d'affronter Marcel, pire ce sera. Elle lève le visage vers le ciel, lance son prénom en l'air, « Emil », juste pour voir ce que cela ferait d'être une fille normale, amoureuse d'un Norvégien qui l'attendrait quelque part… Les nuages ont la forme de nuages, sans signification particulière. L'illusion ne fonctionne pas. Son propre corps lui semble aussi vide et transparent qu'un vase. Sera-t-il capable de résister si on le frappe à coups de poing ?

Arrivée sur le plateau, elle ressent le besoin d'avaler un café brûlant. Il faudrait rentrer à l'hôtel et signaler son retour, mais la comtesse voudra savoir comment elle va, Gaspard aussi, accablant de sollicitude, et il y aura de nouveaux visages. Ces gens n'ont plus aucune importance puisque Marcel l'attend, n'empêche, elle n'a envie de croiser personne.

« Hôtel-chambre-armoire-colis », récite-t-elle de plus en plus vite, pour s'étourdir. Par association d'idées, elle pense aux poupées russes enchâssées les unes dans les autres, au secret qu'elles portent dans leurs ventres rebondis. « Poupée-roulette-russe-tu-es-morte ! » La plante de ses pieds commence à l'élancer. Elle se rechausse, consciente de son inconséquence. Ce n'est pas le moment de se blesser.

Tu seras peut-être obligée de courir, ma vieille, alors ménage tes orteils ! Le ton moqueur de Lila crisse dans son crâne sans produire autre chose que de l'irritation. C'est curieux, elle ne l'aime plus. Lila a eu sa vengeance, mais Jeanne en a fini des remords, de la tristesse qui saigne… Au passage piéton, une bouffée de musique lui parvient, un rap scandé clame « Hey ma brune, mon sugar, j'suis foncedé, raide de toi… », et la peur lui tombe dessus, elle a les traits d'une déesse carnivore, Kali la dévoratrice prompte à avaler des milliers de petites couardes dans son genre.

Un bar a sorti sa terrasse sur le trottoir. Jeanne se glisse à l'intérieur et commande un café. Le patron la calcule à peine, plongé dans une discussion enfiévrée à propos d'une fusion entre deux équipes, du rugby probablement. Elle se perche sur un tabouret, au bout du zinc. Un téléphone est posé là. Le bruit du percolateur explose. Le bonhomme lui tend une tasse pleine à ras bord et s'en retourne discuter. « Et moi je te dis que ces enfoirés ne s'entendront jamais, René, parce qu'ils n'ont aucune raison de le faire ! Ce serait comme de renier notre… »

Jeanne n'entend plus. Elle ne parvient pas à bouger ni à boire, anesthésiée par l'angoisse. Marcel n'a jamais existé en réalité. Son esprit a engendré un fantasme fréquentable, car l'anonymat est bien plus terrifiant qu'un cliché anthropométrique. Dans le classeur de Bouraoui, elle se rappelle surtout un moche avec l'air d'une brute ordinaire. Ses mâchoires prognathes laissaient deviner un torse énorme et des jambes courtes. La gueule d'un mec trop petit qui haïrait les femmes en talons aiguilles. Pas assez subtil pour se livrer à des jeux de silence. De lui, elle aurait pu se défendre… Elle voudrait retenir sa vilaine figure, ses petits yeux porcins et sa moue grincheuse, mais l'illusion s'évapore, et elle doit se mordre l'intérieur des joues au sang pour ne pas se laisser happer par l'évanouissement.

« Je peux passer un appel ? »

Le patron la jauge un court instant avant de lui désigner l'appareil. Elle fouille fiévreusement son sac et finit par tomber sur la carte du psy qu'elle conserve comme un talisman. En composant le numéro, elle se persuade que s'il décroche au bout de trois sonneries, Emil reviendra, ou bien l'hôtel aura brûlé, l'armoire, les escaliers, les liasses d'euros et le portable avec ! Ce qui adviendra ensuite ne sera plus de son ressort, seulement la fatalité... Bernstein répond si vite qu'elle est prise de court et ne sait quoi répondre. Il semble inquiet, répète : « Allô, allô, qui est à l'appareil ? » La pendule du bar indique 8 h 45, beaucoup trop tôt pour les consultations. Que peut-il fabriquer à son bureau ?

« Docteur, c'est moi. J... Anne. J'ai besoin de vous voir le plus vite possible. »

Naturellement monsieur pinaille, veut savoir à quel point d'urgence, sinon... Comme s'il existait un thermomètre capable de mesurer l'angoisse ! Sa réticence la coupe dans son élan. Elle concède que oui, bon, ça peut attendre mercredi, puis le laisse dégoiser : « Cela fait partie du travail, avec ce que vous avez découvert dernièrement il est normal de se sentir déstabilisée. » Il conclut sans vergogne : « N'hésitez pas à rappeler si ça va mal et on verra s'il convient d'avancer la séance. » *Quand j'aurais l'aiguille plantée dans le bras et que tu me demanderas si je peux patienter pour l'ambulance ?* Elle raccroche en le haïssant, parce qu'il est infoutu de lui offrir la moindre protection. Un de plus !

Les deux types discutent toujours rugby. Elle avale le café refroidi et paie un euro trente, en profite pour compter la monnaie qui lui reste. Cette fois, plus moyen de reculer.

L'appréhension lui noue la gorge. Le Basque sera épinglé derrière le comptoir, réprobateur. Il ne l'aime pas. Il y aura un tas de nouveaux pensionnaires et personne pour lui assurer que le gars de la trois n'est pas un tueur, mais un représentant en linoléum. Rien qu'à l'idée de recommencer à lutter, Jeanne a envie de se coucher sur le trottoir pour mourir. Elle aimerait se sentir en colère, combative, mais fuir exige trop de conviction, surtout avec vingt-sept euros en poche et une paire de draps sales (*odeurs de corps, taches de sperme, coulées de désir*). Elle n'y croit plus. Si on l'a traquée à l'autre bout de la France, une frontière de plus ou de moins n'y changera rien. Elle aurait dû bouger tout de suite. Trois mois dans une ville balnéaire quand on est en cavale, ce n'est pas exactement la stratégie du siècle. Elle ne parvient pas à décider quelle attitude adopter face à son tourmenteur. Geindre ou négocier ? Une part d'elle réclame un châtiment. Il est temps de payer sa dette.

En passant devant la librairie Il était une fois, Jeanne tente de se rappeler l'expression d'Emil ce fameux soir où tout a commencé entre eux, mais ses traits sont brouillés, à peine discernables (*brouillé, j'embrouille, brouillardise, leurs jeux de mots et de langues fourchées-tournées dans sa bouche, leurs salives mélangées*). Elle s'aperçoit que ses joues sont mouillées, cela l'étonne, elle avait oublié comment on pleure depuis le meurtre. Naturellement ce n'est pas de l'amour, c'est de côtoyer un homme assez libre pour qu'elle se sente entière. Un homme qui ne demandait rien, qui n'exigeait aucun compte sur ses allées et venues. Un homme qui n'a jamais levé la main sur elle.

La première fois, elle se rappelle que la surprise lui a coupé le souffle, au moins autant que le geste lui-même. Pas si fort que ça. Tellement logique en un sens. C'est cela qui l'a prise au dépourvu, pas la gifle, mais son évidence, et le choc s'est nuancé d'euphorie. On y était enfin ! Mickaël demeurait pétrifié, surpris lui aussi car aucun d'eux n'avait anticipé cette violence, et pourtant Jeanne l'attendait depuis toujours. Des mains brusquement raidies. L'envol, le bruit sec de la gifle. Un coup pour rire ou pour punir. Un coup d'amour. Aujourd'hui elle peut en discerner le filigrane, son corps d'enfant propulsé par l'élan et son désir, un désir si fort qu'il abolit la pesanteur, le ciel et l'eau précipités à sa rencontre, deux nuances de bleu fondues-confondues. Tout s'imbrique, une tresse d'amour et de haine, de mort rêvée et de vie lourde, corps englués-corps volants, Jeanne qui court sur la pierre levée.

Ce jour-là...

Elle patiente un moment à la réception sans oser se glisser derrière le comptoir pour s'emparer de sa clef. Le vieux s'amuse peut-être à la faire lanterner exprès. Finalement, c'est Maria qui émerge du couloir. Elle lui sourit d'un air contraint. Jeanne réalise avec stupeur que c'est une grimace d'inquiétude qui lui est destinée. En lui tendant le trousseau, la serveuse questionne gentiment :

« Ça va ? »

Elle acquiesce et plonge dans le sac pour ressortir la boule de draps froissés.

« Il m'a dit de vous remettre le linge. Vous êtes au courant ?

— Bien sûr. Laissez tout par terre, je les mettrai avec les autres.

— Merci.

— Si vous avez besoin de quoi que ce soit, dites-le-moi... »

Elle paraît sur le point d'ajouter quelque chose, se reprend. Jeanne est trop orgueilleuse pour lui demander de l'aide et puis cela ne servirait qu'à gagner quelques minutes.

« Je dois y retourner. Ça ira ? »

Maria la dévisage. Elle hoche la tête, fait un vague mouvement de « tout-est-OK ». Le sac ne pèse plus rien. Elle s'éloigne, mais le vertige l'oblige à s'appuyer à la rambarde de l'escalier. Gaspard surgit derrière elle, il doit probablement arriver de la salle des petits déjeuners et la saoule d'un flot de paroles drues. Elle saisit vaguement « Paris », et puis, « ça fait du bien de rentrer ! ». L'éblouissement l'oblige à déglutir. Son souffle lui parvient de très loin, « Mon petit, filez au lit, vous êtes livide. » Il doit penser qu'elle a passé la nuit à faire la fête parce qu'il lui lance un clin d'œil et s'éloigne dans un halo de lumière pourpre. Elle parvient à escalader les marches sans trop savoir comment, stoppe devant la porte 8, le signe de l'infini. Une fois dans la chambre, elle reste un instant adossée contre le battant et s'efforce de respirer calmement. *Tu y es, Jeanne. Cette fois tu y es vraiment. On va affronter ça ensemble. Pas question de t'évanouir.* On ? Qui « on » ? Dieu ? Sa Majesté Schizophrénie ? Elle se sent l'esprit plus clair, détaché de l'effroi qui s'est amalgamé en rond pour mieux jouer les yo-yo dans son corps.

Le dessus-de-lit est impeccablement tiré, les oreillers portent une nouvelle taie à rayures. Sur le bureau, une pile de livres de poche, quatre stylos, les horaires des bus. Les rideaux sont entrouverts. Le tapis bien au centre. Elle préfère vérifier la salle de bains avant de s'attaquer à l'armoire. C'est propre, rangé. Elle espérait quoi ? Un message inscrit sur le miroir ? Elle retourne s'agenouiller au pied du lit, tâtonne sous le matelas, finit par effleurer les cahiers dissimulés en plein milieu. Maria n'a rien vu en changeant les draps. Il y a tout là-dedans, ses plans, ses secrets, ses recherches, les renseignements sur les pensionnaires, ses comptes et la liste des dépenses, des notes et des divagations. Le nom de « Marcel » lui saute aux yeux. Il est partout. On dirait le journal d'une folle. Il faudra brûler les cahiers avant que quelqu'un tombe dessus, mafia ou police, peu importe, elle n'a aucune envie qu'on fouille son intimité ou qu'on salisse sa mémoire en cas d'accident.

Elle remet tout sous le matelas et va ouvrir les battants de l'armoire d'un geste décidé. Un parfum de lavande l'assaille. Maria a disposé un sachet neuf. Ses vêtements n'ont pas été dérangés. Elle tâtonne sous le plancher de l'armoire et sent l'enveloppe, à sa place. Elle s'empare du colis, déplie le papier kraft avec la sensation de rembobiner la semaine écoulée, comme si ça n'avait pas existé. Le portable est allongé dans son cercueil en plastique, intact. *Penser à le mettre à charger.* Elle soulève le clapet, tape le code d'entrée générique, ferme les yeux. *Tout va bien se passer.* Son cœur bat à tout rompre, elle rouvre les yeux, l'enveloppe clignote. Il y a trois messages. Trois est un nombre symboliquement parfait. Les reniements avant le chant du coq, un-deux-trois-soleil, pan, j't'ai vue, t'es morte ! Quoi d'autre ? Les cavaliers de l'Apocalypse ? Non, ils étaient quatre… Elle met le répondeur en marche, écoute les silences brisés par la voix du robot qui répète : « Pour réécouter, taper 1, pour enregistrer, taper 2, pour supprimer, taper 3 ».

Étrangement, Jeanne est persuadée que l'homme aurait parlé si elle avait décroché. Elle ignore d'où lui vient cette conviction, elle le sait, c'est tout.

Elle s'ébroue, prononce un « non » sonore juste pour entendre un son familier. Il n'a pas dû s'inquiéter outre mesure de son manque de réaction, il la connaît trop bien. Elle a beau faire, elle n'arrive pas à se représenter la suite. Se montrera-t-il violent d'emblée, histoire de lui rappeler les règles ? Peu importe la méthode, de toute façon, il prendra son pied. Ce sont des choses qu'on finit par ressentir quand on entend un enfoiré respirer jour après jour dans votre oreille. Pervers, manipulateur et froid comme un pain de glace. Probablement capable de tuer, vu les fréquentations de David. Elle espère être en mesure de satisfaire ses exigences en lui donnant ce qu'il veut, à la minute où il l'ordonne, la planque et ses papiers, l'argent. C'est tout l'héritage de David, sa seule négociation possible. Pour le reste, il faudra le convaincre de son amnésie. Elle ne voit pas au-delà...

Elle branche le chargeur dans la salle de toilette afin de ne pas l'avoir à proximité, dépose le portable dans son encoche. Le petit *cling* de connexion lui paraît étrangement significatif. En une seconde, la voilà reconnectée à un monde antérieur. Cela semble surréaliste d'imaginer que tout va recommencer, en pire.

Elle se déshabille, règle les robinets au maximum et s'accroupit sous l'averse brûlante. Quand sa peau vire à l'écarlate, elle se savonne furieusement. Le parfum de lavande efface l'odeur d'Emil qui la rend molle et fragile. La tuyauterie proteste violemment. À présent, il faut faire vite. Nue, elle est trop vulnérable. Elle essore ses cheveux, noue la serviette en turban et remet ses habits en vitesse, même si le sweat lui paraît d'une propreté douteuse. Elle ne veut pas risquer d'être à moitié prête au moment où il rappellera. Elle fouille dans sa trousse, prélève un crayon noir et un crayon à lèvres. Les mines sont cassantes faute d'avoir servi depuis une éternité. Elle les taille et applique un trait sur le contour de la paupière supérieure, puis crayonne sa bouche en rouge « divin ». Ses doigts tremblent. Le résultat est bizarre. Ses yeux sont cernés par l'insomnie, ses traits aiguisés sous un hâle léger. Elle dénoue le turban, secoue ses cheveux. Les pointes sont fourchues. Ils ont tant poussé qu'ils retombent en flaques tristes le long de ses joues. Son visage dit peu de chose. Elle a beau le détailler, impossible de discerner la vérité après tant de mensonges. Le meurtre a forcément induit une métamorphose, pourtant rien n'est visible. L'évidence émerge lentement ; ce n'est pas parce qu'on joue à l'aveugle qu'on peut appréhender la cécité. On ferme les yeux, on jouit de l'appréhension, mais, en définitive, on ne saisit rien. Pour comprendre, il faudrait savoir comment bouger dans un espace où les sons se dressent comme des murs, là où aucune lumière ne pénètre jamais. Éprouver la sensation de se mouvoir dans du sirop, de faire partie intégrante d'un monde opaque, ouvert, sans limites. À l'inverse, on peut garder les yeux ouverts et ne rien voir vraiment. C'est exactement ce qui s'est passé avec David.

Elle approche du miroir, colle sa bouche sur le reflet de bouche et appuie aussi fort que possible, avide de se fondre sous la surface froide. Elle chuchote. *Qui es-tu, Jeanne-Anne ? Anne-Je. Qui aimes-tu ? Où vas-tu ?* Les questions n'ont l'air de rien et sont aussi légères qu'un tas de feuilles posé sur une crevasse. Un piège. Il y a au moins une chose qu'elle sait maintenant, on peut basculer n'importe quand, pour un rien, un caillou qui vous fait trébucher. Ou une grande pierre grise chauffée par un soleil d'août.

2

Mercredi

Elle a failli ne pas venir et voilà qu'elle se retrouve dans la salle d'attente du psy. D'un geste rageur, elle éteint le portable et l'enfouit au fond de son sac pour ne pas être tentée de le rallumer. Que M. Mystère aille se faire foutre, il serait fichu de la déranger en pleine séance !

Dix fois, elle a composé le numéro de son appartement et écouté les sonneries s'égrener dans le vide. Ça fait deux jours. Deux jours sans oser mettre le pied dehors, à se demander quelle sonnerie il a choisie, une musique de film d'épouvante ou un bruitage symbolique, le bruit d'une guillotine, par exemple. Quand il se décidera, quelque chose se brisera en elle, pas seulement l'attente, mais le sort qui la tient passive, incapable de réagir.

Dans le meilleur des cas, il n'a pas encore compris qu'elle avait réintégré l'hôtel, mais elle en doute, il veut probablement se venger de sa désertion, n'importe qui le ferait ! Une semaine… Il y a de quoi la laisser mijoter un peu, et démontrer qui mène la danse par la même occasion. Une pierre deux coups. Elle se demande s'il a établi une planque dans son appartement ou s'il l'attend au premier bar du coin. Un type dans son genre a les moyens de sa « politique ». Elle ricane nerveusement, consulte sa montre. Que fabrique monsieur « Êtes-vous sûre que c'est une urgence ? » Elle a beau être en colère contre le psy, son aide est trop précieuse pour bouder. Le manque d'Emil la déchire toujours autant et le danger de mort n'y change rien. Comment le besoin de quelqu'un peut-il ressembler à l'amour sans en être ? Bernstein doit avoir une idée sur le sujet, il adore expliquer les paradoxes. La nuit, pendant ses insomnies, Jeanne rumine sa façon de se laisser étreindre et pénétrer comme une éponge, le corps à l'abandon. Pourquoi Emil serait-il resté auprès d'une menteuse ? Une meurtrière ? Même ignorant, l'instinct devait le repousser ailleurs… Elle exigera une méthode pour arrêter de ressasser son aventure-liaison-histoire-de-cul avec l'impression de frotter son cœur contre un grattoir. Il lui donnera un de ses exercices qui vous rendent plus clairvoyants, *Imaginez que cet homme est très loin, un tout petit point dans un immense tableau qui rapetisse et rapetisse et qui se fond dans le décor…* Elle consulte une nouvelle fois sa montre en plastique, tire un peu la ficelle du bracelet magique même si c'est de la triche. Deux jours qu'elle crève d'ennui, et maintenant Bernstein est en retard ! En se levant pour aller à la fenêtre, elle réalise qu'il n'y a plus rien à guetter. Sa vigilance a cédé la place à une fatalité empreinte de lassitude. Elle n'a même plus envie de finir son cahier. Si elle se lance, ce sera pour écrire quatre lettres à l'infini, son obsession stupide. E.M.I.L.

En retournant s'asseoir, elle fait en sorte de racler bruyamment la chaise histoire de signaler sa présence. Rien ne filtre derrière le battant de bois épais. Elle serait curieuse de voir la tête de celui qui lui bouffe son début de séance, une « véritable » urgence, probablement… C'est la première fois que Bernstein est en retard. Curieux métier. *Docteur, j'ai mal, docteur, j'ai peur, docteur, sauvez-moi !* Huit heures par jour, cinq jours par semaine, sauf les vacances scolaires… La porte s'ouvre à cet instant et Bernstein l'invite à pénétrer dans son bureau d'un geste large de semeur. Pour lui rien n'a changé. Leur dernière séance remonte à quinze jours, puisqu'ils ont convenu de sauter celle de mercredi dernier quand elle était avec Emil.

Jeanne consulte ostensiblement sa montre en se levant, mais soit il ne saisit pas l'allusion, soit il feint de ne pas comprendre pour ne pas avoir à s'excuser. Il doit considérer que les retards font partie des choses inévitables, comme les tremblements de terre ou la misère dans le monde. Elle s'installe à sa place habituelle et s'abîme dans la contemplation de ses diplômes de façon à ne pas croiser directement son regard. Là, tout de suite, elle voudrait l'agonir d'insultes.

Docteur B. : Alors, cette urgence ?…

Jeanne : Elle est passée puisque j'ai attendu.

Docteur B. : Je vois…

Elle s'avachit un peu de façon à scruter le sol pour y chercher un semblant d'inspiration. Elle ignore par quel bout commencer et regrette presque d'être venue. Le docteur le pressent-il ? Sa question lui glace le sang.

Docteur B. : Racontez-moi une journée avec votre frère. N'importe laquelle.

Jeanne : Comme ça ?

Docteur B. : Il me semble que le moment est venu, Anne.

Jeanne : Je peux fermer les yeux ?

Docteur B. : Bien entendu.

Il fait une chose surprenante. Il se lève et tire les tentures par-dessus les voilages, afin de tamiser la lumière. Ensuite, il reprend sa place, joint les mains sous son menton, adoptant la pose de celui qui s'apprête à écouter une histoire. Il a raison puisqu'il s'agit d'un conte… Jeanne se concentre pour laisser monter le fourmillement intérieur.

Le récit est là depuis toujours, il attendait son heure et Bernstein le savait. Elle n'a qu'à choisir un mot, le premier, puis ouvrir les vannes. Elle choisit « parfait ».

La suite coule de source.

Jeanne : C'est en août, une journée parfaite. La famille est réunie sur la terrasse de Grany, ma grand-mère maternelle. Mon frère est là, à mes pieds. Les parents s'apprêtent à partir en Italie. Eugénie n'a pas été facile à convaincre. Le Mioche lui appartient, et elle est persuadée qu'il est fragile comme une coquille d'œuf. Elle doit s'imaginer qu'on va l'oublier dans un coin ou le laisser bouffer de la terre, des cailloux. Éventuellement, on pourrait même le faire tomber sur la route pour regarder les voitures lui rouler dessus. On a dû jurer de le surveiller « comme le lait sur le feu ». Au début, elle n'a rien voulu savoir, mais quelque chose s'est passé, je n'ai jamais su exactement quoi, elle a changé d'avis et le voyage est décidé, les parents partent pour Venise, sans le Mioche ! Grany rayonne, persuadée d'être à l'origine de ce revirement. Elle a sûrement fait promettre à sa fille de se montrer meilleure épouse. Elle ressemble à une vieille folle, et je la déteste. Je déteste aussi ma sœur qui sourit hypocritement devant les parents. Ils ont les yeux brillants, la bouche molle. On jurerait qu'ils vont nous expliquer : « On vous aime, mais on vous abandonne. » Ils ne pensent qu'à se tirer d'ici. J'ai souhaité leur départ, mais maintenant qu'ils s'en vont, je veux tout le contraire. Le Mioche est par terre, en train de baver et de cogner le beau dallage en marbre avec sa fusée Tintin, personne ne s'occupe de lui. Lui aussi a l'air heureux, j'imagine que c'est contagieux. Eugénie vient droit sur moi avec un air que j'avais oublié depuis le temps qu'elle se désole. Elle me dit « Je compte sur toi, particulièrement, je peux ? » seulement sa voix chuchote et ça fout tout en l'air. Je devine qu'elle a murmuré de la même façon à l'oreille de ma sœur. Elle me serre dans ses bras. Elle a mis un nouveau parfum et ça m'achève. J'ai de mauvaises pensées que je voudrais effacer en lui rendant ses baisers, mais elle ne m'en laisse pas le temps, elle ne pense qu'à se tirer le plus vite possible. Christian klaxonne. Elle monte dans la voiture. Ses « au revoir » crissent comme des cris de mouette. Le ciel est d'un bleu incroyable, parfait. Grany fait de grands signes. Si elle pouvait, elle agiterait un drap en signe d'allégresse. Elle exulte de les voir partir sans nous. Un enfant, c'est solide, bien davantage qu'un couple à la dérive, et le Mioche tiendra le choc. Le voyage à Venise, c'est son idée, après que je lui ai raconté que papa découche souvent le jeudi soir, sûrement à cause du retour d'âge d'Eugénie. Selon Grany, il y a un rapport irréfutable entre la fin des menstrues et la fuite des hommes. Papy est mort le mois de sa ménopause et elle connaît un tas d'exemples de femmes qui ont été quittées à cette période. Mort ou en fuite, cela revient au même pour Grany. Quand quelqu'un met en doute sa théorie, elle lui sort des statistiques inventées. Et si je lui fais remarquer que son vieil amoureux reste fidèle au poste, elle me répond que ça n'a rien à voir. Un mari n'est pas et ne sera jamais un amoureux ! Donc, les parents vont à Venise. La voiture s'éloigne et la main d'Eugénie bat comme une aile. C'est drôle à quel point le souvenir est resté net, je n'y ai pas repensé depuis…

Jeanne s'interrompt pour reprendre son souffle, pas longtemps. Elle sait qu'il ne faut surtout pas entraver la coulée fabuleuse des mots.

Jeanne : Je pousse le Mioche du pied. Il lève la tête et veut rigoler, mais puisqu'il essaie d'accrocher mon regard en même temps et qu'il n'est pas fichu de faire deux trucs simultanés, il s'écrase pire qu'un tas de sable. Grany soupire « Tu veux bien m'aider ? » Il est beaucoup trop lourd pour elle. J'aimerais qu'on m'explique pourquoi c'est toujours à moi qu'on demande. J'ai une tête d'Urgences ? Je l'agrippe sous les bras, je le soulève, il pèse une tonne, sa peau sent le lait d'amande, le potage de midi et aussi la sueur, mais ce n'est pas aussi horrible qu'on pourrait croire. Il n'aime pas trop être porté d'habitude. Comment est-ce qu'on se débrouillera dans dix ans ? Rien que de l'imaginer avec trente kilos de plus, des boutons d'acné et un début de barbe, je me mets à glousser et ça le fait rire, alors je suis obligée de m'asseoir et on reste là, à rigoler comme deux débiles, lui avec sa case en moins et moi avec ma colère qui disparaît. J'aimerais tellement l'aimer ou le détester, seulement je n'arrive jamais à me décider complètement. Au fond, il ne s'agit pas de lui, mais de toutes ces choses qu'il a changées autour de nous. D'après ce que je sais des trous noirs, mon frère est pareil à une boule d'antimatière. Il a aspiré les parents, leur insouciance. Ce n'est la faute de personne, c'est ça le pire, personne n'est responsable de ses anomalies, personne à engueuler puisque la raison est chromosomique. On finit par rentrer dans la maison, je crois qu'on regarde une cassette, mais je ne suis pas certaine. En revanche, je me souviens très bien d'avoir pensé que c'était le temps idéal pour aller au Lac finir cette journée parfaite. On part tous les trois. Ma sœur, mon frère et moi. On prévient Grany qu'on va goûter dans la clairière du petit bois. La Saucisse s'est chargée des biscuits et de l'eau, normal, je me tape le débile. On va au Lac. Je ne vous ai pas dit, mais je suis très douée pour faire des ricochets.

Jeanne se tait. Elle a mal à la gorge. Jamais elle n'a pu repenser à cette journée, jamais d'une traite, juste par fragments. Le souvenir s'est posé au fond d'elle, comme une ancre au fond de la mer retient le bateau pour que les courants ne l'égarent pas. C'est de là que proviennent le suintement noir et l'amnésie, ce jour d'avant, au Lac. Fragments de pieds qui frappent le sol, saut et chute, choc de l'eau glacée, perte de repères. Le souvenir lui martèle les tempes. L'envol, le bruit sec-vert de sa chute, son corps frappant la surface de l'eau, puis la crevant. Le saut qui abolit le ciel et l'eau, le mélange des bleus, le chaud et le froid. Elle se rappelle tout, même si ça n'a aucun sens, pas de sens ordonné, juste des bribes, des ricochets. Une trajectoire. Et ça revient subitement, ce qu'elle n'a jamais vu, mais imaginé mille fois. L'envol. Le bruit vert de la chute, celui du corps de son frère propulsé par l'élan et l'envie de lui plaire, un désir si fort qu'il abolit toute peur et toute pesanteur (*pesante peur, oh si pesante, ma peur pour toi, mon frère*), le ciel et l'eau précipités à sa rencontre, sa bouche ouverte pour crier ou avaler le Lac. La suffocation. L'incompréhension. Ses mains qui battent, pauvres petites mouettes, son corps englué, son corps malhabile. Poisson mort, ventre blanc.

Docteur Bernstein : Pouvez-vous aller au bout, Anne ? Ou bien préférez-vous qu'on remette à la prochaine séance ?

Bernstein la ramène à la réalité. Il est fou. Aussi fou que le lapin d'Alice. Comme si on demandait à un type en train de s'éventrer au sabre de revenir plus tard finir son hara-kiri gentiment. Elle hausse les épaules et ferme les yeux pour replonger.

Jeanne : Le ciel est si pur qu'il semble fait en sucre filé. Aucun nuage. Aucune déchirure. Il fait chaud, la brise souffle. Les parents sont partis, tout va bien finalement. Ma colère est finie. Le monde est solide sous mes pieds, la terre toute chaude, je la foule, la piétine, j'enjambe le fossé et je cours en équilibre sur le talus, les mollets fouettés par l'herbe piquante. Le Mioche me talonne de près. Ça a toujours été comme ça. C'est moi qu'il suit, moi qu'il écoute. Même Eugénie est obligée de reconnaître cette préférence. Ma sœur avance derrière nous, alourdie par le panier à goûter. Nous allons au Lac, mon Lac. Je suis celle qui ouvre la marche et bientôt je serai celle qui lance les galets. Je les choisis soigneusement pendant que la Saucisse se déshabille. Elle a perdu sa bonne humeur, on est deux vases communicants contrariés, mais je ne la laisserai pas me gâcher la journée. Pierre qui vole. Trois ricochets. Raté. Sept, huit, neuf ricochets. Je deviens vraiment douée. La Saucisse rentre dans le Lac à l'autre bout de la bande sablée pour bien montrer qu'elle m'ignore totalement, moi et mes lancers. Au tir, elle est d'une maladresse crasse. Le Mioche est tombé sur ses fesses, à l'ombre, près d'un arbre, il racle le sable à la recherche de fourmis. Il n'aime pas l'eau et c'est pour ça qu'il pue toujours un peu. Je lui dis de se redresser et de garder les mains propres. Pour lui montrer que je ne suis pas fâchée, je lui ébouriffe les cheveux, comme maman l'a fait en partant. Je me demande quels sentiments il éprouve quand il pense à quelqu'un. Si seulement il est capable de penser… La Saucisse longe la rive en étouffant des gloussements de plaisir. Elle m'ignore toujours, je voudrais la rejoindre, mais je préfère qu'elle m'appelle. Sa tête scintille, on dirait une pastèque d'or sur l'eau luisante. J'aimerais qu'elle redevienne aimable. C'est bizarre de se gêner avec sa sœur jumelle. Le plus souvent, on ne peut pas se supporter, mais, depuis le printemps, cela se passe beaucoup mieux entre nous. Sauf maintenant, alors que les parents sont partis, elle me laisse tomber avec le Mioche, comme si c'était moi la responsable, tout ça parce qu'il me préfère. Je commence à regretter d'avoir frimé avec mes ricochets, mais c'est elle qui a commencé à faire la gueule. Pour la faire céder, je grimpe en direction de la pierre plate. C'est en surplomb du Lac, une roche grise qui forme un plongeoir naturel au-dessus d'un trou d'eau. La première fois qu'on veut sauter, la peur vous étreint. On recule. Le vide semble considérable vu d'en haut, mais si on trouve le courage de se lancer ça devient carrément sublime ! J'ai déjà essayé, je me suis laissée tomber, les yeux fermés. La seconde fois, j'ai pris un peu d'élan. Et ainsi de suite. Cette année j'apprendrai à voler sur la pierre. La Saucisse est ressortie de l'eau. Elle s'installe sur une bande de sable pour bronzer loin du Mioche. Elle ne m'a pas encore repérée, et je remarque avec délectation qu'elle se tord le cou pour voir où j'ai pu disparaître. C'est mon frère qui m'aperçoit debout là-haut, aussitôt il se met à piauler comme un cinglé, les mains tendues vers moi. Il me prend peut-être pour une planète, dans la lumière. Ma sœur lève la tête et je sais qu'elle est tentée de me rejoindre, c'est ma jumelle, même quand je la déteste, je la connais mieux que personne. Je fais celle qui s'en fout, et je recule pour bien montrer que je m'apprête à sauter sans cesser de l'épier du coin de l'œil. Je me lance en criant, je saute et l'eau est si froide, si propre, que je rugis en m'enfonçant. Le Lac m'avale et je nage autant que je peux dans le bleu trouble, les yeux ouverts, en jouant à être une créature marine. Quand je remonte, à bout de souffle, je me retrouve face à ma sœur. Elle est venue à ma rencontre et rit franchement. Je la conjure d'essayer, je promets de lui faciliter les choses. On se chamaille un peu, mais gentiment. Elle n'est pas sûre de pouvoir se jeter de si haut. On nage l'une à côté de l'autre. Je me suis trompée. On s'entend bien de nouveau. C'est ma sœur. Ma sœur jumelle. En sortant du Lac, je lui dis « Essaie, et si tu y arrives pas, on recommencera demain ! » On emprunte le sentier en pente, nos pieds mouillés se couvrent de poussière. C'est bon, la sensation de l'eau gelée qui forme une pellicule de vernis en te protégeant de la chaleur. Ma sœur m'a emboîté le pas, j'entends son souffle. Et puis autre chose, devant. Un énorme bruit d'eau. Comme un caillou qu'on lance. Un corps éclaboussé. Un plongeon. Le sang se glace dans mes veines, mais je ne dis rien, j'allonge le pas pour courir, seulement je suis tellement écrasée par la peur que je me traîne. Je vois la pierre levée, grise, sinistre. Ce n'est plus un plongeoir, c'est un catafalque qui m'écrase le cœur, même si je ne connais ni le mot ni l'image. Je connais son poids. Et puis je distingue l'eau du Lac aussi lisse et étale qu'un miroir. Dessous, sous la surface, il y a un tas de choses, de créatures, je le sais maintenant, un tas de secrets dégoûtants. Et je sais que si je scrute l'endroit où se tenait le Mioche, il aura disparu. Je sais qu'il a grimpé ici, pendant que nous discutions ma sœur et moi. Je le sais, aussi vrai que la mort me pénètre. Ma sœur m'a rejointe et je la supplie du regard qu'elle fasse que je me trompe, que tout soit faux. Elle est livide, sa bouche ressemble à un petit trou. Je ne peux plus sauter. Ni elle. Et pourtant je me laisse glisser, immobile, écrasée, je glisse dans un vide inconnu, je ne sais pas où je plonge, dans un endroit sans issue. Il est mort par ma faute, parce que j'ai crié de joie et qu'il a cru… Je ne sais pas ce qu'il a cru. À part moi. Il a toujours cru en moi.

Jeanne pleure à gros bouillons. Elle sent la main du docteur qui lui fait passer quelque chose, une poignée de mouchoirs. Il ne cherche pas à la consoler ni à lui raconter des bobards conciliants, il veut juste l'aider à endiguer la morve qui lui dégouline du nez. Elle coule de partout, toute cette eau qu'elle croyait asséchée jaillit maintenant. C'est sans fin. À un moment, elle croit entendre qu'il parle au téléphone. Une porte qu'on ouvre et qu'on referme.

Quelqu'un (Bernstein) explique qu'elle peut rester encore un moment. Ils ont explosé l'heure de séance, son agenda, et pendant une seconde sa conscience triomphe avant de se noyer de plus belle dans le flot des larmes. C'est sa peine immense, débordante qu'elle avait celée, oubliée, niée, c'est sa culpabilité, la douleur des parents, le reproche muet dans les yeux d'Eugénie et sa cruauté inconsciente de se taire à jamais. Dans toutes ces larmes, certaines doivent bien contenir une part du Lac, une part de son petit frère. Raphaël.

3

Tombent les femmes…

Quand je reçois sa main en pleine figure, forcément, ça me cueille, et lui ça l'énerve que je recule, alors sa main retombe une seconde fois. Une par joue. Pas de jalouse, ça chauffe salement des deux côtés. J'ignore pourquoi, mais je pense à un slogan : « Pour avoir le teint vif, essayez deux bonnes baffes ! » Je me représente une fille penchée sur son miroir, une de ces nanas qui se prendrait pour cette conne de Barbie ou l'autre, la Belle-je-pionce-toujours, maquillée à coups de beigne, et je dois me retenir de pouffer nerveusement. J'ai un goût acide dans la bouche, douleur et révolte, un sale mélange.

« Espèce de salope, tu sais pourquoi tu l'as prise, celle-là ? »

Pas trop envie de répondre, sinon il est capable de m'en refoutre une. Je baisse le front en attendant d'en savoir un peu plus. Il va falloir trouver une méga-excuse à servir à Eugénie. Raté le bus, accident genre trois morts, DM urgent. Aucune envie de me taper une séance de morale à cause d'un foutu retard. Pendant que je cogite, mon cerveau reptilien essaie de comprendre ce qui a bien pu m'attirer chez Mickaël. Sûrement pas son prénom.

« Il t'excite, espèce de pute ? »

De quoi il cause, là ? Je réprime un « non » machinal, pas conne la guêpe. Si je nie avec trop d'énergie, Micka va se persuader que je cherche à l'embrouiller. Il se croit la victime permanente de complots. Un « non » appelle sa méfiance, un « oui », pareil. Mieux vaut tenter de pleurnicher au milieu, ni oui ni non. Le problème, c'est que j'ignore de quoi il parle. De qui, plus exactement. Benji. Ou Tristan. Tristan, à tous les coups. Tous les coups. Je ravale un gloussement. Mes nerfs sont en train de lâcher. Si je pense à Tristan, c'est parce que c'est un mec bien, et Mickaël, les mecs bien, ça le gonfle, surtout s'ils sont dans la terminale de sa chérie alors qu'il zone avec son certif d'apprentissage. « Chérie ! » Mon petit nom d'amour... Beaucoup mieux que Traînée-de-pute, mon autre surnom. Parfois, je me demande si je ne préfère pas ses insultes à sa façon de me traiter comme si j'étais sa chose. D'ailleurs, je n'ai jamais regardé Tristan, il faut croire que je préfère les gros cons. Je pleurniche, « Micka, mon amour, il n'y a que toi qui me plais ! » Gros mensonge. Il n'est plus mon amour et ça fait un bail que je fantasme sur d'autres mecs.

« Tu me mythones, sale pute ! Et avec mon meilleur pote, en plus. »

Tiens donc. Première nouvelle. Passons sur le registre lexical. Mickaël doit faire allusion à Franck, alias Jean Cachard, alias le mec trop cool qui te rendrait allergique aux dons d'organes ! Un crétin qui se rase une moitié de crâne dans le sens équatorial, en épargnant une houppette pour sa nuque. Pocahontas tondue par un coiffeur grunge. Je n'arrive pas à y croire. Franck ? Micka est en train de me tester ! L'indignation me fait oublier la prudence. « Tu délires ? Ce gros naze est juste atroce, je l'ai jamais blairé ! » Je reprends une baffe, une seule, mais forte, pour me punir de mon insolence. Quand on était petites, Grany nous menaçait de nous laver la bouche au savon. Avec du sang, c'est encore mieux. Je ravale pour ne pas l'énerver, je vais me taper des lèvres de canard qu'il voudra mordre quand il sera excité. L'hésitation qui me tourmente depuis des jours se change en certitude : « Quitte ce mec, Jeanne, quitte-le tout de suite ! »

« Écoute, je ne voulais pas t'en parler, mais Franck est pas clair… » Il suffit de l'amorcer. Bien sûr, Micka fonce dans le piège.

« De quoi tu causes ? Il raconte que tu le chauffes, que si on n'était pas frères, lui et moi… »

« Ah ouais ? Et les Martiens ont des oreilles à trous ? Ça a dû lui arriver dans ses rêves ! »

« C'est pas ce qu'il raconte. »

Micka est en boucle. Dans ces cas-là, il frappe ou il gueule. Raisonnement nul et encéphale plat.

« Tu préfères le croire que ta meuf ? Il raconte des mythos. »

J'ai utilisé son vocabulaire pour l'amadouer, mais j'ai la rage, vraiment, parce que j'en ai marre de trembler devant Micka et que je veux me tirer. Avant, il me mettait en vrac. Plus maintenant. J'ai quitté Joseph pour lui. J'ai été brutale, menteuse, sans cœur. Micka me rendait folle, même avec ses fringues débiles et son vocabulaire limité. Quand il se pressait contre moi pour me montrer combien je l'excitais, je me sentais plus intense et vivante. Baiser avec lui, c'était comme d'avoir faim tout le temps, ou une terrible envie de faire pipi. Il n'avait qu'à me regarder d'une certaine façon et je décollais. Plus maintenant. Maintenant, il a un œil de vache et je suis capable de lire ses pensées aussi facilement qu'un mode d'emploi. « Moi, Mickaël gros nase, j'ai tellement la trouille de perdre cette fille que je la tabasse pour qu'elle se tienne tranquille. » CQFD. Comment j'ai pu être assez dingue pour aimer ça ? Pas le temps de réfléchir, je dois désamorcer la crise. J'ignore ce que recherche le Grand Pote Franckie, à part se venger des humiliations d'être le second. En fait, je m'en fous. L'urgence, c'est Mickaël. Il veut que je l'aime et que je le rassure, et pour ça il est prêt à me filer autant de baffes qu'il faudra. Je fais donc trembler ma bouche, je bats des cils en gémissant son nom « Mi-ckaeeeeel », je me blottis contre lui (ça lui occupe les battoirs), en bredouillant que jamais de la vie je n'ai regardé ce débile de Franck, qu'il me cherche depuis longtemps, sauf que j'ai préféré me taire pour pas foutre la merde, je sais que c'est son meilleur ami, je respecte, même s'il a bien failli me fourrer sa langue dans la bouche… Débrouille-toi donc avec ça, « chéri » ! Je sais que je viens de saborder toutes les issues de secours après avoir allumé une mèche (et pas celle de Franckie-Pocahontas !), mais je suis prête à prendre le risque… Micka m'embrasse goulûment, il me fait mal aux lèvres, mais je lui rends ses postillons. Il jure que ce pédé de Franck va le sentir passer, il va lui exploser la tronche (s'il était pédé, mon chéri, il en aurait pas après moi, mais c'est toi qui vois). Je proteste un peu pour la forme, non, Micka, c'est pas la peine, tu pourrais prendre un mauvais coup, bref, je le remonte comme un ressort de fusée Ariane et il s'échauffe de plus en plus. Quand il est bien mûr, je lui dis que je suis méga en retard, que je vais me faire pourrir par les parents, mais que je suis contente qu'on ait réglé ce malentendu. On s'appelle plus tard. Oui. Promis. Scuze pour la gifle (il ne sait pas compter jusqu'à trois ?). C'est rien, je comprends ! (oh la menteuse !). J'te kiffe, chérie. Moi aussi, chéri ! (alias gros nase).

Sur le chemin du retour, l'excitation retombe, je crois que j'ai toujours peur de Mickaël. Ça fait plusieurs mois que je prends des branlées, j'ai dû choper de mauvais réflexes, à force. La maison est vide, c'est la première fois depuis une éternité. Je devrais me sentir soulagée, mais j'angoisse d'avoir zappé quelque chose d'ultra-important, impossible de me rappeler quoi. En attendant les autres, je vais m'occuper en faisant un peu de ménage. Je barre le numéro de Mickaël dans mon agenda, je déchire ses photos, sa carte de la Saint-Valentin, je découpe en lanières le tee-shirt « J'aime mon mec » et je balance ses cadeaux à la poubelle (une chaîne dauphin, une série de strings fluo, un carnet décoré de fleurs niaises « parce que tu écris tout le temps, chérie », et une bague « parce que t'es ma meuf »). Hop ! Au vide-ordures ! Voilà. Nettoyage accompli. Quand il réalisera que je ne réponds plus à ses messages, ça va être chaud. Au pire, je le menacerai de lui envoyer mon tonton de la BAC. Il n'existe pas, mais Micka flippe sa race devant les autorités et je suis assez douée pour lui faire gober des trucs.

Je prends une douche, je change de jean et de sweat histoire de commencer ma nouvelle vie. Ma bouche ressemble à un fruit trop mûr. J'essaie de camoufler avec l'anticernes d'Eugénie, mais maquillé c'est encore pire, j'enlève tout. Je trouverai bien une excuse. Qu'est-ce qu'ils foutent, à 18 heures passées ? Je pense alors à mon nouveau portable. C'est comme un jet d'eau froide qui pénètre mes os pour me changer en bloc de glace. D'un geste fébrile, je déverrouille cette saloperie à la recherche des messages reçus. Cela ne fait que deux mois que je l'ai, et j'ai zappé, par manque d'habitude ! Le répondeur débite sèchement quatre messages en attente, un d'Eugénie et trois de la Saucisse. Leurs voix énervées bourdonnent. « Enfin, tu es où ? On t'attend ! Tu te défiles encore ? Ce coup-ci, tu t'es mise dans la merde, ma chère. On part. biiip. » J'en ai des sueurs froides. J'imagine les bougies, des milliers de petites flammes qui dansent autour des piliers de l'église, puis volettent vers l'âme souriante de Grany. Je tombe à genoux sur le carrelage. Je voudrais me punir d'avoir oublié sa messe anniversaire. Ce serait trop facile d'accuser Mickaël, je suis seule responsable de ma mémoire. Je demande pardon. Grany cligne de l'œil en m'avisant : « Cela s'appelle un acte manqué, jeune fille. » Elle a raison. En réalité, je n'avais aucune envie de me retrouver avec les parents à jouer à la famille unie, comme si on était entiers et pas décomposés, alors j'ai gommé la ligne, barré la corvée « église ». Ils devaient m'attendre pendant que je prenais des baffes. Est-ce suffisant pour me faire pardonner ? J'essaie de prier pour l'âme de Grany. Elle a eu une bonne vie. Plus que sa fille en tout cas. Je lui demande de me protéger malgré ses raisons de m'en vouloir et mes mensonges pour l'embobiner. À cet instant, agenouillée sur le sol, je comprends qu'elle n'a pas été dupe, qu'elle se laissait embrouiller par amour. Je ferme les yeux sur les flammes qui dansent. Mon cœur est serré comme un poing, je voudrais l'inonder d'eau bénite, étancher ses déceptions. Je redemande pardon. Quelque chose pousse dans ma gorge, mes lèvres supplient, pardon-pardon-pardon, aide-moi ma Grany, aide-moi à vivre, aide-moi à l'oublier, dis-moi qu'il me pardonne, pardon-pardon-pardon. Plus je prie, plus je m'éloigne de ce que je voudrais exprimer vraiment, ce désir tellement grand, tellement aigu et tellement sans forme qu'il ne peut pas être nommé, ça me rend folle, j'ai besoin que ma grand-mère m'apparaisse, j'ai besoin qu'elle m'entende, Grany, pardon-pardon-pardon, son âme bienveillante me sourit et m'absout, au début en tout cas, parce que finalement elle change d'avis, sa bouche se pince en arc de mépris, « Non, Jeannette, crie-t-elle, Trop facile, tu ne t'en tireras pas aussi facilement, tu es IM-PAR-DON-NABLE ! »

Je finis par m'endormir par terre, épuisée par les larmes, et c'est dans cette position avachie qu'ils me retrouvent, Eugénie, Christian et Anne, le tribunal des Gens Honnêtes, sauf qu'ils me considèrent comme si j'étais la pire catastrophe qui soit arrivée depuis… quatre ans.

J'invente une agression imaginaire. J'attendais le bus pour rentrer et des voyous m'ont encerclée, frappée, mais heureusement j'ai pu leur échapper, après j'étais groggy et j'avais honte d'arriver à la messe dans cet état, alors j'ai traîné dans les rues. Le mensonge sort si facilement de mes lèvres tuméfiées que j'en suis la première surprise ; aussitôt ils se transfigurent, ma mère pousse un oh ! (horreur, stupéfaction), mon père me rejoint sur le carrelage pour m'étreindre frénétiquement et Anne, ma sœur Anne, me fixe d'un air que je ne comprends pas, ni méchant ni gentil. Subitement, elle tourne les talons et disparaît. Eugénie m'explique qu'ils ont dîné avec les autres, un repas de funérailles, mais en plus gai (c'était très bien, tu sais, quel dommage que… Oh, ma pauvre chérie, si nous avions su !), et moi j'exagère la douleur en avalant un croque-monsieur surgelé. Christian sucre mon yaourt, puis le jette quand je demande plutôt une glace au citron. Je les convaincs de ne pas porter plainte, de toute façon je n'ai rien vu, rien remarqué, sauf des capuches et leurs grosses mains baguées. Je me dis qu'au pire, si Micka me harcèle, je pourrai toujours le dénoncer. D'ailleurs les baffes et les coups dans les reins, je les ai pas rêvés. Plus tard, dans ma chambre où elle est entrée sous un prétexte quelconque, Anne finit par se poser sur mon lit et se met à déblatérer des trucs à propos de la fac. Elle va probablement passer en seconde année. Moi, je ne suis même pas sûre d'avoir le bac. C'est dans l'ordre des choses. Ma sœur ne raconte rien d'important, nous en avons conscience, ce qui compte, c'est qu'elle soit là, à papoter sur mon lit plutôt qu'à faire la gueule dans notre ancienne chambre. Il y a deux ans, j'ai décidé d'emménager dans la pièce verte. Les parents ont passé quatre couches de blanc pour faire disparaître les planètes et lui donner un air de jamais-vu. Ils ont arraché le grillage du balcon et le lino du sol. Je crois qu'ils étaient soulagés de tourner cette page. Au début, j'ai eu un peu peur de cauchemarder, mais ça s'est plutôt bien passé et j'ai fini par me convaincre que j'étais comme tous les ados qui découvrent le plaisir d'avoir leur propre chambre. Anne n'a jamais râlé, on savait toutes les deux que cette pièce me revenait.

On discute une bonne partie de la nuit et après son départ, vers 3 heures, je me sens flotter dans une agréable torpeur. J'éteins la lampe. Au plafond, il reste une étoile en plastique oubliée de la taille d'un ongle, une étoile fluorescente qui brille dans le noir. J'aurais pu l'enlever, avec les autres étoiles de la constellation, mais je préfère penser que cet oubli est un signe de Raphaël, une sorte de dernier adieu. J'aime bien la savoir au-dessus de ma tête, qui brille même quand je dors.

4

L'appel

Huitième jour, lundi 8 juin.

Compter, c'est sa première pensée au sortir du sommeil. Les striures des volets laissent suinter une lueur blafarde qui s'écoule sur le papier peint. L'odeur du drap imprégné de sa sueur l'écœure. Ça lui rappelle le gilet de David et à quel point le musc l'avait incommodée au cours du premier interrogatoire, face à Bouraoui. L'événement semble incroyablement loin dans le passé.

La porte de la salle de bains reste ouverte en permanence de manière à surveiller le point clignotant du portable. L'attente la plonge dans un engourdissement hypnotique.

Jeanne referme les yeux pour se remémorer Emil, sa manière de rentrer dans son ventre comme chez lui. Elle se tient à la croisée des chemins, elle en a conscience, mais sa fatigue est si puissante qu'elle doute de pouvoir réfléchir correctement, même si la dernière séance chez Bernstein a changé pas mal les choses. Il existe trois directions possibles. Soit se recroqueviller en acceptant de ne rien maîtriser, rien vouloir, et se laisser dériver ; soit opter pour la fuite en avant, chaotique, pleine de chausse-trappes. Soit affronter ce qui vient, mais pour ça il lui faut retrouver le souvenir de ce qui est arrivé durant la nuit du 20 au 21 février. Elle a beau avoir découvert l'origine du problème, sa mémoire cale encore et l'amnésie s'est concentrée sur ce noyau de résistance, quelques heures enroulées autour du meurtre. Elle réfléchit au moyen d'obtenir l'aide du psy sans dévoiler tous les détails, ni l'affoler. Elle doit le revoir mercredi, dans deux jours, comme d'habitude.

La faim la tire du lit. Elle enfile un jean et un tee-shirt douteux. Elle n'a pas eu le courage d'aller à la laverie, et il ne lui reste plus grand-chose de net. Par acquit de conscience, elle vérifie les SMS. Évidemment, il n'y a rien. Elle comprend mal cette stratégie du silence. Autant lui envoyer un colis vide, l'effet aurait été le même. Elle va à l'armoire, se baisse et détache l'enveloppe grossièrement barrée d'un scotch d'emballage. La liasse de billets s'est sensiblement aplatie. Combien de temps va-t-il la faire lanterner ? Elle ne peut même pas chercher du travail, pas sans ses papiers d'identité. Il faut qu'elles fassent l'échange avec Anne. Aller à la poste, téléphoner. Cela l'épuise d'avance et, pour l'instant, tout est suspendu à cette « confrontation ». Elle soustrait un billet de deux cents euros, referme l'enveloppe et la recolle soigneusement sous le plancher de l'armoire. Il faudra changer le scotch la prochaine fois, sinon l'enveloppe risque de se détacher. Elle enfile une paire de tennis et sort de la chambre, verrouille d'un simple tour de clef. Depuis qu'elle a cessé de prendre des précautions, sa peur a diminué significativement. Un paradoxe qui devrait amuser Bernstein…

Dans la salle du petit déjeuner, un couple s'embrasse à pleine bouche. À son arrivée, la fille s'écarte à regret. Ils ont les mains nouées au-dessus de la corbeille de viennoiseries et semblent sortir du même vestiaire, tailleur pour elle et costume pour lui, comme un binôme de témoins de Jéhovah. Malgré leur air niais, Jeanne donnerait tout pour être à leur place. La fille glisse une cuillère de miel dans la bouche de son amoureux en roucoulant quelque chose à propos de Baden-Baden. Ils rient, avant d'être interrompus par une exclamation : « Déjà opérationnels ? Vous auriez pu me prévenir ! » Un nouveau costumé vient de débarquer et les amoureux se redressent, décroisent leurs mains. Des collègues de travail, donc. Maria apparaît à son tour et lui adresse un signe de la main.

Jeanne dresse son plan de la journée. Ce matin, shopping. Elle a besoin de culottes neuves, d'un maillot, aussi. Elle a beau savoir que dépenser ses sous est un réflexe stupide, qu'elle n'aura sans doute même pas l'occasion de l'étrenner, cela lui est égal. Agir normalement est une façon d'oublier la menace. Cet après-midi, elle pourrait rendre visite à Arno et bavarder un peu, ensuite elle emportera son linge sale à la laverie et elle finira par les galeries. Grany affirmait qu'une femme doit toujours porter des dessous propres, pour s'épargner la honte de s'exposer avec du linge souillé en cas d'accident. Chaque soir, Jeanne lave ses culottes et les suspend à l'espagnolette de la fenêtre. Sur le parquet, juste dessous, elle dispose une serviette-éponge pour ne pas tacher le bois.

Maria revient avec le café fumant. Elle semble lasse, un peu déprimée. Jeanne aimerait bien savoir si Emil lui manque, mais elles ne sont pas suffisamment copines pour les confidences. Leurs échanges tournent autour du menu et de la météo. *Aujourd'hui, c'est veau à la crème, il est bien, prenez-le. À la grande plage, ils ont hissé la flamme verte. L'orage viendra ce soir.* Jamais de plaintes ni de réflexions personnelles. Le fait de servir ou d'être servie fausse pas mal les rapports humains, Jeanne a pourtant l'impression qu'il existe un lien entre elles, une solidarité de femmes. Emil lui a expliqué quelque chose à propos de son fils. Une maladie ? Elle ne sait plus exactement et s'en veut de son égoïsme. Inconsciente de son trouble, Maria dépose un pot à café sur sa table.

« Votre fils va bien ? »

Elle a parlé sans réfléchir, pour se rattraper.

« Oui. Pas si mal, merci.

— C'est Emil… enfin je veux dire qu'il l'aimait bien, je crois.

— Mon fils ?

— Oui. C'est ce qu'il m'a dit… Vous avez des nouvelles ?

— D'Emil ? Grand dieux, non ! »

Elle s'esclaffe sans méchanceté.

« Vous savez, on était simplement amis dans le travail.

— Oui, mais il vous appréciait beaucoup, alors je pensais… »

Elle s'interrompt, incapable d'ajouter une parole qui ne soit pas biaisée, et Maria paraît réaliser ses efforts car elle ajoute plus sérieusement :

« Emil est un homme plutôt insaisissable. Moi aussi je l'aimais bien, vraiment.

— Vous en parlez au passé…

— J'en parle comme de quelqu'un que je ne reverrai pas. Finalement, je préfère. Le nombre de fois où on promet l'amitié à des gens qu'on ne revoit jamais ! Avec lui, au moins, il n'y avait pas de place pour l'hypocrisie. Mais c'est gentil d'avoir demandé des nouvelles. Rafy l'appréciait beaucoup.

— Rafy ?

— Mon fils. Et il n'aime pas grand monde en ce moment, en dehors de sa bande de copains !

— Oh ! »

Jeanne a l'impression d'être projetée à l'intérieur d'un entonnoir, vers le col étroit du sablier. Elle n'a aucune envie de connaître le problème de Rafy, s'il est d'ordre psychologique, médical, ou juste un truc d'adolescent mal dans sa peau. En revanche, il y a un tas de choses moins engageantes qu'elle voudrait apprendre sur Maria. Son âge, par exemple, et si elle a un amant. Ses sentiments pour Emil. Si elle compte servir des petits déjeuners et glisser des sachets de lavande dans les armoires jusqu'à la retraite, si elle est heureuse et si elle en veut aux hommes de se montrer lâches, si elle se caresse quand l'envie est trop forte. Des confidences indiscrètes parce que cette femme a ému Emil et qu'en l'observant jour après jour Jeanne en saisit la raison. La serveuse possède un charme singulier et semble l'ignorer, ou s'en fiche totalement.

« Je dois filer, on me demande. »

Maria lui effleure l'épaule puis s'éloigne vers la table des costumés, avec ses hanches qui roulent un peu, sa jolie figure fatiguée, ses pieds à la traîne. Elle s'enquiert des préférences du nouvel arrivé, salue une famille qui débarque bruyamment, un couple en bermuda et trois grands ados aussi mornes que dépeignés, précédés par un gamin qui fait vrombir un avion imaginaire, les bras ouverts, simulant un vol acrobatique. Les parents ne semblent pas dérangés, ils parlent trop fort pour ça. L'adolescente glapit qu'elle a failli se noyer – c'est peut-être une famille de sourds – son frère réplique que même l'océan la trouve imbuvable. Le père aboie « Pas de dispute aujourd'hui, les gosses ! » Jeanne tente de les ignorer. Le bruit ne devrait plus la troubler. Elle a beau mesurer à quel point il est ridicule de se sentir agressée par un môme hurleur, c'est plus fort qu'elle. Dans quelques heures, un jour, un mois, elle donnera sans doute tout l'or du monde pour retrouver cet instant précis, dans la salle des petits déjeuners du Singe.

Le café est chaud, délicieux. Elle parvient à se mettre hors d'atteinte en articulant ses pensées avec soin. *Encore une journée. La huitième. Je vais prendre une douche. Je passerai d'abord à la laverie et aux galeries, comme ça je pourrai mettre mon maillot neuf, au moins une fois avant de mourir, ha ha ha ! Ensuite, je me balade un peu, je me baigne et je rejoins Arno, pas longtemps. Il fera semblant de ne pas remarquer que je viens parler d'Emil, il m'invitera à un apéro tapas ce soir et sera soulagé que je refuse. Je pourrais aussi m'acheter un bouquin. J'aime bien la libraire et sa déco pourrie. Kitsch on dit, Jeanne. Pas pourrie. C'est moche de critiquer.*

Quand elle revient à elle, la famille est partie et son café a refroidi.

La musique s'égrène à l'instant où elle pousse la clef dans le verrou. Une cantate de Bach. D'abord elle ne comprend pas, mais elle reconnaît le jeu de Glenn Gould et en éprouve une vague irritation, parce que c'est une hérésie de contrefaire Bach pour une sonnerie de téléphone. Les notes composent un bruit trop aigu, d'un vert artificiel. Les couleurs sont donc revenues ? Elle a l'impression de se mouvoir au ralenti jusqu'à la salle de bains. Le clapet clignote furieusement. Elle ralentit, de façon à laisser agir le destin. Ce ne sera pas sa faute si le truc s'arrête avant que sa main ne l'atteigne. Trop engourdie. La main. Jeanne aussi. La musique persiste. Elle adore ce morceau d'habitude, le toucher de Gould, sa manière de se balancer en jouant, habité par la musique, tantôt beau, tantôt grimaçant. Possédé. Il paraît qu'il souffrait du syndrome d'Asperger, l'autisme des savants, comme si cela pouvait tout expliquer, ça la gave tellement, ce besoin de ranger les gens dans les cases ! Adopter Gould n'a rien d'innocent. D'une manière ou d'une autre, celui qui a choisi la sonnerie connaît ses préférences. Un vicieux. Ses pensées s'égrènent avec les notes, de petites graines qui roulent dans sa tête. Ses doigts tremblants soulèvent le capot et appuient sans conviction sur l'icône fluorescente. Vert sombre signifie la trahison. Vert vif, l'affrontement.

La voix est coupante, bleue, reconnaissable entre mille, et pourtant Jeanne ne l'a jamais entendue. Durant quelques secondes, elle est tellement concentrée à en goûter l'épaisseur que les mots lui parviennent déconnectés de leur sens et qu'elle doit se mordre la langue pour revenir à la réalité.

« ... tu vois comme c'est simple, Jeanne. Ou Anne. Ou Mlle Souris Blanche. Tellement simple que j'attends un simple oui. Est-ce que tu as compris ou préfères-tu que je répète ? Je crois savoir que tu n'es pas très douée avec les consignes.

— Oui.

— C'est bien. Je suis content. J'attendais ce moment. Toi aussi, je suppose. »

Il laisse planer un silence en guise de ponctuation. Attend son approbation.

« Oui.

— C'est bien, petite souris. Autre chose. Tu apporteras les papiers que notre ami a eu la malencontreuse idée de garder pour lui. Et puis l'argent. Il avait bien une petite réserve. Tu n'as pas tout dépensé, dis-moi, Jeannette ?

— Non. Enfin oui. Je veux dire...

— Je sais ce que tu veux dire. »

La voix s'illumine de joie. Il est satisfait. Un peu sadique, mais il aime par-dessus tout le travail bien fait, cela s'entend. Si le travail est de tuer, aucun souci, il tue. Si c'est de mettre la pression, il veille à respecter le tempo, un nez explosé par-ci, une rotule par-là. Et ensuite les trucs plus sérieux, des amputations, parce qu'il adore les degrés, chaque foutu et minuscule échelon suivant une procédure minutieuse. C'est tout cela que la voix laisse augurer. Jeanne hoche la tête avec vigueur, car même s'il ne la voit pas, il peut la sentir. Ils sont pareils, intuitifs et menteurs.

« Toi et moi, on a assez traîné, alors on va fixer une date et s'y tenir. Pour l'argent, s'il en manque trop, on verra ensemble comment rattraper ça. Mais si les papiers sont au complet et que je m'estime content, ce sera déjà bon pour toi... »

Il glousse de contentement. Parce qu'il s'agit de ça. Pas un rire, ni un ricanement, c'est plus subtil, plus amical. Presque féminin. Serait-il gay ? Jeanne se tortille, mal à l'aise. Ce rire est en trop. Elle répond néanmoins, pour ne pas le fâcher.

« Oui.

— Tu n'es pas très bavarde, j'espère que c'est juste la surprise qui te coupe le sifflet. Oui. Oui. Oui. Tu ne sais pas dire autre chose ? Tu m'attendais ou bien tu croyais réellement être passée entre les mailles ? Tout de même pas ? Si ?

— Oui. »

Elle répond au hasard, en signe de bonne volonté. Cette fois, il ricane méchamment. Connard ! Elle voudrait le voir, à sa place ! Difficile de rester cohérente en pleine panique. Mais est-ce réellement ça, un accès de panique ? Tout paraît assourdi, venu de si loin qu'elle doit fournir un effort terrible pour maintenir un minimum de concentration. Il a parlé de papiers. Lesquels ? Sûrement ceux de la cave. *La cave du voisin, tu te rappelles ? Oui. C'est bien. La cave dont la clef se trouve dans ta trousse de toilette.* Jusque-là, c'est facile. Il semble plutôt bavard pour un psychopathe et s'est remis à déblatérer, évoque un rendez-vous comme si c'était déjà convenu entre eux, et ça la secoue suffisamment pour qu'elle redevienne attentive. Il doit absolument ignorer ses pertes d'attention. Elle le coupe plaintivement, en exagérant sa puérilité, dans l'espoir qu'il répétera.

« J'ai besoin d'un stylo !

— J'attends. »

Elle farfouille dans son sac, ne trouve rien et le secoue, hystérique. Parmi le fouillis émergent un feutre violet, *il bave*, un Bic noir hors d'usage, deux porte-mines. Le carnet a disparu. Lunettes. Mouchoirs. Des barres de céréales, la poche en papier d'une pharmacie. De l'argent liquide et le numéro de Bernstein, *trop plastifié*. Des tickets de caisse froissés, *trop fragiles*. Encore un stylo. La carte de la librairie « Il était une fois ». Au dos, il y a juste la place de prendre quelques notes. Elle colle le téléphone contre sa bouche et soupire bruyamment pour lui montrer qu'elle est revenue.

« Alors ? Tu y es ? Je parie que ton sac est un vrai bordel. Je me trompe ?

— Non.

— On va dire dans quatre jours, ça te laissera le temps de t'organiser et d'aller chercher ce qu'il faut. Tu prendras congé de tes nouveaux amis sans alerter personne, cela vaut mieux. Naturellement, tu règles l'hôtel, je ne veux pas d'embrouilles, d'accord ?

— Oui. Où est le rendez-vous ?

— Tu n'as pas écouté ? Chez toi.

— Vendredi chez... à la maison ? Mon appartement ?

— Jeudi. On compte la journée d'aujourd'hui, ça ne te dérange pas, j'espère. Ce sera plus intime chez toi, et chez David, c'est compromis, comme tu peux t'en douter.

— Mais ce n'est plus chez moi ! Je n'ai pas payé le loyer !

— Arrête tes conneries ! Tu as trois mois de retard. C'est pas la mort... pas encore ! *(Nouveau gloussement, ce mec est une poule.)* La dernière fois que j'y ai fait un tour, je t'ai même déposé le courrier. Rien de très intéressant, surtout des factures. »

Désorientée, elle se frotte les yeux en faisant surgir des flammèches derrière ses paupières. Elle voudrait frotter ses pensées de la même façon, pour en faire de petites choses bien nettes et étincelantes de lucidité. Ça lui revient soudain, ce truc qui lui agaçait la langue, le détail insaisissable qui l'avait mise en alerte quand Anne a fait allusion au désordre dans son appartement. Au moment de fuir, tout était à sa place, les tiroirs refermés, le linge plié, la vaisselle rangée, tout, sauf les dépliants sur la table basse censés mener sur la piste du voyagiste mal embouché. A-t-il laissé du désordre volontairement, pour signaler son passage ? Ce relâchement cadre mal avec ce qu'elle imagine, mais elle n'ose pas l'interroger. Au téléphone, il a l'air si pointilleux... À moins qu'il n'ait voulu l'avertir. Mais comment pouvait-il être certain qu'elle recevrait le message ? C'était bien avant l'appel de sa sœur... *Stop ! Cela n'a aucune importance de savoir s'il a foutu le bordel chez toi, et à quelle date ! Tâte le terrain, fais-le parler !*

Elle répète « Oui » et prend conscience du silence. Il n'y a plus personne à l'autre bout du fil. De rage et de honte mêlées, elle balance le portable dans l'espoir de le pulvériser. Il rebondit sur le plancher sans dommages apparents et elle s'abstient de vérifier pour ne pas céder à l'envie de le mettre en miettes. Elle s'est soumise tellement facilement que ça la rend folle. Le pire, c'est qu'elle recommencera dès qu'il voudra. *Il mène le jeu à sa guise, ma chérie, tu vas lui abandonner les commandes ?* Elle doit garder son calme et raisonner froidement. En un sens, il lui facilite les choses. Il. Lui. Il ne s'est pas présenté. On s'en fout. Elle aurait parié qu'« Il » lui donnerait rendez-vous toutes affaires cessantes, qu'elle devrait courir se vautrer à ses pieds pour recevoir son châtiment, quelque chose dans ce goût-là. Or, il lui laisse un répit, autant en profiter !

Jeudi est encore loin, elle a le temps d'établir un plan et même d'envisager la perspective de prendre quelques coups. Pour l'instant, rien que d'imaginer qu'il puisse la toucher, elle en a la nausée. Ses mains sur elle. Il faudra bien s'y habituer si elle veut résister ; entraîner son esprit à l'affronter, de la même façon qu'un plongeur habitue son organisme à l'apnée. Elle cachera sa répulsion et fera ce qu'il exige, même le pire. En apprivoisant la scène de leur rencontre – ses mains, sa brutalité, l'avilissement –, elle se prépare déjà à réagir. *Tu parles d'un foutu commando de marines, Jeannette !* La voix rigole sans méchanceté. Jeanne ne sait pas exactement à qui elle appartient. Nasillarde, un peu gouailleuse. Son ange gardien ?

Il a oublié de donner l'heure du rendez-vous. Ou elle n'a pas écouté, probablement. Jeudi. Peu importe. Elle y sera à l'aube. Sauf si elle trouve une autre solution. Réfléchir. Maintenant. Il a dit « David ». Pas Caron, comme on le ferait pour une vague relation d'affaires... Elle rejoint la fenêtre et s'absorbe dans la vision de la rue. Il n'y a plus rien à guetter, le tueur n'a qu'à la siffler et elle accourra. Il doit l'attendre à Lille, sûr de son fait. Pourquoi lui coller au train puisqu'il compte sur sa soumission entière et inconditionnelle ! Il la connaît si bien depuis le temps, tout ce temps du harcèlement, il sait de quelle manière fonctionne sa petite souris. Comment ose-t-il ! Souris ! Pupuce ! Traînée-de-pute ! Mais pour qui se prennent-ils tous, ces amateurs de surnoms débiles !

La colère l'a vidée de ses forces. Jeanne se laisse glisser le long du mur. Dans son dos, elle sent la rue palpiter comme si l'épaisseur des briques n'existait plus, un picotement insupportable. Elle rampe sous le lit, se roule en boule malgré les ressorts qui lui râpent le cuir chevelu. Là-dessous, elle prend la forme d'un galet, intact, inentamé. Le poids du matelas la rassure. On lui a dit que certains autistes avaient besoin d'être comprimés dans des draps mouillés pour se sentir contenus. En séchant, les draps les enserrent si fort qu'ils les empêchent de se diluer dans le monde environnant. À présent, elle comprend mieux les angoisses du Mioche, son incapacité à saisir les limites de son propre corps. Quand on se trouve absolument perdu dans l'univers, on n'a plus d'autre choix que de se fabriquer une bulle et de serrer les poings. Penser à Raphaël lui rappelle Bernstein. Il l'attendra mercredi, assis dans son fauteuil qui pivote, les mains calées sous le menton, avec ses diplômes qui lui font des oreilles de Mickey. C'est fini, quoi qu'il advienne, ils ne se reverront jamais, elle le décide là, sous le lit, parce que fixer des règles rend la fin plus tolérable. Le bon docteur lui a donné des tas de clefs. Et pourquoipourquoipourquoi. Tourner autour. Réfléchir. Examiner la réalité munie d'une paire de lunettes de conscience, ni roses ni noires. Jouer et prendre du plaisir. Ce n'est pas sa faute si Jeanne a préféré se taire plutôt que de confesser ses histoires de meurtre et de tueur lancé à ses trousses. Il ne l'aurait sans doute pas crue… Sous le lit, à l'abri, la mosaïque reprend sa forme initiale. Les hommes qui frappent et ceux qu'elle doit sauver de l'abîme – sont-ils les mêmes ? Les hommes qui coulent depuis la nuit des temps, qui se noient comme du plomb à cause des méchantes traînées-de-pute, ces sirènes qui les invitent, puis les crèvent corps et âme avec leurs petits poumons de baudruche. Bien sûr qu'ils sont affolés, bien sûr qu'ils frappent, cognent et détruisent… Comment leur en vouloir ?

Jeanne pousse de petits miaulements d'effroi. Une part de son esprit saisit qu'elle est en train de dériver hors de contrôle. Cette part, merveilleusement nette et tranchante, plane au-dessus de la fille convulsée, comme un ballon d'hélium. De loin, la pensée distingue l'entaille d'un passage où elle pourra se faufiler. Il lui faut simplement se décider à franchir le pas au seuil de cette nuit noire. Raphaël l'aidera, elle en est persuadée. Son corps s'alourdit, elle joue à être morte.

5

Pousser la porte

Le crépuscule tombe quand Jeanne s'extirpe de sous le lit. Elle a fini par sombrer dans un sommeil profond qui a duré des heures. Les courbatures l'obligent à marcher comme une vieille pour rejoindre la douche où elle reste prostrée, bercée par les rugissements de la tuyauterie. Vite, l'urgence la pousse à se remettre debout. Elle s'enduit de crème avec des gestes doux, jusqu'à se sentir lisse et propre. Une fois satisfaite, elle choisit sa plus belle robe, d'un rouge profond. Elle ne l'a mise qu'une fois avec Emil, qui l'a trouvée « gigantesque ! ». Avant de quitter la chambre, elle délibère une seconde. Le portable gît là où elle l'a jeté. Il n'est pas question de l'emporter. Elle veut bien obéir, pas se comporter comme un caniche. *Une chienne...*

L'air est tiède et la brume de mer festonne le halo des réverbères. L'iode lui chatouille la gorge. Ça va lui manquer. Elle marche au hasard et cette promenade en zigzag lui rappelle son errance le soir où David est mort. Bernstein pourrait l'aider à retrouver la mémoire, mais si elle l'appelle au secours il faudra lui fournir des explications et elle a décidé que c'était terminé. De toute façon, il est trop tard. Jeanne ne veut pas briser l'élan qui la pousse en avant. Elle essaie de se laisser porter sans trop réfléchir, à l'intuition, en cherchant un levier pour retrouver les sensations de l'autre nuit. Forcer sa mémoire… Le sésame de Bernstein effleure sa conscience : « Racontez-moi une journée avec votre frère. N'importe laquelle. » Il suffit de changer quelques mots « Racontez-moi cette nuit, la dernière avec David. » Elle voit apparaître la porte, sa main posée dessus. La manche du sweat mauve triste. Le malaise logé en elle.

« Tu es là ma puce ! »

Je n'ai pas le temps de souffler qu'il m'a déjà empoignée. J'essaie de m'abandonner, mais son baiser est gluant, je n'y arrive pas. Ça me mine depuis des semaines. Quoi, exactement ? Parfois, c'est de l'irritation, parfois, juste une sorte de lassitude. Du dégoût ? Il faut que j'évite d'y penser. Me rappeler qu'il me fait jouir. Ça ne marche plus trop. Sa langue m'explore et je ne ressens rien, que le besoin de respirer. Je crois que ça a commencé à la demande en mariage. Monsieur-madame sont dans un bateau, qui va tomber ? Je ne parviens pas à m'ôter du crâne qu'il veut me faire endosser un rôle. Je voudrais me convaincre que c'est un genre de test, que lui non plus il n'a aucune envie de ça, au dernier moment il s'exclamera : « Voyons bébé, tu croyais quoi ! Tu nous vois mariés ! »

Je ne peux pas combattre ce doute si mon corps ne réagit plus. Ça ne résonne plus. Sauf quand il fait mal ou que je me concentre sur des fantasmes de queues en moi, pas la sienne, c'est fini. Je jouis tout petitement et lui ne s'aperçoit de rien, il me tourne, me retourne, crie mon nom. Pauline prétend que ce sont des choses normales, la veille de son mariage elle a bien cru qu'elle allait divorcer et bla-bla-bla. Elle met ça sur le compte du « plus beau jour de ma vie ». Je n'y crois pas et ça me gave de partager un truc aussi intime avec une fille adepte de télé-réalité, mais je n'ai personne d'autre à qui me confier et je redoute les conseils d'Anne en la matière. Peut-être que le remords me travaille. Je n'ose même pas imaginer la joie haineuse de Lila en apprenant mes incertitudes ; en un sens, elle a raison, ce serait un juste retour des choses !

Son baiser n'en finit plus. Je me répète « ce sont les lèvres de David, sa langue, son odeur », mais la vague de vertige a disparu, sa bouche est mouillée, légèrement répugnante, et je dois faire un effort pour ne pas me dérober. Au fond, je sais que ce mariage est une aberration. Il me lâche et clame : « J'ai faim. » Pour une fois, il pense vraiment ce qu'il dit, à la bouffe. Tant mieux. Bouffe et tais-toi. La violence de mon refus est trop absolue pour qu'il l'ignore encore longtemps. Et dans ce cas ? Ma tête se remplit d'un gros blanc. Je suis incapable de voir plus loin que l'aveu : « David, on ne peut pas se marier et tu le sais aussi bien que moi. »

J'ai trouvé un hématome sur mon mollet ce matin. Impossible de me rappeler quand il l'a fait. Ce n'est pas si grave, ça fait partie du jeu, de notre jeu, il aime tant me contraindre. Ai-je vraiment envie de jouer à ça toute ma vie ? L'idée me fout une trouille bleue. Comme je n'ai pas bougé, il répète « Tu viens ? », et son impatience sonne en ultimatum. Il ne doute pas de mon obéissance. Je devrais tourner les talons et me barrer, disparaître. Tourner dans la ruelle avant qu'il réalise. Je lui enverrai un mail où j'expliquerai les choses. Un texto c'est trop nase. Je ne suis pas une salope. Je commencerai en disant « Je t'aime beaucoup David, mais tu me fous la trouille. » Cela, au moins, il peut le comprendre. En attendant, je lui emboîte le pas. Au temps pour les glorieuses résolutions. La table est mise. Disons plutôt que la pizza est servie. Ça pue le fromage fondu et le chorizo huileux. J'esquisse une moue qu'il saisit au vol.

« Quoi, tu as encore mal au ventre ? Tu ne pourrais pas arrêter de faire la gueule ? »

La vitesse de son changement d'humeur n'augure rien de bon. Pendant que je cherche une réponse, son portable sonne. Il décroche, écoute et crache : « Non », et puis « C'est mort ! Pas moyen ! » L'autre doit plaider sa cause, il se détourne en secouant la tête plusieurs fois. Ressemble à un taureau au bord de l'arène et mon cœur se serre comme un poing. J'arrange les couverts pour ne pas avoir l'air de le surveiller. Il devait déjà être sous tension, sinon il ne monterait pas aussi vite dans les tours. Ma confession attendra... Il continue à aboyer : « Pas question que tu ramènes ta tronche, je ne fais pas de business ce soir. En attendant, tu peux toujours dire au Gitan d'aller se faire foutre. Ciao. » On se regarde. Je ne sais pas ce qui me prend, en tout cas je m'entends lui proposer de rentrer pour ne pas l'encombrer. Il sourit.

« Rentrer ou te débiner ? Jeanne, ne me prends pas pour un con. Tu as changé. »

Je voudrais alléger tout ça d'un rire, mais je sais à quoi je ressemble, une sale menteuse, et ça me rend tellement furieuse que j'en oublie les précautions d'usage.

« Tu veux quoi de moi, exactement ? Que je t'obéisse au doigt et à l'œil ? C'est ça ta conception du mariage ? Que je sois toujours d'accord ? Eh bien, j'en ai ras le cul !

— Ne sois pas vulgaire !

— Ah oui ? C'est moi qui suis vulgaire ? »

Son visage s'est durci, figé. Je pense à du béton armé, aux structures d'acier qui hérissent les épaisseurs du mortier. Je sais qu'il va frapper, pourtant, au lieu de ça, il se contente de m'empoigner assez fort pour m'arracher un gémissement, dans le gras juste au-dessus du coude, là où ses doigts laissent des empreintes violet foncé. Par la suite, ça vire au jaune, et puis ça s'efface comme si ça n'avait jamais existé. Je suis une femme tableau magique.

« Tu cherches à me dire quoi ? »

Il veut savoir. Ma peur découpe les images en sections distinctes. Son nez. Le calendrier au mur. La peinture écaillée. Sa chemise. Je m'oblige à revenir à ses yeux pleins d'une attente rageuse, j'articule aussi soigneusement que j'en suis capable, parce que sinon je ne le dirai jamais et j'en mourrai.

« Fous-moi la paix. La paix, tu comprends ? J'ai besoin d'air. RES-PI-RER ! Et j'en ai marre, ras le cul de trembler à l'idée que tu vas m'en coller une ! C'est ça qui est vulgaire, David, pas moi ! »

Je ne sais pas comment je m'arrache à l'étau de ses doigts. Il ne fait rien pour me retenir et ça me stupéfie de réaliser à quel point c'était simple. Je tourne les talons, je traverse le couloir, j'ouvre la porte, je sors et le battant fait un bruit de tonnerre parce que je l'ai claqué, violemment.

Elle marche. Le temps coule sur elle, ou la brume. Elle remarque la lumière, un bruit, elle sent une odeur, elle entend des rires, son souffle ou le battement de ses talons. Chaque élément séparé de l'autre forme une ligne pointillée. Cette absence de liens lui donne le sentiment d'évoluer en plein milieu d'un rêve. À un moment, elle laisse traîner la main sur du crépi et n'arrête que lorsque la brûlure se fait trop vive. Son regard bute sur une horloge, mais elle est incapable de saisir la signification des aiguilles. Quelqu'un la bouscule, s'excuse. La nuit est tiède, agréable. Il n'y a pas un bruit. Et puis si. Des klaxons. Ils déchirent le brouillard, fendent la toile serrée de l'amnésie. Ce soir-là aussi elle a erré. Pareil. Ses doigts sur le crépi du mur. Pareil. Les bruits mélangés. Pareil. Le silence, les silhouettes indistinctes. Le temps qui vagabonde. Et puis soudain le couloir familier, ses pieds grimpant la volée de marches. La scène est si nette, si précise, que Jeanne stoppe pour ne pas se laisser entraîner dans l'hallucination. Pas aussi vite. Elle veut y aller progressivement, sans rien forcer. Elle repart vers le promontoire qui se dresse à une trentaine de mètres, au pied de l'Atalaye. Il lui faut remettre ses pas dans les anciens, comme un rituel. À la première marche, elle prend une inspiration et laisse affluer le souvenir.

Je grimpe vite, pressée d'en finir. Au bout du corridor, la porte blindée n'est pas fermée. Cela me surprend, j'étais sûre de l'avoir claquée. Je ne sais pas encore très bien ce que je vais lui dire, mais je ne pourrai pas me pardonner si je romps ma promesse lâchement, par mail ou par SMS. Je m'entraîne en pensée : « David, le mariage n'a aucun sens pour nous. Aucun. » Je dois lui dire en face, et tant pis si ça me coûte une volée. Ce n'est pas comme si je n'avais jamais connu ça… Je pousse le battant trop fort, il heurte le mur, il y aura une marque, David déteste ça. Et puis je réalise que ça n'a plus d'importance, sa maniaquerie sera bientôt le cadet de mes soucis. Je me sens légère malgré l'appréhension, incroyablement soulagée de pouvoir en finir. Je ne le quitte pas. Pas encore. Je choisis de mettre de la distance, un peu, le temps de réfléchir. Du temps et de l'espace, voilà ce dont j'ai besoin. Le désir reviendra peut-être si on s'éloigne, autrement j'en crèverai. Je crèverai de rester avec lui juste parce que je n'ai pas osé reculer. Je dois être certaine de ce que je veux vraiment, savoir où on va ensemble. On ne se marie pas comme on fonce dans un mur. Je prendrai tous les torts à ma charge. Je m'en fous. J'ai été totalement conne, stupide, je le reconnais volontiers. C'est pareil pour mon boulot. Je dois en sortir, faire le point. C'est une expression que les hommes emploient, « faire le point ». Je roule les mots sous ma langue pour en éprouver la force.

L'odeur me heurte de plein fouet et j'entends murmurer mon nom : « Jeanne. » Pas pupuce, louloute ou mon bébé, comme s'il savait déjà qu'il m'avait perdue. Curieusement, cela me terrifie. Je devrais me sentir contente, rassurée par la gentillesse de sa voix. Gentille ou vulnérable ? David ne renonce jamais sans avoir combattu ou frappé. Il ne croit pas aux vertus du pacifisme. J'avance droit sur l'odeur, les lumières sont éteintes, si bien que je distingue une masse à l'entrée du salon, par terre. Le son de la télé est beaucoup trop fort. Sa chemise est tachée, il a dû s'arroser de sauce pizza. Peut-être qu'il a bu, ça expliquerait l'infection. Je trouve ça répugnant, mais ce n'est pas le moment de flancher pour une bêtise. En me penchant vers lui, j'ai envie de pleurer, j'ignore pourquoi. La puanteur masque son odeur, je me rappelle à quel point j'aime renifler sa peau moite, j'aimais, plus exactement, là tout est gâché par ce relent de boucherie. Il me regarde tristement. Pourquoi ? Il esquisse une grimace d'enfant qui va pleurer, tente de se redresser. On dirait qu'un poids le tasse ou l'écrase. Je veux l'aider en le soulevant, mais je ne suis pas assez forte et mes mains glissent, humides, dégoûtantes. Je vais au salon baisser le son de la télé à un niveau plus supportable. J'aurais pu l'arrêter et allumer le lustre affreux, mais je préfère m'abstenir. Je reviens à pas lents, il bredouille « Jeanne » et cette fois on dirait un très vieux monsieur. Je me mets à genoux pour l'écouter. Il parle si bas que je ne parviens pas à comprendre « Pardonne-moi… tout merdé… Dans mon cuir… l'argent… Il y en a d'autre… l'assurance. N'oublie pas ! »

N'oublie pas quoi ?

Je veux lui dire de se reposer, qu'il se taise puisque ça l'épuise, mais je suis fatiguée moi aussi et je reste silencieuse, un peu détachée. Bizarre. Ses paupières battent convulsivement. Il glisse plus bas et sa tête a un petit soubresaut pour passer la plinthe, alors je lui soulève la nuque pour l'aider à adopter une position plus confortable, ensuite je m'allonge à ses côtés, j'attends qu'il me prenne dans ses bras comme il fait toujours et brusquement je l'aime de nouveau, je ne comprends pas comment j'ai pu douter, je l'aime d'une façon si désespérée et si profonde que je ne suis pas sûre de pouvoir résister aux sanglots. Pourquoi veut-il mon pardon ? Pour les fois où il s'énerve ? On ne peut pas vraiment parler de coups. Juste des gestes d'emportement. Des mains qui empoignent un peu fort, une gifle par-ci par-là. Parfois une bonne secousse pour me remettre les idées en place. Je ne suis plus un bébé, ma fontanelle est refermée, mon occiput bien solide. Pas en sucre. Je sais mieux que personne ce que le manque d'explications peut provoquer. L'absence. Et la culpabilité. Je sais très bien où ça mène, l'illusion du désamour !

J'ai l'impression qu'il me berce, pourtant il ne bouge pas d'un millimètre. Je sens ma poitrine se soulever, le souffle de l'air puant gonfler mes poumons. Je compte mes respirations et ma pensée se concentre sur des détails de plus en plus petits, c'est une pensée-loupe incapable d'envisager un objet plus gros qu'une aiguille. La comparaison m'arrache un gloussement, je me promets de la raconter à David plus tard, maintenant il a besoin de repos. J'ai le sentiment d'avoir manqué quelque chose. Je me frotte contre lui, il n'a aucune réaction, alors j'effleure son oreille et je dis très bas, pour ne pas le bousculer « Tu dors ? » Je ne veux pas qu'on nous entende, c'est absurde vu que nous sommes dans son couloir, mais c'est plus fort que moi. Je prends sa main, je la soulève et son bras suit, puis je laisse tout retomber. Le bruit se répercute le long de mes nerfs en provoquant une convulsion qui me secoue jusqu'aux os. Je me redresse, le cœur battant. La télé marche en sourdine, je tente de me raccrocher aux paroles, « et justement, Marie-Hélène sillonne les routes de campagne sans ménager sa peine, c'est une vocation, n'est-ce pas, Marie-Hélène ? ». Marie-Hélène explique que oui, elle veut faire ce métier depuis qu'elle est enfant. Viens me tirer de là, je pense, si tu es infirmière, viens ! Mais Marie-Hélène a disparu, remplacée par une pub sur la voiture de l'année. L'évidence m'assaille : personne ne viendra, je suis seule avec David qui dort les yeux à moitié ouverts. C'est étrange, il m'a fallu tout ce temps pour remarquer le couteau planté dans son ventre. Ça me sidère tellement que je crois à un mirage et je dois saisir le manche pour me convaincre. C'est bien un couteau. Pour l'arracher, il faudra l'extraire d'un coup sec, sans réfléchir. David sera soulagé. Mes doigts se serrent autour du manche. Heureusement je me rappelle in extremis de la consigne, en-cas-de-blessure-à-l'abdomen-surtout-ne-

rien-toucher-sinon-le-blessé-risque-l'éviscération ! Mes doigts relâchent leur emprise, mais j'ai toujours l'impression de serrer ce maudit manche et le poids du couteau s'est imprimé dans ma paume, comme si je le tenais vraiment, que je l'élevais très haut et qu'il s'abattait encore et encore sur l'homme que j'aime – que je déteste ? –, l'homme qui me perd. Je me vois faire ça aussi distinctement que si c'était réel. Pour Lila que j'ai trahie. Pour tous les coups reçus, pour les soumissions imposées, et pour l'humiliation de se défaire devant l'homme qui frappe. Ce n'est pas seulement David qui est en cause, pas seulement lui que je poignarde en rêve.

J'ignore comment je me retrouve debout. Le téléphone luit dans la pénombre, ses touches sont gluantes, je me mélange dans les chiffres, 17 ? 18 ? La police ou le Samu ? Je compose un numéro et je répète « Il y a un blessé grave, il ne bouge plus. » À l'autre bout du fil, je sens qu'on me prend au sérieux, on me pose une rafale de questions auxquelles je suis incapable de répondre, à qui croient-ils parler, je ne suis pas médecin, je ne peux pas leur donner un diagnostic, ils insistent, exigent l'adresse où habite le blessé, je donne d'abord la mienne, quelle idiote, ensuite celle de David, ça me fait rire, tout le monde peut se tromper, il n'y a pas le feu à la baraque non plus. Tant que j'y suis, je demande : « Les pompiers, je dois les prévenir ? », mais aucune parole ne sort du combiné, juste un long bip aussi coupant que les flammes bleues qui giclent des chalumeaux pour découper l'acier le plus dur.

Je récupère son cuir, il a parlé de l'argent, ça au moins je m'en souviens. Il y a une liasse énorme dans la poche intérieure. Il faut vérifier la planque, mais le courage me manque, je ferai ça plus tard. Je range les billets dans mon sac. Je remonte le couloir, j'évite le corps couché. Je me poste devant la porte ouverte pour les attendre. C'est ce qu'ils ont dit « Attendez-nous, quelqu'un arrive ». Je ne parviens plus à penser, sauf cette phrase qui tourne en boucle : Si je tombe je suis morte-si je tombe je suis morte-si je tombe…

***

Mardi matin.

La fenêtre est grande ouverte, les voilages écartés. En écoutant la rumeur des oiseaux, Jeanne se promet de chercher un livre qui répertorie leur chant si Dieu lui prête vie. Elle est infichue de distinguer les merles des pies, les corneilles des corbeaux. Emil a tenté de lui apprendre, elle a simplement retenu que les alouettes chantaient en plein vol, des trilles qui se déversent du ciel comme des rubans. Un jour, elle aimerait s'exclamer « Oh, une grive ! » avec l'aplomb des connaisseurs. Elle observe comment la lumière dissipe les restes de la nuit, songe que la montée du jour agit de la même façon que son désir, trop irrépressible pour être entravé. L'hôtel est silencieux. Il lui semble qu'en tendant la main elle pourrait presque toucher ce calme épais, s'envelopper dedans. Il a suffi de peu de chose, une simple révélation. Elle n'a pas tué David. C'est une vérité de baptême qui en déferlant a nettoyé sa folie.

La stupeur ne l'a pas tout à fait quittée, mais c'est assez difficile de faire la part des émotions. Elle n'a pas tué David. Sa conscience a été retournée, labourée, ses illusions ont été détruites, ses terreurs fracassées, et dans ce grand ravage il subsiste de la jubilation, de la douleur et une pointe amère, d'un bleu acide, le rendez-vous de jeudi…

Emil se réjouirait de la voir si légère, ce matin. Elle pourrait lui raconter un bout de son histoire, celle du garçon qui s'est noyé par la faute de sa sœur. Ou l'histoire de la fille qui veut payer son irresponsabilité et son manque d'amour. Ou la légende, vieille comme le monde, du rachat des péchés qui finit toujours mal puisqu'il ne sert à rien de rajouter du malheur au malheur.

Sa montre indique la demie de 7 heures et elle a une faim de loup. Elle enfile son jean, entortille ses cheveux autour d'une pique, puis sort de la chambre sans se soucier de verrouiller. C'est fini, tout ça. En descendant les marches, elle fantasme qu'Emil sera derrière la réception, à la place du nouveau, un gros type au teint brique qui a l'air de dormir habillé. Entre autres vérités, Jeanne comprend mieux pourquoi elle l'aime, cet homme qui tient debout tout seul et qui n'a nul besoin d'une fille-béquille. Elle sait que même si cet amour est voué à s'effacer un jour, Emil aura été le premier. Sa première histoire d'amour.

Dans la salle du petit déjeuner, Gaspard est déjà attablé. Il n'est pas aussi matinal d'habitude, elle se demande s'il est sur le départ et lui adresse un signe qui dit « Bonjour, je dors encore à moitié », puis se dirige vers le palmier qu'elle a fini par apprécier. Le matin, elle aime bien rêvasser en paix. Gaspard l'arrête d'un geste impérieux.

« Vous êtes tombée du lit ?

— C'est mon heure.

— Vous voulez vous joindre à moi ? »

Comme elle s'apprête à refuser, il la devance, mi-suppliant, mi-charmeur :

« C'est mon anniversaire.

— Pourquoi pas. »

Elle maudit son incapacité à dire non. *Non Gaspard, pas aujourd'hui, j'ai besoin d'être seule pour réfléchir. Allez souffler vos bougies en famille et foutez-moi la paix.* Elle se laisse choir sur la chaise en face de lui. Maria surgit avec un pot de café fumant. Elle remplit les deux tasses sans manifester de surprise.

« Je vous en rapporte. Et votre lait.

— Merci, Maria. »

Ils ont parlé en même temps. Gaspard lui adresse une œillade complice qui l'agace prodigieusement. On dirait qu'il insinue une connivence absurde, engoncé dans son costume de Tergal avec ses manies de vieux garçon, son teint de cierge, ses lèvres blêmes. Sa propre stupidité lui apparaît ; elle est en danger de mort, elle n'a pas besoin de feindre l'enjouement. Un tueur lui a donné rendez-vous et elle est en train de s'emmerder avec des civilités idiotes ! Intrigué par son silence, Gaspard la dévisage, la mine soucieuse.

« Quoi, j'ai un truc qui déconne ? »

Il sursaute, pris en faute.

« Non. Je pensais que vous aviez l'air fatigué.

— Je le suis, il se trouve.

— Oh ! Eh bien...

— Désolée, je suis un peu brutale, mais ce matin les politesses m'emmerdent.

— Un souci ?

— Non. Si ! En passe d'être réglé très vite, merci.

— Je suis ravi pour vous dans ce cas. »

Il se tait dans l'attente de la suite, mais Jeanne se contente de soutenir son regard. *Vieux con,* elle pense, *essaie seulement de m'emmerder, je suis prête !* L'euphorie fait battre son cœur plus vite. Il reprend contenance, sirote une gorgée de café, très professoral. Tête à claques.

« Je peux vous demander une chose ?

— Faites toujours.

— Sans vouloir connaître les détails, c'est quoi, régler un problème très vite, selon vous ? Personnellement, je crains d'être le roi de l'engluement. »

L'énergie frémit autour du visage. La couleur se devine à peine, ça lui dessine une fraise autour du menton, une fraise ou un goître molletonné d'un jaune translucide. Jaune mensonge-traîtrise-convocation, jaune huile de moteur, jaune insistant, comme Gaspard Lhomme. Il se sert des autres à sa façon passive, plaintive. Même pâlissantes, les couleurs aident Jeanne à y voir clair. Il attend sa réponse. Elle réfléchit, hausse les épaules.

« Ces derniers temps, je me contente d'aller à la première gare et j'achète un billet de train. »

Il hoche la tête pensivement. Elle en profite pour avaler son café d'une traite, puis se lève, repousse sa chaise. Maria, qui vient d'apparaître avec les panières de croissants, la dévisage, interloquée.

« Il manque du café ?

— Rien, merci. Je vous laisse. »

Elle se tourne vers Gaspard qui est resté pétrifié, la bouche à demi ouverte.

« J'ai besoin d'être seule. Vous savez, c'est aussi une excellente méthode pour trancher dans le vif. Bonne journée. À ce soir, Maria ! »

Elle sort en sautillant, remplie d'allégresse. Ce n'est pas si compliqué, finalement ! Être soi-même… Tout ce temps perdu ! Curieusement, cela ne l'affecte pas tant que ça. Est-ce à cause d'Emil ? Sa liberté l'a attirée comme la flamme attire les insectes, et pas seulement les papillons délicats, mais les créatures à venin, comme elle. Soudain tout devient net, presque tracé. La boutade lancée par pure irritation pourrait l'aider à éviter le piège tendu par l'homme du téléphone.

Jeanne descend en flânant vers la gare, fait une halte chez un pâtissier et achète une douzaine de mini-viennoiseries, qu'elle avale à la file dans le bus. Un petit vieux lui sourit et elle est tentée de lui offrir son sac luisant de beurre. Les gens ne sont pas des tueurs en puissance, plutôt des hommes et des femmes qui portent leurs secrets, leurs amours, leurs regrets. Ils sont minables ou émouvants, courageux ou froussards, comme elle, ils oscillent sans cesse entre ombre et lumière. Une fois son billet acheté, elle appellera sa sœur pour lui avouer ses mensonges. Elle sait maintenant que la vérité peut vous décaper, mais ne laisse aucun bleu ni boulet à traîner.

À la mort de Raphaël, ses parents n'ont jamais voulu parler de ce qui s'était passé. Croyaient-ils les épargner ou bien craignaient-ils de s'avouer leur soulagement, l'infime petite consolation de ne plus s'angoisser sur l'avenir du Mioche ? Une fois passé le choc et leur chagrin profond, réel, ils revenaient vers le monde des vivants avec des rendez-vous, des sorties au restaurant, des projets de vacances en club. Ils se sont tus pour vivre, en dissimulant cette légèreté retrouvée sous le marbre des morts. Toutes ces histoires. Tous ces masques. Jeanne les voit s'écrouler autour d'elle, semblables à de dérisoires constructions. Des tours d'ivoire, des souterrains, des oubliettes. La faille s'est réduite à une poussière, un éclat de lumière noire, le dernier écho avant que l'évidence ne s'impose dans une clarté presque insoutenable. On peut choisir d'être libre ou complice ou victime. Dans une certaine mesure, tout dépend d'elle.

Elle aurait aimé le dire à Emil, en recommençant par le début. « Je m'appelle Jeanne, et je ne suis plus tout à fait la femme que tu as croisée le mois dernier. J'aimerais beaucoup que tu m'apprivoises. Qu'on essaie tous les deux. Tu voudrais ? »

6

Voyage

« Comme on se retrouve, petite souris… Tu croyais réellement que j'allais te laisser filer ? »

Il fait traîner les syllabes en lui soufflant exprès dans l'oreille. Elle n'a rien vu venir. Il l'a bloquée par l'arrière et son bras durement plaqué entrave sa respiration, juste assez pour être douloureux sans la tuer.

Jeanne se contente d'acquiescer faiblement. La sidération l'enveloppe dans une anesthésie bienfaisante. Elle s'interroge brièvement sur les effets du manque d'oxygène, parce qu'en dépit de la peur elle se sent étrangement détachée, déconnectée de tout sauf de la douleur physique. Sa gorge lui fait atrocement mal. Vision de braises appliquées sur sa langue. D'un doigt féroce, son agresseur appuie au milieu de la clavicule et fait naître une aiguille incandescente qui explose et irradie tout son être. Acupuncteur de la douleur. Elle a lu qu'il existait un point de pression capable de tuer en quelques secondes. *Sur la trachée, pas sur la clavicule, Jeannette !* Il doit sûrement le connaître, et chaque point névralgique du corps humain.

« Tu sais que tu m'as fait perdre mon pari ? »

Elle reste coite, le corps aussi relâché que possible pour lui montrer sa soumission. *Moi, c'est la raison que j'ai failli perdre,* pense-t-elle. Elle n'arrive pas à croire qu'il l'ait trompée tout ce temps. Même sa voix a changé, profonde, caverneuse, à moins que ce ne soit la distorsion due à son état de sidération.

« J'aurais juré que tu irais bien sagement à Lille. Et puis non. Depuis que ton mec est parti, tu pètes les plombs. Voilà que tu deviens résolue, combative même. C'est pour ça que je t'ai surveillée d'un peu plus près que d'habitude. J'apprends que tu achètes un billet pour l'autre bout de la France, mais ce n'est pas le bon. Pour une fille qui a rendez-vous jeudi, soit tu es sacrément rapide, soit tu es foutrement inconsciente. Parce que ton rencart, c'est pas le genre à bouffer des râteaux. Tu piges ? »

Elle hoche la tête, mais cela ne semble pas le satisfaire puisqu'il enfonce encore son pouce. Cette fois, elle lâche un cri. Ce taré va lui faire un hématome géant. Sa peau marque toujours. Ça aussi, il est au courant ?

« Le colis… le téléphone. »

Sa voix hésite entre le croassement et le chuintement du pneu crevé.

« Quoi le colis ?

— Il vient de Lille. Pourquoi l'envoyer puisque vous m'avez retrouvée ?

— Je voulais m'assurer de certaines petites choses et tu m'avais déjà filé entre les doigts. Tu penses que j'aurais dû te faire confiance ? Tu me crois aussi con ? Ne joue pas trop avec mes nerfs, je te le déconseille. »

Il la tutoie comme s'ils étaient amis, mais c'est fini ça. On tutoie les gens qu'on aime, pas les tueurs sadiques. Elle doit l'amadouer pour qu'il cesse d'appuyer sur son os ou elle va devenir folle de douleur. Se taire et s'amollir. L'amener à considérer son point de vue. D'une seconde à l'autre, il va la retourner et il faudra soutenir son regard sans laisser paraître la moindre trace d'écœurement. Elle aspire de l'air, surprise de sentir le goût du sel, à croire que ses larmes se déversent à l'intérieur, clandestines. Supplier ne sert à rien avec ce genre de sadique, au contraire, les plaintes ne feraient que l'exciter. Comment a-t-elle pu se laisser embobiner ? Ses mensonges, son aura, sa feinte gentillesse... Il attend ses questions indignées : « Pour qui ? Pour quoi ? », mais elle ignore par quel bout commencer. Elle doit d'abord déterminer une méthode et jouer son jeu dans l'ordre qu'il souhaite, sans rater d'étapes – peur, supplication, obéissance. Si seulement la douleur cessait, elle pourrait réfléchir clairement...

Soudain, exactement comme prévu, les mains glissent et la retournent, pauvre petite girouette douloureuse. Jeanne adopte un regard vitreux pour ne pas buter trop violemment sur son visage. Elle est dans une bulle imperméable, il ne peut rien contre elle. Une bulle comme celle de Raphaël. Le Mioche lui sourit de loin.

Gaspard l'observe d'un air peiné. Pas de triomphe ou de méchanceté. Juste l'infinie tristesse du psychopathe. Elle a du mal à le reconnaître, pourtant, c'est le même homme, simplement métamorphosé par une détermination absolue. Plus anguleux et net. Lèvres fines. Nez fort. Teint pâle. Il a changé de vêtements. Ceux-là sont gris anthracite, un pull fin et un blouson passe-partout.

« Tu veux que je te fasse mal ?

— Non. »

Une réponse claire, définitive. Elle n'a pas pu s'empêcher d'avaler son haleine. Il sent le café et la réglisse. Elle se rappelle l'avoir vu sucer des granules. Elle détesterait qu'il l'embrasse. *Ce n'est pas le moment de délirer, Jeanne !*

« Dommage. »

Dommage quoi ? Dommage parce qu'il va mettre sa menace à exécution, ou dommage parce qu'il aurait bien voulu son consentement pour partager ses petits jeux sadomaso ? Elle se rapetisse, consciente qu'il peut percevoir chacun de ses frissons. Ses doigts posés sur elle. Black-out. Surtout ne pas y penser.

« Alors ? Tu préfères qu'on la joue comment ? »

Va chier, pense-t-elle. *Je ne vais pas te souffler les réponses en plus !*

« Jeanne... Je dis quoi à mon patron ?

— Je viens.

— Tu viens où ?

— Au rendez-vous.

— Tiens donc. Tu as changé d'avis, alors ?

— Oui.

— Et qu'est-ce qui me le prouve ? Tu as un moyen de me rassurer ? »

Il la jauge avec une sorte de tendresse ou d'enjouement, difficile à estimer précisément, ensuite il s'incline légèrement comme s'il voulait lui rouler une pelle. Elle n'arrive pas à masquer un sursaut de recul et remarque une onde de plaisir pur le traverser, d'un bel orange vif. Ce retour en force des couleurs lui procure un bref soulagement. Cela, au moins, il ne peut pas l'avoir deviné... *En es-tu vraiment sûre, ma Jeanne ?*

« Vous n'avez qu'à m'accompagner. »

Ses pupilles s'élargissent un court instant, aussi vides qu'un puits sans fond.

« Parfait. Tu es une bonne petite souris et tu viens de me donner la seule réponse acceptable. Je vais donc te faciliter les choses. J'ai déjà pris nos billets. On part demain, très tôt. »

Il la lâche brusquement, au risque de la faire tomber, et désigne son sac posé sur le lit.

« Tu as toujours l'argent ?

— Oui. »

Elle ignore de quel argent il parle exactement mais s'en moque. *Oui, tout ce que tu veux.*

« OK. Tu as faim ?

— Non.

— Tant mieux. Je n'ai pas trop envie de jouer la comédie. Ce soir, ça suffira. Je vais chercher mon sac, toi, tu m'attends ici.

— Votre sac ?

— Oui. J'ai des bagages. Quand je voyage, je prends une valise, comme tout le monde. Tu imaginais quoi ? Que j'avais le pied fourchu ? »

Il rit sans méchanceté, avec une sorte de bonhomie qui fait froid dans le dos. Elle ignore où elle trouve la force d'insister.

« On passe la nuit ici ?

— Je préfère, oui. Ma chambre est nettement plus sombre que la tienne. Je vais récupérer mes affaires, attends-moi. »

Il la défie de comprendre. Ici. Ensemble. Elle le voit se détourner, ouvrir la porte, la refermer, voit osciller la clef dans la serrure, le huit en lettre d'or. Elle s'affaisse sur le sol, les jambes coupées. Il ne s'est même pas donné la peine de verrouiller derrière lui. Deux minutes, il va mettre environ deux minutes, le temps de grimper à l'étage supérieur, de ramasser sa valise et de vérifier que tout est en ordre, pour un maniaque c'est obligé, mettons trente secondes, non soixante, redescendre, trois minutes maximum. Jeanne a donc trois minutes pour empoigner son sac, sortir en silence, dévaler l'escalier sans trébucher, se jeter dans la rue, tourner à droite vers la ruelle en priant pour qu'il opte pour un chemin contraire, courir vers le dédale des allées qui mènent au phare, éviter la gare, les routes, voler au ciel ou bien s'enterrer dans une cave et attendre qu'il se lasse... Elle doit se relever, il lui reste une poignée de secondes pour se décider, partir sans rien, légère, bouger, se jeter dans l'escalier, rouler, rouler jusqu'à la mer, devenir un caillou rond, un galet qui saute et rebondit et plic et ploc. Naufrage.

Elle a tout juste la force de se remettre debout avant que la porte ne s'ouvre sur Gaspard Lhomme. Il est chargé d'un bagage à poignée de la taille d'une grande mallette. Difficile d'imaginer ses costumes minables serrés là-dedans. Il a dû s'en débarrasser. Il possède probablement un pistolet, elle pourrait s'en emparer et l'exhiber dans le train, au passage du contrôleur, et provoquer leur arrestation. Ben voyons. Et s'il a un couteau ? Est-ce légal de se promener avec une lame à découper les filles récalcitrantes ?

Sans lui prêter attention, il entreprend de vider méthodiquement l'armoire. Robe, jupes, pantalons, tee-shirts, pulls, paréo, il jette tout sur le lit, sans violence inutile, sans précautions non plus. Ensuite il s'agenouille, passe la main sous l'armoire et arrache l'enveloppe pleine de billets. Attrape le sac à dos qu'elle avait commencé à remplir, lui balance comme on jette un os à un chien. Elle s'approche du tas et fourre les vêtements en vrac dans son sac. Pendant ce temps il compte les coupures.

« Huit mille trois cent cinquante euros. Tu as dépensé combien exactement ?

— À peu près quatre mille. Mais je n'ai pas payé les quinze derniers jours.

— Je réglerai ça demain matin. Inutile de se faire remarquer.

— Merci.

— Je t'en prie. Tiens. »

Il lui tend la liasse diminuée de moitié. Elle le regarde sans comprendre.

« Tu lui rendras le reste toi-même.

— Ce n'est pas vous ?

— Moi ? Le boss ? C'est ce que tu croyais ?

— Je ne sais pas...

— Tu regrettes ? »

Gaspard Lhomme la considère d'un œil goguenard. Peut-être voudra-t-il la violer cette nuit, ils ont tout leur temps et il sait qu'elle se laissera faire.

« Ça sert à quoi de me rendre l'argent ?

— Tu préfères que je rapporte ta dernière initiative au patron ? Alors je t'explique : avec lui, tu coopères, sinon tu es morte, pigé ? Et c'est à toi de rembourser ce que tu as volé.

— Alors pourquoi me donner la moitié seulement ?

— C'est le prix à payer pour avoir voulu m'entourlouper. Ça me paiera un week-end, et tu devrais t'en sortir si tu la joues fine. Il est dur, mais raisonnable, tu verras. »

Elle n'arrive pas à comprendre cette brusque sollicitude. Et qui est ce « Il » du rendez-vous ? Le big boss encore plus psychopathe ?

« C'est qui votre patron ? Par rapport à David ?

— T'occupe. Moins tu en sais... »

Mot pour mot ce que lui a répondu David. « Moins tu en sais, plus tu es en sécurité. »

« Et si ça ne suffit pas ?

— Quoi ? L'argent ?

— Je dois rembourser, vous venez de le dire.

— Et alors ? Tu as deux jambes, deux bras et un cerveau. Peut-être même une autre planque. Je ne veux pas le savoir, tu te démerdes. Tu ne crois pas que j'ai le droit de me dédommager après ta dernière entourloupe ?

— Je... si... »

Qui sont-ils ? Des mafieux ? De simples trafiquants ? Maquereaux aussi ? Il la prend pour une pute...

« Quand même... Je dois rembourser votre patron qui n'a pas l'air très facile. Vous n'avez pas peur que je vous dénonce ?

— Cela m'étonnerait que tu prennes le risque pour quelques milliers d'euros, non ? Et puis ce sera ta parole contre la mienne. Tu comprends ce que je veux dire ?

— Oui.

— D'ailleurs, je n'ai aucun doute sur ta capacité à l'amadouer, je t'ai vue à la manœuvre. Pas mal le coup de l'agence de voyages, au fait. Mais le type était si remonté contre toi que j'ai flairé le piège. »

Elle s'assoit parce que ses jambes ne la portent plus et fait mine de fourrager à l'intérieur du sac. Il rejoint la salle de bains en sifflotant un air qu'elle ne reconnaît pas. Du coin de l'œil, elle le voit embarquer les produits qui traînent sur l'étagère, à part le savon, sa brosse à dents et le dentifrice. Il revient, balance les affaires sur le lit. Pour quelle raison tient-il à son hygiène dentaire ? Elle songe à tout ce qu'on peut enfoncer dans une bouche et déglutit, sans parvenir à déloger la boule d'angoisse qui obstrue sa gorge.

« Tu veux te rafraîchir ? »

Comme elle le dévisage sans comprendre, il désigne la douche. Elle hoche la tête frénétiquement.

« Ça veut dire que pendant trois jours, en comptant ce soir...

— Quoi ?

— Vous allez me suivre ? Dormir chez moi ?

— Ça te gêne ?

— Oui. »

Tandis qu'il la toise, elle prend conscience qu'il lui est parfaitement inconnu. Sa voix a perdu son timbre mièvre, il a même rajeuni. On ne lui donnerait pas plus de quarante-cinq ans, or ce matin il en paraissait dix de plus. En dépit de leurs discussions – *des mensonges de part et d'autre !* –, elle ne connaît de lui que le personnage de composition, pas cet homme méthodique et dénué de scrupules. Gaspard Lhomme et ses pantalons en velours pochés aux genoux, ses maniaqueries de vieux garçon, tu parles ! Évidemment, Lhomme est un pseudo. Elle n'en aurait pas choisi de meilleur… *Lhomme qui a vu l'homme qui a vu l'ours,* souffle Grany joyeusement. Quand est-il arrivé ? Combien de jours après avoir appelé Anne ? Huit ? Dix ? Elle l'a noté sur son carnet ou pas ? Un détail lui revient brusquement, alors qu'il décrivait son frère – le peintre à la Cène – comme un type autoritaire. « Implacable », il a précisé. C'est de lui qu'il parlait, en réalité. Un Gaspard qui aurait gagné en épaisseur et en muscles, avec des doigts aussi durs que des filins d'acier. Instinctivement, elle porte la main à sa gorge meurtrie.

« Tu mettras un foulard.

— Je n'en ai pas.

— Eh bien un col. Un truc qui couvre.

— Il fait trop chaud. On va trouver ça bizarre.

— Tu as un paréo. Démerde-toi avec. »

Il cherche sur le lit, parmi les produits de beauté, et lui tend une petite paire de ciseaux, sans paraître le moins du monde inquiet à l'idée qu'elle puisse se jeter sur lui et lui crever les yeux.

« Tu le fais maintenant. Dépêche.

— On va dormir ensemble ?

— Sauf si tu préfères le plancher. »

Elle hésite. Elle a besoin de se reposer, sinon les forces lui manqueront quand… *Quand quoi ma Jeanne ? Es-tu vraiment prête ? À tout ?*

« Vous n'allez pas m'attacher ?

— Quel intérêt si je garde la clef dans ma poche ? Tu n'oserais pas venir la chercher, si ? »

Il se passe la langue sur les lèvres, brièvement. Délectation, voilà le mot qui lui convient. Jeanne attrape son paréo et découpe une entaille dans la longueur, puis déchire d'un coup sec. Le tissu fait un bruit affreux d'arrachement. Sans s'occuper de lui, elle va se planter devant le miroir de l'armoire et tente de nouer le pan de coton de façon à dissimuler l'énorme tache rouge. Demain cela aura viré au violet. Elle l'aperçoit qui l'observe, s'empourpre de honte.

« C'est moche. »

Il se contente d'opiner et va fermer la porte, puis glisse la clef dans la poche de sa veste. Il a donc l'intention de rester habillé, pour l'instant.

« Pas de douche, tu es sûre ?

— Non.

— Comme tu préfères. »

Il ouvre son sac, en sort un magazine et va s'étendre sur le lit sans se soucier d'ôter ses chaussures. Rien-à-foutre, clame son attitude. Elle lorgne la revue, curieuse de connaître ce qu'il a choisi. Sous le titre évocateur de *Auto Rétro*, une Coccinelle des années cinquante. Elle n'y connait pas grand-chose, mais la couleur vert d'eau évoque un vieux Disney. Palpitant. Ça ne l'avance pas d'un iota. *Mais si cela t'avance, cet homme-là est un collectionneur !* susurre la voix, celle de Grany ou de l'Ange Gardien, Jeanne ne s'attarde pas sur le problème car le mot suscite un effroi brutal. *Collectionneur.* Elle réalise que son instinct l'a prévenue dès leur première rencontre, en imaginant Gaspard Lhomme penché sur des papillons, les embrochant au bout d'une épingle. Que collectionne-t-il d'autre ? Quel genre de nomenclature ? Des cadavres de filles ? Des morceaux de corps – colliers d'oreilles, scalps de cheveux tristes, orteils, langues pendues ?

Elle doit trouver une occupation qui lui évitera de devenir dingue. Elle meurt d'envie de se doucher, mais il est hors de question de se déshabiller avec lui sur le lit. S'il rentre dans la salle de bains alors qu'elle est nue, Jeanne n'est pas sûre de pouvoir contrôler ses nerfs. Un viol, ce n'est pas pareil. Il lui arrachera ses fringues, elle se débattra en silence et l'affaire sera conclue. Mais se doucher derrière une cloison, à quelques centimètres de lui, revient à lui lancer une invitation. Il le sait, sinon il n'aurait pas insisté. Il peut l'entendre penser et deviner les mouvements de son âme. Il a dû anticiper chacun de ses gestes, chaque élan qui la traversera. Ce qui ne l'empêche pas de faire comme si rien au monde n'était plus important que de feuilleter un journal de vieilles bagnoles... C'est sa première erreur. La seule, pour l'instant. Il y a dans son indifférence trop d'ostentation, une exagération qui en dit long sur sa confiance en lui. Ce type n'a pas supporté qu'elle lui échappe. On dirait qu'il la met au défi de trier la vérité parmi les simulacres, parce qu'il est convaincu d'avoir le dessus. Son orgueil, voilà par où l'atteindre... En attendant, il est urgent de déterminer ce qu'il sait. Que garde-t-il encore dans sa manche ? Quel coup fourré ?

Commence plutôt par ce qu'il ignore, ce sera plus rapide ! La voix a raison. Trouver ce qu'il ignore et s'en servir... Ce matin, après être passée au guichet de la gare – il était sur ses talons, forcément, puisqu'il l'a vue acheter un billet pour « le mauvais bout de la France ! » – Jeanne est rentrée à l'hôtel pour appeler Anne. Elle a téléphoné sur le portable. A-t-il pu entendre la conversation, du couloir ? Probablement pas, sinon il l'aurait cuisinée. Heureusement, elle a eu la présence d'esprit d'effacer le numéro sortant, par réflexe. Elle doit s'en débarrasser le plus vite possible, parce que si quelqu'un cherche à la contacter, sa sœur ou Bouraoui, elle est morte ! Pour l'instant, le portable traîne dans sa poche d'imper. Comment le faire disparaître ?

L'appel a duré longtemps, plus d'une demi-heure. Il a fallu expliquer l'histoire depuis le début, le harcèlement, sa fuite, le colis et enfin l'ultimatum. Anne était si terrifiée que Jeanne a passé cinq bonnes minutes à la convaincre qu'elle n'avait pas d'autre choix que de fuir à nouveau. Elle la chargeait de prévenir Bouraoui en son nom, en lui expliquant aussi précisément que possible sa situation. Le capitaine exigera le maximum de détails avant d'entamer ses vérifications. Prendra-t-il la mesure du danger ? Et s'il décide d'appeler l'hôtel, juste pour vérifier ? Jeanne est censée partir par le train de nuit et, en admettant qu'Anne soit en train de témoigner, il lui faudra un jour ou deux pour recouper ses informations. Au mieux. Elle a juré à sa sœur de la rappeler demain matin, à son arrivée à Paris. C'est sa seule chance. Qu'Anne panique et mette en branle la cavalerie. *Sauf si elle se persuade que tu as encore préféré filer, grosse maligne...* Non. Pas après ce qu'elle a confessé et ce lien entre elles. Et Bouraoui est assez expérimenté pour savoir qu'il y a urgence. Elle est sans doute conne, inconsciente, mais elle n'a rien à faire dans cette embrouille !

« Qui vous a donné l'adresse de l'hôtel ?

— Tu voudrais bien savoir... »

Gaspard Lhomme a laissé tomber sa revue pour lui sourire d'un air suffisant.

« Si je te dis que c'est quelqu'un de ta connaissance, tu serais étonnée ?

— Lila. »

Il se replonge dans sa lecture sans relever. Soit il est vexé qu'elle ait deviné, soit il estime que cela ne vaut pas la peine d'en discuter.

« C'est elle ? Vous la connaissez ?

— Ça t'intéresse tant que ça ?

— Oui, et au point où j'en suis... »

Elle instille un brin de supplication dans son « oui » et papillonne un peu, en mouillant son regard. Biche effrayée au bois. Pour les avoir testées, elle connaît l'effet de ses minauderies. Il cède d'un soupir, pas mécontent de démontrer sa toute-puissance.

« Disons qu'on lui a rendu visite et qu'elle nous a promis de se débrouiller pour obtenir tes coordonnées. Gentille fille. Pas bête. Elle est passée par ta sœur. Elle, on l'avait déjà à l'œil, on se la gardait en réserve, du coup on n'a pas eu besoin de la bousculer. Disons que ta copine a simplifié les choses... pour tout le monde.

— Elle sait qui vous êtes ?

— Pas précisément. Elle sait ce qu'on représente et cela lui a paru suffisant. Elle a fait ça gratos. Tu as dû pas mal l'énerver... »

Il l'observe un instant, puis replonge dans son magazine. Jeanne se demande s'il a pu découvrir les cahiers, sous le matelas. Il a bien trouvé l'enveloppe avec l'argent. L'idée qu'il ait pu lire ses pensées les plus intimes l'horrifie. Ses souvenirs tronqués, la liste des suspects, ses exercices, l'amnésie... Elle laissera tout ici. Tant pis.

« Vous avez fouillé ma chambre ?

— À ton avis ? Tu penses que j'ai un don de double vue ? Évidemment que j'ai fouillé ! Tu veux savoir si j'ai compté l'argent ? Tu penses à tes carnets ? Je les ai lus, bien sûr, et tu devrais t'en réjouir parce que ça t'a sauvé la mise.

— Pourquoi ?!

— Ton amnésie. Tu ne savais pas où tu mettais les pieds. Ça m'a permis de comprendre pourquoi tu as fait tant de manières. J'ai bien aimé tes listes aussi. Ce blaireau de Vasseur en prend pour son grade, et puis ton portrait de Gaspard m'a permis d'ajuster les détails. Mais celui que j'ai préféré, tu t'en doutes, c'est l'autre.

— L'autre ?

— Marcel. Marrant, le surnom que tu m'as donné. »

Il émet un gloussement et se cale plus commodément contre les coussins.

« Je peux les reprendre ?

— Tes carnets ? Te gêne pas. »

Mortifiée, elle s'agenouille au pied du lit, glisse la main sous le matelas. Pour ne pas croiser son regard, elle fixe ses chaussures. Les semelles montrent des traces d'usure. Il doit les porter en ville, parce qu'il n'y a pas d'accroche, le patin est lisse. *Glissant ?*

Une fois les cahiers en sa possession, elle prend place au bureau afin de lui tourner le dos. Que faire de tout ça ? Il faudrait les brûler, mais il refusera. Les abandonner dans le tiroir en espérant que Maria les lise et donne l'alerte ? Ça changerait quoi ? De toute façon, il n'est pas assez fou pour négliger ce détail, il fera une inspection en règle de la chambre. Autant les emporter. Ses doigts fourmillent d'écrire une liste d'issues possibles en langage crypté. Impossible. Il voudra vérifier, posera des questions. Sa marge de manœuvre est mince, mais elle peut toujours se relire pour mémoriser ce qu'il a pu apprendre, les impasses et les contresens possibles. Ensuite, il sera temps d'établir une stratégie. Jeanne n'a jamais joué aux échecs, mais la partie qui s'engage ne permet aucune erreur. Elle devra réussir d'un seul coup, échec et mat ! *Tu dois gagner sa confiance, Jeannette, comme le renard face à l'ours. Fais-le parler, mais avant, débarrasse-toi du portable !*

Elle se lève, va à son imperméable et entreprend de fouiller les poches, en sort le Nokia. Gaspard Lhomme l'observe, brusquement attentif. Elle fait quatre enjambées – qu'elle compte dans sa tête –, dépose le portable sur le carrelage des toilettes, sans se presser, pour ne pas l'alarmer outre mesure. Il a juste le temps de se redresser, trop tard, elle lève le talon et l'abat de toutes ses forces sur l'appareil. Heureusement, elle avait ses bottines. Le craquement n'augure rien de bon. Elle est sauvée. Presque. Il est blême de rage.

« Tu es cinglée ? Tu peux m'expliquer ?

— Je déteste ce portable, il m'a rendue à moitié dingue. J'en ai plus besoin, non ? »

Il la rejoint d'un bond pour le lui arracher des mains. Plusieurs touches sont enfoncées, l'écran est à demi brisé. La carte a été éjectée, mais quand il la remet l'appareil reste muet. Le front plissé de rage, il désigne la chaise.

« Tu te colles ici et tu bouges plus tant que je ne t'en ai pas donné l'ordre. »

Elle lui tourne le dos, obéissante. Erreur monumentale. Il la crochète par-derrière, et aussitôt la douleur explose, plus insoutenable qu'avant.

« La prochaine fois que tu tentes de m'avoir, je te fais vraiment mal, OK ?

— D'accord. Mais je n'ai pas…

— Ta gueule ! »

Il la lâche brutalement et elle trébuche en ravalant un cri, puis va se rasseoir, docile. Le dossier de la chaise semble bien trop dur. Elle s'efforce de trouver une position confortable sans trop se tortiller, lorgne le plancher avec envie. Il ne lui permettra pas de se vautrer par terre, rien que pour l'emmerder, alors elle se tait et contemple la rue, entre les voilages.

La fatigue lui donne envie de vomir.

À 20 heures, ils vont dîner. Sur le tee-shirt anthracite, Gaspard Lhomme a enfilé son déguisement, une veste en tweed beige, pochée aux coudes. Instantanément, il se voûte, se dégonfle, redevient l'homme cauteleux qui l'a bernée. Conscient qu'elle a noté la métamorphose, il lui adresse un clin d'œil, mais son œillade est totalement dénuée d'ironie. L'avertissement qu'il ajoute achève de lui glacer le sang.

« Un mot de trop et tu seras responsable des dégâts, OK ?

— D'accord. »

C'est le dîner le plus long de son existence. La nourriture est insipide et sa gorge la fait terriblement souffrir. Elle se force à boire trois verres d'eau pour finir son assiette. Elle ne peut pas se permettre de chipoter, pas ce soir. Gaspard Lhomme refuse le vin qu'on leur propose. Maria semble intriguée par leur soudain rapprochement, mais Jeanne garde la tête baissée, excluant toute tentative de bavardage. Après son départ, Lhomme exige qu'elle se déride.

« Fais pas cette tête d'enterrement. Parle-moi de films, de cuisine, ou de bouquins que tu as lus. Ou de tes couleurs, je m'en fous.

— Je ne les vois plus.

— Alors autre chose, trouve… »

Elle ânonne quelques phrases sans queue ni tête, jusqu'à ce qu'il lui ordonne de la fermer, exaspéré. Il se chargera de la discussion et elle n'aura qu'à jouer les cruches.

Quand ils remontent, Jeanne est à bout de forces, mais elle ne peut pas renoncer avant d'avoir obtenu des réponses.

« Je peux m'allonger ?

— OK.

— Ça vous ennuie si je reste habillée ? »

Il ne répond pas tout de suite. Au lieu de ça, il la toise avec une expression indéfinissable. Goguenarde ? Gourmande ?

« À ton avis ? »

Elle feint de ne pas saisir l'allusion et s'installe au bord du matelas. Lui se poste à la fenêtre et sort un étui de sa poche, extirpe un cigarillo brun, pas plus gros que son petit doigt.

« Vous fumez ? »

Il se contente de hausser les épaules, aspire une bouffée avant d'ouvrir les carreaux.

« Je peux vous poser une question ?

— Dis toujours.

— Pourquoi vous avez attendu aussi longtemps pour me coincer ?

— Le gardien de nuit, ton nouveau mec... Tu l'avais assez embobiné pour qu'il se montre emmerdant. J'ai préféré attendre son départ. J'avoue que j'ai pas trop apprécié votre petite semaine en amoureux, mais le Basque m'a expliqué que tu avais gardé ta chambre, alors j'ai attendu. Sept jours de plus ou de moins, je suis plus à ça près. Mais le patron... Il a fallu le calmer. Lui, c'est pas trop son truc, la patience. Il est serbe. »

Il dit « serbe » comme il dirait « barbare » et que ça expliquait tout.

« David le connaissait ? Ils étaient... partenaires ? En affaires, je veux dire ?

— Ton mec, c'était un pourri. J'éviterais ce genre de question, à ta place. »

Il se tait brusquement, puis reprend avec une douceur suspecte :

« Tu as les dossiers ?

— Oui... enfin, quasi. Je sais où ils sont.

— Tu peux les récupérer ?

— Je crois.

— Alors on fait ça demain, à notre arrivée.

— Et s'il y a un problème ?

— Du genre ?

— Je ne sais pas... S'ils ont été déplacés, ou jetés ou...

— Alors t'es morte.

— D'accord. Jeudi, le rendez-vous... C'est à quelle heure ?

— Tu as déjà oublié ? »

Elle se tait, vaincue. Plus elle l'interroge, pire ça devient. Qui est capable de tuer, aujourd'hui, en France pour un tas de papiers ? Que contiennent ces dossiers qui étaient censés garantir sa tranquillité ? Peuvent-ils vraiment la buter, comme on se débarrasse d'une bête nuisible ? Et si le voisin a déménagé sa cave ? Les risques sont trop grands, si elle retourne là-bas, autant se jeter dans la gueule du loup !

Elle ferme les yeux et se recroqueville en chien de fusil, *fœtus*, elle pense, *je suis dans le ventre du monde, rien ne peut m'arriver.*

7

Courir

Elle a trop chaud derrière la vitre. Le soleil cogne implacablement et son paréo s'est changé en emplâtre poisseux. Sous le tissu, l'ecchymose la lance comme un cœur battant. Gaspard Lhomme somnole, côté couloir. Il a pourtant dormi d'une traite cette nuit. Ce type est un mutant. Elle remue doucement les pieds, fait tourner ses chevilles, puis abaisse les paupières et tente de se remplir d'un vide sans pensées. Quand va-t-il se décider à aller aux toilettes ? Ils sont partis depuis trois heures et il a vidé une bouteille à lui tout seul. Le problème, c'est qu'il doit suer ce qu'il devrait pisser. Sale mutant.

Jeanne meurt de soif, mais elle ne boira pas, pour la même raison qu'elle espère le voir céder. Elle ne veut pas crever, ni que son fiancé soit mort pour rien. David avait raison de redouter sa métamorphose, elle a changé, elle ne se laissera plus malmener. Personne ne la soumettra. David Caron était le dernier. Ce sont des hommes qui l'ont aidée à sortir du cercle vicieux, Emil, Bernstein et Raphaël, son petit frère noyé, l'esprit des eaux. Marcel et Gaspard Lhomme aussi, en la poussant à bout. Il y a un tas de rencontres et d'événements qui l'ont conduite à cette place de train, à la croisée de ses chemins. Elle n'ira pas au rendez-vous. Ce n'est pas une question de géographie ni de commodité. C'est un symbole. Un non absolu. Plus jamais elle ne regardera la main d'un homme se lever pour la soumettre. Plus jamais elle ne laissera la peur gouverner sa vie. Quitte à mourir, elle tombera en résistant.

Gaspard claque des lèvres, comme un type normal qui s'éveille dans la torpeur d'un wagon surchauffé. Il remue, s'étire, bâille. Elle demeure impassible tandis qu'il la jauge et évalue son endurance, pense à un long tentacule. Elle lui offre un profil paisible. Son visage doit avoir l'aspect du carton. Lisse, sans mystère.

« Tu viens au bar ? »

Elle approuve, et le laisse prendre un peu d'avance, pas trop, juste histoire de l'habituer. Supposons qu'elle démarre à fond de train *(son humour est constant, au moins),* elle pourrait remonter jusqu'à la locomotive, ce qui ne l'avancerait pas à grand-chose puisque l'accès est probablement protégé en cas d'attaque terroriste. Et en admettant qu'elle trouve un contrôleur, que se passera-t-il ? Celui qui a poinçonné leur billet doit avoir le gabarit d'un gamin de douze ans. La SNCF n'est pas censée traiter avec les tueurs. Reste l'alarme d'urgence. Le convoi stoppe en pleine campagne. Une fois sur les rails, elle fonce dans la campagne, et après ? Elle n'est même pas certaine de pouvoir débloquer les portes, sans quoi, au moindre incident, il y aurait un tas d'abrutis pour se répandre sur les voies. Tant qu'elle est dans ce TGV, Jeanne est prise au piège. Il faut attendre et provoquer la chance. Une seule, elle n'en aura pas d'autre…

Le bar est à moitié plein. Un ado casqué, un couple d'amoureux, une mère et sa fille, deux hommes en complet-veston. Elle tente d'écarquiller les yeux afin d'attirer leur attention, mine de rien. Ils l'ignorent. Gaspard se glisse en face et dépose une tasse de thé glacé. Lui s'est pris un café. Elle se demande s'il l'a fait exprès, une boisson diurétique pour elle et un excitant pour se tenir en alerte. Il sourit aimablement. Depuis l'incident du portable, il se montre d'une politesse à toute épreuve. Il ne l'a pas violée, il était trop occupé à dormir, à moins que ce ne soit une question de principe sur l'inconvénient de mélanger les affaires au plaisir. Les psychopathes ne sont pas forcément sadiques. Pervers ? Elle n'arrive pas bien à saisir quel genre d'homme il est en vérité.

Ce matin, pendant qu'elle bouclait son sac – avec ses cahiers –, il est descendu régler le solde de leur séjour et commander un taxi. Il ne l'a pas bousculée ni menacée, sans doute est-ce sa façon de démontrer que l'obéissance paye toujours. Au retour, néanmoins, il a pris un malin plaisir à la torturer : « J'ai un peu brodé sur notre rapprochement, suffisamment pour émoustiller le vieux, ça lui évitera de se poser les bonnes questions. » Ensuite, comme prévu, il a vérifié qu'elle n'avait rien laissé de compromettant dans la chambre, aucun SOS inscrit au rouge à lèvres sur un coin de carrelage. Cette pensée l'a traversée, parmi un tas d'idées de dernier recours, s'enfuir par la lucarne, s'agripper aux pieds du lit, hurler à la mort, lui promettre cinquante mille euros, cent mille, *les prêts c'est pas fait pour les chiens morts !*, se mettre à poil, s'offrir, supplier, tomber évanouie, le tuer à coups de planche d'armoire – il y en a une, facilement délogeable. Finalement, elle n'a rien fait.

Ils sirotent leur boisson en contemplant les champs qui défilent. Colza, vaches, herbe verte, clochers, barrières... À intervalles réguliers, Jeanne sonde sa peur pour ne pas se laisser engourdir. Elle cherche le point d'incandescence, entre rage et frayeur, qui lui donnera la force de combattre.

« Je peux aller aux toilettes ? Je suis... enfin...

— J'ai vu. Je t'attends à nos places. Pas plus de trois minutes, OK ? »

OK. Il lui accorde sa confiance, ou, plus précisément, il a confiance dans la terreur qu'il inspire. Sûr de lui, de sa rapidité, de ses muscles et de son expérience de mafieux. Or c'est là qu'il commet une erreur, ce n'est presque rien, un début de possibilité. Jeanne le remercie d'un ton las, comme si elle souffrait. *Merci de me laisser pisser, Dieu vous le rendra !*

Une fois enfermée dans la cabine, elle se passe de l'eau sur le visage et s'oblige à vider sa vessie, même si elle se sent aussi aride qu'un désert. Il lui a laissé emporter son sac parce qu'elle s'est arrangée pour qu'il entrevoie la boîte de tampons et imagine qu'elle est indisposée. Elle se lave une nouvelle fois les mains, se rince la bouche, arrange le paréo. L'hématome est violet. Elle sort l'argent et la carte d'identité d'Anne, glisse le tout dans sa culotte, sur le pubis, puis remonte la fermeture Éclair de son jean. C'est au cas où il voudrait inspecter ses poches. Bien sûr, il reste la possibilité qu'il fouille son sac, dans ce cas, elle est foutue, mais le risque en vaut la peine. Sans argent ni papiers elle n'ira pas loin. C'est tout ce dont elle a besoin. Elle se penche, teste la solidité des nœuds de ses tennis. Parfait. Elle se contemple une dernière fois dans le miroir sans trop savoir quoi ressentir. Ses yeux brillent et elle a une mine de papier mâché. Il va s'impatienter… Elle aspire un grand coup et sort. Gaspard Lhomme a retrouvé sa place côté couloir et l'observe remonter la travée, oscillant au gré des secousses. Son regard est d'une neutralité terrifiante.

Elle attend qu'il se lève pour lui permettre d'accéder à sa place, pose négligemment le sac entre eux, en le défiant de vérifier. Une fois bien calée, elle ferme les yeux malgré l'appréhension qui lui noue les tripes. Inspire-expire. Elle invoque la protection de Raphaël, son aile immense sur elle. Gaspard se lève et se dirige vers les toilettes, sans doute pour vérifier qu'il ne traîne aucun appel au secours. Elle l'a prévu. Il reste à l'intérieur à peine quelques secondes – combien ? A-t-elle eu une absence ? –, puis revient s'asseoir pesamment. Il ne parle pas, ne lui accorde plus aucune attention.

Peu avant d'arriver à Paris, il retourne aux toilettes. Dommage, elle aurait aimé qu'il garde la vessie pleine. Quelque chose a changé en lui, sa vibration s'est empourprée. L'action l'excite, Jeanne le sent. Il ne feint plus la désinvolture et l'agrippe au moment de se faufiler dans la file d'attente qui s'est formée dans le couloir. Elle songe que l'ours n'accorde plus sa confiance depuis des temps immémoriaux, mais sa vigueur extraordinaire lui fait oublier l'utilité d'être petit et faible.

Le train entre en gare de Montparnasse à 13 h 30. Ils repartent dans moins de deux heures de la gare du Nord. Entre les deux, il doit y avoir une demi-heure de métro, si elle se rappelle bien. Gaspard tient son bras et la dirige par petites pressions. Il ne la serre pas vraiment et semble plus détendu depuis qu'ils sont descendus du TGV. S'il se méfie d'elle, il compte sur ses réflexes professionnels. Elle est si douce, Jeanne Petite Souris, tellement soumise et fragile... Peut-être bien qu'il voudra y goûter ce soir, une fois qu'ils auront pris une douche et qu'ils auront mangé. Leur seconde nuit ensemble. Un sourire vague flotte sur ses lèvres pâles. Les heures passées dans le train l'ont un peu engourdi, mais c'est une mollesse infime qu'elle n'aurait jamais remarquée s'il ne l'avait pas empoignée, la veille et ce matin, en partant.

Dans le métro, la pagaille règne. Les gens se croisent, se bousculent ou s'agglutinent par petits groupes. Ça grouille de bruits et de couleurs. Jeanne plane au-dessus de la foule, dédoublée. Elle guette l'occasion. Son cœur est si comprimé que chaque battement lui paraît douloureusement entravé. Elle s'oblige à détendre ses muscles pour ne pas l'alerter. La main pèse mollement sur son avant-bras, mais il s'agit peut-être d'un piège destiné à l'abuser.

Ils parviennent sur un quai double et se faufilent vers un gros bloc de béton festonné de sièges baquets orange. D'un petit coup sec, il commande l'arrêt. Elle doit se délester maintenant, sans attendre. Un écran indique que le prochain train arrive dans trois minutes. Elle laisse tomber son sac à dos jusqu'à terre, soupire bruyamment de fatigue, puis coule un œil vers le couloir le plus proche en l'ignorant délibérément. Il doit évaluer son état car elle peut sentir son regard brûler sa peau. Elle bâille, se frotte le visage, s'affaisse, de manière à laisser glisser la lanière de son sac à main. Il ne semble pas troublé par la distribution de leurs bagages, ni remarquer qu'il se trouve coincé entre le sac à dos et sa mallette. *Pris en sandwich.* Après quelques secondes, il relâche son examen. Quelque part, un grondement enfle, annonciateur de la rame. Machinalement, il cherche l'origine du roulement de gauche à droite. Elle refrène un hoquet d'épouvante ; elle va devoir le projeter sur les rails, sinon il ne la lâchera jamais, mais si elle le pousse il mourra, déchiqueté sous les roues monstrueuses du métro, et ça c'est impossible, pas juste après avoir découvert qu'elle était innocente d'un crime de sang, elle ne peut pas assassiner un tueur de sang-froid. Trop dégoûtant. La bouillie de cervelle, les cris ! Pas question, elle doit trouver autre chose… Attiré par un remous dans l'affluence, Gaspard Lhomme s'est brusquement raidi, en alerte. Un jeune zonard arrive droit sur eux, crade et maussade, la main tendue. Visiblement, il tente une variation de mendicité en optant pour l'offensive et sa proie ressemble à un bon père de famille, le genre qui peut casquer. Le bruit de la rame à l'approche fait onduler la foule. Le jeune quémande d'un ton rogue « Une petite pièce ! » Il exsude une agressivité palpable, d'un jaune criard. Prise dans le tourbillon de ses contradictions, Jeanne lui adresse un regard mauvais, aussi insultant que possible. *Énerve-toi*, prie-t-elle de toute sa concentration. *Énerve-toi, SALE con de paumé !*

« Hé, j't'ai demandé une pièce, tu peux répondre ! »

Gaspard Lhomme commet sa seconde erreur en renvoyant le zonard d'un coup de menton. Le mépris absolu ! L'autre retrousse sa lèvre supérieure pour découvrir des dents d'une blancheur surprenante. On croirait qu'il va mordre, pourtant il se contente d'éructer une litanie d'insultcs, « Pćdć-d'cnculć dc ta racc, tu sais cc quc jc lcur fais aux costards, moi ? » Gaspard a beau la tenir, son attention est désormais concentrée sur le mendiant qui continue à s'échauffer tout seul. La rame débouche du tunnel et ralentit en faisant hurler ses freins. Il reste une seconde pour se décider. Jeanne feint de défaillir, puis, d'un mouvement brutal, elle le précipite dans les bras du jeune qui se met aussitôt à gueuler, « Tu m'as touché, sale pédé ? »

D'un bond, elle s'arrache à la gravité. En une seconde, elle est en mouvement, ses pieds frappent le sol dans une fuite éperdue. Elle galope, épiant la trouée entre les corps, le tunnel carrelé, les affiches et les panneaux « Sortie ». Propulsée par la nécessité de courir, elle entrevoit des mains levées, des visages surpris, choqués, deux filles qui se séparent d'un brusque écart, un escalier qu'elle escalade d'une traite. Le couloir n'a plus de fin, et elle désespère quand soudain, loin devant, une brèche de lumière naturelle s'ouvre. Elle accélère, en dépit de la douleur qui brûle sa poitrine. Les gens sont trop nombreux, elle n'a plus de souffle, tant pis, courir-voler-ramper, un escalier surgit sur sa droite, trop tard, elle court toujours et une part de son esprit s'émerveille de voir la foule se fendre exactement comme un courant dans une rivière, plus rien ne la retient, Jeanne est soulevée, aidée et précédée, elle court avec une légèreté sans pareil, parvient en vue d'un escalator. Libre !

Le choc la foudroie de côté et la projette violemment au sol. Sa tête cogne brièvement contre un mur, elle n'a pas le temps de crier, déjà elle est soulevée, arrachée à la terre et remise debout, à moitié sonnée. Quelqu'un crie « De l'air », et puis, « Rien… raccompagne… femme. » Un homme âgé la fixe avec inquiétude, puis une dame au visage trop maquillé qui sourit avec sollicitude. Elle tente d'expliquer sa fuite, mais l'étourdissement englue sa langue. Elle doit se dépêcher. Fuir. Brusquement, le brouhaha s'ordonne très clairement :

« Ma femme a besoin d'air. »

Elle gémit une protestation. Une bouche se colle à son oreille, chatouilleuse, « Tu l'ouvres et je te bute. » La dureté du ton lui vrille l'estomac, en coupant net l'élan vital qui la propulsait. Gaspard Lhomme vient de la rattraper. Elle a l'impression d'être soudain dépourvue de substance, vide, sans forces ni volonté. Brisée.

Il la tire vers un escalator et elle s'abandonne.

« Viens, ma chérie, on est presque arrivés. »

Pourquoi personne n'entend la menace mortelle derrière ses paroles ? Il joue si mal la comédie ! On ne l'a pas vue fuir ? Personne ne comprend ? Elle se laisse emporter comme un paquet, un vulgaire colis, et son échec est si absolu qu'elle courbe le front, de honte, pour ne pas croiser les regards de pitié, ni celui de son ravisseur.

À présent, elle est foutue.

Ils ont pris une Audi chez un loueur. Par sa faute. La location pour trois jours se monte à quatre cent cinquante euros. Évidemment, elle a dû rembourser la note, puisque c'est à cause de sa connerie s'ils ne prennent pas le train. Elle est contrainte de fouiller dans son jean, dans le garage souterrain. En empochant les billets, Gaspard Lhomme l'a prévenue : « Ce n'est qu'un début, tu ne perds rien pour attendre. » Malgré son humeur massacrante, il ne l'a pas frappée. Pas encore. En un sens, c'est encore pire. Jeanne peut s'accommoder des coups. Elle connaît le processus de cette violence-là et elle sait se rouler en boule pour se préserver. Avant, elle avait une expression, « faire l'escargot ». Ça paraissait moins terrible ainsi, faire l'escargot sous le poing des hommes, le plus tendre de son être bien à l'abri dans sa coquille cabossée…

Ils se sont retrouvés pris dans les encombrements du périphérique et il leur a fallu presque deux heures pour sortir de Paris, à cause d'un stupide accident. Sa faute encore. En doublant le véhicule plié en accordéon contre la pile d'un pont, elle a dû feindre le sommeil, sur son ordre. Ce sont les seules paroles qu'il lui a adressées depuis qu'ils sont montés dans l'Audi, « Tourne-toi vers moi, fais semblant de dormir. » Juste avant d'obéir, elle a eu le temps de distinguer un flic moulinant l'air, on aurait dit un sémaphore. Les larmes ont piqué ses paupières, mais elle a réussi à les retenir. Elle ne va pas chouiner devant Gaspard Lhomme. Pas encore.

Jeanne est terrifiée comme elle n'a jamais imaginé qu'on pouvait l'être. Elle a si peur qu'elle sent le froid se propager dans ses os et les transpercer. Néanmoins, parce qu'il doit absolument ignorer cette faiblesse, elle contient ses frissons au prix d'un effort surhumain. Dans le chaos, des images jaillissent, qu'elle censure aussitôt. *Couteau. Poing. Chaînes.* Son corps rugit silencieusement, ses organes se recroquevillent. Chaque fois qu'elle est au bord de lâcher, une voix murmure dans sa tête : *Chuuuut. Silence, Jeanne.* Elle s'y accroche comme à une planche de salut, pour ne pas se mettre à hurler.

À mi-parcours, il s'engage sur une bretelle de dégagement, dépasse les pompes à essence pour se garer en face de la boutique de la station-service. Il arrête le moteur et, durant un moment interminable, ils écoutent le silence se déployer dans l'habitacle. Jeanne est incapable de le rompre, elle n'a plus droit à la parole, ils le savent tous les deux, même si rien n'a été clairement énoncé.

« On va aller boire un café. Tu bouges, tu dérapes, un seul mot, tu es morte. »

Elle hoche la tête frénétiquement. Elle a compris et tient à démontrer sa bonne volonté.

« Si tu as envie de pisser, tu te retiens. On fera ça dehors, pigé ? »

Nouvel acquiescement. Pourquoi a-t-il parlé de pisser ? À présent, elle sent le chatouillis précurseur de l'envie. Ils sortent ensemble et, juste avant de passer les portes coulissantes du Restoroute, il empoigne son bras assez cruellement pour la meurtrir. Troisième erreur, songe-t-elle. Pourquoi se laisser aller à une vengeance aussi mesquine ? La violence faite aux femmes, c'est le seul terrain que Jeanne connaît parfaitement. Son geste confirme que Gaspard Lhomme est orgueilleux. Trop, pour un professionnel. Sa peur baisse d'un tout petit cran.

Une fille coiffée d'un chapeau en papier les salue machinalement derrière sa caisse. Une famille traîne devant les rayons réfrigérés, trois hommes et deux couples sont installés autour des tables hautes, les doigts recroquevillés sur des gobelets fumants. La température a considérablement baissé et elle réalise qu'elle est vêtue d'un tee-shirt.

« Tu veux un café ? »

Elle secoue la tête négativement. Elle en meurt d'envie, mais si elle boit, elle ne pourra pas se retenir et il n'est pas question de baisser son pantalon pour s'accroupir face à Gaspard Lhomme. Cette déchéance, au moins, elle peut essayer de l'éviter. Il avale deux expressos à la suite et ils repartent. L'intérieur de l'Audi est glacé, mais elle n'ose pas lui demander la permission de récupérer un pull. De toute façon, son sac est dans le coffre. Parce qu'en plus, avant de la courser, il a pris le temps de récupérer leurs bagages et son sac à main, pas tant par bonté d'âme, suppose-t-elle, que dans le souci d'éviter de laisser des traces.

Après une cinquantaine de kilomètres, il emprunte un dégagement vers une aire de repos et lui commande de descendre. Il n'y a personne, pas un seul véhicule garé. Jeanne sent le désespoir l'envahir.

« Tu restes devant la caisse. Tu ne bouges pas. »

Il néglige le bloc sanitaire, traverse un bout de pelouse, se campe devant un arbre, les jambes légèrement écartées. Que fabrique-t-il ? Il pisse. Le bruit joyeux du jet la sidère. Sa désinvolture est si grande qu'il ne doute pas un instant qu'elle reste là, à l'attendre au beau milieu de nulle part, plutôt que de décamper. *Et tu irais où, ma chérie ? Dans les toilettes pour dames ? Sur la bande d'arrêt d'urgence, pour qu'il te roule dessus ?*

« On repart. Tu as envie, avant ? »

Elle serre les dents et les cuisses, secoue le menton. Il s'en fout et retourne s'asseoir sans même lui accorder un regard.

À 22 h 33, ils pénètrent dans le hall de son immeuble. L'odeur familière des lieux la sidère. Rien n'a changé. Même endroit, même situation pourrie. Une phrase lui parvient, qu'elle chasse aussitôt, « reculer pour mieux sauter ». Devant la porte, elle se souvient qu'elle a jeté le trousseau, mais déjà Gaspard Lhomme a ouvert avec un genre de passe. Il allume, comme s'il était chez lui. Cette fois, elle ne peut plus se contenir. Sa voix est éraillée, toute rêche de ne pas avoir servi, et la terreur n'arrange rien.

« Je peux aller aux toilettes ?

— Ok, mais fais vite. On doit parler. Ensuite… »

Il se tait brusquement, et Jeanne est tentée de lui adresser une supplication. Ensuite quoi ? C'est la première fois, depuis sa tentative de fuite, qu'elle ose le dévisager. Ses yeux gris sont aussi froids que la glace. Ou un feu d'enfer. Il bouillonne, mais se contient.

« Va. »

Dans les cabinets, elle tremble de tout son être en se soulageant. Elle essaie de pleurer un peu, mais rien ne vient, que l'urine, la déflagration des nerfs qui lâchent. Pour se remettre debout, elle doit s'appuyer au mur. Et maintenant ? Elle retourne au salon. Il l'attend au milieu de la pièce, si calme qu'on y croirait presque, sauf qu'un détail la met en alerte, ses yeux brillent de cette luisance particulière qu'elle connaît parfaitement. Sourde à la voix qui se déchaîne dans sa tête – *Recule ! Sauve-toi !* –, Jeanne avance, irrésistiblement happée, comme en état d'hypnose. À un mètre de lui, elle stoppe et attend, parce que c'est ce qu'il veut, à présent elle le sait.

Le coup la chope en plein dans l'abdomen, si violent qu'elle en perd l'équilibre et s'abat à genoux, la bouche ouverte, en quête d'air. La douleur l'aveugle momentanément. Elle crache un mélange de bile et de salive, parvient à avaler une goulée d'air, tousse et finit par respirer à petites saccades déchirantes. Lui patiente, le temps nécessaire pour que ses oreilles perçoivent autre chose que le rugissement du sang.

« Ça, c'était pour le sprint. Et je n'y ai pas été fort. À présent, on va mettre les choses au point, toi et moi. »

Elle se demande s'il a conscience d'avoir fait de l'humour. Quant à son sens de la mesure, elle le croit volontiers. Gaspard Lhomme n'a pas encore donné son meilleur, mais pour l'instant il est calmé.

C'est sa quatrième erreur. Il n'aurait pas dû la ménager.

8

L'homme sans visage

Au cours du mercredi, une seule chose lui permet de tenir. Elle a récupéré les papiers, la condition de sa survie !

Ils sont partis très tôt, afin d'éviter les curieux. À 6 heures, ils pénètrent dans l'immeuble de David. Sur la douzaine de caves, la cinquième est la bonne. Le clavecin disparaît presque sous les cartons, mais ils découvrent sans difficulté les dossiers, trois chemises cartonnées qui ne paient pas de mine. À l'intérieur, outre des feuillets, type contrats, il y a deux clefs USB, une série de photos, des listings illisibles. Jeanne n'a rien fouillé, elle n'en a pas besoin ; à leur retour à l'appartement, Gaspard Lhomme déballe chaque chemise et fait un inventaire rapide. Elle hésite à lui demander s'il est satisfait, mais il n'est pas d'humeur loquace, elle préfère remettre à plus tard.

À 11 heures, elle se concentre sur sa sœur. Anne doit remuer ciel et terre pour la retrouver. Elle a dû faire le siège du commissariat, houspiller Bouraoui. Ils connaissent le jour du rendez-vous, demain, jeudi, ils sont obligés d'en tenir compte… Jeanne prie de toutes ses forces, dans l'espoir que la force de l'injonction lui parviendra, d'une façon ou d'une autre, intuition, télépathie ou simple inquiétude de flic.

À 13 heures, Gaspard Lhomme leur fait livrer une calzone. Il finit la sienne – elle n'a pas faim –, digère devant une série policière. Elle attend jusqu'à 15 heures avant d'admettre que personne n'a cherché à la joindre. Le téléphone fixe qui est rebranché est resté silencieux, et ça la met en colère que les flics ne se donnent pas la peine de vérifier si elle est rentrée, malade ou morte assassinée ! Et Anne ? Si elle déboule et qu'il la prend en otage ? Elle se concentre à nouveau pour que sa sœur se tienne loin d'ici. *Envoie la cavalerie, je t'en prie, Saucisse !* Elle n'a même pas pensé à lui dire qu'elle l'aimait, en dépit de tout. À présent, elle regrette. *Je t'aime, Saucisse. Je regrette.*

Le soir, ils commandent encore des pizzas, mais chez un concurrent. Grand seigneur, Gaspard a demandé une bouteille de chianti pour fêter leur expédition. Il lui confirme qu'elle vient d'échapper à un sale truc, malgré tout... quand elle veut savoir à quoi, il se contente de lui rire au nez. La bouteille est torchée en une heure, et Jeanne doit reconnaître qu'il s'est montré équitable dans le partage. Le coup de poing semble avoir endigué l'essentiel de sa méfiance. En prenant sa douche, elle a à peine inspecté l'énorme tache sur son abdomen. Son ventre est tellement douloureux qu'elle doit se déplier régulièrement pour ne pas rester trop longtemps dans la même position. Pourvu qu'il ne lui ait pas crevé la rate ou le foie.

La soirée est interminable et rien ne la distrait. Elle voudrait se saouler pour oublier l'angoisse qui la ravage, mais les placards sont vides. Comment dormir en sachant que demain sera peut-être son dernier jour ? Elle a beau se raisonner, elle a un sale pressentiment. Gaspard Lhomme aussi semble beaucoup moins à l'aise à mesure que le rendez-vous approche. Il a fini par lui donner l'heure, jeudi midi, ici. Elle hésite à lui proposer une virée dans un bar, pour boire. Ce n'est pas son genre, mais qu'est-ce qu'elle risque à demander ? *Pas son genre, sauf une fois, tu te rappelles ? Emil l'a trouvé rond comme un coin en pleine nuit !* Évoquer son amant lui arrache un gémissement.

« Ça vous dirait d'aller boire un verre ?

— Ce n'est pas une bonne idée.

— Je serai sage, je vous jure.

— Non.

— Mais si je vous donne, je ne sais pas, un gage ou un truc qui…

— Non. Je termine le boulot et c'est marre ! Ça fait trois mois que je te cours derrière, ce n'est sûrement pas pour sympathiser maintenant, tu piges ? »

Évidemment ! Qu'est-ce qu'elle croyait ? Qu'ils allaient trinquer à la fin de l'histoire ? Ces types sont des tueurs. Ils ont éliminé David… L'idée la terrasse brutalement. Gaspard Lhomme a-t-il quelque chose à voir avec la nuit du meurtre ? Après tout, ce serait logique. Il a foiré le travail, normal qu'on le charge de le terminer, une session de rattrapage, en quelque sorte.

« Je peux vous demander un truc ?

— Quoi encore ?

— Si je n'étais pas partie à Biarritz… vous auriez fini par vous montrer ?

— Oui. Tu étais la seule candidate possible.

— Alors pourquoi attendre ?!

— C'était le deal. Te surveiller, faire monter la pression, vérifier s'il y avait un coffre ou une planque et attendre que les flics te lâchent. C'est là que tu t'es barrée.

— David aurait pu avoir un associé !

— Ses associés, c'est nous.

— Vous étiez partenaires ?

— Ça t'étonne ? Tu croyais quoi ? Qu'on se disputait un territoire ? Ton mec aurait pas tenu un jour.

— C'est pour ça qu'il a été…

— Quoi ?
— Qu'il est mort ?
— Tu cherches à savoir qui l'a tué. Tu penses sérieusement que tu vas te renseigner et te tirer ? Tu veux le nom de celui qui l'a planté en prime ?
— Non, bien sûr… ce n'est pas ce que j'ai dit.
— Arrête de me prendre pour un con.
— J'aimerais simplement comprendre. C'est quoi ces dossiers ? Cela concerne la drogue ?
— Pourquoi tu veux savoir ?
— Je ne vous dénoncerai pas. Ça servirait à quoi, à part me faire buter ? Je ne suis pas folle.
— Ça, j'ai remarqué, et ça m'ennuie.
— Quoi ? Que je réfléchisse ?
— Un peu trop, oui. Réponds à ma question, pourquoi tiens-tu à savoir ?
— À cause de David. C'est de la drogue ?
— Mettons que oui.
— Alors, il faisait le revendeur ?
— Pas lui. Pas le genre à mouiller sa chemise. Disons qu'il arrangeait des coups, il présentait des gens à d'autres gens. Il avait un vrai talent pour ça. Un mec de réseau qui inspirait confiance. Un tchatcheur qui s'est arrangé pour gagner la confiance du patron. Fiable jusqu'à ce qu'il déconne. Dix ans, et il vire sa cuti ! Putain ! Je peux te dire que le Serbe l'a eue mauvaise ! On ne blague pas avec lui, ou alors on cherche à se suicider.
— Le Serbe l'a tué ?
— Toi, tu as rien pigé de ce que j'ai dit.
— Pourquoi tient-il à me voir ?
— J'en sais rien.
— Ce n'est pas vrai ! Vous le savez, forcément.
— Je te dis que non.
— Alors, vous avez une idée !

— Possible.
— Dites-moi !
— Tu es la fille la plus casse-couilles que je connaisse. M'étonne pas trop de David, finalement. Lui aussi, il aimait jouer avec les limites, ça le faisait marrer... Tiens, tu veux savoir le plus cocasse ? Il aurait pas dû mourir cette nuit-là. Faut croire qu'il a eu de la chance.
— Quelle chance ?
— Il a évité le Serbe, et ça, crois-moi, ça s'appelle un sacré coup de pot !
— Pourquoi il est mort, dans ce cas ?
— Disons qu'il s'est un peu énervé quand il s'est senti coincé. Peut-être qu'il s'est battu, peut-être qu'il a glissé, va savoir... Le Serbe était furax, si ça peut te consoler.
— Et c'est lui que je dois rencontrer ?! Ça sert à quoi puisque vous avez les dossiers ?
— Il veut te voir.
— Il va me buter, me découper, me...
— Tu verras bien, on dort maintenant.
— Je ne veux pas.
— C'est ça ou je t'assomme.
— Vous ne pouvez pas me laisser la chambre pour la dernière nuit ?
— Et tu te tires par la fenêtre ? Pas question. On dort ensemble, point-barre.
— Et s'il me tue ?
— Dans ce cas, tu l'auras pas volé, à force de jouer à la conne !
— Mais si...
— Tais-toi. »

Il a raison, bien entendu. Ses supplications sont inutiles, argent, sexe, rien ne le convaincra. Gaspard Lhomme sait que s'il la touche, s'il l'abîme ou s'il ne l'amène pas au rendez-vous, il signe son arrêt de mort, alors il s'arrangera pour qu'elle y soit. La seule chance qui lui reste, comme il le suppose, c'est d'être suffisamment convaincante pour qu'on lui laisse la vie sauve. Et parce qu'un nouveau cadavre risque de foutre le merdier.

Toute la nuit, Jeanne réfléchit à sa vie, les événements qui l'ont menée à ce moment précis. Sous la couche de désespoir et de peur, elle ressent parfois une curieuse ivresse, parce qu'elle n'a pas tué David. Et puis, il y a eu Emil. En dépit de tout, Emil a existé.

À l'instant où elle croise le regard du Serbe, Jeanne sait qu'elle va mourir. Rien ne laisse supposer cette issue, puisqu'il vient d'entrer et l'observe sans mot dire, mais sa conviction est faite. Cet homme ne prendra pas le risque de la laisser libre. Peu importe les flics. Il n'y aurait qu'une chance sur un million qu'elle le dénonce, il ferait le même choix, sans pitié. Bizarrement, à cet instant précis, sa peur cède et la quitte. Elle a trop tremblé et angoissé ces dernières heures, à présent il ne lui reste rien, sauf une certitude. Il va la tuer.

« C'est toi, la fille à David ?

— C'était moi. Oui.

— Ton copain… il a voulu me rouler. Il a cru qu'il pouvait faire sa vie et me tenir.

— Je n'y suis pour rien.

— Tu l'as choisi.

— Vous aussi, non ? »

L'éclair qui passe dans ses yeux n'a pas de nom. Surprise, rage, fureur. De l'intérêt ?

« Tu es prête à quoi, pour vivre ?

— Je ne comprends pas la question.

— Si. Tu as très bien compris. Tu ne veux pas, c'est tout. »

Elle n'a rien à dire à ça. Il a raison.

Le Serbe est un homme d'une soixantaine d'années, en tout cas il pourrait les avoir, si l'âge signifiait quelque chose appliqué à un barbare. Un mètre soixante-dix de muscles et de sauvagerie, un visage émacié, les pommettes saillantes, des lèvres charnues, rouge sang, un nez busqué. Pas d'aura. Elle l'imagine nu, des cuisses trapues, le sexe court, et ne peut refréner un frémissement. Il est probablement en train de soupeser l'envie qu'il a de la brutaliser. Le viol est accessoire, c'est l'humiliation qu'il cherche. Tout dépendra des prochaines minutes. Elle ne veut pas mourir de ses mains, mais quel choix lui reste-t-il ? S'il la tue ici, ça ira vite. S'il l'amène ailleurs, elle a une chance de s'enfuir, mais en cas d'échec il lui fera goûter l'enfer. Jeanne ignore d'où lui viennent ses pensées et cette conviction. Elle est guidée par une force invisible.

« Bogdan m'a dit que tu lui avais donné du mal.

— Bogdan ? »

Elle comprend aussitôt, le Serbe n'a pas besoin de désigner Gaspard Lhomme. Lui, justement, s'est dissous. Face au « patron », il n'est plus que l'ombre de lui-même. Le voir figé dans une attitude de larbin lui insuffle le courage de se lancer dans un marchandage qui n'a aucune chance d'aboutir, peu importe, elle gagne quelques minutes.

« Je vous rends les dossiers, plus tout l'argent que j'ai. Il doit en rester davantage dans la planque de David.

— Quelle planque ?

— Chez lui. Je ne sais pas si l'appartement est loué, mais…

— Où ça ?

— Dans le plancher de sa chambre.

— OK. »

Il ajoute « merci » et étire ses lèvres rouges, brièvement. Son cœur se met à battre assez fort pour résonner dans ses tempes. Une migraine s'annonce et ça lui donne envie de rire, de s'en soucier. Le Serbe reprend d'une voix si douce qu'il lui faut un instant pour saisir le sens de sa phrase.

« Tu sais ce qu'on fait aux putes des mecs qui ont trahi ?

— Je ne suis pas une pute.

— Et tu refuses de la faire pour moi ?

— Oui.

— Tu ne veux pas ?

— Jamais. »

Il lève simplement le doigt, et Jeanne se sent empoignée, ses cheveux tirés en arrière de façon à dégager sa gorge. Elle est incapable de bouger ou d'émettre un son, coincée comme un lapin dans un étau. Le Serbe s'approche d'elle. Sa peau est sèche, légèrement flétrie vue de près. Sa pomme d'Adam est très marquée et des poils hérissent ses joues. Du tranchant de la paume, presque tendrement, il effleure son cou. C'est une caresse traversante, le geste immémorial des sacrificateurs. À l'arrière, elle perçoit le souffle de Gaspard Lhomme. Bogdan. Drôle de nom. Elle se demande si ce sera douloureux. Elle éprouve une vague reconnaissance à mourir si vite. Soudain, le Mioche s'interpose entre le Serbe et elle. Il sourit. *Raphaël, mon frère, mon petit bout, si tu savais comme je regrette...* Elle aimerait l'étreindre, mais elle en est incapable, ses bras sont paralysés, et puis elle songe qu'il doit l'attendre de l'autre côté puisqu'elle va mourir et la tristesse lui broie le cœur. Sans prévenir, Raphaël est remplacé par la lame luisante d'un cran d'arrêt. Au loin, une rumeur monte. Un cri ? Le bras armé entame sa descente fulgurante. La lame pénètre sa peau et plonge dans la tiédeur de l'épiderme. Ça brûle, pourtant Jeanne n'a toujours pas peur, c'est étrange, elle glisse dans un tourbillon où seule la douleur physique a un sens, une pointe dans son flanc qui fouille durement, son attention s'y accroche puis se défile, ailleurs, loin de la pointe ardente, elle tente de rejoindre Anne, Emil, ceux qu'elle ne peut quitter, pas tout de suite. Sa sœur sera tellement triste, elle le sait, de la même tristesse qui la berce, parce qu'elles sont jumelles depuis toujours et à jamais, elle tente de lui envoyer une dernière pensée, tout ce temps gâché, Anne, ma sœur, mais le bruit augmente, dans sa tête, autour d'elle, partout, le tourbillon l'emporte, ses bras s'ouvrent et Jeanne tombe, heurte le sol, comme David, elle songe, la douleur explose, est-ce cela, mourir ? Emil flotte dans sa conscience, elle aimerait lui dire, Emil, ses lèvres sont engourdies, tant pis, elle est si lasse et cela paraît si facile de se laisser aller. Un coup de feu claque. Ou des ordres. D'autres coups de feu. « Police, personne ne bouge. »

Jeanne a glissé sur le sol et voit un visage se pencher vers elle. Ours polaire, elle pense.

Elle veut sourire, et sombre.

9

Emil

Impossible de calculer depuis combien de jours il marche, cela n'a aucune importance. La ville disparaît derrière lui, ses rues encombrées, ses barres d'immeubles, les paquebots dans le port, les navires à conteneurs, les grues. Il emporte avec lui le mutisme bourru de la fille du bar qui lui a servi du café. Il a le sentiment de retrouver un peu de sa Norvège chez ces Bretons, et se demande si c'est par nostalgie.

Il reste un peu moins de trente kilomètres avant Landéda. En avançant d'un bon pas, en comptant une halte à midi, il y sera bien avant la nuit. Sur la carte, la langue de terre ressemble vaguement à une patte de chat. Il a choisi l'endroit à cause du symbole et parce qu'en traçant une diagonale jusqu'à son île il n'y a guère que quelques centimètres d'écart. Landéda, en Finistère, dans la « terre du bout ». Une fois arrivé là-bas, il trouvera le rocher le plus avancé et se tiendra ainsi, à l'extrémité du monde. Il y a quatre mois l'idée lui a paru exaltante. Aujourd'hui, alors qu'il est sur le point de l'atteindre, la déception lui donne la migraine.

Emil n'a pas vraiment envisagé la suite, il se contente de marcher en calquant le rythme de son souffle sur ses pieds de façon à trouver la cadence idéale. Pendant les haltes, quand il n'est pas occupé à chercher un endroit où dérouler son sac, ou de quoi manger, il observe en essayant de ne rien juger. Se laisser traverser. C'est un exercice qui peut s'avérer pénible quand les souvenirs ne veulent pas lâcher.

Une voiture le dépasse en klaxonnant, suivie d'un camion qui rabat une fumée nauséabonde. Le temps s'est dégagé, la journée sera chaude. Emil ouvre son gilet sans l'ôter. L'air le rafraîchit en faisant gonfler sa chemise. Pour l'instant, il préfère éviter de décharger son sac parfaitement équilibré. Son genou droit lui semble un peu fragile, il va devoir le ménager et acheter de la crème, son tube est presque fini.

Il tente de faire le vide, mais la perspective d'être au bout du voyage le met dans un état de tension inhabituel. Il n'a pas couvert trois kilomètres et déjà l'envie d'arriver le taraude. C'est d'autant plus stupide qu'il n'y a rien là-bas, hormis le bout du monde bien sûr. L'idée lui tire un début de sourire. Logiquement, l'échauffement aidant, il devrait se sentir mieux d'ici une petite heure. Il connaît ses coups de mou et les gère assez bien d'habitude.

Une antique 4L camionnette le dépasse en hoquetant, puis clignote furieusement et va s'échouer sur le bas-côté. Il la rejoint, sans savoir s'il a vraiment envie de monter. Un vieux l'attend en mâchouillant une chique. Il désigne la route du menton et cligne des yeux. On dirait une tortue habillée d'un pantalon de velours. Son pull est trop chaud pour la saison. Emil hésite encore. La tentation de régler le problème des pensées envahissantes l'emporte. Et puis, il y a son genou.

« Je vais à Landéda, c'est bon pour vous ?

La tête de tortue oscille. Il est peut-être muet.

— OK. Merci. »

Il décharge son sac d'un coup d'épaule, le fait glisser adroitement par-dessus le dossier, dans l'habitacle en tôle.

Un pneu usé traîne au milieu de quelques sacs en toile de jute. Il se plie pour rentrer, un peu inquiet de sentir les ressorts gémir, sur le point de rompre. Ça empeste le tabac et le chien mouillé. Le type embraye bruyamment et jette sa camionnette sur la route. Il marmonne quelque chose qui ressemble à « pied ». Emil acquiesce. Il n'a pas envie de parler. Au bout de deux mois de marche, on perd la manière. C'est peut-être ce qui lui manque le plus, les discussions avec Anne qui partaient dans des directions surprenantes. Il s'ébroue, remarque une main qui lui tend un sachet de tabac.

« Merci, non. »

Le vieux renifle de mépris et crache un vigoureux glaviot par la vitre de sa camionnette.

« C'est d'la carotte, pardi.

— Je sais. Mon grand-père chiquait.

— Marin ?

— Mineur et marin dans sa jeunesse. Mort dans son lit, en pleine santé, pour ainsi dire. »

L'autre opine du chef, satisfait. Quelque chose qui s'apparente à une approbation défripe sa bouche. Il désigne d'un coup de menton le paysage aride où poussent des buissons.

« Ma petite-nièce prétend que ça ressemble au Mexique. »

Il s'étouffe dans une quinte de toux et poursuit d'un ton rogue :

« Z'avez des connaissances à Landéda ?

— Non.

— Z'y allez en touriste ? »

L'expression de dégoût qui l'assombrit en dit long sur son opinion.

« Touriste, je sais pas. En voyageur, je crois. Vous allez jusque là-bas ?

— Ma foi, j'y habite. V'nez d'où ?
— Sud-Ouest. »

Le vieux commence à l'agacer avec son interrogatoire. Il s'enfonce dans le fauteuil et ferme les yeux sans se soucier de ce qu'en pensera l'homme-tortue. Message reçu. Ils finissent la route en silence, bercés par le ronflement du moteur qui crachote à chaque montée. Par les fenêtres baissées, le souffle de l'air porte des odeurs d'iode, d'herbes sèches et de macadam chaud. Ils traversent des hameaux, passent plusieurs chapelles, grises et solides, qui semblent dressées là depuis la nuit des temps. Pour ne pas céder au sommeil, Emil s'est redressé et s'abîme dans la contemplation du paysage. Le spectacle vaut largement l'effort et la petite-nièce du vieux a raison, ça ressemble au Mexique, du moins ce qu'il en connaît. Soudain, passé un virage, on retrouve la campagne sauvage, les haies denses, ramassées contre les vents qui soufflent inlassablement depuis la mer.

À deux reprises, le vieux crache un glaviot vigoureux. Chaque fois devant une croix. Emil se demande si c'est fait exprès, décide que oui. Il essaye d'éprouver la joie de l'arrivée. La première fois qu'il a évoqué Landéda, Anne était penchée sur la carte, son doigt remontant le tracé d'une route. Il aimerait lui raconter le trait de mer qu'on entrevoit brièvement entre deux collines. Alors que la voiture grimpe à l'assaut d'un raidillon, il s'imagine lui dire : « Ferme les yeux », et guetter pour voir si elle triche. Il a été stupide, ou orgueilleux. À présent, il en est réduit à se jouer des films…

La guimbarde bondit au sommet de la pente dans un dernier rugissement, laissant apparaître la baie en contrebas, ourlée par une mer d'un bleu électrique semée d'îlots rocheux, comme si un géant avait jeté négligemment une poignée d'osselets.

« J'vous laisse à un gîte de ma connaissance, ça va ? »

Emil acquiesce sans conviction. Pas gêné le vieux, mais marrant. Il s'efforce d'oublier son coup de tristesse.

« Il est loin de la mer, votre gîte ?

— Pile en face. Z'êtes de Norvège ?

— Oui. Ça se voit tant que ça ?

— Non. C'est à cause de la fille.

— La fille ?

— La fille. »

Celle qui parle du Mexique, probablement. Il ne voit pas trop le rapport, mais rechigne à poser la question pour ne pas faire les frais d'une conversation.

« Elle loue le gîte.

— D'accord. »

Voilà qui explique son obligeance. Le gars ramasse les clients pour sa petite-nièce. Cela n'a guère d'importance, il a largement de quoi payer et du repos ne lui fera pas de mal.

Ragaillardi par son accord, le chauffeur salue un motocycliste et manque le renverser au passage. Ils doublent le panneau « Landéda », filent sans ralentir dans l'agglomération et, miraculeusement, ne croisent personne d'assez près pour le menacer. Devant une église blanche, nouveau glaviot. Les maisons s'espacent, des résidences récemment construites, puis la route elle-même s'effiloche jusqu'à devenir un sentier.

« Z'y êtes. »

À une trentaine de mètres du rivage s'élève une bâtisse en grès égayée par des volets lavande. Son toit d'ardoises paraît ruisseler de lumière. Devant la porte – bleue, elle aussi –, une table en bois et deux bancs solides. Plus loin, une corde à linge où flottent un jean et une chemise, agités par les saccades du vent. Un bosquet d'hortensias longe le mur exposé au sud. Sans raison, il cesse de respirer. La chemise le salue d'un geste joyeux de bienvenue.

Une silhouette apparaît dans l'encadrement de la porte. Indéniablement féminine. Elle lève la main en visière pour observer la voiture qui arrive en cahotant, la laisse retomber doucement.

Emil connaît ce geste d'abandon et son cœur se remet à cogner dans sa poitrine. C'est comme un rêve, mais avec la saveur incomparable de la vie. La maison au bout du chemin et la femme qui l'attend.

C'est Anne qu'il aime et qui sourit, le visage noyé dans la lumière.

Remerciements

À Bernard Fixot, pour sa confiance.

À Édith Leblond, pour son premier regard.

À Caroline Ripoll, pour le travail assidu de correction, pas à pas, ses échos, ses encouragements et son attention bienveillante.

À Marie, ma fille et ma toute première lectrice, quand j'osais à peine…

À Béatrice Saint-Péron avec qui j'apprivoise l'ombre et parfois la lumière.

Impression réalisée par CPI
en décembre 2016

FSC
www.fsc.org
MIXTE
Papier issu
de sources
responsables
FSC® C123930

Composé par Nord Compo Multimédia
7, rue de Fives, 59650 Villeneuve-d'Ascq

N°d'édition : 3218/01 d'impression : 3020788
Dépôt légal : janvier 2017
Imprimé en France